暮云开

大宋女君刘娥

【第一部】

大宋女君

刘娥

郭宝平——作品

中国文史出版社

图书在版编目（CIP）数据

大宋女君刘娥. 第一部, 暮云开 / 郭宝平著. -- 北京：中国文史出版社, 2020. 10

ISBN 978 - 7 - 5205 - 2302 - 8

Ⅰ. ①大… Ⅱ. ①郭… Ⅲ. ①长篇历史小说 - 中国 - 当代 Ⅳ. ①I247. 5

中国版本图书馆 CIP 数据核字（2020）第 182794 号

责任编辑：金硕

出版发行：**中国文史出版社**

社　　址：北京市海淀区西八里庄路 69 号院　　邮编：100142

电　　话：010 - 81136606　81136602　81136603　81136605（发行部）

传　　真：010 - 81136655

印　　装：廊坊市海涛印刷有限公司

经　　销：全国新华书店

开　　本：710 × 1000　1/16

印　　张：21. 75

字　　数：322 千字

版　　次：2021 年 1 月北京第 1 版

印　　次：2021 年 1 月第 1 次印刷

定　　价：58. 00 元

主要人物

刘　娥：蜀地歌女，十五岁到京城开封，与皇三子赵恒相遇，后被逐出王府，幽居十五年。赵恒继位后，经过一番波折入宫，先后封美人、修仪、德妃，协助真宗处理国政，以四十一岁之龄借腹生子；四十六岁被册立为皇后，受真宗之托代其裁决军国政事。

赵　恒：即真宗。初名元侃，宋太宗第三子，先后封韩王、襄王、寿王，判开封府，立为皇太子，三十岁继位，为宋朝第三位皇帝，在位二十五年。十七岁遇蜀地孤女刘娥，感情甚笃，至死不渝。

寇　准：数度担任枢密使、宰相，数度被贬。傲视群僚，左右天子，澶渊之盟主要功臣。后谋政变，试图剥夺真宗和皇后刘娥的权力失败。

龚　美：成都人，银匠，与刘娥关系扑朔迷离。后改名刘美，变为刘娥娘门亲兄，获恩荫入仕。

张　旻：赵恒藩邸侍卫，将被逐出王府的刘娥隐匿其家中。赵恒继位后先后出任军帅、枢密副使等职。

钱惟演：吴越王幼子，吴越王纳土归宋后入仕，文坛名流，以其幼妹妻刘美，成外戚。先后任知制诰、翰林学士、枢密副使。

郭皇后：皇三子赵恒之妻，赵恒继位后，册立为皇后。所育三位皇子先后夭折，哀伤过度而死。

曹利用：本为低级武官，澶渊之盟立功，后升枢密使。

王钦若：亳州判官、翰林学士、参知政事、枢密使。

王　曾：状元出身，知制诰、参知政事、宰相。

赵元俨：亲王，太宗第八子，真宗之弟。人称二十八太保、八大王。

萧太后：契丹皇太后，临朝称制，数度率大军入侵，宋真宗景德元年与宋达成澶渊之盟。

周怀政：宦官。入内省都知，大内总管。密谋发动幽禁皇帝、废除皇后、斩杀宰相的政变失败。

李绣儿：慈孝寺尼姑，被刘娥收为侍女，诞育皇子赵祯即仁宗，交于修仪刘娥抚育，冒称刘娥所生。李绣儿由侍女晋嫔御，封才人，晋婉仪、顺容。

赤哥儿：真宗第六子，名赵祯。李绣儿所出，刘娥以亲子抚育之。

杨淑妃：真宗嫔御，先后封才人、婕妤、淑妃。蜀人，与刘娥情同姐妹，一同抚育皇子，赵祯呼为小娘娘。

杨　亿：以神童举进士，文坛领袖，寇准好友。先后任知制诰、翰林学士。

王继忠：真宗藩邸侍卫，出为军帅，被俘降契丹国，为澶渊之盟牵线人。

晏　殊：十四岁以童子试进士及第，后为皇子赵祯宾客、翰林学士。

冯仙儿：五代宰相冯道之后，隐士。

符少爷：地产商人，京城首富。

序 PREFACE

我的家乡在开封市祥符区。记忆中第一次去龙亭,仰脸望去,台阶如入云霄,高不可攀。也还记得,夜幕降的夏日,在御街大排档喝啤酒,《狸猫换太子》的唱词在耳边萦绕。忆昔古都,让我觉得《大宋女君刘娥》这部小说里的人物,像是开封老家的故人。小说仿佛是把自己所知道的家乡故人的故事,用我现在的认知叙述出来。

一个来路不明的神秘女人。上推一千年,也就是上一个千年的二三十年代,正是宋朝开国七十年前后,中国的最高统治者,就是章献明肃太后刘娥,这部小说的主人公。她是中原王朝历史上最具传奇色彩的皇后;历史上仅有的两个穿龙袍、戴皇冠的女人之一;大宋第一个垂帘听政的女主。

刘娥是个神秘女人。她的身世首先就是一个谜。刘娥是蜀地孤女,为了生计做了歌女。十多岁时从成都北漂到了东京开封。这一点,正史、野史都有记载,没有什么异议。但围绕她的身世,后人却产生了争论。有的史书煞有介事说她是嘉州刺史刘通之女。这是对史料缺乏梳理、甄别造成的误解。刘娥的这个身世,应该是真宗继位后为接她入宫而编造的,就连当时的大臣也不予认可。他们经常当着真宗的面要求核查刘娥三代。真宗和已然君临天下的刘娥曾先后亲自出面攀宗亲,以证明她的身世的真实性,都被对方拒绝了。事实上,刘娥在当时被朝野认定是出身卑微、来路不明的女人。卑微的出身成了她背负的莫名原罪。

笼罩在她身上的谜团还很多。

为什么在十五岁时从成都北漂到了开封?和她一同到开封的龚美是

不是她的第一个丈夫？一个北漂歌女，如何成了母仪天下的皇后，进而成为大宋的最高统治者？要知道，那时"祖宗家法"已规定皇后当来自有名望的家族；要知道，宋朝是皇家与士大夫共治天下，真宗做皇帝后想接刘娥入宫，被宰相拦下；过了几年好不容易接进宫里，真宗想给她一个几乎是最低的嫔妃名分，手诏竟被宰相烧掉！皇后之位空缺五年，真宗下决心要立刘娥为皇后，负责起草圣旨的翰林学士杨亿当场拒绝起草。真宗为什么对比他小一个月的刘娥情有独钟、须臾难离、至死不渝？他因何顶着巨大压力在生前就把皇权委托于刘娥，又在临终前授予她临朝称制的权力？要知道，当是时，武则天篡唐的殷鉴不远，宋朝君臣对女人预政无不充满高度警惕和敌意。

刘娥不会生育，从十六岁和韩王在一起，直到四十岁，都没有生育，却在四十岁后有了儿子，这就是后来的宋仁宗。仁宗直到刘娥去世，二十多年里一直认为他呼为"大娘娘"的刘娥就是他的生母。"狸猫换太子"的谜团，一直延续至今。真宗去世后，围绕刘娥还有很多谜团，其中最大的一个谜团是：刘娥为什么执意要穿龙袍？穿上龙袍却为什么又不称帝？或者反过来问：既然不想称帝，为何还要顶着巨大的压力非要穿龙袍、戴皇冠不可？

这些谜团，我在《大宋女君刘娥》这部小说中，都一一予以破解。不妨说，小说就是围绕破解这些谜团展开的。

一个创造奇迹的女人。一个出身卑微的北漂孤女、一个不能生育的歌女，凭借自己的努力，在越来越强化的男权社会里居然成为国家的最高统治者，这本身就是一个奇迹。吕后、武则天、慈禧，倘若没有生育儿子，能不能像刘娥那样成为皇后并君临天下，是值得怀疑的。

更令人难以置信的是，创造这个奇迹的过程，没有铁与血，看不到手段的酷烈。要知道，无论是其前的吕后、武则天，还是其后的慈禧，这些女主的权力之梯，无不用鲜血铺就；惟有刘娥，是柔性政治的高手，和风细雨却又步步惊心地走向权力巅峰。

刘娥与真宗二人感情之深，相伴之久，远非刘邦与吕后、汉光武与阴丽华、唐高宗与武则天、唐明皇与杨贵妃所能比。有学者说，刘娥是真宗的情人、知己、监护人。不可否认的是，刘娥与真宗的爱情至死不渝，这在历代帝后中是极其罕见的。可以说，在个人感情生活上，刘娥同样创造了奇迹。

相对于吕后、武则天、慈禧，刘娥的名气不大。实际上，在四大女主中，她的历史评价最高，史称她"有吕武之才，无吕武之恶"。现在，读书人几乎众口一词赞叹大宋朝文明、富庶。而在大宋三百年间，最好的历史时期，又是刘娥临朝称制的十余年。她深度参与真宗朝国政；面对真宗去世、主少国疑的局面，她处乱不惊，打破了唐末以来百年间幼主继位非致亡国即致丧生的魔咒；进入仁宗朝，又垂帘听政十二年，是大宋黄金时代的缔造者。概括说，刘娥打造了一个繁荣时代；训育出一位历史上口碑最好的皇帝。刘娥的这两大历史贡献，是吕后、武则天、慈禧都未曾做到的。

这部小说，就是要探寻隐藏在种种奇迹背后的秘密。

历史小说也是推理小说。我认为，历史小说是以真实历史人物和历史事件为骨架、描写历史人物命运、反映一个时代历史风貌的文学作品。历史小说首先要具有历史性，历史性的核心是真实性。也就是说，真实性是历史小说的特质。可以认为是依托历史写小说，同时又以小说的笔法写历史。当然，历史小说同样也是小说，而小说的特点恰恰是虚构。但历史小说创作中的虚构，不能凭空编造，而应当根据历史文献提供的线索，结合时代背景、典章制度、人物性格等做出合理想象或推理。日本历史小说作家陈舜臣说，历史小说属于广义的推理小说。以历史小说两度获得在国际上享有盛誉的布克奖的小说家希拉里·曼特尔，在创作以克伦威尔为主人公的历史小说时，因主人公出身卑微，早年生活几无记载，作家只好担当起侦探工作，追踪他的痕迹，阅读出文本中的言外之意。曼特尔说，她在猜测某些事时，希望有一点根据，很少无中生有。这无疑为陈舜臣的观点增加了注脚。

这也是我的历史小说创作理念：历史小说要反映真实的历史；而反映真实的历史，许多细节离不开作家的推理。比如，历史文献对刘娥做皇后之前的记载不多，但有限的记载和时人笔记里反映出的一些线索，隐含着大量信息（如有宋人笔记记载：蜀中伶人皆识字，所唱俳语夹杂诸多经史），据此加以推理，以还原那段缺失的历史。再比如，"狸猫换太子"这件事，文献记载也很少。真宗和刘娥都年过四旬，是怎么瞒天过海的？有这样几个线索：真宗前五个儿子都夭折了；刘娥的侍女告诉真宗，她梦见赤脚大仙入她怀中；仁宗诞生后，刘娥一直不让他穿袜子，以显示他是赤脚大仙降临人间。这几个线索结合在一起，即可以想象得出，刘娥当是以赤脚大仙降临这样的神秘谶语来掩人耳目的。在普遍相信神祇的时代，在皇帝的五个儿子都夭折的背景下，没有人敢公开质疑。我正是根据这样的线索，按照这样的推理来描述的。这是历史小说的优势，也是历史小说的广阔天地。

强调历史小说的历史真实性，绝不意味着可丁可卯照搬历史记载。首先，历史小说一般涉及的人物众多，每个人物都照历史真实搬进来，实在令人眼花缭乱，一些无关紧要的人物，有意张冠李戴，也是为减轻读者阅读负担计。至于涉及的历史事件，也不能记流水账似的年月日一天不差，而要根据小说的张力需要做出适当安排。其次，人物语言需要拿捏分寸。我创作的三卷本历史小说《大明首相》出版后，获得各界好评，但也有人批评说，只有具备大学中文系、历史系本科以上学历的人才能读懂。在创作《大宋女君刘娥》这部小说时，我有意识克服这个缺点，语言表述尽量通俗易懂一些。但是语言表述要符合人物身份，歌女刘娥和皇太后刘娥的语言是不同的。同一个人、同样的身份，在朝堂上的语言和私人场合聊天时使用的语言也是不同的。这都是需要在创作中悉心把握的。再次，需要一定程度的删繁就简。宋朝的官员职务非常繁杂，一个官员往往有官、职、差遣、封赐以及死后的谥号等。更为繁杂的是，宋朝的殿阁、爵位、头衔、人名，改来改去，很不固定。举例说，明朝的爵位，亲王、国公等，封后就不变了，比如封周王，那么周王这个封号终生不变；宋朝不是这样，像宋真宗，至少先后封韩王、襄王、寿王，其他亲王也如此。更奇特的是，一个人的封号、谥号在死后多年还在不断变化，后代皇帝不时还会为故去的亲王、大臣改封号和谥号。改人名也是司空见惯。真宗的名字至少改过三次。不少大臣的名字也有改来改去的，如做过枢密使的张耆，就是由张旻改称的。皇宫殿阁的名字也经常改。比如，史料上一般都说皇宫的正门叫宣德门，其实在此前不知改过多少次，至少在刘娥生活的时代，不叫宣德门，较长时间称乾元门。如此等等。在写作过程中，没有实质性意义的改动，就忽略不计了。

尊重历史真实又以新视野重塑历史。 历史的真实在哪里？有句通俗的说法：历史是任人打扮的小姑娘。美国学者海登·怀特甚至说，历史是一堆"素材"，历史和文学在虚构这一点上可以类比。有学者说，留传至今的一切有关历史的叙述，充其量是一种历史的文本，而历史的文本又是生存在历史中的被历史所限制的人所书写的，很难挣脱的历史语境。所以，如何把握历史的真实性，需要作家以敏锐的视角、深沉的情怀，在新的价值体系中重新认识历史人物和历史事件。比如，女性介入政治在历史上一直是受到谴责的。今天，我们不能认为女性不能介入政治的历史观是正确的；但是，我们又不能因此把当时反对女性介入政治的人物视为反面人物，他们维护的是当时的主流价值观，所表现出的道义担当，同样值得尊重。这才是真实的历史。某种程度上说，历史小说是以作家对历史事实的现代认知而重塑历史。所以，曼特尔的历史小说获得布克奖的颁奖词是："她重塑了英国近代历史上最著名的一段时期。"同样，当我们不再抱有女性不能介入政治、人不能仅仅因出身卑微而受到轻视和惩罚这样的平常心，重新审视宋朝的章献明肃太后刘娥和她所处的时代，与司马光等这些历史记录者的看法显然有了重大不同。同样的一段历史，事件还是那些事件；人物还是那些人物，不同时代的人以不同的价值观去审视，会得出大相径庭的结论，从这个意义上说，《大宋女君刘娥》重塑了那段历史。

尊重历史真实又以新视野重塑历史，是历史小说作家的使命。这就又牵涉到另一个重大命题：历史小说传导的历史观和价值观。历史小说颠倒历史固然是错误的，但即使是以还原历史的名义，历史小说也不能传导腐朽的历史观、价值观，这是底线。

我从事专职写作以来，于2018年4月完成了三卷本长篇历史小说《大明首相》的写作。此后，就穿越到了宋朝，投入到《大宋女君》的写作，2020年春节前夕，完成了60万字的二稿。正准备春节期间休息几天，突然出现的疫情打乱了一切。从大年初二到农历四月初六，我在家中埋头修改小说，从未走出家门。即使没有疫情，我也是没有节假日的，每天工作10个小时以上。对我来说，写作是寄托，也是逃避。

读史使人明智。明智的人都知道，历史不总是一直前进的。作为读书人，我追怀宋朝，那是读书人的黄金时代。谨以此书，纪念那个宝鞍骄马凝香尘的文治时代和疫情肆虐的非常时期。

2020年夏·北京

目录 CONTENTS

目录 CONTENTS

第一章
歌女北漂汴京逐梦　皇子出阁藩邸思春

1

一艘逆流而上的客货混装的大船里，不曾间断的喧嚣嘈杂，被突然响起的船夫们急促的呼号声所淹没，乘客们的脸上，顿时露出了紧张的神情。

"看，虹桥！虹桥！"惊惧的气氛里，还是有人手指前方，高声喊道。抬眼望去，已西沉的日头顽强地穿破厚厚的云层，万丈霞光如同道道长剑，四射而出，霞光映照下，一座横跨汴河的木质拱桥宛如飞虹，气势壮观。

"都给我扶稳——"船公大声提醒的声音，是警告的语气。因汴河上游引注了黄河水，地势自西向东倾斜，水流湍急，舟船相撞之事不时发生。故而，接近虹桥时，船夫们无不高声呼号，小心行驶，就连桥上过往的行人，也常常伸头探脑地为过往的船只捏上一把汗。

"哐"的一声，船身晃动了几下，是靠岸的信号。岸上的作头熟练地把一条长长的木板搭上了船槽，尚未放稳，一个上穿窄袖短衣、下穿长裙，头上梳着双丫髻、系着红罗头须的十四五岁的女子，急不可待地抢先踏上木板，一溜小跑下了船。

"这小娘子，好大胆！"码头上的人群里发出半是责备半是赞叹的声音。

女子在岸上站稳，抬脚轻轻跺了几下，口中喃喃道："这就是京城的土地啦！"随即转过身，踮起脚尖，高举右臂，向踏板上的人群不停地摇晃着，急切而又兴奋地叫道："表哥，快些，快些呀！"

一个身穿粗布衲袍、头顶巾帕、二十岁上下的男子，肩挑两个包袱，随着人流迈下了踏板，喊"表哥"的女子伸手要去拉他，"嗖"的一声，从脚下卷起一阵旋风，呼啸着盘旋而上，惊得众人都张大嘴巴仰头观望。须臾，旋风消失在了云霄，却见一弯月牙不知何时钻出，在西沉的太阳的余晖中，安静而又顽强地发出微光。

挑担的巾帕男子被突如其来的旋风惊得打了个趔趄，幸亏女子一把拉住了他，才没有摔倒。镇定片刻，男子扶了扶肩上的扁担，紧跟着女子，在人流中穿梭前行。

"这是虹桥码头，离城还有七里地呢！"揽客的生意人不厌其烦地一遍又一遍地解说着，挽留客人住店。

挑担男子看了女子一眼，见女子没有留宿的表示，便紧跟在她身后，随着进城的人流，踏上了通往开封城的一条官道。左顾右盼地走了不足一半的路程，洋溢在女子脸上的笑意蓦然消失了，她不由自主地皱了皱眉头，步履慢了下来。挑担男子觉察到了，没有催促她，只是不停地换肩，目光游移，神色紧张，似乎正期待着某个时刻的到来，却又不知如何面对那样的时刻。

"妈妈！妈妈！我走不动了！"一个女童稚嫩的、撒娇的声音在前面响起。她的母亲蹲下身去，女童一个跳跃，搂住了母亲的脖子，母亲顺势将她背起，母女欢快地说笑着，继续前行。

女子被眼前的一幕所打动，呆呆地站住了，蓦然想到了自己的母亲。不知为什么，只要想到母亲，她脑海里闪现出的，总是母亲临终前的场景。

那时，她还是被唤作"月儿"的六岁孩童，第一次从母亲口中得知了自己的身世。

月儿的母亲庞娥，是嘉州出名的善拨鼗的歌女。成群的浮浪子弟被她的美貌所吸引，乐此不疲地为她捧场。谁也想不到，她却与一个从太原流浪到嘉州的叫刘通的男人偷偷相好，有了身孕。哥哥不允许她和那个来路不明的男人来往，两人居然私奔了，跑到几百里外的益州华阳县赁屋安家，不久就生下了一个女儿。

"怀你的那天，妈妈做了一个梦，梦到把天上的月亮揽进了怀里，所以，你生下来后，就叫月儿了。"忍受病痛折磨的母亲说这句话时声音虚弱，却露出了难得的笑容。

女儿的出生给年轻的父母带来了莫大的欢乐，也带来了烦恼。刘通不允许庞娥再去卖唱，可他自己没有正当营生，却时常在大街上因为打抱不平而与人争斗，不是卖药材的担子被打烂，就是替人跑腿所办的事被耽搁。当庞娥的积蓄花光后，无奈之下，刘通禁不住坊正的再三劝说，狠狠心去当了兵。月儿后来才听人说起，大宋太祖皇帝行募兵法，把饥民、地痞、顽劣子弟尽量收拢到军中，用什伍相制的办法把他们管束起来，从而减少不安定因素。就在来京城的船上，月儿听人闲谈，说京城把当兵的人称为"赤佬"。所以，在月儿看来，父亲走投无路去当兵，不是值得炫耀的事。

做歌女的母亲，当"赤佬"的父亲，私奔男女生下的女儿，这，就是月儿的身世。但这身世对三岁之前的月儿来说，与出身富家豪门并无差别，一点也不影响她在双亲宠爱下欢快成长。可怜的是，童年的欢乐时光如此短暂，短暂到她几乎尚无记忆时就戛然而止了。

自太祖皇帝灭掉孟昶的蜀国，蜀川之地多年间一直很不太平。月儿的父亲刚当兵不久，就在一次征战中阵亡。月儿至今还记得母亲听到这个消息时撕心裂肺的痛哭声。

母亲为了她，变得异常坚强，带着她去卖唱，教她识字，背曲词，让她学拨鼗。

"苦寒家的孩子，要学一门手艺，将来好安身立命。"这是母亲开始教她学拨鼗时说的话。到六岁那年，月儿已经可以独立表演拨鼗了，并且有了自己的名字——刘娥。

"妈妈，女儿能挣钱了，妈妈以后就不要那么辛苦了。"刘娥第一次独自拨鼗，得了一串赏钱，交到母亲手里，兴奋中还带有几分自豪地对母亲说。

母亲流泪了。母亲很久没有在她面前流泪了，可这次母亲流泪了，弯身用双手抚摸着女儿圆圆的脸颊，不住地摇着头，哭着，把她揽在怀里。

在刘娥的记忆里，这是她最后一次把头埋在母亲的怀抱里。母亲已身染重疴，很快就卧床不起了。临终前，母亲拉着她的手，不舍地说："月儿，你答应妈妈，不管受多少委屈，一定要活着，一定要长大成人！"看到刘娥用力地点了点头，母亲宽慰了些，竟挤出了一丝笑意，又说，"要做一个欢快的女人，记住妈妈的话，愁眉苦脸的女人不讨人喜欢。"

此刻，大宋太平兴国八年仲秋的一个薄暮，走在虹桥码头通往开封城的路上，刘娥想起了这些往事，浑身禁不住颤抖着，捂住脸，抽泣起来。

"娥妹！为啥子哟？"挑担男子吃惊地叫了一声，把担子放到路边，上前掰开刘娥的手，侧过脸看着她，不安地问，"娥妹，你不是一心想着要到京城来的吗？咋——"

刘娥转过身去，不敢直视眼前的这个男人。正是她"到京城去"的信念，才促成了她和他的相遇。可为什么执意要到京城来，真正的原因，刘娥并没有告诉他。如今，真的踏上了京城的土地，她突然生出强烈的愧疚感，内心翻江倒海，她不知道，该不该把心中的那个秘密告诉眼前的这个男人。

"到京城去！"这，是刘娥的梦想；没有一个人知道，这梦想里，隐藏着一个秘密。

2

汴河"哗啦、咕咚"的流水声，伴着一股浓浓的草腥味，弥散在旁侧的官道上。路人行色匆匆地从刘娥身旁走过，不时有人回头看她一眼，露出不解的神情。她对这一切似乎毫无察觉，兀自低头慢慢走着，思绪却又飞回了遥远的蜀川。

"到京城去！"这，是十三岁的刘娥逃离舅舅家后，从心底发出的声音。尽管，这声音只有她自己才能听到，但却那样铿锵、那样坚定！

六岁就失去了相依为命的母亲，刘娥成了孤儿。辞别了母亲的坟茔，遵照母亲的叮咛，她孤身一人到了嘉州，找到了舅舅的家门。

舅舅对刘娥母亲私奔带给门庭的耻辱耿耿于怀，舅母则不愿意家里多一张吃饭的嘴，凶巴巴地把风餐露宿一路艰辛前来投靠的刘娥赶出了家门。

刘娥没有哭闹，拿出母亲留给她的鼗，白天，在嘉州城的街上拨鼗卖唱；夜里，就倚在舅舅家门外的墙根下睡去。卖唱的赏钱，她舍不得花，积攒下来买了一斗米，放在舅舅家门口。舅母两眼放光，看着蜷缩在墙根下的刘娥，仿佛看到了一棵摇钱树。

刘娥终于被允许进了舅舅的家门，开始了漫长的寄人篱下的七年岁月。

七年间，刘娥只有把卖唱的赏钱交到舅母手里时，才会看到舅母瞬间的笑脸。如果下次交的赏钱比上次少，不惟没有笑脸，还会遭到劈头盖脸的责骂甚至毒打。她拼命认字、拼命学新曲，为的是多讨些赏钱。受到看客欺辱，她也只能默默忍受，不敢对任何人吐露一语。她暗暗嘱咐自己，要在欺辱中慢慢学会如何应对。舅舅家厨房灶台前，夜间铺上一张草席，就是刘娥的床铺。除了上街拨鼗卖唱，就是为一家人烧饭、洗衣，缝缝补补。多少次，边缝衣边打瞌睡，针扎进手指，血汩汩而淌，她把手指含在嘴里，吮吸了鲜血，继续做活儿。她不叫苦，也从不说累，在人前，脸上永远挂着甜甜的微笑。

因为，她答应了妈妈，要活着，要长大成人！

为什么要活着，为什么要长大，刘娥并不明白；但她知道，只要她活着，这世间，就有和故去的母亲说话的人。

每当月圆之夜，无论春夏秋冬，夜深人静时，刘娥就会躲在院内的角落里，仰望天空，对着明月，和妈妈说话。这是刘娥最幸福的时刻了，也是支撑她活下去的理由。她并不向妈妈诉苦，只是告诉妈妈，她活着，她正在长大。

对刘娥来说，只要能够活着，一天天长大，就满足了，没有任何奢求。

但是，当刘娥还不懂得一个女儿家长大意味着什么的时候，烦恼和危险却一天天向她逼近。

尽管刘娥因怕舅母嫌弃而常常不敢吃饱，但饥饿并未改变她的五官。她的眼睛大而明亮，忽闪之间，仿佛凝聚、包容着万丈深潭；脸颊上的酒窝总给人笑吟吟的感觉；厚厚的耳唇，让见者生出伸手触摸的冲动；甜润而清脆的声音，让那些听她唱曲儿的书生每每禁不住发出"天籁之音"的感叹。浮浪子弟开始为她争吵、打架，夜晚跑到舅舅家院外故意喧哗、号叫。

"妈妈！女儿长大了，"又一个月圆之夜，万籁俱寂，刘娥仰脸与天上的妈妈对话，"可是，女儿不晓得长大了该怎么办！"

忽然，屋内传出舅母气急败坏的声音："有其母必有其女，再不上紧卖过去，像你那淫妇妹子，和哪个野汉子私奔了，竹篮打水一场空！"

"卖过去，总归不忍心。给她找个正经人家吧！"舅舅嘀咕了一声。

"哼！眼睁睁把摇钱树搬到别人家?!"舅母恶狠狠地说，"实话告诉你吧，前几天我偷偷给她喝过打铁水了！"

打铁水？刘娥张大了嘴巴，忙用手捂住，浑身战栗。她唱的曲词中，就有让女孩子喝打铁水的故事，那是让女人绝育的办法。她万没想到，舅母竟这般狠心！这个家对她来说，瞬间变成了魔窟！她屏住呼吸，双手捂住胸口，仿佛怕"嗵嗵"的心跳声被屋内的人听到，蹑手蹑脚回到厨房，用被单打了一个小包裹，她不敢躺下，坐到鸡叫头遍，就悄悄出了小院，一次也没有回头，径直往码头走去。

她只有一个念头：逃离！

可真的逃离了，站在成都大街上四处张望时，刘娥迷茫了。华阳小巷里的租屋早已不知换了多少主人，她不知道自己该往哪里去，栖身何处。

漫无目的地从锦江桥走到南米市桥，一直走到延秋门，刘娥有些累了，正要坐在路边歇脚，抬头望见一个道观，"严清观"三字映入眼帘。她的记忆骤然间被激活了，眼前呈现出一个鲜活的场景：

一个高大英俊的男子，手牵三岁娇女来到道观。父女在一尊无量天尊神像前驻足观看。正指指点点间，走来一位被人唤作"法灯道长"的老者，他端详男子片刻，以笃定的口吻道："壮士乃贵人！"男子微微摇头，转身要走，法灯道长看到了躲在男子身后的女娃，两眼发出惊异的光芒，以同样笃定的口吻道："此女必贵！"男子"哈哈"大笑了两声，把娇女抱起，慈祥的目光洒在她的脸上。法灯道长仰头看着女娃，对男子道："壮士当携此女到京城去！"男子苦笑一声，抱着娇女往外走，临出道观时，在娇女脸颊上亲了一口，语气坚定地说："这辈子，等有了钱，阿爹一定带你到京城去！"

父亲阵亡时，刘娥才三岁，她已记不得父亲的容颜了。可是，这个场景，不知是真实的经历还是曾经的梦境，在这走投无路的关头，当一眼看到"严清观"时，却油然重现了。她急忙跑进观内，没有见到法灯道长，只看到"无量天尊"的一尊塑像，正是那个场景中出现过的那尊神像，似乎印证了她的记忆。

"此女必贵！"

"到京城去！"

这声音是那样清晰、那样响亮，在刘娥的耳畔萦绕着。走出道观的刹那间，刘娥就拿定了主意：到京城去！

一口气跑到中兴苏码头，打问后方知，成都距开封数千里，旱路向北出剑门，水路向南过戎州，她没有盘缠，如何去得？况且，一个女子只身上路，旅途遥遥，难免遇到歹人。刘娥如梦方醒，只得返回城内。经过一番打探，得知城西北角有一座龙女祠，住着尼姑，刘娥前去投靠，她愿意包揽寺中扫地、洗衣的活计，又一再好言恳求，住持最终答应她在此暂时栖身。

为了早日积攒下到京城去的盘缠，刘娥风雨无阻到街头拨鼗卖唱；还随时留心，暗中寻觅能够带她到京城去的男人。

岁月，有条不紊地按照自己的节奏流逝着、轮回着。刘娥送走了十三岁，迎来了十四岁。这是苦寒家女子出嫁的年龄了。对于一个拨鼗的歌女来说，这是危险的年龄。她不敢再穿新衣裳，更不敢上妆，有时甚至不敢再唱曲儿，怕她的声音引发那些浮浪子弟的轻佻。她身穿破旧的衣衫拨鼗，而且只在白天到蚕市、药市、米市这些人多的地方，地点也选择在巡铺左近。尽管如此，还是免不了浮浪子弟的欺辱，搂抱、抚摸、亲吻、拖拽，她不敢激烈反抗，并慢慢学会如何和他们周旋。她常常忍饥挨饿，过年过节也没有吃过一顿饱饭，为的是早日攒够到京城去的盘缠。

刘娥并不觉得苦，反而对那些只为吃穿而奔波的人暗暗生出几分同情。因为，他们只知为吃穿而忙碌，不像她，心里揣着一个梦：到京城去！

有梦想的日子是充实的。

惟一让刘娥烦恼的是，她不知道该如何觅到一个能带她到京城去的男人。

半年过去了，这件事毫无头绪。

这天，刘娥正在青羊宫前的十字街拨鼗，一个男子直勾勾地盯着她拨鼗的手，还不时把自己的手举在眼前，看看自己的手，再抬头看刘娥的手，似乎在比较着，看了一会儿，转身疾步走开了。

刘娥手里的鼗停了下来，连赏钱也不要了，穿出人群，在众人惊诧的目光的注视下，去追赶那个男子。

远远望去，男子的身影消失在前面的巷口。刘娥拐进巷子，没有看到那个男子。她驻足思忖了片刻，断定那个男子必是手艺人，而巷子西头靠近正府街一侧，正好有几家银铺，刘娥走过去，到各家银铺去找。终于，在一家银铺外堂里，她看到了那个男子，一个面庞清瘦的年轻银匠，正专注地打磨着银饰。

刘娥以街面上对手艺人的尊称唤道："待诏！"

男子大吃一惊，手中的银饰掉落在地，也顾不得去捡，红着脸解释着："小子路过街头，见小娘子的手那么灵巧，就、就忍不住多看了几眼……"

这是眼前这个挑担男子对刘娥说的第一句话。想起这句话，刘娥禁不住回过头来，向挑担男子投去满含柔情的一瞥。

那时，这一句话，加上进门时看到的他打磨银饰时专注的眼神，刘娥立时生出好感。又一打问，方知银匠名叫龚美，是只身从邛州来成都讨生活的。更让刘娥感到亲近的是，龚美也是父母双亡，孤身一人。就是在那一刻，刘娥认定，银匠龚美，就是那个能带她去到京城的男人。刘娥说出了自己的想法："带奴到京城去，到京城就结为夫妻。"她说话的神态、坚定的语气，让银匠龚美惊诧之余确信，女子不是犯了花痴，她的话是真诚的。

龚美答应了，并且坚守着承诺。

为了积攒到京城的花销，他们用了近一年时间。

漫长的一年。

同住一个屋檐下，以表兄妹相称、相待。多少个夜晚，刘娥蒙眬中看到，龚美辗转反侧了一阵，起身下床，把头埋在盛满清水的木盆里浸泡。多少次，刘娥不忍，狠狠心要和龚美做真夫妻，龚美都摇头走开了。

"人要守信!"龚美说。

刘娥哭过，但更多的时候是笑。她庆幸自己找到了一个善良守信的男人。

"到京城去!"

这个信念支撑着、支配着刘娥的一切，她能忍受并且克服一切困苦、煎熬。

为什么要到京城去?

"到京城去长见识呀!"这是刘娥给出的解释，后来又补充了一条，京城富贵人家多，打银饰的营生一定好做。

龚美接受了她的解释。

"到了京城，我要拼命干，要有自己的银铺，多赚钱，供儿子们读书。"谈及京城后的生活，龚美激动地说出了自己的憧憬。

可每当龚美说到这个话题时，刘娥从不回应。龚美感到奇怪，也就不再提起了。尽管如此，有了心中的这个憧憬，让龚美对到京城去也同样充满了期待。充溢在这期待中的，全是和刘娥做真夫妻，生儿育女，赚出一家属于自己的银铺这样的美妙愿景。

两个月前，正值盛夏，二人乘着夜色，在中兴苏码头上船，走府河而入岷江，到戎州换了船，顺长江而下，至扬州再换船，溯汴河而上，颠沛数千里。为了节省盘缠，一路上省吃俭用，在扬州，还刻意挑选乘坐了客货混装的大船。

活着，长大，支撑着孤女刘娥度过了七年寄人篱下的岁月，只要活着，她就满足了，没有怨言;意识到长大了的刘娥，不再是为了活着，而是为了要到京城去。为了这个梦想，一切的困苦、委屈、付出，她都甘之如饴，笑脸相对。

如今，开封的城门遥遥在望，真的到京城了，龚美却发现，一向欢

第一章 歌女北漂汴京逐梦 皇子出阁藩邸思春

快的刘娥，变得心事重重起来。龚美本就是木讷的人，此时更不知该说些什么才能让她开心。离城门越近，龚美的心里越是忐忑。

走了约莫半个时辰，穿过新宋门，进了开封外城。一眼望去，汴河大街上，到处悬挂着灯笼，摆摊做买卖的、提灯沿街叫卖的，热闹非凡，驱散了夜开封的黑暗。

"表哥，坐下歇息歇息吧！"刘娥拉了一把龚美，指了指不远处的汴河河堤说。

二人挪步走到汴河边，在河堤南坡坐了下来。借着灯光，刘娥注视了龚美片刻，看出了他的心事：京城开封，对来自遥远的蜀地的年轻人来说，还是一个未知的世界，会发生些什么，不是他能够把控的，龚美感受到了压力；一年来以表兄妹相称，二人间建立了亲情，突然要做真夫妻了，在期待中又有些不知所措。

虽然已过中秋，可是挑担走了几里路，龚美的脸上还是挂满了汗珠。刘娥拿出手帕，替他擦了擦。两人谁都不说话，默默地坐着。汴河水湍急流过，清晰可闻，像是刘娥心中的思绪注入了河中，又仿佛汴河水在她心中奔腾着。

"娥妹，入夜了，今晚是在街上住，还是找家客栈？"龚美终于打破了沉默。

不能再回避了！刘娥轻轻吐了口气，蓦然有了主意。

3

京城开封，三层环套，最内的一层为皇城，以高大厚实的砖墙围护，自成一体；城垣外为内城，衙署、酒楼、商铺星罗棋布；内城被一道取虎牢关之土夯成的土墙所围，土墙之外，又围以新城，也称外城，开城门十二座。

皇城南门乾元门至内城南门朱雀门，是一条宽达二百余步的御街，两边建有御廊、挖有御沟，沟内种植莲荷，近岸桃李梨杏，杂花相间，夏秋两季，望之如绣。

太平兴国八年仲秋的一天，黎明时分，殿前禁军、皇城司逻卒凛凛而立，在皇城乾元门至汴河州桥段实施警戒。

一个月前，皇帝颁布制书，封十八岁的皇次子赵元僖为陈王、十六岁的皇三子赵元侃为韩王、十五岁的皇四子赵元份为冀王，择日一起出阁。太史局择定八月十九日为黄道吉日，交巳时，三王出阁。

太祖时代已在皇宫外西一厢为宗室子弟建造了一批府邸。自皇城西华门出，喘息可至。但太祖有训，皇家一应事务，要像皇帝的心地一样光明，让人洞察，不可隐讳，故皇子出阁线路，选择自乾元门至州桥，沿汴河大街西行，到龙津桥再向北行，始达王府。沿途允许京城百姓自愿观瞻。

钟鼓院里传出五通鼓声，天快要亮了。住在庆宁宫的皇三子韩王赵元侃还没有醒来。乳母秦国夫人惟恐梳洗装扮来不及，狠狠心，推了推他的大脑袋，催他起床。元侃睡眼惺忪，虽极不情愿，可听乳母一番唠叨，却也乖顺地下了床，揉着眼睛，任由侍女、散从替他梳洗更衣。

"出阁后就有了自己的府邸，还配上文武属僚。从今往后，三皇子殿下就不再是孩子了，就是堂堂的亲王千岁了。"站在元侃身后的秦国夫人颇是欣慰地感叹道。

元侃自幼就由秦国夫人哺乳，九岁时生母李妃去世后，秦国夫人像一个严母，对他呵护、管束，皇上闻其严肃、勤勉，甚为满意，破格晋封她为秦国夫人，堂堂正正的朝廷命官。作为一个女人，她为此感到骄傲，越发尽职尽责。如今眼看元侃长大成人，就要出阁立户，秦国夫人自是感慨万千。

"可是，今后，不经爹爹召见，就不能入宫了。"元侃语带伤感地说。话未说完，他突然双臂后扬，拨开正为他梳头的侍女，"噌"地起身向外跑去。出了庆宁门，沿着一条回廊向西，径直走到龙翔池边方驻足。耳边，仿佛又响起那甜美的、让他充满暖意的笑声。他伸出一只手，似乎在探寻着，探寻她的手，想被她拉住，再感受一次那柔软的双手带给他的难以名状的温暖。可是，没有人去拉元侃伸出去的手，他慢慢缩了回去，喃喃道："她，已然不在人世了！"

秦国夫人追到龙翔池边，看到元侃伸手的动作，隐隐有些担心，她微微摇头，轻叹一声，走上前去安慰道："殿下，出阁，就能娶媳妇了！"

元侃猛醒过来，随即"嘿嘿"一笑："那，能不能找一个、一个像她那样的蜀女？"

"殿下是皇子、亲王，找什么样的媳妇，是官家定的，不是你想找什么样的就找什么样的。"秦国夫人一脸严肃地说，上前拉住元侃的袍袖，又嘱咐道，"殿下，少时之事何必留恋，出了阁，就该自立了，该多想想往后的事才好。"

元侃低下了头，被秦国夫人拉着往回走，不时扭过头，恋恋不舍地望着龙翔池，直到进了庆宁门，龙翔池已然望不见了，还不住地扭头观望。秦国夫人把元侃的袍袖交给躬身站在宫门口的内侍雷允恭，吩咐道："洗漱去吧，要上紧些、用心些，今日可是京城百姓第一次亲睹韩王殿下的风采嘞！"

"是呢！"只有十二三岁的内侍雷允恭神情稍显紧张地说，"听说男女老少都往御街而来了呢！"说着，和侍女、散从一起忙活起来。

一切准备停当，入内省押班周怀政带领亲王诸宫司、皇城司一干人等进了殿，将两朵鲜艳的菊花簪于元侃的璞头上，恭请韩王出阁。

威仪早已备齐，侍卫各就各位，三位皇子并送行的宗亲一一见礼毕，跨马列队。须臾，皇城钟楼上响起了报时的钟声，巳时已到，号角吹响，锣鼓齐鸣，教坊奏乐，旌旗仪仗先行，前导马队随后跟进，皇次子陈王打头，三位出阁的皇子依次排列，鱼贯而出，骑马穿过了乾元门，送行的宗亲簇拥于后，沿御街中间的御道，缓缓向南而行。

御街两侧观礼的人群开始躁动起来。

刘娥挤在观礼的人群中，忽而踮起脚尖伸长脖子，忽而弯身低头，左钻右闪，透过人群中的空隙，焦急地注目远望，脸上现出惊喜的神情。刚到京城就遇到皇子出阁的盛典，她感到庆幸。两件心事都有了着落，刘娥感到前所未有的轻松。

昨夜在汴河边，刘娥说出了严清观里法灯道长的谶语、父亲的承诺。不出所料，龚美惊诧之余，痛苦地说："我不能误你！"刘娥却把龚美曾经的憧憬说了一遍，反问他："表哥试想，儿子读书，考上进士，做了高官，不是要封赠父母的吗？'必贵'的谶语，不就应验了吗？"龚美半信半疑间，刘娥说出了自己的想法："说好的到京城做夫妻，一定作数；只是初来乍到，莫如打拼些日子，有了自己的店铺，再堂堂正正做夫妻！"随即，不由分说掰开龚美的手与他拉钩，相约以两年为期。接下来就是在何处落脚了。恰好一个揽客的挑夫凑过去，交谈了三言两语，得知挑夫的邻居有屋外赁，刘娥毫不迟疑地雇他挑担，在距大相国寺不远的昭德巷里找到一户人家。房主李婆婆的丈夫是杭州人，吴越王钱俶的侍卒，随纳土归宋的钱俶到了开封，丈夫已故，儿子补官从军，家里只剩一个有孕在身的儿媳和李婆婆两人，便腾出两间厢房外赁。刘娥愿揽下全部家务，赁屋的价格也就便宜了许多。刚到京城就找到了栖身之所，刘娥睡了一个踏实觉，起来后和龚美商量着一边逛逛开封的街景，一边找营生。上了汴河大街，就看见三三两两的行人争先恐后往东疾行，一问方知，三位皇子今日出阁，众人是去观礼的。刘娥拉着龚美的袍袖就跟了过来。放眼一看，御街两旁已站满了人，两人只得在人群中隔着缝隙踮脚观望。

皇子们离刘娥站立的地方近了，更近了。

"皇次子陈王，姿貌雄毅！"像是有学问的老者，边手搭凉棚仔细观看，边评说着，"可惜，他簪的花，颜色黯淡。"

"皇三子韩王，姿表特异！"老者又品评道，"哦，簪花鲜艳！"

刘娥顺着老者手指的方向，透过缝隙看到了一位皇子，心里"咯噔"一声，喃喃道："这个人，怎么好像见过哟？"话一出口，自己先就否定了，可她还是轻轻拍打着胸口，蹙眉思索起来。

"看见了吗？胖墩墩的那位，是韩王，像弥勒佛嘞！"有人咋咋呼呼喊道。

"哦对了！"刘娥惊叫了一声，引得旁侧的众人向她投来异样的目光，她毫不在意，沉浸在自己的思绪里。适才有人说出"弥勒佛"来，让刘娥蓦然想起，成都严清观里，有一座天尊像，仿佛是照着韩王塑的。

"韩王真像天尊！"刘娥心里默念了一声。恍惚间，她觉得京城与成都连为了一体，在韩王身上，接续起了她幼年的记忆，而正是这个记忆，才促使她来到遥远而陌生的京城。她目不转睛地追踪着韩王的身影，就像追踪着幼年的记忆……

礼乐不知何时停止了，出阁的队伍也看不见了。观礼的人群四散开来，刘娥还站在原地呆呆地望着韩王的身影消失的地方，龚美不得不重新返回，才把她拉出幻境。

离开御街，向路人打探了京城的热闹去处，龚美跟在刘娥身后穿过了朱雀门。一眼望去，一个铺子门前聚集了不少人。刘娥好奇地走了过去，一问方知，这是京城最有名的剪纸艺人"俞金剪"开的剪纸铺。刘娥看得入迷，龚美拉住她的衣袖，拽她出了人群。二人一口气逛了马行街、曹门十字街、大相国寺街，走马观花，转了大半天，品尝了黄冷团子、细索凉粉几样小吃，刘娥略显疲惫的脸上，呈现出的全是惊喜和满足。虽未施粉黛，更无锦衣，一路上却吸引了无数男子投来欣赏的目光，不时有浮浪子弟在身后吹哨弹指，分明想引起她的关注，刘娥只是抿嘴偷笑。

龚美的心思却全在找营生上，顺道问了几家银铺，没有一家愿接纳他，心里不免有些慌乱，一路上默然无语。两人走到甜水巷北口，看见几个人围着一个坐在躺椅上的中年男子在议论着什么，刘娥好奇心又起，加快步伐走了过去。

"三位皇子出阁，皇弟魏王赵廷美、皇长子楚王赵元佐，都没有露面啊！"一个书生模样的男子忧心忡忡地感叹了一句，又问，"冯仙儿以为，'金匮之盟'真的存在吗？"

到底是京城，街谈巷议都是朝廷里的事，刘娥心想。但她听不明白这些人在说些什么，透过人群扫了那个人称"冯仙儿"的中年人一眼，见他身穿托罗毡长衫，头上戴着戴星朝上巾，一副超凡脱俗的风度。刘娥低声向近旁的一位老者打问，方知此人是五代宰相冯道的后人，满腹经纶却无意仕途，是个奇人。

突然，一阵鼓乐声响起，众人都把目光投向了巷口，是一支迎亲的队伍缓缓走过。

"冯仙儿，是迎娶孙寡妇的吧？"有人问。

"佳话啊！"冯仙儿感叹一声，"新郎是位叫刘烨的官人，对邻居老儒二十一岁的妻室孙氏一见钟情，连写数封情书，被孙氏严拒。刘官人宦游，致函孙氏，愿为她终身不娶。半年前老儒下世，这不，刘官人到底如愿以偿了。"

"嚯嚯，听说孙氏是嫁过三次的女子，本朝观念之开放，可见一斑。"有人评论道。

"乱了，乱了！"有人却不以为然，"古语云：一臣不事二主，一女不嫁二男。时下可好，全不讲了！"

冯仙儿摇手道："可知皇宋来自五代十国？五代十国不过五十来年，那年月，一个朝代不过十来年，谁会死守一臣不事二主？兵连祸结，生灵涂炭，能够活命足可庆幸，谁会死守一女不嫁二男？"

"呀！"刘娥不禁惊叫了一声。声音虽不高，冯仙儿却听到了，他"忽"地坐直了身子，不住地打量着她。刘娥被看得不知所措，拽住龚美的胳膊，低下头去。冯仙儿把目光移向龚美，又是一番打量，起身道："敢问二位从何处来？"

"益州。"龚美怯生生地答。

冯仙儿又把目光投向刘娥，脸上现出奇怪的表情，"腾"地站起身，拱手道："鄙人欲请二位远客寒舍一叙，不知肯赏光否？"

4

韩王赵元侃出阁后，住进了西华门外不远处的一座府邸里。前殿七间，殿内设屏风和宝座，是就学、理事之所；两侧翼楼各九间，咨议参军、翊善、记室参军等僚属，在翼楼当值；后楼七间，两侧翼楼各六间，是居住之所。王府内楼房旁庑，均用筒瓦，此为王府专用之瓦，加之殿阁建筑的屋脊、屋角有起翘之势，整座王府，给人以轻灵、柔美、秀逸之感。

转眼间，元侃出阁搬进这座府邸已有八个月了。除了按时参加朝会和皇家一应典礼，每天午前，元侃都要在前殿的说书所听王府儒臣讲读经史，午后和晚间，则在后殿读书习字，日复一日。

入春以来，一向安静的元侃，突然变得焦躁起来。在书房读书时，忽而走神儿，忽而"啪"的一声把书本重重一摔，让随侍在侧的侍从们胆战心惊。

"张旻何在？"这天午后，后殿二楼的书房里，传出元侃烦躁的呼唤声。

一个只有十二三岁的少年应声跑了过去。这个叫张旻的少年，在乃父阵亡后承荫补了殿班，是韩王的贴身侍卫。说是侍卫，因其年纪尚小，韩王就叫他做些跑腿的事。张旻圆脑大耳、聪明伶俐，年纪虽小，口风甚严，深得韩王的喜欢，有些心里话，不管他是不是听得明白，韩王只愿和他说。

一见张旻进来，元侃指着书案上摊开的一册书道："张旻，你看人家光武帝，尚在寒微时，看上了富室阴家的少女，当即发出'娶妻当得阴丽华'的豪言，你看他到底娶了阴丽华，又匡复了汉室，这世上做男人的，谁能与光武比?!"他叹了口气，"生在皇家，张旻你以为好吗? 看似风光罢了，一生就如一天，一天就是一生!"

张旻虽年少，可韩王要他多读书，以知传记及术数之学，对朝廷规矩懂得也不少，知道亲王虽有一大堆官衔，其实都是空的，无非问安视膳，象征性地出席朝议，既不能过问朝政，又不能交通大臣，并没有什么事情可做。听韩王这么一说，也就理解了他的心境；又见韩王烦躁不安的样子，就劝道："殿下，书读累了，到花园走走? 花都开了呢!"

元侃不说话，"腾腾"下了楼，穿过西卡墙的月亮门，转到了后花园里。春风吹拂，花香扑鼻，可元侃走了不几步，却一顿足道："也无趣!"转身又往回走。

回到书房，坐下，又站起，再坐下，如此反复了几次，站在一旁的张旻知他喜读《周易》，便从书柜拿出，摊开来，摆在书案上。元侃翻看了几眼，又起身道："罢了，还是到花园走走吧!"

"我这些天心里躁，你明白吗，张旻?"二人进了花园，沿着甬道走了几步，元侃扭脸问道。

"反正、反正……终归、终归是不敞亮吧?"张旻支吾道。

元侃摇摇头："别看只差三四岁，可有些事，不明白就是不明白啊!"说完，停下脚步，又一顿足，"烦! 你走吧，让我一个人待会儿!"

张旻转身走了几步，又回身安慰韩王："殿下，张旻听说写诗可以寄情，莫不如殿下也写诗吧!"

元侃似乎有了兴致，随口吟道："高为天一柱，秀作海山峰。"吟毕，问张旻：“知道这是谁写的吗？”又自答，“是钱惟演《远出》一诗中的句子。”

“知道知道！”张旻忙不迭道，“钱惟演不就是吴越王钱俶的幼子吗？六年前钱俶纳土归宋，那时候钱惟演才八岁。”他眼珠子飞快转了几转，“殿下，人家也曾是王子王孙嘞！”

元侃明白张旻的意思，是想说都是皇家贵胄，不妨学学钱惟演写诗以寄情。可太祖曾经说过，帝王之子，当务读经史，知治乱之大体，不必学做文章。元侃即使想写诗，也无处学习，亲王教程里没有写诗作文的内容。想到这里，适才刚来的一点兴致也就瞬时消散了，摆摆手，让张旻退下了。

到了夜间，一向倒头便睡的元侃失眠了。他第一次体会到，原来躺在床上也能让人感到疲惫。

秦国夫人觉察到了元侃的变化，嘱咐王府殿班王继忠、杨崇勋和张旻，要他们陪韩王微服逛街，散散心。三人自是求之不得，一番整备，这天午后便陪韩王出了藩邸。

即使走在熙熙攘攘的大街上，元侃还是无精打采，无论三名侍从做什么，都提不起他的兴致。走到铁盘市，忽见一盲人卦师在帮人摸骨算命，张旻跑过去，让卦师为他和王继忠、杨崇勋摸骨。卦师为张旻、杨崇勋说了一通吉祥话，待为王继忠摸骨时，却露出惊诧的表情，道：“此奇人也！前半生做中原官，后半生做胡官！”

张旻坏坏一笑，盯着王继忠打量。

王继忠的父亲曾任武骑指挥使，戍守瓦桥关时战死，继忠六岁补殿班，因恭谨厚道而受韩王亲信，所以，包括元侃在内，几个人怎么也想不出，王继忠怎会有做胡官的命。

“哈哈哈！”张旻一把摘下王继忠的璞头，双手把他的头发捧成一缕，作辫子状，“看哪看哪，胡官在此！”逗得元侃也笑出了声。几个人笑了一阵，元侃连打哈欠道：“困倦了，回吧！”

秦国夫人见几个人不到一个时辰就回来了，不禁摇头，吩咐伺候韩王躺下歇息。过了一会儿，张旻正在殿前回廊打盹，秦国夫人蹑手蹑脚走过来，拍了一下他的脑袋，示意张旻跟她走。

"韩王近来怎么了，你知道吗？"进得东翼楼一个房间，秦国夫人一脸严肃地问，见张旻摇头，又追问，"韩王和你说些什么？"

张旻还是摇头。

秦国夫人叹了口气，起身从柜子里拿出一把银壶，嘱咐张旻道："这把银壶拿上，到界身巷银铺，照着壶的成色，配上六个银盏来。"

张旻拿起银壶，顺着回廊往前殿走，走了几步又折回。这几天，一向安静的韩王突然折腾起来，阖府上下都在私下议论，他怕前殿的那帮人围住他问这问那，不如躲开，从后门出去。刚穿过后殿东卡墙的月亮门，一眼望见韩王正站在后花园一棵桃树下赏花，张旻不觉一惊。

"张旻，过来！"元侃看见了张旻，以不容置疑的语气命令道。

"殿下，这这……"张旻上前，一脸疑惑地看着元侃，支吾着不知说什么。

元侃却露出笑容，以近乎讨好的语调道："张旻你上前来，看看这花。"张旻凑过去，装模作样瞟了两眼。元侃一手轻抚桃花，一手拉过张旻："张旻，你看这花蕊。"

"看花就看花呗，还看什么蕊！"张旻一撇嘴，小声嘀咕了一句，却也不得不做做样子，低头闻了闻。

"张旻，看到花蕊，你、你会不会想到、想到一个人？"元侃突然变得结巴起来，似乎怕张旻不明其意，又补充道，"花不足以拟其色，蕊差堪状其容。想必你听到过不少她的街谈巷议吧？"

张旻顿时明白了，韩王说的是花蕊夫人。难怪说困倦了却又一个人偷偷溜出来赏花。赏花是假，想花蕊夫人是真！

花蕊夫人乃蜀帝孟昶宠妃，蜀亡后与孟昶一起到了开封。她忠诚于孟昶，作诗嘲讽举国投降的举动，诗云："君王城上竖降旗，妾在深宫哪得知？十四万人齐解甲，宁无一人是男儿！"太祖奇之，誓言要她从心底里服膺大宋。孟昶死后，太祖召其入宫，当她的面，拿出孟昶的七宝器，言孟昶便溺用七宝器，盛食物用什么？似此，不亡何待！说罢即命将七宝器杵碎。花蕊夫人冷眼旁观，不为所动。

关涉花蕊夫人的传闻还有很多，有一种说法，当今皇帝以社稷为重，不顾一切帮太祖清除身边的"祸水"，借一次游猎的机会，将花蕊夫人一箭射死。这些传闻，就连少年张旻也听到过不少。但种种传闻对皇家声誉有损，张旻不愿意说，假装不解韩王问话之意，摇头不语。

元侃却陷入了对花蕊夫人的追忆中。外人所不知的是，当年太祖皇帝对虎头虎脑长相憨厚的幼年元侃甚喜欢，常将这个小侄子带在身边。那时花蕊夫人正在宫中，她虽对宫里的人和事冷眼旁观，却惟独对元侃这个胖墩墩的孩童喜爱有加，常拉着他厚厚的小手在龙翔池边漫步。元侃至今忘不了，当自己的手被花蕊夫人握住时那种麻酥酥的温暖。

"张旻，你说，这世上还会有她那样的女人吗？"元侃语调伤感地问。

"两条腿的蛤蟆不好找，两条腿的美人儿多的是！"张旻一挤眼睛，夸张地说，话一出口方觉有些轻薄，忙缩了一下脖子，以试探的口气道，"殿下，要不，寻个貌美的蜀女？"

元侃蓦地伸出手臂，紧紧抓住张旻的肩膀，晃了晃："张旻，听说蜀女多才慧，你、你帮我觅一蜀女，好不好？"

张旻睁大眼睛，用手一点自己的鼻子："我?!"旋即"嘿嘿"一笑，拍了拍胸脯，"事情交给张旻，殿下尽可放心！"

大话说出了口，一出后门张旻就后悔了，伸手自扇了一个嘴巴，狠狠道："叫你把不住门，胡乱应承，莫不如去捉只两条腿的蛤蟆，倒更容易些！"

5

大相国寺东边不远，一个南北走向的巷子，就是京城有名的界身巷。这里，金银铺林立，彩帛店相间，就连皇家也常差人来此打锻饰物用具，使得界身巷声名大噪。

银匠龚美的身影，几乎每天都会出现在界身巷里。

来到京城八个月了，龚美始终没有找到营生。起初，他以为是京城歧视外地人，后来才知道，界身巷里的银匠，十有八九是苏杭甚至广州来的，银铺雇不雇他，与是不是外地人无关。龚美急得嘴上长出了燎泡。他很纳闷，京城富贵之家比成都不知多了几多，为何银铺营生如此惨淡？无奈之下，便硬着头皮去请教了冯仙儿。

冯仙儿曾预言，他和刘娥都会有大好前程。

那天观皇子出阁礼回来，在甜水巷口遇到与人谈天的冯仙儿，不知为何，执意把龚美和刘娥邀进院内，说了一通风鉴乃先贤甄识人物时应急所用，绝非市井卜相之流用以赚钱的勾当，又引用唐代李勣"无福之人，不可与共事"的话，说得龚美、刘娥云里雾里，却也对他肃然起敬。冯仙儿遂问起二人为何到京城、谁提议要来的，龚美一一回答。冯仙儿听罢，惊叹道："小娘子非凡人，有贵相！"刘娥昨日刚说出法灯道长卜她必贵的谶语，今日又听冯仙儿这么说，龚美忙追问其故。冯仙儿说，有心无相，相逐心生；有相无心，相随心灭。观小娘子，貌美而不骄，声美音有序，大胆且好奇，小能持家，不嫌恶衣恶食，闻事不惊张，为人做事周匝，方圆曲直随时，此皆善者。他又端详刘娥良久，闭目晃脑说，孟子曰：知人者莫良于眸子，观小娘子眸子，晴色光彩溢出，聪明多慧；眸子纯而深，心定且有信，能包容万物。总而言之，刘小娘子确非凡人！为刘娥卜罢，冯仙儿再端详龚美，诡异地说，龚待诏因祸得福，前程看好。

"因祸得福"四字，印在了龚美的脑海里。他不知道祸从何来，福从何得。难道，找不到营生，穷困潦倒，就是冯仙儿所说的祸？他不敢直接这么问，只是求教说，他打制银器手艺不差，因何找不到营生？冯仙儿先给龚美讲了一个故事：太祖朝，有一次长公主穿着贴绣铺翠的襦裙进宫，太祖不悦，责备说，皇家用此装饰，宫闱戚里就会效仿，渐生奢靡之风。说完这个故事，冯仙儿解说道，长公主的饰物，无非孔雀身上的几根羽毛而已，太祖都不许，何况金银？太祖皇帝服用俭素，宫中饰物也很平常。皇家带头，高官表率，上下形成尚质朴之风，打银饰之类的活计，自然就冷清了。龚美听罢，如冷水浇背。冯仙儿却安慰说，如今天下大定，百业俱兴，不愁找不到营生，这是个幸运的时代，不必悲观。

生在幸运的时代，却未必都是幸运儿，这幸运不是分摊到每一个人身上的。八个月来，龚美就没有感觉到这种幸运。他不愿丢掉自己的手艺，坚持每天到界身巷转转，只有听到打银饰的声音，心里才会好受些。在这里，他观摩高手打磨银饰，不时主动帮人打打下手，时间长了，有银铺偶尔会把几件活计交给他，照件付酬。靠这些零敲碎打，根本难以糊口。尤其是，去年入冬后，冰天雪地，寒冷难耐，龚美却没有余钱置办越冬的穿戴、取暖的柴炭，他和刘娥几乎是在瑟瑟发抖中度过了到京城的第一个冬季。龚美于心不安，开春后，就在东水门干起了搬运货物的粗活。开始，他还瞒着刘娥，直到刘娥看到他手上的茧子，追问之下，才不得不说出实情。刘娥责备他不该丢了手艺，一时找不到活计，慢慢来就是了。本来说好了的，到得京城，就不再让刘娥拨鼗卖唱了；可他找不到营生，眼看连赁屋的赁钱也拿不出了，刘娥只得抛头露面，外出拨鼗。除了拨鼗，只要不出门，她就忙着替房东李婆婆做家务，还向李婆婆学刺绣，没有一刻闲暇，常常要到后半夜才收工。

"是我拖累了娥妹。"有时候，龚美会情不自禁地说出这样的话。

每当龚美表露出这样的想法，刘娥就会制止他："是表哥把奴带到了京城，表哥就是奴的大恩人呀！"

刘娥越是这样，龚美越是痛苦。

痛苦的种子从踏入京城的第一天起就埋进了龚美的心田。初到京城那天，尽管刘娥说出她心里的秘密后，又拉钩起誓，相约两年之期，可龚美心里却像丢进了一团乱麻；冯仙儿的一番卜语，又让龚美久久不能释怀。莫说他一直找不到营生，即使有了属于自己的银铺，刘娥跟了他，又如何"贵"得起来？倘若跟他能"贵"，她又何必非要千里迢迢来到这陌生的京城？龚美多次想离开刘娥，免得成为她的拖累。可一想到要离开刘娥，胸口就会隐隐作痛，也放心不下她。偌大的京城，无际的人流，哪一张面孔都是那样陌生，让她一个女子如何面对？开始的时候，龚美寄希望于尽快打拼出一片天地，可是，八个月过去了，这个希望正在破灭。

今日，龚美又来到了界身巷。仲春的阳光照在身上，他没有感到一丝暖意。在巷子里走了一圈，还是没有揽到一件活计。置办换季衣装的钱还不知何处筹措，赁屋的赁钱也该付了，手头已没了余钱。龚美深感无颜面对刘娥，能躲避就躲避，实在避不开，目光也不敢与她对视。

界身巷砖道上响起的嘈杂的脚步声，好像声声都敲打在龚美的心头。他有种心碎的感觉。他不时驻足，伸出双手举在眼前，泪眼模糊地看了又看，摇几下头，无奈地放下，再继续步履沉重地往前走。

什么自己的房子，什么自家的银铺，什么供儿子读书，一切都是泡影！龚美突然仰天发出一阵冷笑："嚯嚯，做梦！"

路人被他怪异的举动所吸引，向他投去惊诧的目光。龚美旁若无人地顾自走着，耳边突然一阵嗡嗡声，像是法灯道长的谶语，又夹杂着冯仙儿的卜言，时而仿佛又听到行人嘲笑的声音："快看呀，一个大男人，做女人的拖累！"他茫然地抬眼看着路上的行人，仿佛行人都向他投以鄙夷的目光。龚美曲着身子，缩着脖子，捂住了耳朵，可嘲笑的声音不仅没有被挡住，反而越来越清晰了。他不敢抬头，仿佛全京城的男男女女都涌到了界身巷，堵住了他的去路，指点着，嘲笑着。龚美感到已无路可逃，无处可躲！

"嗵"的一声，迎面疾步走来的一个少年撞到了龚美的身上。一个硬邦邦的物件硌住了肚子，疼得他咧嘴"嘶哈"了一声。

"你眼睛瞎啦！"少年闪过身，一梗脖子骂道。

龚美弓腰捂住肚子，想与少年理论，又忍住了。刘娥嘱咐过，忍事敌灾星。天大的委屈，忍忍也就过去了。龚美记在心里，不想也不敢惹是生非。他咧着嘴，向少年挤出歉意的一笑，又躬下身去。过了一阵，疼痛感渐渐消失了，龚美起身，失魂落魄地向前走着，不知走了多久，举目一看，汴河就在眼前。他又向前走了几步，呆滞的目光望着滚滚流过的汴河水，仿佛找到了自己的归宿。

汴河，是来时的路。遥远的蜀地——故乡，再也回不去了。就让滔滔的汴河水，把肉体送到扬州，灵魂一定认得去往蜀地的船只，搭上船只，就能魂归故土了！

"娥妹，再也不能相见了！娥妹，你要多保重，早日找到你的归宿！"龚美泣诉着，站直身子，闭上眼睛，展开双臂，屏住呼吸，双腿颤抖着，踮起了脚尖……

第二章
莲花棚有惊无险　宜春苑一见钟情

1

来到大宋京师的番邦客商都说，开封这个名字，真是叫得名副其实——这就是一座开了封的城市。京城的百姓也时常感慨，他们要比大唐长安的百姓幸运得多。大唐虽号称强盛，可落日十分，京城长安的城门和城内各坊的坊门就要关闭；而开封虽仍设坊，却已废除了坊门，百姓夜间也可自由走动，甚至昼夜都可做营生。唐时的长安，百姓不准在大街边居住，只能住在小巷胡同内；而开封就没有这样的禁令，沿街居住的百姓开了不少店铺，越是热闹的大街，门面越多；门面多，客人就多，酒楼茶肆于是也就相应多了起来，渐渐形成闹市，京城百姓称为瓦子。

内城南门朱雀门外，东通新宋门、南连杀猪巷，有几处瓦子。近来，瓦子里冒出几家棚场，各路艺人在棚场演出，煞是热闹。朱雀门的瓦子里，就新建了一座能容纳几百人的演艺场，名"莲花棚"。棚内栏杆纵横，地面稍斜，后高前低，座位错落，看客坐下后无论前后，都可观看到勾栏中艺人的表演。

刘娥外出拨鼗不到一个月，听说了莲花棚，决计要到这里来。不管是不是受到冯仙儿卜语的激励，刘娥都不愿再像以前那样沿街拨鼗卖唱了。既然到了京城，既然京城有现成的舞台，就要像模像样，在舞台上大胆一闯。

莲花棚虽是新建，却已是伶人竞相角逐之地。棚场的收入，端赖看客打赏。小唱、弹唱、说话、傀儡、舞旋、杂剧，各色名角云集于此，掌棚对一个无名的拨鼗歌女，自是不屑一顾。

京城把鼗称为"拨浪鼓"，只是简单的打击乐器，靠摇动时双耳自击发声，连吃奶的小孩子也会摇动拨弄。刘娥提出不取分文，只在场中表演一两次，掌棚依然拒绝。她没有气馁，右手持鼗，举至额头，轻轻一摇，流珠敲击皮面，鼓点流畅，旋律悠扬，缓急自如，声音悦耳；又见她轻咳一声，微微扭动腰肢，开言唱了几句。

掌棚虽然还是摇头，表情却发生了微妙变化。刘娥捕捉到了，她没有走开，而是隔三岔五就出现在棚场，跟在掌棚身后求情。掌棚最终让步了。不是因为拨鼗，而是因为刘娥的声音。阅名伶无数的掌棚，从未听到过如此甜润、清脆的声音。他答应刘娥试唱几天，并为她取了一个艺名：妙音。

莲花棚挂出的招牌中，加上了"天下第一拨鼗高手"，可一连四五天，听刘娥拨鼗的看客稀稀拉拉，赏钱更是寥寥无几。

"这是什么东西？哄小孩子吗?!"

"嘌唱！爷要听嘌唱！"

"摇那么个破玩意儿，唱那么素，糊弄爷吗?!"

看客里发出责骂声。

司棚提出，要么嘌唱，要么走人。

不到万不得已，刘娥不愿唱淫曲儿，她拒绝了。掌棚似乎是为了证明自己的判断力，并没有立即同意司棚提出的赶走刘娥的建议，他命人将招牌上的"天下第一拨鼗高手"改成"花蕊夫人再世，天下第一妙音"。

看客虽然增加了些，可赏钱还是不足以弥补棚场的损失。掌棚正犹豫着要不要终止刘娥的试唱时，突然之间，赏钱陡增，连续十来天，甚至超出了棚场里的头牌。掌棚既惊喜又隐隐有些担心，以他的经验，每当出现这样的异常状况，必有事情发生。

到了第十天的午后，刘娥刚上妆，掌棚进来道："妙音，外面有轿来接，你快准备一下，马上走！"

刘娥一惊。她听人说过，太祖皇帝在世时，反感以人代畜，就连官员也不得乘轿。如此推测，以轿子来接她的人，恐非一般浮浪子弟所能比。难道，法灯道长的谶语，要应验到此人身上？

对法灯道长的谶语，冯仙儿的卜言，刘娥虽不全信，却也叮嘱自己要相信。不为别的，只为有了这个信念的支撑，她就能笑对一切困苦。在十六年的人生里，活着，长大成人，支撑着她笑对寄人篱下的困苦；到京城去，又在逃离嘉州走投无路时支撑着她度过了近乎流浪、乞讨的时光；如今，到京城后生计无着，她没有丝毫的抱怨，微笑着面对每一天，靠的就是谶语卜言的支撑，让她去相信，只要向着梦想而努力，就会有一个美好的未来。

没有依靠的人，需要自己寻找支点。刘娥太孤苦了，"必贵"的谶语，变成了她的支点。所以，半年多生计无着，并没有让她的希望破灭，也没有让她失去脸上的笑容。尽管她知道，歌女的身份与"必贵"的谶语正好背道而驰，但还是不得不出来拨鼗卖唱。在她内心深处，似乎有一种若隐若现的期盼，期盼着有什么奇迹发生。此刻，当听到有轿子来接的消息时，她的心"怦怦"跳个不停。

多年的卖唱生涯，使得刘娥的内心疯长出一股野性；词曲里的男欢女爱，总是让她联想到父母的私奔。一个女人甘愿和一个流浪汉私奔，该是多么爱他！一个女人勇敢地追求这种不被世俗所理解的爱，该是多么了不起！这个想法，在渐渐长大的刘娥的内心深处，如同一粒种子，生根发芽了。到京城去，与其说是因为"必贵"的谶语，不如说是为了寻找某种机缘。她朦朦胧胧意识到，自己要寻找的，或许与自己的母亲一样，是那为世人所不能理解的爱情！她想像母亲那样，体验这样的爱情。在龚美的身上，她没有找到，所以才违背当初的承诺，编出一个两年后再做真夫妻的借口。

"妙音，你快些。"掌棚催促道。

"敢问谁差的轿子？"刘娥抑制住惊喜，故作淡定地问道。

"符少爷，想必妙音是知道的。"掌棚答。

"是他?!"刘娥既失望，又有几分不安。

满京城的人没有不知道"钱井经商"的符少爷大名的。京城称租客给房东的租金为痴钱；专收痴钱的房东，谓之钱井经商。五代十国兵荒马乱，达官贵人为了逃难避祸，大量抛售土地房屋，符少爷祖上有眼力，大胆买进，待太祖平定天下，符家就以赁屋为营生，号称开封首富。符少爷有一嗜好：五代十国帝王后宫有名的嫔妃，他都要照着觅一个来。时下，他正要物色一个花蕊夫人般的蜀女。这些传闻，刘娥到莲花棚不久就听到了。

"奴要是不去呢？"刘娥试探着问。不知为何，她对做符少爷的"花蕊夫人"恐惧大于期待。

掌棚惶然道："实话告诉你吧妙音，你以为是你拨籢好才得的赏钱？非也！是符少爷捧场。看在敝棚给你提供舞台的份儿上，务必去见见符少爷。"

"奴若去了，是不是就非留下不可？这是京城呀，天子脚下，再有钱，也不能强抢民女吧？"刘娥继续试探着。

掌棚道："豪富者不会公然违法，但他可以用钱断绝你的生路。"

"这么说，只能听从他的摆布？"刘娥有些不服气。

掌棚想了想道："除非，你有靠山。"

"什么样的人才算靠山？"刘娥追问，好像她已有了靠山，只是不知道这靠山是不是真靠山。

掌棚苦笑道："知开封府寇准，你可识得？"

只听说掌管京城的寇准善饮，常到场棚召伶人去府中唱曲儿，京城各棚场无人不晓。可刘娥并不认得他。不过，和掌棚的对话，已让刘娥心里有了底，只要符少爷还惧怕律法，那么彼此就能守住底线。

平生第一次坐轿子，还是在京城的大街上，刘娥并没有一丝一毫的荣耀、得意；她担心轿子会歪倒，又怕轿夫的肩膀会被压疼，坐在轿中不敢动，两手紧紧攥住轿栏，手心攥出了汗，直到轿子落地，她才拍着胸口，畅呼了口气。

两个侍女引导刘娥穿过了一道又一道门，才进了一间宽敞的花厅。

"哈哈！哈哈！美人儿！"随着淫秽的笑声，从屏风后走出一个三十多岁的矮胖子，上前搂抱刘娥。

刘娥没有挣扎，但她上身向后仰着，清楚地看到一张大方脸，满是赘肉，油光发亮，下巴上坠着一撮山羊胡，急促的喘息呼出的浊气让刘娥不得不屏住了鼻息。她伸手挡了一下要去亲她的符少爷，笑着说："少爷是京城的名流，奴听说名流都是很自重的呀！"

"嚯嚯，哈哈！"符少爷尴尬一笑，放开了刘娥，边向屏风前摆着的一把交椅走去，边道，"本少爷一向自重，不然也就等不到现在了。自在莲花棚一睹芳颜，本少爷就夜不能寐。"入了座，他一跷二郎腿，继续道，"做买卖的，不玩虚的。本少爷想让妙音做我的'花蕊夫人'，专房已准备停当，美人儿这就去看看，有何不满意的，提出来，立时改，一直改到美人儿满意为止！"

刘娥施了一个万福礼，嘤嘤道："多谢少爷美意！可奴家已有夫君，怎可……"

"不妨事！"符少爷打断刘娥，"本少爷备五百两银子，再备上一封休书，一并送过去，你只说送到何处便了！"

五百两银子，这可是能买下一座大宅院的钱啊！刘娥吓了一跳。但她不想就范，只想尽快逃离。惟一的办法只能是搬出靠山，可她没有靠山。不知为何，紧急时刻，脑海里突然闪现出韩王的影子，不是真实的人，是严清观里那尊塑像。刘娥觉得这就是她的靠山。她夸张地叫了一声："呀！奴差点忘了，韩王差人来，说棚场演毕，要奴去藩邸拨鼗。少爷说的事，只好改日了。"她只想着脱身，只要脱身了，此后的事再想办法应对。

符少爷半信半疑，打量着刘娥，刚要盘问，一个随从进来，低声道："禀少爷，有官差来，说要见妙音小娘子。"

"何方神圣？"符少爷不耐烦地问。

随从道："韩王府殿班张旻。"

"呀！"刘娥不禁惊叫一声，她不敢相信自己的耳朵。

2

城东金耀门外的宜春苑，本为魏王赵廷美的私家花园，后来，魏王被贬到房州安置，不久病卒，宜春苑开放为庶人苑。苑内池沼秀丽，花木繁盛，百鸟啾啾，游鱼泼泼，素馨、茉莉、山丹、瑞香、含笑争相绽放。本朝不分男女，素有赏花、簪花习俗，每当花开时节，男女老幼纷纷出游，踏青赏花。无论皇家御苑、士大夫私家花园，还是寺院宫观所辟花园，都会向士庶开放，其中的宜春苑，成为京城仕女最佳迎春之处。

这天午后，快交申时，刘娥和房东李婆婆下了一辆马车，相偕进了宜春苑。进得首门，沿甬道走进藤蔓覆顶的长廊，边走边左顾右盼赏景，忽听有人唤道："小娘子——"

刘娥抬头一看，前方一个亭子旁，昨日在符少爷府中接她出来的韩王府殿班张旻，正站在那里向她招手。昨日在符少爷府中与张旻初遇，今日龚美就神神秘秘安排她来宜春苑踏青，进苑就遇上张旻，这不会是巧合。

这些日子，刘娥担心龚美承受不住找不到营生的压力，不时宽慰他。可突然之间，龚美像是变了个人，两天来一直言行诡秘。她不知道这背后发生了什么，只是猜想必是有什么事情发生。她本想把符少爷府中遇到韩王府殿班张旻的事说给他，但临时又改变了主意。她隐隐感到，张旻突然出现在符少爷宅邸，很可能与龚美有关。既然龚美不愿说破，刘娥也就佯装什么也没有发生，就让龚美以为她一直蒙在鼓里好了。

见刘娥款款走来，张旻一阵惊喜。

前天午后，韩王要张旻替他物色一名蜀女，张旻满口应承却也惶然不安，以致在界身巷，居然和一个行人撞了个满怀。他气急败坏脱口而出"眼瞎啦"，与其说是骂对方，不如说是骂自己。亲王的堂堂侍卫官，走路竟然撞到行人身上，岂不是莫大的耻辱？好在到了"人和银铺"，稍一打探，竟有蜀地来的叫龚美的银匠刚离开不久，张旻便要银铺伙计带他去寻，二人一路追到汴河边。远远望去，龚美站在岸边，像是要寻短见。伙计大惊，向张旻使了个眼色，张旻几个跳跃冲过去，拦腰把龚美抱住了。一番解释，三盏老酒，张旻说出了他的来意，一听龚美说他有一表妹，长相好、声音甜，人善良，喜出望外，追问之下，却是一个歌女，张旻又踌躇了。他很想在韩王面前展示自己的办事能力，可一时又没有其他头绪，只得于次日跑到莲花棚，想先看看龚美的表妹到底如何，再决定是否让韩王一见。闻听妙音被符少爷接去，张旻跨马驰奔符少爷宅邸，待见到妙音，张旻只想大喊一声"找到了"，虽未喊出口，却也毫不迟疑地勒令符少爷将刘娥送回家，他则直奔界身巷去找龚美，两人合计了一番。张旻惟一担心的是妙音的歌女身份，他决定先瞒着韩王，只要韩王一见，必会动心，到那时，什么歌女不歌女的，就不在话下了。

刘娥走到近前，张旻打量了一眼，急忙转过脸去。昨日在符少爷宅邸见到的妙音，浓妆艳抹，有几分妖冶；可今日的她，素颜朝天，反倒更加姣美可爱，与那些艳妆的贵妇闺秀比起来，显得清秀奇异，尤其是身上穿的衣裙，张旻还从未见过，越发衬托出她的与众不同。张旻害怕他的目光出卖自己的内心，故而不敢直视。

见张旻神色慌张的样子，刘娥对自己的小心思感到得意。

预定出门踏青的时间是午时。每天上午，都是刘娥为房东李婆婆做家务的时间。八个月来，她揽下了家里的所有活计，李婆婆儿媳刚刚生下一个女孩儿，刘娥兴高采烈，洗尿布、做鞋帽，忙前忙后，今日也不例外。李婆婆劝刘娥说，女子出门要好好妆扮一番。刘娥想起自己唱过无数遍的"好个人人，深点唇儿淡抹腮，浅浅画双眉"，忙完了活计，就坐下上妆，刚打开妆盒，突然灵光一闪：若比妆扮，她怎比得过京城的贵妇闺秀？但比天然，她有信心。所以，她没有上妆。但在穿着上，她却花了些心思。上衣没有什么特别之处，就是京城流行的窄袖短衣，外加一件领口和前襟都绣着漂亮花边的对襟长袖小褙子；下身则特意穿了一件号"拂拂娇"的裙子。在成都时，听说当年孟昶闲暇时与花蕊夫人同登兴平阁，见霞彩可人，便命染院织霞彩纱，作千褶裙，分赐宫嫔，一时在蜀地成为时尚。刘娥在来京城前做了一件，还从未穿过，今日穿出来在宜春苑一走，立即吸引了无数好奇、艳羡的目光，无形中为她增添了几分自信。

"呀！这不是昨日救奴出符家的小哥吗？奴再谢小哥！"到了张旻跟前，刘娥故意惊讶地轻叫了一声。昨日，张旻并没有向她说明过自己的身份，此时刘娥也就佯装不知，向张旻略施一礼，脸颊泛起了红晕。

张旻忘记了还礼，说了声"小娘子稍候！"就慌慌张张往不远处的殿阁跑去。

刘娥感到错愕。她以为要见的是张旻，却不料刚一照面，张旻就跑开了，顿感局促，便对李婆婆道："您老尽可到别处去逛逛，奴遇到熟人，要在这里说说话呢！"李婆婆知趣地走开了，刘娥这才举目搜寻张旻的身影，却见他从不远处的一个殿阁里走了出来，身后还跟着两个人。她急忙移步到亭子前的花圃，心神不宁地赏花，不时用余光向亭子瞟去一眼，呼吸变得有些急促。

须臾，张旻引导着一个身穿圆领襕衫、公子打扮的胖墩墩的男子，手持一把漆柄折扇，脚步慌张地走了过来。刘娥通过余光就认出了，竟是那个在御街只远远看到轮廓就感觉似曾相识的男子——韩王。她的心在狂跳，脸颊发热，快要透不过气来了，捧住一枝花朵闻着，掩饰自己的激动。

韩王赵元侃快步走了过来。

自打嘱咐张旻为他寻蜀女，元侃便不再那么折腾，只是催促甚切。昨日，张旻禀报说已打探到今日有一蜀女要到宜春苑踏青，不妨前去一见。元侃大喜，把张旻大大夸赞了一番，用罢午饭，就迫不及待地跨马来到宜春苑，边坐在清心阁喝茶，边焦急地等待张旻来请。

"咱看那蜀女，个子不够高挑嘛！"同来的王府殿班王继忠望着刘娥的背影，嘟哝了一句。上次出门散心，张旻偏要他去摸骨，结果被说成后半生做胡官，张旻又不时以此取笑他，王继忠便有了心结，总把气撒在张旻身上。他知道是张旻安排韩王来会蜀女的，所以就故意说出挑剔的话来。

"你懂啥！"张旻瞪了王继忠一眼，反驳道，"娇小玲珑，才是蜀女，懂不懂?！"

"哟哟，啧啧……"王继忠撇了撇嘴，又咂了咂，揶揄道，"还娇小玲珑？你多大，就懂娇小玲珑？一看就是好色之徒！"他本就是挑剔张旻的，这下终于让他抓到了把柄。

元侃没有理会二人的争论，好像根本没有听到，甚至忘记了身边还有人，他直勾勾地望着刘娥的背影，边顺着亭子的台阶往下走，边朗声道："诸葛孔明《隆中对》云：'益州塞险，沃野千里'；李白有诗云：'九天开出一成都，万户千门入画图'，好地方，好地方啊！"这是元侃早就想好的，一旦遇到蜀女，不管是谁，都以这番话作开场白。

刘娥转过头来，与元侃对视了一眼。这次，不再是模糊的轮廓，而是真切的、活生生的面孔。刘娥过去接触到的，都是为生计而奔波的人，周身散发出柴米油盐的味道和算计的眼神儿；那些为她捧场的阔少，多半是一副轻浮暧昧的表情；而眼前的这张面孔，是敦厚的大男孩纯真明亮的面孔，目光柔和纯净，还透着几分稚气。这与她想象中的高贵、威严的亲王形象，真是南辕北辙。只看了这一眼，刘娥蓦然生出莫名的要呵护他的冲动。她妖媚地、充满爱怜地向元侃浅浅一笑。

仿佛陡然间看到天空中的一道闪电，元侃惊得站立不稳，脚在台阶上滑了一下，向后一仰，张旻、王继忠同时出手相扶，元侃才没有摔倒。

"呀！公子小心！"刘娥惊叫了一声，想冲过去把他扶住，但她知道这个想法是可笑的，脸一红，又低下头去，佯装赏花。

"啊?!"元侃也是一声惊叫。她的声音如此甜润，如此柔软，像是母亲爱怜的叮咛，却分明带着女人的体香和婴孩的奶气，熏进了他的五脏六腑，让他瞬间陶醉。难道，人间还有如此动听的声音吗？元侃周身战栗了一下，张大嘴巴，痴痴地站住了。

韩王赵元侃，仿佛失去了知觉。四野八荒，天昏地暗，眼前的蜀女，就是人间至美，世上尤物！不，世间何曾有？她是天空中的雷电，只是一鸣一闪，就把元侃击倒了，他酣畅淋漓，浑身酥软，不能自已！

"殿下，殿下！"王继忠和张旻唤着，手忙脚乱地把要瘫倒的元侃扶进亭子，坐到长条凳上。

元侃的表情，刘娥都看在眼里，她真想上前揽他入怀，抚摸他胖胖的脸颊，可她知道不能那么做，只得佯装什么也没有看见，悄然走开了。

"快快快！"元侃突然缓了过来，一眼没有看到刘娥的身影，便焦急地喊了起来，"她不见了，不见了，快去找！快！"

3

申时半许，宜春苑里的游人开始陆续往外走了，却见一伙彪形大汉簇拥着一个中年男子进了苑门。

不时有行人驻足向中年男子躬身施礼，口中唤着："符少爷！"

符少爷旁若无人，晃着肩膀向前走，边走嘴里还边念叨："爷不相信，煮熟的鸭子还能飞走！"他原以为，只要把妙音接到府中，必能成好事；不料闯进一个韩王府殿班，把他的好事搅黄了。符少爷不甘心，他想要的女人，还没有弄不到手的，便差人到莲花棚打探消息。他猜想，韩王只是想听听拨嚢，赏赏鲜儿罢了，怎么可能会留一个歌女在王府？谁知掌棚却说，妙音的表哥已来知会过，妙音以后不会再来了。符少爷郁闷至极，抓耳挠腮，无奈之下，今日特意出来散心。听说午后到宜春苑踏青的女子不少，便赶过来逛逛，看看能不能遇到貌美的蜀女。

"少爷，您老人家说，堂堂的皇家亲王，真会要一个卖唱的歌女吗？小的看，这盘菜，早晚还是少爷您老人家来吃！"随从劝慰道。

符少爷不理会，吩咐随从不必紧跟，他一个人背着手，边四处张望，边迈着方步晃晃悠悠往里走。刚走出不远，远远看到亭子后面有位女子独自站在桃树前赏花，符少爷加快了步伐，绕到她的身后，对着女子的背影唱道：

> 小娘子，
>
> 叶底花，
>
> 没事出来吃盏茶。

刘娥适才见元侃痴痴的样子，心中暗喜，碎步转到亭子后面，看见一棵桃树，佯装赏花，余光却不离坐在亭子里的元侃。她正仰脸嗅着一朵花瓣，一副陶醉的样子，忽听身后有吟唱声，扭头一看，竟是符少爷，吓了一跳。

符少爷也认出了刘娥，惊喜道："原来是你！哈哈，哈哈！天意啊天意！昨日你说韩王，韩王的侍卫还真就到了；今日我心心念念想着你，还真就在这里遇上了！哈哈，哈哈，美人儿，那就随本少爷回府吧！"

"你是何人，敢在此调戏良家女子！"是韩王的声音。

元侃在亭子中看不到刘娥，惊慌地喊着要张旻、王继忠赶快去寻，张旻一指他身后，元侃看到了桃树下的刘娥，桃花映衬下，越发显得摄人心魄，尤其是那荡漾在脸上的笑意，正如冬日暖阳，春日和风，沁人心扉，醉人心头！元侃镇静片刻，摆摆手，示意张旻和王继忠退下，他独自向刘娥走去。尚未近前，就见一中年男子神态轻佻地说着什么，还不时发出暧昧的笑声。元侃禁不住怒火中烧，便呵斥了一声。

符少爷的目光片刻也没有离开过刘娥，一听有男人在质问他，看也未看一眼，伸手一指，骂道："哪儿来的泼皮？识趣些，赶紧给老子滚！"

元侃局促地站住了，扭过头去，扫视张旻、王继忠的身影。

符少爷嬉笑着，上前拉住刘娥的衣袖："小娘子，这回你还怎么说？"

元侃急得顿足道："住手！快住手！"

"呼"的一声，张旻、王继忠不知从何处闪出，跃身一跳，把符少爷扑倒在地。

符少爷的随从见状，"呼啦"围了过来，五六个彪形大汉上前，分头抱住张旻和王继忠，又有几个人从二人身下拉出了符少爷。

"敢动老子？"符少爷气喘吁吁，边骂边踢了王继忠一脚，"给我打！"

这样的场面，刘娥见多了。嘉州、成都，在她拨鼗的场地上无数次上演过。那时，每当遇到这种场景，刘娥都会借机抽身，转眼间不见了踪影。但是，今天，她不能走，她怕那些打手伤着了韩王，便快步上前把韩王护在身后。

符少爷的一个随从见早有同伴将张旻、王继忠二人按倒在地，自己插不上手，转身向元侃扑去，挥拳要打。

"大胆狂徒，竟敢围殴亲王！"王继忠见狂徒要打韩王，他和张旻被压在身下动弹不得，不能上前护卫，只得亮明了身份。

符少爷正站在一旁，一边掸手，一边得意地晃着脑袋，忽听"亲王"二字，吓了一跳，忙伸出手臂挡住了挥向元侃的拳头，再定睛一看，那个被压在随从身下的少年，正是韩王府殿班张旻，符少爷不禁出了一身冷汗，喊道："住手，都给我住手！"转身"嗵"地跪在元侃面前，一边扇自己的嘴巴，一边恳求道："韩王千岁，小的酒后失德，一时糊涂，还望殿下海涵！"说着，连连叩头。

刘娥拉了一下元侃的袍袖，低声道："公子快走吧，你看不少人向这边围拢，传出去对公子的声誉终归不好。"又指了指跪在眼前的符少爷，"也让他快走吧！"

元侃正不知所措，听刘娥这么一说，忙道："对对，散了吧，都散了吧!"

"不能走!"张旻要出气,喝住了符少爷。

"小哥,快护上公子走吧!"刘娥指了指围拢过来的人群,劝道。

"一起走,一起走!"元侃生恐刘娥走掉,忙道。

王继忠上前踢了符少爷一脚,这才和张旻一左一右把元侃和刘娥夹在中间,往清心阁走去。

"刘小娘子,你没事吧?"身后传来李婆婆气喘吁吁的声音。

刘娥回头一笑:"没事的,婆婆,您老人家放心就是了。"又嘱咐说,"您老人家随便走走吧,难得来一趟。"

元侃目不转睛盯着刘娥,那悦耳动听的甜美声音让他立时忘却了适才的不快,转瞬间进入到一个恬静的世界。

进了清心阁,茶水刚备下,元侃就摆手让张旻和王继忠退出。经历了一场打斗,元侃和刘娥从初见时的意乱情迷中清醒过来,镇静了许多。元侃指了指旁侧的一把椅子,示意刘娥坐下。他举起茶盏,佯装喝茶,目光却一直在刘娥身上扫来扫去。他很奇怪,一个弱女子,处乱不惊,竟挺身而出保护他;在他不知所措时,又为他拿主意,初见刘娥时天昏地暗、灵魂出窍,此时却一变而恬静安详,不曾体验过的舒适、安逸、愉悦,让元侃陡然生出一家人的熟悉感。可他对眼前这个娇美的蜀女还一无所知,于是问:"敢问小娘子,益州哪里人?"语调中满是欣喜,又充溢着温情。

"回公子的话,奴是益州华阳人。"刘娥低声答。

"哦,我知道的。华阳乃蜀地首县,与成都县共治成都城,东南属华阳县,西北属成都县。"元侃笑着说。

刘娥一欠身,颔首道:"公子说得是。"

"小娘子!"走到门口的张旻回头道,"这位不是公子,是皇子,韩王殿下。"

刘娥早已知道面前的男子是韩王,但没人向她挑明,她也就故作不知,听了张旻的话,她忙起身,施礼道:"原来是亲王呀,奴一民女,还是回避了吧!"说着起身要往外走。

元侃赶紧起身拦住她的去路,"嘿嘿"一笑:"亲王又如何?"他伸开双臂，"你看到了？还不是一样的。"仿佛是怕刘娥真的要走，急急忙忙搭话，"那你为何要到京城来？"

刘娥低下头去，略一思忖，道："奴若不到京城来，哪里得遇韩王殿下呀！"

元侃又是"嘿嘿"一笑，随即"啧啧"两声，道："我听说人间有三妙音，一曰幽泉漱玉，二曰清声摇空，三曰秋蝉曳绪。可我适才听到的，比此三者还要妙。人间妙音，惟此为妙！"

刘娥似懂非懂，只知这是夸她的，低头含笑不语，心中暗忖，韩王说出"三妙音"之语，当找话头和他对上。自幼背词曲，刘娥练就了惊人的记忆力，到开封后，只要听到市井闲谈，凡有兴趣者，听一遍便可牢记在心，此时就想到以"九大福"对韩王的"三妙音"。她一扬脸，问道："那，人都说天下有九大福，韩王殿下可晓得？"

元侃被难住了，扰了扰宽厚的耳唇，做思考状。

刘娥莞尔一笑："告诉你吧，就是京师钱福、眼福、病福、屏帷福；吴越口福；洛阳花福；蜀川药福；秦陇鞍马福；燕赵衣裳福。"

阵阵麻酥酥的感觉不断向元侃袭来，不时会不由自主地战栗一下。他"嘿嘿"笑了笑，回应道："可叫我说，这都不算什么福，有一个蜀川美女，那才是真福！"话一出口，连他自己也觉得奇怪，一个不善言谈的人，和眼前的小娘子在一起，不仅很想说话，而且平时想都想不出的话，此时就能脱口而出。

刘娥调笑道："好呀好呀，奴这就到街上给你寻一个来，你等着啊！"说着做出欲起身的样子。她也觉得奇怪，和元侃在一起，自己并没有仰视的感觉，反而感到就像一个久别重逢的故人。

元侃忙摆手道："哪里寻啊，快别去了。"话一出口，总觉得有些不对劲，他眨巴了几下眼睛，扰了扰耳唇，方回过闷儿来，噘嘴嗔怪道，"近在眼前，还说去寻！"

刘娥"咯咯"笑了起来，见元侃憨厚如此，内心充满爱怜。

"我十七岁了，改过几次名字，时下叫赵元侃。"元侃恨不得把自己的一切都一股脑儿说给刘娥听，"我是皇三子，大哥元佐、二哥元僖。"

"奴也有名字，叫刘娥。"刘娥低声道。

"刘娥?"元侃重复了一句,好奇地说,"古时女子无名,都是以姓为名,比如仲子啦、季姜啦云云。周朝因为是姬姓,女子就称王姬啦、伯姬啦云云。后世继承下来,就称女子为某姬。听说过项羽的虞夫人吧,称虞姬,称来称去,女子却还是没有名。天下女子都没有名,那你因何有名?是姓氏加上乳名吧?"

刘娥低下头,含含糊糊道:"娥,在蜀地,就是女娃的意思,凡女娃都可叫娥,奴姓刘,故而就叫刘娥了。"说完,觑了元侃一眼,生恐他听出破绽。其实,蜀地的女子也是无名的,"娥",在益州,是对有技艺的女子的通称。她的母亲姓庞就被称为庞娥,她姓刘就被叫成刘娥。可她不想一见面就把这些说给元侃,免得被他看贱。

"那、这……"元侃结巴起来,脸也红了。眼前这个叫刘娥的女子眼睛一眨、眸子一转、嘴唇一抿、眉毛一挑,每一个细微的动作,都让他动心,让他陶醉,巴不得这就把她带进王府,免得节外生枝,可又不知该怎么说。他支吾良久,一顿足道:"我想、我想让你跟我回府!"

刘娥抿嘴一笑,轻轻摇了摇头。

4

刘娥的摇头拒绝,让韩王赵元侃既感意外,更觉焦急。他慌慌张张跑了出去,见到站在门口的张旻,一把拉住,像是告状,委屈地嘟哝道:"她不跟我走!"

张旻问明了原委,眼皮一翻道: "哪能平白无故就领走嘛,看张旻的!"

王继忠拦住张旻,撇嘴道:"切!小小年纪懂个屁!"他转向韩王,一拍胸脯,"让继忠来!"

两人一个比一个有把握,元侃悬着的心放了下来,正了正衣冠,跟在二人身后,返回阁内,"嘿嘿"一笑,坐回了原处,向王继忠递了个眼色。

王继忠只是为了压张旻一头,并没有什么现成的计策,但既然说过了大话,也只能硬着头皮,前言不搭后语,说了一通进了王府吃香喝辣,傻子才会错过这样的机会之类的话。

刘娥低头不语。

张旻见王继忠的话不仅没有说动刘娥，反倒让她现出伤感的神情，不禁窃喜。他已然知道刘娥是孤女，只有龚美一个表哥，女人是不能做自己的主宰的。张旻猜想，小娘子必是不敢自作主张。他跨前一步，瞪了王继忠一眼，一挺胸脯道："小娘子放心，这事，你表哥同意了的，韩王殿下也不会亏待龚待诏，会给他一笔银子！"

刘娥红着脸，依然摇头。张旻一提到龚美，愧疚之感顿时袭上了她的心头。午时，龚美雇好了马车，找李婆婆交代了一番，走到刘娥面前，郑重地说了句"娥妹，保重！"就转身快步离开了。望着他的背影，刘娥泪如泉涌。到京城以来，无论生计多么艰难，她还从未流过泪；可是，龚美走出家门的瞬间，刘娥却抑制不住自己的情绪，泪水顺着脸颊扑簌簌往下流淌。龚美一句"保重"的话，分明是在与她告别。刘娥不舍，毕竟，在偌大的京城，在世间，她只有这一个亲近的人。是这个男人，将她带到了京城，又一直信守着自己的诺言。她不知道，今后还会不会遇到这样善良的、值得信赖的男人。她想叫住他，不让他走，说出和他终身相守的话；可是，她没有，她只把他当成了亲人，而隐藏在她内心深处的野性不时撞击她，要寻找到一个爱的人，像母亲不惜与相爱的人私奔一样，不顾一切！刘娥想冒险，哪怕像母亲一样落得世人眼中的悲惨结局，也值得，不枉在世上活过！可是，当面对龚美的时候，刘娥又为此自责，觉得自己太自私了。如今，遇到皇子就自作主张弃龚美而去，形同背叛，刘娥无论如何做不到，她需要给龚美一个交代。尽管此刻她已猜到这件事是龚美和张旻共同谋划的，她有好的归宿也是龚美所希望的；但越是这样，刘娥越不能做背叛龚美的事。只有龚美说出让她进韩王府的话，她才可以答应韩王。

清心阁里的空气近乎凝固了。元侃看看张旻，又盯着王继忠，两人都回避着韩王的目光，讪讪地低下了头，嘴里小声嘟哝着什么，却也不敢再出风头。

"小娘子，你说，怎么样才愿意跟我走？你说吧，你说吧！"元侃以近乎哀求的语调说。

刘娥这才露出笑容，低声道："让李婆婆进来一下吧！"

张旻不等韩王发话，忽地转身，一个箭步就冲了出去。须臾，就笑嘻嘻地把李婆婆领了进来，又跨步上前，用自己的袍袖麻利地为李婆婆擦了擦坐凳，请她入座。

李婆婆刚一落座，就沉着脸道："老身说话不中听，刘小娘子这么俊美乖巧的一个女子，不明不白跟着一个男人走了，算什么事？"

八个月的相处，李婆婆对刘娥的勤快、善解人意赞叹不已，打心眼儿里喜欢她。午前一听龚美悄悄知会她要她陪刘娥去相亲，当时就数落开了："京城有句谚语：'生女子要巧的，石榴牡丹冒铰的'，刘小娘子上炕一把剪刀，下炕一把铲子，真是少见的巧女子，待诏为何要让给别人？"龚美苦笑，只说了句不愿让她跟自己受苦，便对李婆婆嘱咐了一番，并恳求她不要向刘娥说破。李婆婆理解了龚美，更心疼刘娥，适才在阁外听张旻说要带走刘娥，让她帮衬说合，李婆婆满脸不悦，也不管面前坐着的是何人，只管把丑话说了出来。

刘娥鼻子一酸，眼圈湿润了。她明白，这必是龚美怕韩王把她当作使唤丫头买去，特意安排李婆婆来，提出要一个名分。这个善良的男人，这个世间惟一的亲人，到此时还一心为她着想，刘娥的心阵阵刺痛，若不是当着韩王的面，她一定会放声大哭。

"韩王乃皇子，照例是寻名门之后，官家赐婚！"王继忠不满地说，又冷冷一笑，"敢问刘小娘子，父祖是相还是将？"

刘娥转过脸去，咬着嘴唇，目光直直地投向窗外，一言不发。

张旻一看，王继忠当面给小娘子难堪，分明是想把他促成的好事搅黄，恼怒地伸手扒拉了他一把，又转脸对韩王道："是的呀！总不能让刘小娘子做女使吧？这事是得说清楚。"

苦寒人家的男儿，若想改变命运，或科举登第，或沙场立功，终归是有路径的；苦寒家的女儿要想改变命运，几无可能。近来，苦寒之家有姿色的女儿，争着给人做妾婢，渐成时尚。市面上流传着虽蓬门贫女，也有一两件锦衣罗裙、几样头饰的说法。穿罗裙、戴头饰，为的是吸引富贵之家的目光，求得做妾婢的机会。做了富贵人家的妾婢，倘若双方有真情，生儿育女，就过下去；若没有，就再找新主或带着钱财，嫁给一个平常男子为妻。这是苦寒人家的女儿为改变命运的放手一搏。等而下之的，就是被富贵人家买去做女使。以刘娥的出身和做歌女的经历，显然没有资格做韩王的妾婢，可张旻知道，韩王托他找的，是妾婢而不是女使，好不容易忙到现在，他不想功亏一篑，便站出来替刘娥争取。

元侃忙道："不做女使！不做女使！"

"殿下，陈王殿下纳的张氏妾婢，继忠听说，也是一个将官之女嘞！"王继忠提醒道。

陈王是元侃的二哥元僖。上元节在乾元楼赏灯时，元侃亲耳听二哥对爹爹说，他喜欢一个指挥使的女儿张氏，此女善梳头，活泼有趣，要纳她为妾。爹爹问明了她的家世，笑着答应了。不久，元侃就接到了二哥的邀帖，和众兄弟一起在陈王府喝了喜酒。也正是那次喝喜酒回来，他突然变得烦躁不安，这才托张旻为他寻蜀女。此时，听了王继忠的话，元侃仿佛被兜头浇了一盆凉水。纳刘娥为妾，要不要奏明爹爹？怎么向爹爹说？可是，眼前的小娘子，一颦一笑，举手投足，都让他如痴如醉。短暂的相处，已经让元侃感到，从前自己过的那些没有她的日子，真是不堪回首！他更不敢想象，今后的日子里如果没有她，他还能不能熬得下去！他红着脸，大声说："我不管！反正我要和刘小娘子在一起！"

张旻像是拿到了尚方宝剑，一把将王继忠推到一边，嘲弄道："做你的胡官去吧！"

刘娥瞥了一眼情急之下要起赖皮的元侃，抿嘴笑了，内心的野性突然一阵萌动。一个是出身卑微的歌女，一个是天潢贵胄的皇子，世人谁能相信，这样的男女会走到一起？谁又会相信，他们之间会产生爱情？可是，刘娥相信。她想冒险，她想创造奇迹！此刻，她还有一种强烈的冲动，要呵护眼前的这个大男孩，她想时时刻刻都能够抚摸到那张胖嘟嘟的、纯净的、天真的、柔和的面庞！她眯起双目，郑重而又坚定地说："奴不在乎！但是，此事需奴的表哥允方可。"这是她的底线，无论如何，不能让龚美觉得遭受到她的无情的背叛。

元侃"腾"地站起身，推着张旻道："快快，去和表哥说，快去！"

"慢！"李婆婆伸出手臂向里一弯道，"事，不是这么办的！"她受龚美所托，要为刘娥争名分。但龚美也好，李婆婆也罢，从未奢望过刘娥去做王妃，而是要争一个妾婢的名分。可王继忠的一句话，让争妾婢的希望也变得渺茫。不是韩王不给，是他做不到。身为皇子，娶妻纳妾，自有规矩，不可任性而为。一切的症结都在于，刘娥卑微的门第和歌女的身份，皇家不可能接纳。刘娥意识到了，李婆婆也意识到了。但是，李婆婆不甘心，她替刘娥感到委屈。在众人惊异的目光注视下，李婆婆起身道："老身替龚待诏做一次主！"说着，拔下头上的一根银钗，又从袖中掏出一方手帕，念叨道，"咱京城的习俗，男女相亲，男若是相中了女，就用金钗插到女子冠髻中，这叫插钗；相不中的，送彩缎两匹，这叫压惊。"说着，把银钗、手帕摆在元侃面前的高脚茶几上，"韩王殿下，银钗权充金钗，手帕权充缎匹，就请殿下选择！"

元侃抓起银钗，笨手笨脚插到刘娥的冠髻中。

李婆婆坐下，又道："插钗了，就找媒人去商量定礼，到女家报定，这才议下迎娶日期。"她是想以这种方式，显示出刘娥与女使的身份有所区别。

"好好好！"元侃连连道，又一指张旻，"就是你了！待会儿就去小娘子家中商议迎娶日期！"

"哪有这么猴急的！"李婆婆笑道，"明日再去不迟。"

可是，次日一早，当张旻火急火燎赶到李婆婆家时，得到的消息却是，龚美不见了！

第三章
春花秋月不挽昨夕　凄风苦雨难对今朝

1

暮春的开封，亥时已过半，天还没有完全黑下来，大街上依旧热闹非凡，小巷里渐渐安静了下来，人们开始用晚饭了。一辆厢式马车悄无声息地驶进昭德巷一个不起眼的院子前。院门窄小，马车停在了院外。骑马跟在车后的少年下了马，两个侍女也从车上下来，每人手里端着一个托盘，跟在少年的身后进了院子。

"张大帅辛苦！"一个婆婆迎出来，认出了领头的少年是韩王府的侍卫张旻，便问候了一声。

张旻转身掀开托盘上覆盖的红布，露出了一堆银子，道："三百两，给表哥龚待诏；另二十两，酬谢李婆婆。"

李婆婆咧嘴一笑道："进屋，快进屋！"

张旻摆摆手："快请刘小娘子上车吧，韩王等得焦心呢！"

李婆婆笑盈盈地进屋，去请刘娥。

十天前，按照在宜春苑清心阁里商定的办法，张旻奉韩王之命前来找龚美报定，龚美却不在家。此后的五六天里，张旻几乎跑遍了全城，还是没有见到他。刘娥已预感到龚美那句"保重"的话如同道别，担心他会寻短见，恳请张旻到汴河去找，从东水门走到西水门，没有听到人们说起有男子投河自尽，刘娥才稍稍安心了些。韩王却等不及了，三番五次差张旻来说。刘娥推辞了几次，张旻急得差一点掉眼泪，说再不定下日期，他已不敢再回王府，并当着刘娥和李婆婆的面，把那天他和界身巷的伙计寻找龚美的事细细说了一遍，以证明刘娥进韩王府，正是龚美的愿望；李婆婆也把龚美嘱托她陪刘娥到宜春苑去的本意说了出来，劝她听从龚美的安排。刘娥不再坚持，答应了。

或许，除了元侃和张旻，韩王府上下，都会把她看作买得的一个女使。可对刘娥来说，这却是她的出嫁。

今日上午，刘娥不顾李婆婆劝阻，用心为房东家做了最后一次家务，干完了活计，静静地在屋内对镜上妆。她用黛螺画了涵烟眉，又将从成都带来的由香药制成的西蜀油找出来，抹于发间。装扮完毕，只等韩王府差人来接。在屋内听到张旻已经进了院，刘娥轻洒蔷薇水于衣衫上，顿时香味扑鼻。她走到李婆婆儿媳的房间，与尚未满月的取名绣儿的女婴告别，吻了吻她的脸颊，又嘱托李婆婆务必将银两转交给龚美，让他买屋成家，生儿育女，这才在韩王府差来的两个侍女左右搀扶下，出了院门，上了马车。

坐上马车的瞬间，刘娥没有兴奋，只有伤感。她曾不止一次地想象过自己出嫁的场面，却从来没有想到会是今天这个样子。她不为自己伤心，而是为故去的父母伤心。她想象着，如果父母的在天之灵看到这个场面，是高兴还是悲伤？无论豪门千金还是贫寒村姑，在父母心中的分量都是一样的，为什么人家的女儿出嫁时风风光光，自己的女儿出嫁时却偷偷摸摸？想到这里，泪水夺眶而出。

马车启动了，刘娥闭上了眼睛。韩王不久就会有自己的王妃，一个出身高贵的女子，充当王府的女主人。到那时，自己的命运，不再由自己掌握，甚至也由不得韩王掌握。此时，她仿佛一叶卑微如尘埃的浮萍，向一个叫韩王府的水潭漂浮过去！奇怪的是，想到这里，刘娥的伤感却戛然而止。她捂着自己的胸口，喃喃道："元侃的脸庞多么纯净啊，拥有这样纯净的男人，哪怕时光短暂，也不后悔！"她找到了进王府的理由，找到了支点，信心和勇气刹那间充溢在她的周身。

马车驶出了昭德巷。刘娥掀开车帘，回头与小巷告别。抬眼望去，暮色里，巷子拐角处的墙根下，站着一个男人，在向马车张望。她认出来了，那是龚美！

龚美消瘦的脸颊上，挂着两行长长的泪珠。从此以后，他再也听不到她那甜润的笑声，再也看不到她那体贴的眼神儿，他和她的一切，都结束了。从踏上京城的土地开始，龚美就意识到了，刘娥是不属于他的。她的美丽、她的聪慧、她的好奇心、她的勇气和面对困苦的韧性，都让龚美既敬佩又恐惧。她是滔滔江水，而他只是村边的一条不起眼的沟渠，小小的沟渠，如何盛得下滔滔江水？龚美常常想，天下什么样的男人才配得上她，才配得到她的爱？他是配不上的。这个念头越来越强烈，折磨得他痛不欲生。在没有营生的日子里，他希望刘娥抱怨他，毅然决然离开他，可是她没有，总是反过来安慰他。这让龚美的心理到了崩溃的边缘。汴河求死，张旻仿佛从天而降，抛给他一根救命稻草。他解脱了，仿佛已然死过，又重生了；而重生后的龚美，只有一个使命，那就是，帮助刘娥实现梦想！不管刘娥自己是不是真的相信谶语，龚美却越来越相信。韩王的出现，更增加了龚美的信念。如今，他的使命已然完成，在刘娥的世界里彻底消失，就是他所能给予她的最后帮助。

马车停下了，龚美慌张地转过身去，消失在暮霭升腾的巷子里。

"走吧，奴看错人了！"刘娥低声对张旻说，放下了车帘。过去的都过去了；现在，她要去面对一个未知的世界了。

"绕一下，进后门！"车外传来张旻的声音。

正要拐弯的马车继续往前驶去，须臾，重重的开门声响起，马车驶进了院子，停了下来。侍女先下了车，放好踏凳，请刘娥下车，沿甬道过了一个花园，穿过一道月亮门，拐进了翼楼的一个房间。

"秦国夫人，小娘子接到了。"侍女禀报说。

一个四十多岁的女人板着脸，坐在火炉床上，打量着刘娥，口中嘟哝道："也难怪！"

刘娥施礼道了万福。秦国夫人并不回礼，开口道："既然韩王一再闹腾非要接你进府不可，老身也不好再说什么了。接你进府，是瞒着官家和娘娘的，前殿的属官也不知道。所以，为了韩王，也为了皇家的声誉，需与你约法三章。"说着，举起手掌，按下一个指头，"第一，不要存争名分之想，没有名分，而且待官家给韩王赐婚后，若王妃不同意留你，你即出府。"顿了顿，又按下一根手指，"第二，必须断绝与外界交往，不管是男是女，是亲是故。第三，不得怀孕生育。"

刘娥想到了自己的母亲，母亲比眼前这个女人还要年轻，可是母亲早已不在人世了。

"答应了就留下，不接受的话，还来得及。"秦国夫人见刘娥没有答话，不满地说。

"愁眉苦脸的女人不讨人喜欢。"刘娥耳边响起了母亲的声音，笑意旋即涌到她的脸上，她又向秦国夫人施了一礼，道："奴都记下了，请秦国夫人放心。"

"光记下不行！"秦国夫人以咄咄逼人的语气说，"必须做到！不然的话……"她停顿下来，一扬手，"沐浴去，还有件事得先要过了关再说！"

2

韩王赵元侃赤身裸体躺在后殿一层最东边的寝阁里，兴奋而又急切地等待着刘娥的到来。他本想穿戴整齐亲自迎接，可秦国夫人就是不同意，反而以禀报皇后相要挟，要他躺在床上等候。她是以此让元侃明白，刘娥只是在他成婚前充当侍寝的女人，满足他的肉欲的工具而已。元侃心虚，不敢违拗。无论如何，只要把她接到身边就好。元侃这样安慰自己。

张旻回归了他的角色，守在寝阁门口，已奉命出去打问多次了，还是不见刘娥的身影。

"张旻，你再过去看看，会不会有人难为她。"元侃不安地说。

"女人的事，我怎么去看？"张旻嘟哝了一句，还是起身在外面溜达了一圈，又回到原处。如此反复了两三次，才听到外面窸窸窣窣的响动声，张旻急忙回避了。

两个侍女引导着沐浴后的刘娥，走进了元侃的寝阁。

刘娥的头发还没有全干，散开着披在身后，按照秦国夫人的要求，她只穿了一件杭丝睡袍，雪白的肌肤若隐若现。元侃心跳加快，血脉偾张，待刘娥刚走到床前，就伸出双臂，一把将她抱住。

两人搂在一起，喘着粗气，恨不得把对方一口吞下，搂抱亲吻抚摸，相互寻找、试探，动作有些笨拙。不一会儿，刘娥忍不住发出一声尖叫。

偷偷站在窗外的秦国夫人松了口气。此前，她查问刘娥的身世，张旻不敢隐瞒，把歌女的事说了。秦国夫人再三劝元侃不要与这样的女人结交，可元侃死活不听。秦国夫人放心不下，担心她卖艺又卖身，是个脏女人，适才刘娥沐浴毕，她闯进浴室，把刘娥的私处细细查看了一遍，追问她有没有破过身。查看半天没有看出异常，还是不踏实，守在窗外细听，听到刘娥的尖叫声，秦国夫人才捋了捋胸口，放下心来。

元侃并不在乎那些，他只想和刘娥在一起。甚至，第一次不算成功的彼此交融，也没有影响到他的情绪。他们还是搂抱在一起，开始说话。元侃道："我不能叫你刘娥，得另外有一个称呼。你给我说说你的身世吧，我从中有了启发，好确定一个。"

刘娥松开元侃，转过身去，含含糊糊道："奴是孤儿，打小父母双亡，寄养在外婆家，为了安身立命，学会了拨鼗的谋生技艺。"

元侃伸出手臂搂住她："以后你再也不会孤单了。"

刘娥转过身来，把头埋在元侃的怀里，泪水打湿了他的胸脯，元侃却不知如何安慰她，只是把她抱得更紧了。刘娥破涕为笑："奴不是因为苦而哭，奴是因为甜而哭。"她轻挠着元侃的胸脯，将母亲告诉她的揽月入怀的话说给元侃听。

"喔?"元侃惊叫了一声，捧着刘娥的脸，边端详边道，"揽月入怀?后人给吕后、武则天这类女人写传，免不得会编出这等神话来。没想到还真有揽月入怀的事!"他突然一蹙眉，神情紧张地说，"不过，这事你一定不要给别人说，是会犯忌的。"又"嘿嘿"一笑，"那么你多大了?"

刘娥答："奴是开宝二年正月初八生的，属蛇的。"

"哦，那我比你大……"元侃掰指算了算，"我是开宝元年腊月初一生的，属龙，比你大不到两个月。我以后就叫你月妹吧!"说完，轻唤了一声，"月妹——"

刘娥甜甜地答应了一声，问："那奴叫殿下什么呀?"

元侃道："宫里的称呼，和民间差不多。做儿女的称皇上为爹爹，称皇后为娘娘;皇上称儿子为哥儿;兄弟姐妹按照排行皆称哥。比如我行三，无论兄弟姐妹，都称我三哥。"他摸了一下刘娥的脸颊，"月妹也叫我三哥吧!"

刘娥摇头道:"奴不想和别人一样。"她突然抬起身来,让元侃躺平了身体,上下打量了几遍,笑道,"去年殿下出阁,奴远远望见,觉得好像见过的;后来想起来了,活脱脱就是严清观内的无量天尊。"

"啊?!"元侃惊叫一声,旋即笑道,"记室参军杨砺,来王府的第一天,一见我就吃惊地说,他几十年前做过一个梦,梦见了'来和天尊',那个梦中的'来和天尊',竟和我一模一样!"

"呵呵,不管'来和天尊'还是'无量天尊',殿下到底是天尊呢!那么,奴就叫你天哥吧!"刘娥笑着说。

元侃捂住了刘娥的嘴:"可不敢!天,那是官家的专称,臣子谁敢称天?"

刘娥忽闪了几下眼睛,做了个鬼脸,一点元侃的脑门道:"那就叫你尊哥!"

"尊哥? 尊、哥……"元侃咂嘴品味着,"我为何叫你月妹,你为何叫我尊哥,这是秘密,别人谁也想不到,嘿嘿嘿!"

刘娥伸出右手,将食指弯曲,在元侃眼前一晃道:"拉钩!"

元侃不懂拉钩何意,刘娥边解释,边把他的左手食指摆弄成弯钩状,两人勾在一起,来回拉了几下。元侃觉得新鲜好玩,舍不得松开。嬉笑了一阵,元侃扳着刘娥的肩膀,挤了挤眼道:"哎哎,适才是赵元侃和刘娥,这回该轮到尊哥和月妹了吧?"说着,翻身把刘娥压在身下……

二人折腾了近乎一夜,直到五更十分,才沉沉睡去。

以后的日子里,除了不得不参加的例行朝仪和听儒臣讲书,元侃就是和刘娥在一起。她向元侃讲市井见闻,益州的铁钱、三峡的惊险等,元侃觉得很新鲜;元侃向刘娥说些宫廷逸闻,南唐李煜降宋入京、吴越王钱俶纳土归宋等,刘娥甚觉有趣。两人有说不完的话。每每是一个话头刚说几句,不知为何就又转到另一个话头上去了,待要重新找回原来的话头时,时间已经来不及了,只得忍着等下次再说;而下次再说时,早已想出了不少新的话头,说不完,道不尽。元侃上朝或到前殿听讲时,刘娥便以帮他打理书房为由,躲在里面读书。蜀中伶人都识字,所唱的俳语戏文里,往往夹杂许多经史上的内容。所以,刘娥不仅识字,还懂一些经史。但她不愿提及这些,免得让人联想到她的歌女身份。每当听到元侃的脚步声，她就会把书册合上，装作在整理的样子。

元侃想偷偷看看刘娥独自在书房的样子，这天，他从前殿回来，屏退左右，脱掉靴子，蹑手蹑脚上了楼。

刘娥正坐在书案前，拿着《史记》看得入迷，喃喃读着：

> 太史公曰：孝惠皇帝、高后之时，黎民得离战国之苦，君臣俱欲休息乎无为，故惠帝垂拱，高后女主称制，政不出房户，天下晏然。

元侃愣在门外，良久方缓过神儿来，一步跨了进来，问："月妹，你识字？"

"呀！"刘娥惊叫一声，急忙把书合上，拍着胸口道，"尊哥吓了奴一跳！"

元侃抓住刘娥的手，在他的胸口拍了拍，道："月妹也吓到我了呀，一个小女子，竟然读《史记》，还倒会挑篇目，《史记》里只有一篇为女人作的本纪，月妹就读得入迷了。"

刘娥捧着元侃胖嘟嘟的脸颊，撒娇道："尊哥以后教奴读书吧，前殿的先生给尊哥讲些什么，尊哥回来就讲给奴听，好不好？"

"嘿嘿，这个主意不错！给月妹讲一遍，等于温习一遍，一举两得！"元侃说着，拍了拍刘娥浑圆的屁股，贴在她耳边低声说，"那你莫说要我节制的话，让我着急。"

刘娥耳朵一热，脸颊绯红，喘息声急促起来……

这一切，秦国夫人都看在眼里。她原以为，元侃正值青春年少，贪恋女人身体，过几天或许就会厌倦了。可是，一个月过去了，两个月、三个月过去了，元侃对刘娥不仅没有丝毫厌倦的表现，反而越发须臾难离，如胶似漆了，就连吃饭，也让刘娥陪着，而与她这个乳娘却越来越疏远了。

"殿下读史了吧？"这天午时，秦国夫人在后殿的回廊里拦住了从前殿回来的元侃，沉着脸说，"贪恋女色的，都是些什么人，想必殿下在史书上都读到了。"

元侃低下头，支吾道："我、我只是喜欢和她一起说说话罢了，哪里有妈妈说的那些事！"

"殿下分明是瘦了许多！"秦国夫人半是责备半是心疼地说。

"放心好了，放心好了！"元侃敷衍道，侧身绕过秦国夫人，径直走向刘娥的房间。

此后不到一个月时间里，秦国夫人连续七八次劝说，元侃嘴上喏喏，却依然故我。对元侃无可奈何，秦国夫人只得转而劝说刘娥。这天清晨，韩王去参加朝会刚走出后殿，秦国夫人就把刘娥叫来，半是提醒半是警告地说："刘小娘子，要心疼殿下！"

"妈妈，奴也这样想，不知妈妈有什么办法？"刘娥流露出的是你说到我心里去了的感激之情，向秦国夫人求教道。

秦国夫人语塞。自从迫不得已接受刘娥进王府，秦国夫人就摩拳擦掌准备和她厮杀一场，并且相信能够斗败她。可是，几个月下来，就仿佛握紧了拳头，用力击去，却打在一汪清水里，只落得溅起的水花把自己浸湿。刘娥丝毫没有恃宠而骄，对待秦国夫人恭敬有加，执儿媳对婆婆礼，从不说一个"不"字，永远以笑脸示人，对侍女也一向不挑剔，还常常搭手帮着她们做事，说些体己话，王府上下增添了不少欢声笑语，秦国夫人即使想挑剔她，却也抓不住把柄。她倒是希望刘娥向元侃的二哥元僖所纳妾婢张氏学学。张氏的事，各王府无所不知。在陈王府里，大事小情，都要先禀报张氏，不经她的允许，任何人不得向陈王禀报任何事。张氏还花钱如流水，仅不同颜色、花纹、质地的大袖衣、襦裙、褙子、披帛就挂满了翼楼的所有房间，更不用说各种饰物了。而刘娥，却从不过问韩王府的事，衣食更是俭朴得如同侍女。就连秦国夫人也不得不承认，刘娥并不是以装扮、色相迷倒了韩王。秦国夫人想和她斗，想赶走她，从何下手？

可是，秦国夫人不甘心。望着刘娥的背影，她一咬牙道："看来，只有如此了！"

3

中秋节这天，吃早饭时还有日头，过了半个时辰，天空忽有云团翻滚，像是得到了什么指令，从四面八方聚拢而来，不由分说罩在了京城上空。不一会儿，就渐渐沥沥下起了小雨。到午后，雨住了，太阳又钻了出来，乌云像是不愿与之缠斗，懒洋洋地散去了。

本朝无论是宫廷还是民间，并不看重中秋节。但当今皇帝疼爱儿女，中秋节总会召集他们到宫中一聚。太平兴国九年中秋节的前一天，元侃接到了亲王诸宫司札帖，中秋节当晚，皇帝、皇后召诸皇子、皇女在太清楼曲宴。

不能在府里陪刘娥一起过节，又不能带她去参加皇宫里的聚会，元侃满是歉意，临上马前，附在她耳边低声道："月妹在府里要多看看月亮，我在宫里也一直看月亮，这样就相当于我在看月妹，月妹在看我。"

刘娥的眼里瞬间涌出了泪水！自从母亲故去后，已经过了十个中秋节了，世上只有她孤苦伶仃的一个人，在和天上的母亲对话，天上的圆月，从来没有承载过别的人。如今不同了，举头相望时，是元侃在上；元侃也在看她，她也在上。刘娥的世界变了，变得如此充满温情、充满眷恋。她深情地点了点头，指着侍从的照袋，嘱咐道："里面的斗篷，记得夜间披上。"

秦国夫人走过来，神情有些异样，嘱咐道："殿下，到宫里，娘娘若责备，万毋生气，要听娘娘的话。"

元侃察觉到秦国夫人神态不对，问："妈妈安知娘娘会责备我？因何责备我？"

秦国夫人低头不语。

刘娥像是意识到了什么，打了个寒噤，劝元侃道："殿下，听妈妈的话就是了。不管娘娘说什么，殿下一定要顺从娘娘！"

"知道了。"元侃答应了一声，满腹狐疑地跨马而去。刚走出几步，又忍不住回头观望，却见夕阳下的刘娥一动不动，在依依不舍地看着他。

元侃心里牵挂着刘娥，为不能在这个团圆的中秋之夜和她在一起而痛苦，又因察觉到秦国夫人神情有异而心事重重，与此前的他判若两人。太清楼上的宴会结束了，按照习俗，中秋之夜，尚未定亲的少男少女都要拜月。皇上和皇后站在瑶津亭中，笑逐颜开地看着皇次子元僖率诸弟和一群尚未成年的公主，在亭边的一个平台上行拜月礼。元侃却独自侧过身去，背对着众人，仰脸望月。拜月是请月老说合亲事的意思，元侃已有了刘娥，他不需要也不想再拜托月老了。

皇后李氏走过去，轻唤了一声："三哥儿！"

元侃慢慢扭过脸来，唤了一声："娘娘！"

"哥儿，瘦了呢，精神也有些恍惚。"皇后以关切的语调说。她是今上的第三位皇后，此前的尹皇后、符皇后都去世了，今上就将贤妃李氏立为皇后。她的父亲是开国元勋，长兄李继隆则是现任的殿前都指挥使，门第之显赫，天下无二。虽只有二十五岁，但作为皇子的嫡母，过问他们的婚事，也是她的责任。前两天，接到秦国夫人禀报，说韩王接一个歌女进府，整天如胶似漆黏在一起。皇后很生气，此时见到元侃，说话的口气不由自主地严厉起来，"哥儿，身为皇子，要为皇家的声誉着想，不能任性！"

"儿、儿谨遵娘娘的教诲。"元侃躬身道，心"嗵嗵"直跳。

"哥儿，你看这御花园，"皇后向前指了指说，"里面全是名贵花木，又经园丁精心打理，方显得不同寻常。一颗野种子刮进御花园，一旦生根发芽，若不锄去，御花园也就不成其为御花园了！"似乎是怕元侃不明其意，又以提醒兼带警告的语调道，"皇家要保持高贵的血统，哥儿务必记住！"

元侃浑身颤抖了一下，惊恐道："娘娘……"

皇后打断元侃："哥儿大了，本宫会奏明你爹爹，给你赐婚。这之前，把王府打扫干净！"说完，不容元侃回应，转身走开了。

元侃不知是如何回到府中的，直到下了马，才像猛醒过来，满脸怒气，径直冲到秦国夫人的房中，一进门就大声质问："是不是你告的密？你这样做，居心何在？"

秦国夫人战战兢兢走到元侃面前，垂泪道："殿下，老身有替官家、娘娘看护殿下的责任啊！"

"我已长大，不要你管！"元侃大声呵斥道。

"殿下，妈妈也是一片好心。"刘娥突然现身，劝道。适才，她独自在后花园赏月，心里忐忑不安，听到前面响起了马蹄声，知是元侃回来了，忙往回走，正听到元侃呵斥秦国夫人的话，急忙走了过来。

元侃"哼"了一声，拉着刘娥进了寝阁，把皇后的话转述了一遍。

"尊哥不必着急，会有办法的。"刘娥安慰了元侃一句。她预料到了，早晚会有这么一天。她没有能力左右别人，所能把控的，只有自己。出路，就只能从自身寻找。情急之下，她突然想到当年舅母说过的让她喝打铁水的事。她不知道舅母是真的让她喝了打铁水，还是为坚舅舅把她卖去旧院之心故意那么说的；但此时，这件事，让她想出了一个应对眼前局面的办法。

次日上午，趁着元侃到前殿听讲，刘娥将一个瓦罐交给张旻，拜托他去街上买些打铁水来。张旻甚纳闷，铁铺伙计的一句话，让他大吃一惊，虽取回了一罐，却不敢交给刘娥，等元侃从说书所出来，急忙向他禀报。元侃神色慌张地去问刘娥，一进门，刘娥就拉上他，叫上张旻，抱着一罐子打铁水，一同去见秦国夫人。施礼毕，刘娥一把夺过张旻怀中的瓦罐，揭开盖子，猛地捧起，"咕咚咕咚"喝了起来。

秦国夫人大惊，忙把瓦罐抢了过去。

刘娥一抹嘴道："好了，奴喝下的是打铁水，不必再担心奴会污染皇家血统了！妈妈曾经约法三章，说待韩王娶妻，奴之去留由王妃定夺，就请妈妈禀报皇后娘娘，恩准奴权且再陪韩王些日子吧！"

秦国夫人声音颤抖地说："你、你这个女子，你可知这、这意味着什么？"

"奴拜托妈妈了！"刘娥悲怆地说完，转身而去。

元侃急忙追了出来，既感动又心疼，嗔怪道："月妹，何必如此？！何必如此？！"

刘娥捧住元侃的脸，哭着说："奴想多陪陪尊哥，哪怕多一天也好！"

风平浪静过了近两个月，京城迎来了入冬以来的第一场雪。元侃和刘娥早早起床，到后花园踏雪赏梅。忽地一阵风刮来，卷起地上的雪片，硬生生地打在两人的脸上。刘娥忙伸手为元侃拉了拉斗篷，用手在他脸颊上搓了搓，又轻轻拍了拍，方牵着元侃的手，转过身来以避风头。

宫内一个传达诏旨的小黄门突然出现在面前：宣韩王即刻入宫！

元侃哆嗦了一下，神情紧张地问："侍御，可知官家是只宣本王一人，还是？"小黄门摇摇头，并不作答，元侃无助地看着刘娥，一脸惊恐。

一股寒气袭上心头，刘娥听到了自己的上牙轻磕下牙的声音。但她知道，有些事，早晚会来，并且无可回避。她拉住元侃的手，轻声道："听爹爹的话！"

元侃一顿足，一言未发，快步向前殿走去。

张旻已备好了马，与王继忠一起，护卫着韩王赶向皇宫。三人穿过西华门，在宣佑门外下了马，两个红衣小吏迎上前，引导着元侃来到内东门偏殿。

"听说你召了个来路不明的女人？"皇上不等元侃施礼问安，劈头问道。

"儿、儿……"元侃支吾着，不知该如何作答。

皇上一脸怒气："皇后已然警告过哥儿，哥儿竟敢置若罔闻？！"

"爹爹，娘娘是说皇家血统……可她已然喝了打铁水，儿以为……"元侃结结巴巴辩解道。

皇上不耐烦地打断了他，厉声道："今日就逐了出去！"

元侃如五雷轰顶，浑身战栗，"嗵"地跪了下来。

"怎么？连爹爹的话也不听了吗？"皇上一拍御榻的扶手道。

"儿、儿听爹爹的话！"元侃哽咽着答。

"哥儿！"皇上语调缓和下来，"哥儿大了，有女人也不是什么坏事。二哥儿纳妾婢，爹爹不是应允了吗？可你不能召一个来历不明的歌女嘛！"说着，皇上又动了气，"这像什么话？！"

"爹爹——"元侃抽泣着唤了一声。

"哥儿不要任性，漂亮女人有的是。"皇上安慰道，"皇后正在为你和二哥儿物色王妃，少安毋躁。退下吧！"

元侃踉踉跄跄出了殿，神情恍惚。张旻、王继忠迎上去，费力地把他扶上马，小心翼翼地夹护着慢慢往回走。元侃目光恍惚，不时打一个寒战，脸颊上挂着泪珠。进了府，跌跌撞撞跑到刘娥房内，刚跨过门槛，唤了声："月妹——"便号啕大哭起来。

刘娥正在屋内想着心事。卑微的出身、歌女的身份，注定了她不会被皇室接纳，随时可能被赶出王府，她一直在思考退路。经过半年多的观察，一个大胆的策划，已在她脑海里酝酿成熟。当这一天不可避免地到来时，她不像元侃那样惊慌失措。听到元侃的哭声，刘娥迎出来，扶他坐到床上，一手拍着他的后背，一手拿手帕为他拭泪。

元侃止住哭声，哽咽着向刘娥述说了经过。

刘娥为元侃斟上一盏茶，递到他手里，镇定地说："父命难违，君命不可抗。尊哥不必为难，奴走就是了。"

"可是、可是……"元侃憋得满脸通红，把茶盏又塞回刘娥手里，腾出手来，摘下璞头，忽地扔在地上，揪住自己的头发，抽泣着说，"我、我无能，我无能！"

刘娥忙把茶盏放下，抓住元侃的手，心疼地说："不要这样，尊哥！"

"必是皇后在爹爹面前告状！"元侃咬牙道，"她以为她真是母亲吗？母亲安得不心疼儿子？！"

"呀！"刘娥忙捂住元侃的嘴，"尊哥再不敢这么说了，让娘娘晓得了，会生你的气的。娘娘是嫡母，她管儿女的婚姻大事，也是天经地义的呀！"

"可是、可是，我、我舍不得月妹啊！"此言一出，元侃又是一阵哭泣。

刘娥抱住元侃，轻声道："奴知足了。"

元侃心都要碎了，哭着说："不！我不放月妹走！"

"尊哥，这是孩子话。"刘娥轻轻拍打着元侃的后背说。

"没有月妹，我活着还有什么意思！"元侃边哭边说。

刘娥向后一闪身，抓住元侃的双臂，说："尊哥不会失去奴，奴也绝不会丢下尊哥！"

元侃止住哭泣，瞪大眼睛问："月妹有办法，是不是？"

第四章

密托人金屋藏娇　误杀夫玉石俱焚

1

潘楼街与任店街交叉路口西北角，有条名为"中瓦子西巷"的小巷子，虽与瓦子不远，却是闹中取静。巷子西头，紧邻着一座私家寺庙的东墙，最为僻静。小路南侧，有座一进院落，正房六间，东西厢房各三间，院子正中是一个小花园，首门北向。这，是韩王府殿班张旻的家。

已近午夜，呼啸了一天的大风似乎也疲倦了，没有了白天的狂野，只有阵阵刺骨的寒意升腾着，霸占了陷入寂静的都城。随着"咔嚓咔嚓"碾轧积雪的声音，一辆厢式马车悄然驶进院子，在东厢房门前停下。为马车作引导的张旻下了马，轻声道："刘小娘子，到了，请下车！"

一位中年妇人和一个十三四岁的女子先下了车，站在车旁，服侍刘娥下了车，张旻的寡母已在车旁迎候，待刘娥下车，二人见过礼，张母就领着她进了东厢房。

"母亲大人，儿此后不回家住了，就住在王府里。"张旻在门外拱手道。说完，向马车一挥手，齐齐退了出来。

小院很快恢复了平静。

刘娥住的房间，是里外套间。里间是卧室，外间放着一张坐榻，坐榻上放着矮脚茶几。里外间都放着火盆，驱散了寒气。刘娥在床上坐了片刻，又到外间的坐榻上坐了一会儿，侍女端来了热茶。刘娥报以浅笑，接下了。她喝了口茶，看着两支红蜡烛不时跳跃着的火苗，微微叹息一声。

不是愁闷的叹息，是尘埃落定的宽心。

刘娥知道张旻六岁就跟着元侃，是元侃的心腹；张旻和寡母相依为命，他年纪不大，却是重密之人，足可托付。她暗暗打定主意，一旦不得不离开王府，就隐匿于张旻家中，继续做元侃的女人。她也知道，这是以自己的性命做赌注的，一旦被皇上发现，不会再让她留在世上，元侃也会受到牵连。刘娥不能说出口，要试探元侃的态度。昨日，元侃的表现已然证明，他离不开她，甚至说出"活着还有什么意思"的话。刘娥遂向他说出了自己的打算。元侃惊喜之余又感到害怕。欺君之罪如何承担得起？可刘娥却异常平静，她愿以生命为代价，与元侃相守！元侃也想不出更好的办法，遂召张旻一起，密议良久。张旻当即回家禀报寡母并为刘娥腾好了房间，又物色了两名侍女，一切准备停当，才回到王府，在夜色掩护下，接上刘娥，绕了大半个开封城，直到午夜时分才偷偷拐进小巷，把刘娥安置下来。为了避嫌，张旻决定从此不再回家居住。

"我没有看错人！"刘娥心里说，对张旻充满感激。

临出韩王府与元侃道别时，两人商定，等过了风声，元侃再来张宅幽会。可是元侃思念刘娥，刚过了三天，一身书生装扮的元侃就趁着夜色偷偷骑马跑来了。三天，仿佛过了三年、三十年，二人诉说对彼此的思念之情，颠鸾倒凤时竟然比在王府还要酣畅淋漓，好像全部的情感，要通过彼此交融才得以抒发、释放。直到筋疲力尽，又觉得对时间不够珍惜，以至于好多话要说，却已到了不得不分别的时刻。

这种遗憾，几乎在元侃来会的每一次都有，于是他来得越来越勤了，三天、两天，甚至每天。刘娥享受着元侃来会的美好时光，又一再提醒他不要来得太勤，免得让人生疑。元侃不得不减少次数，可减少次数的结果，是越发想来。不见面时，时光慢得令人窒息；见面时，时光快得令人心惊。

过了几个月，元侃才想起来问她在这里习惯否，张母对她如何。

"尊哥放心，奴在这里很好。"刘娥笑着回答。

大家闺秀出身的张母，表面上礼貌周全，内心却看不起她，刘娥能够感觉出来。可七年寄人篱下的经历，多年的歌女生涯，让她知道如何讨人欢心，很快便赢得了张母的喜爱。

"古人云：以色事人者，色衰而爱弛，爱弛而恩绝。"张母见刘娥整天笑逐颜开的样子，尤其是元侃一来，她就像小孩子过节，欢天喜地，不禁隐隐为她担心，便劝刘娥道。

刘娥没有只是以色事人的想法，但她不能保证元侃不会有这样的想法。男人，都是喜新厌旧的。一想到将来元侃对她爱弛恩绝，刘娥就感到恐惧，浑身发抖！她暗暗发誓，要做一个对元侃终生都有用的人。她把更多的时间花在读书上，元侃常常要为刘娥搜罗书籍供她阅读，她最喜欢读的，竟是史书。她懂得了许多史事，常常和元侃交流，又不时说一些书上读来的笑话，逗元侃大笑不止。

元侃并不能随时来，白天更是从不敢来。多数日子里，刘娥是孤单的。读书、刺绣的闲暇，她时常坐在院中，望着天空发呆。张母偶然会坐过去，和刘娥说话："人不怕忙，怕的是闲。都说最难的是与人相处，其实，更难的是人与物相处。"寡居多年的张母说出话来，总是让刘娥感到格外深刻，她启发刘娥要学会与物相处，学会了与物相处，人就自在了。刘娥虽不能完全领会，却也受益匪浅。她学会了赏花，也明白了与物相处决定着人的品位。她要提高自己的品位，变得配得上元侃对她的爱。她只有一个信念：爱元侃。她要证明，一个歌女，同样有资格与皇子相爱；一个女人，得到了男人的心，比得到名分更幸福！

酷暑季节，二人躺在帐中，刘娥为元侃扇扇，随扇而来的风中，有股沁人心扉的香气。元侃想起了花蕊夫人的雪香扇，可是刘娥并不回答他。她不愿做花蕊夫人的替身，但她愿意做元侃喜欢的事，让元侃开心。

快过年了，元侃给刘娥送来了一支斑竹笔管，名宝相枝。此笔花点匀密，纹如兔毫，刘娥爱不释手。她从怀中掏出一个香囊，让元侃伸出双手，将香囊放在他手中，再把他的手卷起，欢快地说："尊哥收好啦，除夕守夜，午夜时佩戴腰间。"

元侃左看右看，好奇地问："此何物？"

"这叫紫赤囊，又称迎年佩。"刘娥向元侃解说，"里面装的是人参、木香，如豆粒大小的，尊哥可随时倒出来在嘴里嚼，到日头出来就不要再嚼了。记住呀，日头出来就不要再倒出来嚼了。这样呢你一年会无病无灾平平安安！"

一股暖流涌进元侃心间。满满的爱意，通过彼此交融宣泄出来，那么持久，那么美妙，那么欢愉！

当又一个春天到来的时候，元侃和他的二哥元僖一起被赐婚，元侃娶忠武军节度使、名将潘美的幺女为妻。迎娶之日，皇上当众告诫元僖、元侃道："哥儿，汝等姻偶皆将相大臣之家，六礼俱备，得不自重乎？"

元侃迎娶潘妃那天，刘娥支开两名侍女，独自一人躲在卧室里暗自垂泪。一想到元侃成了别的女人的新郎，刘娥的心都碎了。同样是女人，自己这么爱元侃，这么努力想和元侃在一起，可就因为出身卑微，连做一个妾婢也成了奢望；而潘妃，仅仅因为出身高贵，是名将的女儿，等在家里就能堂堂正正成为韩王府的女主人！

刘娥感到悲哀，但她不服气。出身卑微，不是罪过，不该因此受到惩罚！然而，自己却正在因此受到惩罚。刘娥发誓，要和那个出身高贵的女人暗中较量！她茶饭不思，绞尽脑汁，设想了种种手段，否定一个，再琢磨出一个，又把后一个推翻，把前一个再重新捡起来……睡梦中会忽然惊醒，大汗淋漓，仿佛刚投入一场战斗，耗尽了她所有的精力。

"一旦想算计别人，自己先就失去了快乐！"刘娥感叹着，"那么，算计别人最好的办法，就是让自己比对手更快乐！"这样想着，刘娥又打消了和潘妃较量的念头。她惟一担心的是，有了王妃的元侃，还能不能来看她。

出人意料的是，新婚后的次日，元侃就突然出现在刘娥面前。

"她是皇后相中的，不是我相中的，我才懒得理会她！"元侃一脸不屑地说，以此回应了刘娥的惊诧。

刘娥明白了，皇后硬生生把元侃和她拆散，元侃憋着怨气，如今把怨气转嫁到了潘妃身上。她不知道潘妃是个什么样的女子，也不知道她对元侃有没有感情；但刘娥知道，潘妃无辜地受到了连累，她不可能得到自己男人的心了！刘娥突然觉得可怜的是潘妃而不是她。潘妃没有从她身边抢走元侃，反倒是她把元侃的心扣押着不放，她为自己发誓与潘妃较量而感到羞愧。为了弥补这个过失，她请元侃坐下，郑重地说："尊哥莫忘了，韩王妃才是你的妻室。她自来到世间，就无忧无虑，是父母的掌上明珠，锦衣玉食，她长这么大，什么也不缺；如今嫁给一个男人，图你什么？就希望你好好待她。"

元侃本以为刘娥会起嫉妒之心，发无名火，没想到她会说出这样一番话，一时竟感动得不知说什么好，只是咧嘴"嘿嘿"笑了笑。

刘娥上前，紧紧搂着元侃，在他耳边柔声说："尊哥，你答应奴，要对王妃好，这样奴才安心，不然真的觉得自己像一个女贼，偷了人家潘姐姐最珍贵的东西。"

元侃点点头，不解地道："她比你小，你叫她姐姐？"

"这是礼数。"刘娥答，仰脸看着元侃，"你答应奴要对潘姐姐好了，以后，就少往这里来吧，不开心的时候再来，奴为尊哥解颐。"

"那你希望我一直很开心还是经常不开心？"元侃笑问。

"自是希望尊哥开心啦！"刘娥脱口而出。

元侃抚摸着刘娥的脸颊，深沉地说："可是，我只有和月妹在一起才是真开心！"

刘娥眼圈红了。她意识到，其实元侃也是可怜的！贵为亲王，却不能和自己心爱的女人在一起，不得不娶一个自己不爱的女人做妻子，他心里该有多少无奈、委屈？想到这里，刘娥一把抱紧了元侃，喃喃道："奴会好好待尊哥！"

2

时光，在中瓦子西巷的这座院落里仿佛凝固了。冬去春来，酷暑严寒，日月穿梭，对居住在院中的刘娥来说，只不过是枝头鸟儿偶有变换而已。

在她搬进小院三年后，张旻到了成婚年纪，元侃给了他五百两银子，在太平兴国寺东间壁购买了一所住宅，张旻将寡母接去奉养，小院就只剩刘娥和两名侍女了。她从不踏出大门半步，日复一日，年复一年，院子就是她的天地，元侃就是她的耳目，外间的一切，只有通过元侃，才传递得到她这里。她心里只有元侃，偶尔想到龚美、冯仙儿、李婆婆，还有李婆婆那襁褓中的小孙女，也只是一个闪念，她不允许这些影像在她心头停留，仿佛它们会将她的魂劫持出这座院落，让她失去内心的宁静。

树上的鸟鸣，就是刘娥与这个城市的对话。每当她以为元侃会来而他却没有来时，刘娥就最怕听到乌鸦的叫声。这几天，乌鸦的叫声越来越刺耳了。侍女察觉到刘娥的烦躁，拿竹竿驱赶树上的乌鸦，被刘娥拦住了。她站在树下，默默地对乌鸦道："你可以自由地到处飞翔，帮我到韩王府看看，出了什么事？"

几年来，元侃最多不超过十天，就会来见刘娥。可是，这年的春天，已经过了半个月了，还是没有等到元侃，刘娥坐卧不安。

"娘子，奴婢去打探一下？"年轻的侍女试探着问。

刘娥点点头，嘱咐她："要小心，不可让外人知晓。"

不到半天工夫，侍女回禀：韩王妃去世了。

刘娥很吃惊，心头阵阵酸楚。从元侃以往的只言片语中，她得知，潘妃自幼娇生惯养，性格倔强，元侃冷淡她，她索性不理会元侃。十天半月不搭话，两三个月不同床，成了家常便饭。刘娥不时会涌出对潘妃的愧疚之情。潘妃和元侃成婚六年，一直没有孕育，如今以二十二岁年纪辞世，何等凄凉！她想去潘妃灵前一哭，请求她的宽恕。她知道不能去，就乘着夜色，第一次迈出了院门，在左近的十字街头烧纸钱。望着飘忽的纸灰，刘娥突然悟出了一个道理，站在对方立场上考虑事情，就不会有敌人。她口中喃喃，都是乞求潘妃宽恕的话。

或许，元侃也感到愧对潘妃吧？他是仁厚的男人，尽管他不喜欢这个王妃，但他对年轻生命的逝去不会无动于衷。刘娥同情潘妃，也心疼元侃，夜不成寐。

过了两天，元侃现身了，正纠结着怎么和刘娥解释，突然看见她的发髻间插着一朵白花，忙问："月妹，这是？"

刘娥语调沉痛地道："潘妃姐姐过世了，奴理应为她戴孝。"

"这……"元侃愣住了，深情地望着刘娥道，"月妹受此委曲，从无怨言，还……"他说不下去了。

"奴想，潘妃姐姐没有生育，必是焦急苦闷的；她又得不到自己男人的心，何其凄苦？"刘娥哽咽道，"才二十岁出头就过世了，太可怜了呀！自打得知潘妃姐姐过世的消息，奴一直吃斋，今晚尊哥也不要近奴的身，

第四章　密托人金屋藏娇　误杀夫玉石俱焚

我们一起为潘妃姐姐祈祷冥福，这样奴心里也好受些。"

元侃默默地坐着，两眼发直。良久，他蓦地站起身，道："我要觐见爹爹，恳求他允许我娶月妹为妻！"

刘娥大惊，上前把元侃按在坐榻上，焦急地说："尊哥，一百个不能去，会惹事的呀！"

元侃泄了气，又是一声长叹："可是，也太委屈月妹了，年复一年幽居在这小院子里，谁能受得了！"

"奴就受得了！"刘娥笑着道，"奴有天下最好的男人爱着护着，比天下所有的女人都幸福！"

元侃张了张嘴，刚要说什么，侍女进来，递给他一个封函。元侃接过，与刘娥头抵着头一起阅看，是王府虞候张旻写的："朝廷降麻，晋陈王为许王，任开封府尹。许王差人到府，言今晚在许邸设宴，与诸兄弟同欢。"

刘娥不懂何谓"降麻"，先要元侃解释，元侃道："本朝册拜王公后妃、任免宰执大臣的圣旨称制书；制书用白麻纸，故称降麻。"

刘娥"哦"了一声，道："都说亲王尹开封，如同立太子，看来爹爹选中二哥了。"

元侃两眼发直，声音低沉地说："可是，大哥太可怜了！"

刘娥忙摇手道："尊哥，以后切莫再说这样的话了。"

这是个敏感的话题，关涉皇统的大事。太祖在位十七年，两个儿子德昭、德芳都已成年，但并未立太子。太祖突然驾崩，没有留下遗诏，当今皇帝以皇弟身份继位。一时间，市井讹言四起，甚至有"烛影斧声"之说。宰相赵普指证，太祖生前立有"金匮之盟"：皇位继承兄终弟及。按照这个说法，今上身后，当由魏王廷美或者太祖的儿子继位。可几年后，太祖二子一个暴卒、一个自杀，魏王廷美也以涉嫌谋夺皇位之罪被罢职夺爵，发往房州安置，不久便吐血而死。皇长子楚王元佐，不相信四叔有谋篡之心，极力在皇上面前为魏王开脱，遭到皇上严厉训斥，元佐竟因此得了疯病。作为皇长子，楚王元佐自幼受到皇上格外爱护。他不仅学识深厚，且骑射技艺连契丹人也赞赏不已，随父出征北汉、讨伐契丹，亲历沙场，朝野都认为，今上要传子，元佐将成为大宋第三代君主。可偏偏是他，对皇上废廷美之举激烈抗争，以致发疯。前年重阳节，皇上与诸皇子欢聚，惟独没有召病中的元佐。元佐听到消息，一怒之下，放火烧了自己的府邸。皇上大怒，废元佐为庶人，发房州安置。

元侃与元佐是一母所生，相差三岁，对大哥十分钦佩，二人又都喜黄老之学，彼此相知，感情甚笃。大哥由举朝默认的皇位继承人陡然间跌入人生谷底，元侃内心接受不了这个严酷的现实，却也不敢替大哥辩白，甚至不敢略有表露。如今，听到二哥尹开封的消息，元侃不由自主地想起了被废为庶人的大哥。可这样的话倘若传到皇上或元僖的耳朵里，会给元侃带来麻烦。刘娥这才急忙提醒他。

"我不想去！"元侃还在赌气，"看到二哥高兴，就会想到大哥的可怜，我不想去！"

"尊哥！"刘娥一顿足，以责备的语气，严厉地说，"你晓得吗？你现在的处境与往昔不同了！"

"没有什么不同！"元侃目光略显茫然，但还是以不以为然的口气说。

望着眼前这个憨厚的男人，刘娥不知是喜是忧。她读史，每每为皇家内部骨肉相残而痛心。兄弟之间为了争宠，无所不用其极；而眼前这个男人，似乎从来没有动过这样的念头，在他的脑海里，或许从来没有出现过做皇帝的闪念吧？刘娥已然看透了元侃，不争，就是元侃的处世准则。可是，以前有四叔魏王，还有太祖皇帝的两个儿子；当今皇帝的儿子中，还有大哥、二哥，这都被认为是有机会继承皇位的人，而元侃离皇位太遥远了，他不动这样的念头当然是对的。如今，皇上传子的形迹已露，大哥被废，排在元侃前面的，就只有二哥一人了，元侃成为除二哥元僖外，离皇位最近的皇子。可他仍然没有动过心思，也不关注此事。刘娥说不清楚，元侃这样的态度，到底是好事还是坏事；但她不想打破元侃内心的宁静。身为皇子，一旦动了觊觎大位之心，是很辛苦的，甚至是危险的。她不想让元侃置身险境。她后悔适才不该那样说元侃，忙上前捧着他胖嘟嘟的脸颊，把他从卧榻上揪起来，哄孩子似的道："别犯懒，快去吧！"

元侃嘟哝了一句什么，极不情愿地出了小院。望着他的背影，刘娥觉得仿佛是母亲在目送出门去学堂的孩子，心中充满爱怜和牵挂。要真是母亲就好了！刘娥想，那样元侃就只属于她了；可元侃不属于她一个人，他会再有一个堂堂正正的妻子。

一年后，皇上又为元侃赐婚，以宣徽南院使郭守文十七岁的次女郭氏为韩王妃，元侃一脸愧疚地把这个消息告诉了刘娥。

刘娥没有了当初对潘妃的嫉妒心，反倒觉得从一开始，她就欠了郭妃。她含泪绣成一幅汴绣，上绣鸳鸯戏水图，两只大鸳鸯身后，还跟着三只小鸳鸯。这幅汴绣，她绣了两个月。迎娶郭妃的前夜，元侃又来了，刘娥把汴绣递给元侃，解释说："一生二、二生三、三生万物，尊哥要好好对郭妃，和她多生几个儿女。尊哥想要的是平静的日子，平静的日子，要子孙满堂才是。"

元侃紧紧抱住刘娥，郑重道："月妹，我不会辜负你！"

刘娥微微一笑道："奴心领了，尊哥多陪郭妃姐姐，奴就少一分歉疚。没有事情，尊哥还是不要来了吧！"

元侃支吾半天，才勉强点了点头。

3

交了五更，京城诸寺院僧侣，有的打铁牌子，有的敲木鱼，沿着大街小巷报晓。寒冷的冬季，听到报晓声，人们多半会翻个身，蒙上头，继续赖在被窝中睡上一个回笼觉。不过，冬至这天，报晓声尚未响起，街面上就人来人往，热闹起来。

京城习俗，冬至这天要早起，煮一锅头天包好的扁食，差孩童用木盘端起，分送亲友邻居。孩童得了几个铜板赏钱，便活蹦乱跳地在大街小巷嬉戏起来。

王府虽免去了市井互送扁食的习俗，却也是全家早早就坐在饭桌前，举杯相庆，吃几个扁食。然后，男主人照例上朝给皇上贺节。

元侃骑马出了王府，朦胧中望去，见前面灯笼上有一个"许"字，即知是二哥元僖，他紧追了几步，还是没有追上，下马进了设于文德殿西侧的亲王幕次，见二哥已然坐下，元侃正要上前问安，元僖突然捂住肚子，蜷曲着身子，痛苦地呻吟起来。

"二哥!"元侃惊叫一声,上前搀扶。

"我、我难受得很……"元僖吃力地说,"送、我回府……"

元侃急忙召来侍从,抬元僖上了马。大殿响起了鸣鞭声,皇上驾到,元侃急忙追班上殿。朝会照常举行着,元侃却放心不下,卷班的喊声甫起,他就上前拉住一个殿班内侍,命他向皇上禀报许王的病情。

此时,许王府报信人也赶了过来,言许王病危。皇上闻报,带着元侃等诸皇子,赶到许王府临视,一眼看见躺在病榻上的元僖已奄奄一息,皇上大声呼唤:"二哥儿,元僖——"

元僖睁开眼睛,两行泪珠滚落下来,以微弱的声音道:"爹、爹,儿……"话未说完,一口鲜血喷了出来,喉咙里发出"咯咯"的声音,瞪着眼睛,气绝而亡。

"哥儿——"皇上唤了一声,抱住元僖,大哭不止。

元侃和诸弟唤着二哥,哭了起来。入内省都知王继恩上前,将皇上扶起,劝慰良久,吩咐几名御前器械搀扶皇上回宫。皇上的步辇出了许王府,回头又看了一眼,哽咽道:"许王掌京师五载,政事无过失,朕心甚喜,不意遽尔弃去,怎不叫人痛心!"喘息片刻,又吩咐说,"传旨,废朝五日,照太子丧仪办理许王后事。"

待皇上御驾启动,元侃领着诸弟向二哥作别,起身往外走。八哥元俨拉住元侃的袍袖,踮起脚尖,附耳道:"三哥,二哥死得蹊跷!"

排行老八的元俨只有九岁,宽脸庞、大眼睛,凛然如同成人,在皇子中最是活跃,元侃很喜欢他。此时听他这么说,沉着脸低声呵斥道:"休得乱说!"

"我去找王继恩说!"元俨一噘嘴,转身就走。元侃没有阻拦,他心里也有此疑虑,只是没有说出来罢了。

不知是元俨禀报还是另有揭发,元僖死于非命的消息传到了皇上的耳朵里。皇上震惊之余,命亲王诸宫司会同皇城司、入内省仔细查勘。很快,真相查明:元僖宠妾张氏为置李妃于死地,私下花重金找工匠做了一个暗设机关的酒壶,一边盛毒酒,一边盛正常的酒,若要害人,一动安设的机关,即可倒出毒酒。冬至一早,许王全家围在一起贺节。张氏执壶,亲自给许王和王妃斟酒。元僖酒盏中是正常的酒,李妃的则是毒酒。元僖或许念及平时对王妃多有冷落，想借节日之机表达对她的歉意，又急于上朝，心神不宁，端起酒盏，伸臂与李妃喝交杯酒，待张氏反应过来，元僖已将毒酒一饮而尽。除此之外，张氏踢死怀孕的侍女、毁京西招魂殿越制改葬父母等事，也一一揭出，呈达御前。皇上震怒，下令绞死张氏，捣毁其父母坟墓，亲属全部流放远方；取消对元僖太子追册仪式；又命亲王诸宫司整顿王府，饬令诸子谨防女人祸家。

"三哥儿，你要汲取二哥儿的教训！"在召见皇子时，皇上特意指着元侃训诫说。

元侃心里发虚，直冒冷汗，好久不敢再去见刘娥。

对刘娥来说，所有的节日，注定都是孤独的。元侃不能陪她，只能在节前节后补上一个过节的仪式。可是，冬至节过去好几天了，亲手包好的扁食已然变得干硬，却没有等来元侃。她放心不下，差侍女到市井打探，方得知了原委，顿感紧张，索性连到院中漫步也取消了。

过了两个多月，是上元灯会，京城大街小巷热闹非凡，元侃乘机偷偷来见刘娥。喝了一口茶，就说起了二哥之死，忍不住骂道："那个张氏，就是'冠子虫'！"

无论朝廷还是市井，人人都在诅咒张氏是"冠子虫"。这是市井骂女人的话，意思是性若虫蛇，有伤无补。可刘娥不这么想。若张氏出身名将之家，就能名正言顺成为王妃，后来的这一切，或许就不会发生。

元侃不以为然，把茶盏重重放下，争辩道："张氏的处境是不是比月妹好很多？可她还是不知足；月妹处境如此，从无抱怨的话，更别说对人下毒手了。这怎么说？"

局势微妙，时间紧迫，刘娥不想纠缠那个话题了，郑重道："尊哥，大哥废了，二哥殁了，爹爹的布局又一次被打破。不知尊哥是怎么想的？"

自从听到元僖暴卒的消息，刘娥就开始为元侃思忖对策了。元侃敦厚安静，与世无争，朝野皆知，若突然刻意做些什么，反倒容易被人看破，无异于弄巧成拙，她提醒元侃："顺其自然。"

元侃正是为此事而来，刘娥果然都替他想到了，便"嘿嘿"笑了笑道："月妹知我，此四字诀，甚获我心！"

刘娥盯着元侃，问："郭妃姐姐是什么样的人？"

元侃愣了一下。以往，两人心照不宣地回避提到郭妃，今日怎么突然打破惯例？他一脸懵懂地看着刘娥，咧嘴一笑道："郭氏倒是贤淑，她一心扑在幼子身上，他事一概不问。"

"那就好！还要嘱咐张旻等人，阖府上下，都要谨言慎行。"刘娥的语气，像是在给侍从作部署，连她自己也感觉到了，遂一笑，在元侃的额头上点了一下，改换了语气，"尤其是你，最让人不放心，以后千万莫来啦！"

"知道知道。"元侃连连说。

此后的日子里，元侃果然很少来了，偶尔来时，就改换成张旻的武人装扮，戴上眼罩；好不容易来一次，也不敢久留，不到一个时辰就会匆匆离去。

越是难得见面，越是珍惜每一次的相见。刘娥看出来了，元侃变了：他过去是无忧无虑与世无争离皇位遥远的普通皇子；而今，他排在皇位继承人的第一位，如果不出意外，元侃将成为大宋的第三位君主。不管元侃是不是想做皇帝，时势已然把他推到了这样的境地，这无形中让元侃陡然感到了压力。

这天，元侃来见刘娥。许久不见，越发贪恋刘娥的身体，一进门就径直走进卧室，对着浅红色的皇明帐挤了挤眼。

刘娥笑道："哎，奴有件事问尊哥。"

元侃盯着刘娥，等待刘娥发问。

"是这样的，"刘娥一本正经地说，"奴听说，京城有一男子，甚惧内，凡出门，近的地方，其妻洒水到地上，水干前必须回到家；远的呢，就燃一炷香，香燃尽前，必须回到家。他的朋友便写了一首诗送给他。诗中写道：'战兢思水干，匍匐赴香期。'"她点着元侃的脑门，"这诗是不是写你的？你这么猴急，家里是洒水了还是点香了？"

说完，放声大笑。

元侃突然醒悟，也变得调皮起来："啊?！你敢戏弄本王，要你的好看！"说着，一把搂过刘娥，连推带抱一起倒在了床上。

刘娥忽然变得喜欢捉弄人了，元侃开始觉得不解，慢慢悟出来了：

她是故意调节气氛，为他减压的。元侃感动不已，对刘娥的依恋越发强烈了，歉疚感也水涨船高般折磨着他。郭妃诞下一子，目睹儿子给母亲带来的快乐，元侃突然意识到刘娥的痛苦，忍不住提及那个两人都刻意回避的话题："要是月妹不喝打铁水就好了。"

这是刘娥的隐痛。这辈子，她注定不能做母亲了。对一个女人来说，这是最大的憾事了。她不仅把女人之爱，也把母性之爱，一股脑儿都给了元侃。她自己也分不清哪些是情爱、哪些是母爱，只要能够让元侃愉悦、温暖的事，她都愿意做。她不想让元侃伤感、负疚，便以欢快的语调道："奴已经有孩子了呀！"

"啊?！"元侃大惊，与刘娥对视着，问，"这、这怎么回事？"

"哈哈哈！"刘娥发出畅快的、调皮的笑声，搂住元侃，轻轻拍打着他的后背，"奴这不正在哄自己的孩子吗?！"

元侃也说不清楚，对刘娥的依恋，是不是带有对母爱的渴望，但是他能感觉到，刘娥带给他的，不仅有欢愉，还有安全感。他有时愿意在刘娥面前耍赖，故意放纵自己，或许，这就像孩童承欢在母亲的怀抱？

刘娥时时感念元侃带给她安定的生活和作为一个女人的快乐。可是，秋去冬来，随着时光的流逝，刘娥内心失去了宁静，变得惴惴不安起来。夜深人静时，一种恐惧感，会蓦然涌上她的心头。

第五章
神秘流言传朝野　影下亲王判南衙

1

淳化五年上元节，虽然蜀地李顺造反，叛军已然包围了成都，与官军激战正酣，却并未影响到京城开封过节的气氛。一入夜，男女老幼就涌上街头，平时难得出门的大家闺秀，甚至宫廷侍女，也都得以在长达五天的灯会期间上街观灯。人们踏着积雪，随着望不到头的人流，游览节日的夜开封。

没有人注意到，两个女人在第一甜水巷北头、观音院西南侧的一个宅院门前停住了。一名侍女上前叩门，向门公低声说了几句，就退后等待。须臾，一个年近花甲的老者疑惑地走出大门。

身穿红斗篷的女子向老者道了万福，把风帽向后一甩，露出了脸庞，问道："冯仙儿，还认识奴吗？"

冯仙儿一惊。黑暗中，仅从声音就听出了，这个女子，竟是多年未有音讯的刘娥！冯仙儿微微颔首，伸臂做了一个请的动作，引刘娥和侍女进了院子，边走边感慨道："快十年了，没有刘小娘子的音讯。不过老朽相信，总有一天，会听到刘小娘子的佳音。"

刘娥没有回应，走了几步，驻足道："有件事想向先生求教，不宜久留，就在院子里说吧。"说着，转过身去，望着院外，双手握着斗篷的两襟，站在院中。冯仙儿知道刘娥是想避嫌，也就不勉强，停下了脚步。

"先生可知，朝野对韩王有何观感？"刘娥问。

冯仙儿背着手，缓缓踱步。他猜想，刘娥不顾礼制突然造访，是冒着极大风险的，必是有值得她冒险的事由。只这一问，顿时明白了她的来意。

许王元僖暴卒一年多了，迄未听到要元侃做开封府尹的任何动静，市井传言，官家日夜为皇位继承人的难题所折磨，而皇后则力主立长子元佐为太子。或许，在皇上乃至朝廷重臣的心目中，元侃并非皇位继承人的合适人选。毕竟，大宋开国只有三十余年，强敌环伺，幽云十六州未复，五代十国乱世记忆尚留在国人的心目中。赫赫大宋，需要一位强人的引领。太祖雄才大略，今上叱咤风云，与这两棵参天大树相比，元侃简直就是一株未经风吹雨打的幼苗，而且还长期被元佐、元僖这两棵小树所遮蔽。只是两棵小树被命运之斧所揪，这株幼苗才被突出出来。皇上对元侃不放心，朝野也不看好，也是能够理解的。

读史使刘娥对元侃当下的处境感到忧虑。历史一再证明，潜在的皇位继承人无时不处于风口浪尖之上。元侃的地位注定了，要么做皇帝，要么被当作绊脚石踢开，皇帝、阶下囚，只有这两种结果，别无选择。那种能做皇帝更好，不能做皇帝就继续过平静日子的想法不仅是幼稚的也是危险的。刘娥希望元侃做皇帝，因为她不愿意看到元侃成阶下囚、俎上肉。她暗暗发誓，即使献出自己的生命，也要襄助、保护她深爱着的元侃，这个她心目中天底下最好的男人。

可是，她是一个见不得光的弱女子，她所拥有的，只有自己的生命，能拿什么襄助、保护元侃呢？刘娥一直在苦苦思索着。在没有寻找到答案之前，她没有向元侃吐露一字。元侃来会时，她是一个快乐的女人，让元侃在她的怀里感到温暖、放松；只剩她一个人时，刘娥全部心思只有一个：如何帮助元侃走出眼前的困境。

关于皇位继承人的种种议论，冯仙儿都听到了。多年来，他一直不愿介入官场之事，但他却不想拒绝刘娥。他相信自己的判断力，这个女人将创造奇迹！他想见证这个奇迹，也愿意参与这个奇迹的创造过程。

"虽然老朽不知这些年来小娘子身在何处、做些什么，但窃以为小娘子当是读过不少书的。"冯仙儿边在刘娥身旁踱步，边道，"不知小娘子听说过苗训这个人吗？"

刘娥已熟知五代和太祖朝的历史和各色人物，对苗训其人自然也是知道的，但她没有应答，等待着冯仙儿的下文。

冯仙儿以为刘娥不知道苗训其人，笑道："呵呵，苗训，是五代有名的善天文占候的神秘家嘞！太祖陈桥兵变前的那个黄昏，苗训仰观天象，惊呼'日上复有一日，久相摩荡'。将士闻之，知太祖代周乃天意，遂归心矣！"

刘娥悟出了冯仙儿的意思，是启发她，需要给韩王造势，以"神迹"来证明韩王具有帝王之相。一旦明白了这一点，刘娥立即在脑海里梳理起来，蓦然记起，元侃曾向他说起，记室参军杨砺一见元侃的面，就说他是"来和天尊"。或许，这就是"神迹"吧？她转过身去，问道："先生可知杨砺其人？"

冯仙儿一笑道："杨公乃大宋开国第一位状元，做过韩王府的记室参军，只是此公衰病不堪，恐难大用了。"

刘娥以诡秘的语气道："先生抽暇不妨去拜访他。据说杨砺曾在梦中见过道家一位神仙的模样，想必先生是感兴趣的。"

"喔？"冯仙儿停下脚步，搓了搓手，做出急不可待的样子，"老朽明日即往谒杨公！"

默契已然达成，刘娥正欲告辞，冯仙儿低声道："龚待诏就住在间壁，要不要请他过来一见？"

"呀！"刘娥惊叫了一声。已经很久没有龚美的消息了，以为他多半是回成都了，想不到还在开封，而且搬到了冯仙儿的间壁。刘娥踌躇片刻，在此敏感时刻，还是不见面的好，便淡淡地说，"不必了！"

迈出冯宅的首门，来时一言未发的刘娥感叹了一声："开封的夜色好美呀！真想到州桥上，看看御街的夜景！"话虽这么说，可是她知道自己不能去，为了元侃，任何欲望都要克制，再克制！

穿过几个小巷，就进了瓦子西巷。去时觉得路途漫长，回时转眼就到了。尽管如此，多年没有走过这么长的路了，刘娥有些乏了，侍女打开房门，刘娥迫不及待地跨了进去，突然发出一声尖叫。

元侃气鼓鼓地端坐在堂屋坐榻上，见刘娥进来，蓦地扭过脸去。刘娥手忙脚乱地解开斗篷，用力向后一甩，惊诧地问："尊哥，今夕该陪爹爹乾元楼观灯，你怎么在这里？"

069

第五章　神秘流言传朝野　影下亲王判南衙

"你去哪儿了？"元侃不回答，怒气冲冲问。他到这里来却扑了个空，近十年来这还是第一次。在他的观念里，刘娥从来没有迈出过这座宅院的大门；今日方知，她竟然会背着他偷偷跑出去，元侃有种被欺骗的感觉。

刘娥扑过去，绕住元侃的脖颈，撒娇道："哎呀，十年了，奴第一次看见尊哥生气的样子，难得，难得呀！"

元侃一把将刘娥的手掰开，向后甩了几下，依然怒而不息，质问道："你说，究竟做什么去了？"

刘娥暗自好笑。都说女人善妒，殊不知，天下最善妒的女人，也比不上最不善妒的男人。可她不能把自己去会冯仙儿的事说与元侃，毕竟，女人主动介入政治，是犯忌的；她也不想打破元侃内心的平静，让他担惊受怕。可如何回答元侃呢？刘娥唱过太多男欢女爱的词曲了，知道越是讨好起了疑心的男人，男人越认为女人心中有愧，越会不依不饶。最好的办法是冷眼相对。她收敛笑容，凛然道："闷得太久了，出去透透气罢了。"说着，在坐榻坐下，冷冷反问道，"尊哥不陪爹爹观灯，竟跑到奴这里来，不怕爹爹问罪吗？"

上元节观灯是皇家典仪，按照常规，正月十五晚间，皇子要陪皇上在乾元楼观灯，直到午夜方散。元侃突然出现在这里，让刘娥感到意外，她要把话题转到这上面来。

元侃默然。他也是第一次遇到刘娥生气的情形，不停地转换着坐姿，用余光窥视她的表情。

刘娥向外唤了一声，见一名侍女到了门口，吩咐道："你去首门候着，皇城司的逻卒一来，就带他们过来，把这个擅自离场犯了大不敬罪的逃兵给抓回去！"

"罢了！"元侃忙起身做阻拦状，"别拿皇城司逻卒唬人了，"又慢慢坐回去，低声嘟哝着，"爹爹箭疮发作，苦楚难忍，观灯礼提前收场了。不然我安敢到这里来？"

"爹爹发病了？"刘娥惊问，旋即发出一声轻叹，"爹爹到底是上年纪的人了。"

十五年前，当今皇帝御驾亲征，灭掉契丹人扶持的北汉，欲一鼓作气乘胜收复幽州，大军在高梁河与契丹激战，皇上亲临一线，混战中被契丹人射中大腿，留下伤痕。多年来箭伤虽未彻底治愈，但也不妨碍行动；如今突发箭疮，竟不能坚持观灯，不得不提前散场，说明皇帝衰病已相当严重了。或许，留给他的时日已经不多了。刘娥越发觉得今晚去拜访冯仙儿的决定是正确的，是时候郑重提醒一下元侃了，于是她神情庄重地说："尊哥，该想想以后的事了。"

元侃被刘娥突然冒出来的这句话所震撼，烦躁地说："要怎样？"

刘娥答："尊哥不能再以超然物外为高了；还有，尊哥举止言谈要越发谨慎稳重有威严才好，因为，尊哥不是凡人，是'来和天尊'！"

2

京城的正月十九，是一个令人失落的日子。从入正月以来，正旦节、上元节连在一起，一直热闹到正月十八收灯。半个多月里，京城昼夜喧闹不息，人们尝美食、观花灯、看亲友、撩美姬、窥俊男，流连忘返。夜阑，还有一些人手提小灯"扫街"，捡拾遗落的首饰。到了十九日，京城仿佛开而又封，烟花散尽，寂静非常。巨大的落差不免让人感到有些不适。

淳化五年的正月十九，却与往昔不同。京城的人们突然被一则"来和天尊"的神秘流言所吸引。这则流言从正月十六就开始流传，只是人们沉湎于灯会的喧闹，无暇细思；如今寂寞难耐，自然而然就想起了这则流言，纷纷去找左邻右舍、同僚朋友交流看法，以打发正月十九夜这陡然间出现的寂寞时光。尤其是，正月十五乾元楼观灯仪式提前散场的消息也早已传开，越发使得人们对"来和天尊"的神秘流言充满兴趣。

"皇家老三出阁那天我倒是远远看见了，当时就觉得胖墩墩一副敦厚相，原来他是'来和天尊'的化身哪！"

"难怪老大、老二看起来都顶天立地，却最终都立不住，原来如此啊！"

"可不是吗！啥叫天意？这就是天意！"

"原以为老三不是块料，现在想想，太祖兄弟创下基业，接下来该守成了，守成，那还是老三最合适！"

……

刘娥打发侍女到街上探听消息，从侍女禀报的这些街谈巷议中判断出，冯仙儿的行动迅速而有效。刘娥暗自得意。她在镜前告诫自己，永远挂着甜甜的笑意的脸庞虽然还很年轻，美貌并没有远去，但是芳华已逝，从今而后，你不可能再靠美貌让元侃着迷，而要靠智慧，靠在命运面前永不屈服的坚毅！

现在，刘娥所能做的，就是以静制动，耐心等待。

在对"来和天尊"神秘流言此起彼伏的议论声中，朝野像是突然醒过闷儿来：今上身后最适合做皇帝的，不是老大元佐、老二元僖，而是躲在他们身后默默无闻的元侃。作为"来和天尊"的化身，元侃就是上天给大宋预备下的守成之君！

元侃明显感到，百官对他的态度变了，连被称为糊涂宰相的吕端对他也突然间亲和起来。皇上也做出了反常举动：自元佐因缺席重阳节聚会而怒烧府邸事件发生后，快十年了，重阳节不再召集皇子相聚；淳化五年的重阳节，皇上把除元佐以外的皇子，都召进宫中，在太清楼望远、宴饮。临散场时，皇上把元侃单独留下了。

"哥儿，'来和天尊'是怎么回事？"皇上盯住元侃问。显然是想从他的神态变化中做出某种判断。

元侃自己也正纳闷儿中，坦然奏报："爹爹，儿出阁开府时，爹爹委派杨砺为记室参军，杨砺见儿，竟说他梦见过的'来和天尊'就是儿的模样。儿不准他再说。多年过去了，不是爹爹垂询，儿都忘记了。"

皇上微笑着说："我问过杨砺，他也是这么说的。"说完，拍了拍御榻，蔼然道，"哥儿，近前些。"

元侃跪行到皇上的坐榻前，皇上掀起花白的胡须："哥儿，爹爹老矣！"

"爹爹……"元侃动情地唤了一声。

"爹爹有几句话，哥儿要记住。"皇上缓缓道，"为政之要，在得人心而不扰民。得人心莫若示之以诚信；不扰民莫若镇之以清静。照此而行，虽猛兽亦可驯良，况于人乎？安抚百姓，百姓方视你为其统领；苛待百姓，百姓必视你若仇寇。"

元侃感到意外。他不明白皇上为何突然和他说起这么严肃的话题，而且从这段话语中，他听出了几分苍凉，不敢相信，这样的话出自一统六合的父亲之口。回到府中，元侃茶也顾不得喝，就匆匆换装，连夜去会刘娥，把召对的情形简略说了一遍。

"看来，爹爹已有决断了！"刘娥兴奋地说。

元侃问："何以突然出现'来和天尊'的神秘流言？我怎么觉得爹爹下决断，似乎和这事儿不无关系？"

刘娥笑而不语，她不想让元侃知道内情，这样元侃的心里就永远是坦然的。

"想不到爹爹会说出守清静那样的话来。"元侃又说。

两次北伐的失败，身体的衰病，让皇上对在他手上收复幽云旧疆已不抱希望；而对元侃能不能完成这个夙愿，皇上没有信心。选择了元侃，无异于宣布大宋进入了守成时代；或者说，皇上意识到大宋要转入守成时代，所以选择了元侃。刘娥这样理解皇上的那番话，但是她不能把这个想法和盘托出，只是说："爹爹是告诉尊哥，大宋要进入守成时代了。"

过了几天，朝廷颁布制书，晋皇三子赵元侃为寿王，任开封府尹。

这个消息当即就在京城传开了。许王元僖暴卒两年了，圣躬违和的传闻又不胫而走，士庶免不得议论纷纭，如今皇家终于又做出了亲王尹开封的决断，在不安中迅速传播的"来和天尊"的神秘流言也就水落石出了。

兴奋之余，刘娥隐隐有些担心；而且她相信元侃一定也有这种担心——开封府乃首善之区，天下第一大都会，治理开封府不是一件轻松的事，元侃从未有过从政经历，甚至没有过这样的心理准备，骤然担起这副担子，未免太沉重了。倘若是一般的大臣，治理有失，无非不能升迁罢了，而以元侃的身份，治理开封是不能出现失误的，否则后果不堪设想。

在正式上任的前一天深夜，元侃悄悄来会刘娥，一见面就搓着手道："月妹，明日到任，我心忐忑！"

刘娥不想给元侃增加精神负担，故作轻松地说："以尊哥的品德和能力，治理一个开封府，牛刀小试而已！"

"不是啊月妹！自大宋开国，亲王尹开封府的，"元侃掰着指头道，"先是爹爹，十五年，治绩斐然；四叔魏王八年，虽有骄恣之议，治绩却也为人称道；二哥五年，政事无失，深得爹爹嘉许。我乃第四人，总担心做不好。"

"尊哥能做好，一定比四叔和二哥做得更好！"刘娥给元侃打气。

"嘿嘿嘿，"元侃憨憨一笑，"以月妹看，该怎么做？"

刘娥故作惊诧："天哪天哪！尊哥，奴一介女流，哪里敢对政事说三道四呀！不过……奴观史书，倒是有点心得，不妨陈于尊哥一听。"

"月妹，快说嘛！"元侃催促道。

"明白何者叫大将风范吗？"刘娥盯着元侃道，又自答，"那就是：举重若轻！"

"举重若轻？"元侃品味着，笑道，"又是四字诀！"

"是呀，免得你笨头笨脑记不住嘛！"刘娥调侃道，她要让元侃放松下来。

元侃沉吟片刻，道："有人说，要我学爹爹尹开封时的做法。爹爹可是事必躬亲哪！"

刘娥想说你怎可与爹爹比，但又怕伤了元侃的自尊，婉转道："尊哥，爹爹是创业之君，创业时代和守成时代，是不一样的。"

元侃吸了口气，点点头，突然一挺腰杆，喜滋滋道："有月妹在，我何惧之有？"

3

开封府衙在皇城之南，京城上下即以南衙简称，亲王尹开封，也就被称为判南衙，地位显赫，仪仗威严，每一出动，旌旗节钺，皆以髹漆为杠，涂以红色，散从头戴红色软冠，将校头盔上也飘着红缨，远远望去，羽仪散从，灿如图画，见之者每每惊叹："好一条软绣天街！"

仪仗威严中的元侃是堂堂开封府尹，一进了衙门，换了装溜出南衙去会刘娥时，转眼间就变成了她的情郎，一个可爱的大男孩。

元侃把政事托付于翰林学士判开封府事李沆、推官杨徽之。杨徽之有位族孙，名杨亿，是个神童。十一岁就被皇上召入朝廷，授予官职，如今年方二十，以诗文名冠天下，开封府的表章、元侃的私函，多出杨亿之手，金句隽语，每每不胫而走，朝野对寿王治下的开封府刮目相看。

受命治理开封府的元侃，以举重若轻为圭臬，反倒有机会常去会刘娥了。这天一进门，元侃就把一个夹袋递到刘娥手里："月妹，你别只看书，这些你也看看。"

刘娥打开一看，有《大宋全舆图》《朝廷衙门簿》，还有不少诏书、奏牍的副本，她当即明白了元侃的用意，却故意问："奴一介女流，为何要看这些？"

元侃讨好地一笑："嘿嘿，月妹脑瓜灵光，以后遇到难题，免不得找月妹求教。"

"尊哥有那么多僚属，要学问有学问，要才干有才干，哪里用得着奴置喙呀？"刘娥半是玩笑半是认真地说。

元侃咧嘴一笑："僚属是僚属，月妹是月妹……"

"错！"刘娥脆声打断元侃，旋即向他眨眨眼，"尊哥该说，僚属是僚属，月妹是寿王。"

元侃笑道："那是那是，月妹就是寿王，一体的！"

"一体"二字一出口，元侃热血沸腾，顺势把刘娥推倒在床上。

刘娥很快就对政情有了全面了解。比如，本朝地方建制，不仅有府、州，还有军。天雄军、德清军等等名称，并不是军队，而是与府州一样的地方官府，有与府州同级者，有隶于府州，与县同级者。比如，本朝的宰相，有用两人者，也有独相者；掌军令的枢密院，枢密使也有同时任命二人者。诸如翰林学士称内制，为皇帝起草诏旨；知制诰称外制，为皇帝和中书省起草政令。皇帝、宰相要两制起草公文，会交代一个主旨，称为"词头"。举凡二府三司、馆阁台谏，包括大内宦官机构入内省的情形，刘娥都记在了心里，与元侃谈论时政，说起职官、仪规，她已然耳熟能详，不时让元侃感到惊喜。

元侃悉心委政僚属，各项政事有条不紊，大半年过去了，倒是也没有和刘娥提起过什么棘手难决的事。忽有一天，他面露难色地向刘娥说起一件事：

开封府审勘一个案子，侦知人犯逃到了浚义县，推官杨徽之差散从王承禄持三尺余长的汴州杖去缉捕。王承禄乃入内省都知王继恩的侄子，又是手持权杖的开封府散从，对知县张知白颐指气使，喧哗于大堂。张知白忍无可忍，说你是开封府的散从，是为儿子做事的；我是朝廷命官，是为老子做事的；老子可以打忤逆的儿子，遂下令当场杖王承禄二十大板。王承禄受此委屈，心有不甘，向叔父王继恩求助，王继恩亲自登门，请求元侃惩治张知白，为其侄报仇。

说完大略，元侃对刘娥一笑道："内官求情的事，不想让僚属知晓；可委实不知如何是好，所以想听听月妹的高见。"

刘娥道："县官守正，不可责备。"

元侃叹口气道："可王继恩是大内总管，据说当年对爹爹有定策之功，爹爹对他宠信不移，他开口相求，真是让人为难。"

刘娥抿嘴沉思，良久方问："王继恩为这样的事亲自登门，难道仅仅是为了替侄子出气？"

元侃一愣，问："他还有别的用意？"

刘娥道："尊哥不是说了吗？王继恩对爹爹有定策之功。可他是一个宦官呀，宦官对谁当皇帝起到决定作用，可见此人多么厉害了。"

元侃不想把问题想那么复杂，掸了掸手道："不管他什么动机，就事论事，月妹只说，这事该怎么办吧！"

刘娥道："爹爹让尊哥尹开封，是预备做天子的，天子还要徇私情吗？"

"嗯，有道理！"元侃点头道，但他还是不放心，"王继恩那里怎么办？"

刘娥想了想，道："都说官家身边的人不能得罪，为什么呀？无非是怕他们进谗言。尊哥先把这件事说给爹爹听，不就好了吗？"

"对对对！"元侃兴奋地说。

次日，元侃上朝，二府三司奏报政事毕，元侃以开封府身份出列奏道："陛下！臣府散从，近日赴浚义县缉捕人犯，喧闹大堂，为知县所惩，臣驭下不严，愿受责罚。"

"开封府散从，为儿子做事；浚义知县，为老子做事；为老子做事的，打为儿子做事的散从板子，也打得嘛！"皇上笑着说，顿了顿，又道，"不过，开封府是浚义县的上司，倘若开封府要为此责罚浚义县，也不为过。开封府不责罚浚义县，还要自请责罚，朕看，有格局嘛！"说着，皇上"呵呵"笑了起来，目光中满是慈祥。

元侃心里却阵阵发慌。想不到，浚义县责罚开封府散从的事，皇上已然知晓，连张知白责罚散从时说的什么话，皇上都清清楚楚。多亏月妹提醒，主动把此事在朝堂说了，不然，皇上不知该怎么想。

散朝了，走出了文德殿，一眼看见入内省都知王继恩黑着脸站在西廊庑下，向他投来怪异的目光，元侃心里一沉。

第五章 神秘流言传朝野 影下亲王判南衙

第六章
暗中化解寿王危机　御前促成皇帝决断

1

这天一大早，就有几只喜鹊在枝头欢快地鸣叫，刘娥慌忙跑了出来，仰脸望着喜鹊，双手合十，像是祈祷，又像是感谢。

门外响起乐器的吹打声，兼做门公的中年侍女打开了大门，一个和尚端着一个小盆站在门口，盆里放着佛祖的铜像，上面搭着花棚。

刘娥蓦然想起，今日是四月初八了。

四月初八是佛诞日，开封十大寺院同时举办浴佛斋会，用香料和糖水煎煮成热饮，称为"浴佛水"，馈送参加斋会的香客和常年供佛的施主。还有一些和尚，则端着"浴佛盆"，吹打着乐器，沿街游走，不时在一些人家停下，请主人用小勺舀起盆中的浴佛水浇在铜像上，谓之"浴佛"。

刘娥向侍女招手，吩咐她拿上十个铜钱，舀水浴佛，打发和尚去了。

四月初八，开封周边田地里的麦穗已经黄了吧？麦收在即了；而元侃上次来，还是三月中旬，这么一算，已经近一个月了，元侃没有在小院现身。刘娥亦喜亦忧。喜的是，元侃终于能克制自己的欲望了。刘娥读史甚多，得出一个结论：成大事者，必有克己之功。不能克制欲望的人，很难成大事。她不止一次把这话说给元侃听，元侃虽点头称是，却很难落实到行动上。这次，元侃近一个月没有来找她，不正是克己的表现吗？虽然因为上次她擅自外出让元侃心存芥蒂许久，但元侃对她感情上乃至精神上的依赖已深入骨髓，刘娥相信，他不可能是移情别恋，只能是克制了自己的欲望。可是，随着时间一天天过去，刘娥开始担心起来。元侃会不会是遇到什么麻烦事？照说，遇到麻烦事，元侃更该来的呀！刘娥思来想去，寝食难安。她把两个侍女都打发到街上去，探听街谈巷议。

过了两天，侍女打探到了：去年秋天，京畿大旱，开封府奏报灾情严重，恳请朝廷蠲免开封府十六县七成田赋，皇上依此下了诏，十六县的百姓感念皇恩浩荡，感激府尹寿王大德。不料忽有蜚语流传到朝廷，说查验旱灾的官员故意夸大灾情，欺骗朝廷多蠲免田赋。御史胡旦上章，要求皇上下旨复核。前不久，皇上下诏从周边州县抽调一批官员到各县复核，已有先期到达的官员上奏，说旱情并未严重到需要蠲免七成田赋的程度。得此消息，开封府上下惶然不知所措，都为寿王捏了一把汗。

"天哪天哪！"刘娥拍着胸口，连连惊叫。

倘若复核的官员异口同声说开封府虚报灾情，那么元侃的名望、在皇帝那里的印象，就全完了。皇上嘱托一定要以诚信赢得民心，在考验期就发生与诚信背道而驰的事，结果会怎样？元侃虽以亲王尹开封，但只是默认的皇位继承人，并没有经过合法的册立，他还不是太子，皇上若想换掉他，易如反掌。

诡异的是，元侃尹开封以来，朝野观感颇佳，皇上也屡屡褒扬，因何为时过境迁之事，兴师动众复核？这个举动本身，就是对元侃的不信任。发出这样的信号，岂不是动摇人心？如果皇上没有换掉元侃的想法，是不会这么做的。

那么，皇上又为何突然之间改变了对元侃的态度？

会不会是王继恩背后捣鬼？可为一个侄子挨打的小事拆储君的台，不合常理吧？那么，会不会是皇后？废为庶人的大哥元佐已被接回开封，在南院幽居，元佐的妻子，是皇后的亲侄女。相比之下，皇后与元侃一直很疏远，且彼此存有心结。皇后如果三番五次在皇上面前说元侃的不是，也不能保证皇上不会动换马之心。刘娥从读史中得出结论，宫廷之中骨肉相斗，多是外人押宝挑拨所致。她担心，有人故意拿虚报灾情之事损害元侃的声誉，让皇上对元侃失去信任，从而达到不可告人的目的。

看来，已经有人背后向元侃动手了。可元侃太憨厚了，不知道他是不是认识到了这件事的严重性，有没有采取应对之策？刘娥从这些天来元侃没有来找她商议即判断出，元侃或许内心充满恐惧，但未必有因应举措，似乎在被动等待着。

要和元侃在一起，要保护元侃，正是这个信念，支撑了刘娥十年的幽居岁月，让她在常人难以忍受的幽居中，依然充实而快乐。此刻，保护元侃的冲动，让她浑身充满力量，仿佛保护鸡崽的母鸡，不畏风雨，不怕强敌！

入夜，刘娥悄然出了宅院，坐上事先雇好的一辆牛车，赶往冯仙儿的住处。

冯仙儿对刘娥的到访有些意外，但他没有丝毫表露，笑道："刘小娘子委实胆大！想必有促使小娘子做出如此大胆举动的缘由。何事需老朽相助，不妨明言。"

"奴先要谢谢先生！"刘娥施礼道。

冯仙儿知道刘娥为的是"来和天尊"神秘流言的传布，但那件事二人是心照不宣的，谁也没有说破过，冯仙儿也只能一笑了之。

刘娥把复核灾情的事三言两语略述毕，自信地说出了自己的看法："这不是灾情的事，所以不能袖手旁观。"

冯仙儿沉吟不语。道路传闻，此番复核灾情，实际上是对着寿王来的，有人想动摇寿王的储君地位。可这潭水太深了，一个弱女子，居然想挽狂澜于既倒，冯仙儿越发相信自己对刘娥的判断了。

刘娥见冯仙儿不语，再次施礼道："奴有劳冯先生！先生若不推辞，奴以为，可去见见负责复核者中进士出身的官员，最好是南人。"

冯仙儿发出"啧啧"声，道："人言蜀女多才慧，今日方信其然！"

"先生何出此言？"刘娥故意问，她想知道冯仙儿是不是真的会了她的意。

冯仙儿微笑道："进士出身者，相比那些杂途出身的官员，更有进取心，目光更长远；相比于中原人，南人多智且处事灵活。"

刘娥报之以微笑，表示认可冯仙儿的解读。

冯仙儿思忖片刻道："老朽想到了一个人。"

刘娥并不问。通过"来和天尊"神秘流言传布一事，她对冯仙儿的处事能力已是一百个放心，多言无益，她施礼告辞了。

望着刘娥的背影，冯仙儿暗自感叹："得此女者得天下！"但他还是提醒了一句，"刘小娘子，暗流涌动，要多加小心！"

2

京城开封的地界，被开封县和浚仪县东西分辖。浚仪县管辖开封城西北一带。奉旨复核浚仪县灾情的亳州司户参军王钦若，就被安置在天波门外一家叫"鸿运来"的客栈里。

王钦若淳化三年进士及第。他幼时在宜春的湖岗寺和奉新华林书院读书，这两地道学昌盛，王钦若深受影响，虔诚地崇信道教。三年前进京赴考，多次到道观求签，同样崇道的冯仙儿见过他，印象颇深。此次王钦若奉旨复核灾情，一到京，就又到会真观拜太上老君，冯仙儿又一次遇到他，觉得此人面相奇异，将有一番作为。所以，接受刘娥的拜托，冯仙儿马上就想到了他。次日一大早，冯仙儿就来到了"鸿运来"客栈，打问到了王钦若的住处，在客栈院中的一个独门小院，冯仙儿手拿折扇，走过去，在小院外徘徊。

须臾，小院内有了响动，一个三十岁出头的男子拉开了院门。冯仙儿瞟了一眼，此人个子矮小，脑袋很大，脖颈上长着一颗肉瘤，正是王钦若。

"喔？是位官人？"冯仙儿故作惊讶，走上前去，上下打量着。王钦若一惊，问："你是何人？到此何干？"

"贫道打此经过，忽见一团紫气升腾，因此前来查看。却不知紫气应在官人身上了。"冯仙儿神情诡秘地说。

王钦若刚想发火，看清眼前乃是一位道士，也就忍住了。

"喔呀！官人必贵，定能位极人臣！"冯仙儿盯着王钦若，以惊喜的语气说，"不出十年，必登政府！"

本朝以中书省为政府，以拜除宰相和参知政事者为登政府。王钦若苦笑一声道："道长有所不知，鄙人乃临江军新喻人，安敢生出妄念？"

不知从何时起，朝野一直有南人不得做宰相的传闻。不惟如此，朝

第六章 暗中化解寿王危机 御前促成皇帝决断

廷大佬都是中原人,对南人一向排斥。王钦若虽在三年前进士甲科及第,却被分发于亳州做从九品微官,而且已然考满,却还没有升迁的迹象。他心情郁闷,又无可奈何,对于登政府、做宰执,他不敢奢望,又时常为此而长吁短叹。

冯仙儿正色道:"官人误矣!岂不闻三十年河东、三十年河西之说?贫道已卜出,不出三年五载,朝廷必出为南人倡言的有力之人。"

王钦若见冯仙儿仙风道骨,气度不凡,说话的语气不像是打诳语骗几文吃茶钱,也就打消了疑虑,讨好地一笑:"学生敢请仙道指点迷津?"

冯仙儿拉住王钦若的袍袖,进了小院,低声道:"以官人之见,官家万年后,谁可继大统?"

这个问题太敏感了,王钦若不敢乱说。

冯仙儿提醒道:"亲王尹开封者,按本朝的规矩,相当于储君。官人认同否?"

王钦若点头。

冯仙儿用折扇敲了敲王钦若的手腕,道:"那么,官人为何来开封复核灾情?区区十六县的七成田赋,值得朝廷兴师动众复核?"

王钦若愣住了。他只是就事论事,想把灾情复核明白,向朝廷表明自己的办事能力。可冯仙儿的一句话点醒了他。他"嘶"地吸了口气,快速地眨巴着不大的眼睛,伸过脑袋问:"仙道是说,这里面有名堂?"

冯仙儿道:"自唐末以来百年间,皇位多出自攘夺,大宋开基以来,皇统迄未理顺,各色人等出于各种目的插手其间,并不奇怪!"

王钦若悚然,一拱手道:"仙道有以教我!"

冯仙儿微微一笑道:"难怪紫气升腾,原来如此啊!"言毕,一抱拳,"官人好自为之,贫道告辞!"

王钦若浑身战栗,因为兴奋而战栗。他仿佛看到了一缕曙光,这曙光将引导他走出黯淡的曲径,踏上坦途。但转念一想,既然有人要拿灾情事做文章,背后的势力不可小觑,万一……他慌慌张张追了几步,低声问:"那么敢问道长,何人在背后操控?"

冯仙儿并不回答,一笑道:"道家讲究清静无为,用市井俚语讲就是不折腾,或曰顺势而为。"说罢,头也不回,捻着胡须,迈着方步,径直出了客栈。

王钦若深吸了口气，悟出来了，所谓"顺势而为"，弦外之音就是力挺寿王。他庆幸自己遇到了高人，急忙追出客栈首门，跟在冯仙儿身后问："敢问仙道尊姓大名？"

冯仙儿向后一摆手道："呵呵，贫道亦不敢请教官人尊名台甫。"说完，跨上随从牵来的毛驴，头也不回，飘然而去。

"隐士？大隐隐于市，高人！"王钦若在身后赞叹了一句。与其说是夸奖冯仙儿，不如说是为自己打气。他希望遇到的是高人，因为高人的话是可信的。他不再踌躇，快步回到小院，饭也顾不得吃，提笔拟写奏章，仿佛怕人抢了先机。

不几天，京城传出消息：皇上下旨，经复核，去年秋季，开封府十六县灾情严重，除前旨蠲免七成田赋外，剩余三成，一并蠲免！

"这都是寿王的恩德啊！"

"是啊，看来官家对寿王深信不疑啊！"

…………

京城百姓或者在十六县有亲友，或者就是十六县农夫进城做买卖的，对复核灾情之事格外关注，有了这样喜出望外的结果，免不得奔走相告，议论一番。

侍女将消息从街上带了回来。刘娥听罢，吩咐道："烧些热水，我要泡澡。"这些天她神经紧绷，陡然松弛下来，方感到前所未有的疲惫，解乏的好办法，就是泡澡。

"月妹！"

偌大的浴桶中，刘娥正闭目静思，听到唤声，睁眼一看，元侃站在了她面前，一副垂涎欲滴的神情。

"哼！"刘娥佯装生气，扭过脸去。

"不是，月妹，那个……"元侃以为刘娥是因他这么久不来看她而生气，急忙解释说。

"哪个怨你不来？你能克己，奴为此高兴还来不及呢！"刘娥嗔怪道。

"嘿嘿嘿，"元侃笑着，伸手扶在浴桶上，"那、那月妹因何生气？"

刘娥转过脸来，看着元侃，问："你遇到麻烦事，为何不愿和奴说？

你又有了红颜知己了吧？快找她去呀！"

元侃用力一拍桶沿："月妹！哪有这回事嘛！老实说吧，出了点事，我是真怕了，李沆、杨徽之、杨亿，个个都是聪明人，也都束手无策，说只能听天由命，又何必让月妹陪我担惊受怕呢？所以就没有和你说。"

"嘻嘻！"刘娥突然笑了，是元侃少见的得意的笑，"尊哥的命就是好！"

元侃心有余悸地道："多亏王钦若，官职虽微，独敢为百姓申理，有大臣之风。"

"王钦若怎么说？"刘娥顺口问。

元侃以疑惑的目光看着刘娥。适才他说出了点事，刘娥并不问出了什么事，而是发出奇怪的笑声；又听她顺口说出王钦若的名字，元侃大惑不解，便试探道："月妹知道王钦若？"

刘娥觉察到元侃神色有变，撩水掩饰道："不晓得呀！不是你刚说出这个名字了吗？王钦若他到底怎么说的呀？"

元侃半信半疑地接受了刘娥的解释，把皇上下诏复核灾情之事约略说了一遍，这才说到王钦若："他奏章里有一句要紧的话，说开封府地界旱情严重，只免七分田赋不足以救济百姓，恳请皇上开恩，予以全免。"

"嘻嘻！"刘娥禁不住又发出得意的笑声，从水中伸出手来，对准元侃的脸用力一弹，笑道，"来和天尊沐浴来！"

元侃早被刘娥雪白的肌肤诱惑得欲火中烧，再被刘娥如此一挑逗，无暇他顾，抹了一把脸上的水珠，口中说着："好啊，你敢戏弄神仙！"慌里慌张地脱去衣服，跨上踏板，一跃跳进了浴桶。

两人正在水中嬉闹，门外传来侍女的声音："寿王千岁，张旻送来一封密帖。"

元侃正想在水中与刘娥亲热一番，听罢侍女禀报，顿感扫兴，皱眉不语。刘娥吩咐道："快拿来！"侍女呈上，打开一看，竟是入内省押班周怀政写的："官家召寇准回朝，正连夜在寝殿召对。"

元侃从未在大内安插耳目，也一向不与内官交通，骤闻内押班周怀政传来密帖，有些反感，不耐烦地说："这事和我有何相干？多事！"

入内省押班是皇上身边的宦官班头，皇上一举一动都在他的眼皮底下，周怀政既然冒险密报，不会是一件无关紧要的事，刘娥不敢大意，问元侃道："寇准是怎样一个人？"

元侃想了想，道："都说此公刚猛，能断大事。"

"能断大事？"刘娥重复了一句，似有所悟，"那么爹爹召寇准回来，周怀政又特意密报，说明此事非同寻常！"

3

位于皇城中部宣佑门内的万岁殿，是皇帝的寝宫，大臣不经宣召，不得踏进半步；而在万岁殿左近，有不少殿阁，都是供皇帝举办典礼、处理政务、召见大臣之用，所以寝宫罕有大臣进入者。

可是，这天晚上，皇上却把知青州寇准召进了万岁殿，就连奉命导引寇准觐见的内押班周怀政，也觉得此举非同小可。

寇准是华州人。他十九岁进士甲科及第，少年得志，一时传为佳话。寇准性格率直，大胆敢言。一次奏事时，用语激烈，皇上听不下去，生气地离开了御座，转身要走，寇准疾步上前，扯住皇上的衣角，要他重新落座，务必听他把话讲完。事后，皇上高兴地说："我得寇准，就如唐太宗得魏徵。"自此，寇准以刚直足智闻名朝野。

前年春，天下大旱，皇上召近臣垂问施政得失。寇准道："大旱是上天示警；而上天之所以发出警告，是因为司法不公！"皇上闻言不悦，起身回宫。过了一会儿，皇上又召寇准责问，寇准言，只有当着宰执大臣的面他才会说原因。皇上只得把中书、枢密二府大臣召来，寇准把一个案子说了一遍，最后道："这个案子涉及两个主犯，可判决结果，一个杀头，一个只是杖刑；受杖刑的，是在座的参知政事王沔之弟。这不是司法不公吗？"皇上当场质问王沔，王沔叩头谢罪，皇上遂与宰执商议，任命寇准为枢密副使，不久晋同知枢密院事。刚届而立之年的寇准，成为枢相。但寇准刚猛率直，好与同僚争执。去年的一天，他在外出的路上碰到一个疯子，迎着他的马喊"万岁"，同僚以此向皇上奏报，寇准与同僚在御前大吵，言辞激烈，互相揭短，皇上甚怒，斥责有失大臣体，将双方贬谪外放。

几天前，寇准忽接召他晋京的敕书，便日夜兼程驰马入京。但他到了开封，并没有到四方馆缴凭报到，而是悄悄回到家中。他要先摸摸底，看看这一年时间里到底发生了什么，皇上火急火燎召他回来到底是何用意。好在寇准在朝廷多年，有些人脉，就连入内省押班周怀政也与他相善，便很快摸清了底细。摸到的内情，让寇准出了一身冷汗：皇三子元侃已以亲王尹开封，可皇后却有意立皇长子元佐，此事得到了大内总管王继恩的支持，外廷也有呼应者。皇长子患了疯病，皇后联络宦官扶持他继统，岂不重演汉唐后宫、宦官、外戚干政的悲剧？寇准坐不住了，急忙上了禀帖，进宫觐见。

已经过了东华门过道和宝文阁后夹道交叉路口了，提灯前引的红衣吏既未拐弯也未停下，而是继续向北疾步行走，一直走到万岁殿前才驻足。内押班周怀政躬身引导寇准进了万岁殿，拐进了西暖阁。

西暖阁是皇帝的书房。当今皇帝虽戎马倥偬大半生，却非常喜爱读书，特意把寝宫西暖阁做成了书房，除了书柜外，摆着一张坐榻，皇上端坐榻上，寇准尚未跨进阁门，就急切地唤道："寇卿，一年未见，朕甚想念！"又命内侍搬来机凳，"寇卿，坐下说话。"

寇准神情凝重，觑了皇上一眼，见他须发花白，老态毕现，不觉心头一紧。

皇上拍了拍左腿道："朕正患足疾，不良于行，故而召卿到寝宫来见。"

寇准奏道："陛下当保重圣躬。"

皇上摇了摇头，张了张嘴，欲言又止，轻叹了一声。

寇准心里明白，与其说皇上的痛苦缘于箭疮的折磨，不如说受着那个心结的折磨。

皇上在位二十年了，望六的年纪、箭疮的复发，让君臣都意识到了，是慎重考虑皇位传承之事了。而这，恰是当今皇帝的一个沉重的心结。当初，他接受宰相赵普"金匮之盟"之说，从而让他的继位具有了正当性，可承认"金匮之盟"，就不能传位给自己的儿子；想传子，就要否定"金匮之盟"，皇上陷入了这个悖论难以自拔，立太子之事就成为一个禁忌，公开建议立太子的大臣，竟被贬谪到岭南，从此朝臣不敢再公开谈论此事。

"寇卿，"皇上唤了一声，停顿了一下，摆手让周怀政率内侍退出，这才说，"赵普当年辞朝时对朕说过一句话：'太祖已误，陛下不能再误。'寇卿以为然否？"

寇准肃然道："陛下雄才大略，当以决绝的态度，扭转五代皇位传递乱象，如此，方可说走出了乱世，迈向了治平。"

皇上为之一振，又问："臣民有早立太子之望，寇卿以为，谁可为储君？"

寇准等的就是这句话，他已想好了应对之词："陛下，为天下选储君，立众望所归者为太子，乃帝王之事，他人何敢置喙？此事，陛下不可与后妃、内官商量，也不可与近臣谋划，而应圣心独断！"

皇上听出了寇准的弦外之音，苦笑道："寇卿，有人说寿王尹开封，谎报灾情，收买人心。朕一怒之下，命人复核。可参与复核的官员上奏说，灾情比上报的还严重。通过这件事，朕打定主意，谁的话也不听。"他突然一笑，"不过，朕是特意召寇卿回朝，想听听寇卿的看法的。"

寇准起身施礼道："臣诚惶诚恐！"

皇上见寇准始终不愿说出太子人选，便以试探的语气道："寇卿，日前朕要道士王得一为诸皇子相面，其他皇子都见到了，惟独没有见到寿王，只是在寿邸见到了张旻、王继忠二人。王得一对朕说，观此二人，他日必至将相，则其主可知！以寇卿看，王得一的话可信否？"

寇准不假思索道："知子莫若父！请陛下早日宸断，昭告中外，以安人心！"

皇上如释重负，畅出了口气，兴奋地说："既然寇卿如是说，那么朕就放心了。"说着，提笔拟写"词头"。刚蘸好了墨，御笔提在半空，抬头看着寇准道，"寇卿就不要回青州了，任参知政事，朕可随时召对。"

一件困扰多年的头等大事终于有了了断，皇上的病情大为好转，两天后，文德殿朝会上宣布了立太子的制书，昭告中外，以皇三子寿王为太子，改名赵恒。皇上亲自为太子挑选了东宫官属，以翰林学士李沆为太子宾客，承担辅导太子重任。

一个月后，立太子大典在皇宫大庆殿隆重举行。

第六章 暗中化解寿王危机 御前促成皇帝决断

消息传出，臣民奔走相告，欢欣鼓舞！

"自唐末经五代十国，迄我皇宋至道元年，一百多年了，举办立太子礼，还是第一次啊！国家终于走上正轨了。"有老者激动地含泪道。

"别高兴得太早喽！"有人泼冷水道，"看看汉唐的历史，正式立了太子的，最后真正做了皇帝的，有几成啊？汉武帝、唐太宗，立了废，废了立。太子，是天底下最有风险的位子！"

第七章
万岁殿私聚谋废太子　兴国寺密会敲定政纲

1

皇上多日不视朝了，传出的理由是圣躬违和。赵恒几次呈帖请求入宫问起居，都没有回音。每次与入内省都知王继恩碰面，赵恒留心观察，从他那张布满皱纹的枣红色面孔上，分明流露出难以抑制的幸灾乐祸的神情。

赵恒惴惴不安，在东宫听太子宾客李沆讲《尚书》，一个字也没有听进去。

"殿下有心事？"讲读毕，一向沉默寡言的李沆忍不住问。

赵恒支吾道："圣躬违和，我想去问安，可……"

李沆一听关涉皇帝与太子之间的事，不愿多言，默默走开了。

这样的事，不能与外人言，赵恒又不知该如何面对，几次想开口和郭妃说起，可郭妃心思全在儿子身上，从不过问外间事，说也无益。

见刘娥，就是惟一选择了。

"我要见她！"这天，赵恒将东宫押班张旻召到便殿，屏退左右，以不容置疑的口气说。

元侃被立为太子后，就改名赵恒，住进了位于皇宫东南角的太子宫里。身为储君，凡一出动，礼仪众多，侍卫森严，失去了行动自由。

张旻面露难色："殿下，太冒险了！有事不妨传书相商，张旻密差侍女往递。"

赵恒恼火地说："事体若有这么简单，我还找你想办法？"

张旻很少见太子发火，不敢再劝，他拍打了几下脑门，蹙眉沉思片刻，方道："殿下，只有如此了！"附耳向赵恒嘀咕了一阵。

次日，交了午时，赵恒在书所刚结束听讲，东宫押班王继忠匆匆来禀："殿下，张旻忽发病，躺在地上打滚，口吐鲜血！"

"啊?!"赵恒故作惊诧，"快带我去看看！"

王继忠道："张旻说恐不能再侍候殿下了，要死在自己家里，人已抬出东宫，送回家了。"

赵恒向李沆求教道："本朝重情义，儒臣、功勋病危，官家每每临视；张旻自幼随侍，我去探视他，先生以为合规矩吗？"

"似不为过。"李沆谨慎地说。

"那好，我这就去探视张旻！"说着，顾不得礼送李沆，疾步往外走。王继忠慌忙吩咐侍卫，跨马护送赵恒驰往张宅。

"门外警戒，不必入内！"赵恒在张旻家正屋前下马，吩咐了王继忠一句，匆匆进了房门。张旻刚被抬进屋内，安置在堂屋里间的床上，他伸出舌头，赵恒一看，即知他是咬破舌头才口吐鲜血的，感激地点了点头，张旻向西一指，赵恒转身往西间而去。

"尊哥！"刘娥心疼地唤了一声。黎明时分突然被张旻差去的侍女接来张宅，她就猜到必是发生了大事。太子与皇位仅一步之遥，可这一步，却隔着一条狭窄的万丈深壑，跨不过去，就会粉身碎骨！她暗暗发誓，要护着元侃跨过这条深壑！此刻，见赵恒满脸倦容，她神色慌张起来，上前拉住他的手，并坐榻上，边为赵恒擦拭额头上的汗珠，边问，"发生了什么事？"

赵恒简略把皇上因病不能视朝，他却不能去问起居的情形说了一遍，焦急地问："月妹看，到底是怎么回事？"

"近来有什么事吗？"刘娥问。

赵恒想了想，敲了敲脑门，道："难道与谒祖庙有关？"

自成为太子后，赵恒处处摆出谦抑的姿态。按照惯例，作为太子，赵恒上朝时的砖位当在宰相之上。但以往朝班以亲王列宰相之后，赵恒特意奏请仍以亲王例列班，宰相吕端与文武百官都以为不妥，赵恒持之甚坚，一再恳请，最后皇上下旨允准。东宫有一套辅导班子，作为太子僚属，照例应向太子称臣，但赵恒推让不受。看到太子宾客李沆，赵恒一定先行拜礼，迎来送往都要到宫门外的台阶。宰相吕端姿仪瑰秀、身材高大肥胖，赵恒上朝时刻意走在他身后，登丹墀时必伸手去搀扶，向吕端示好，执弟子礼。见此情形，一些在五代十国做过朝廷大臣的奉朝请的老臣，禁不住老泪纵横，赞不绝口，说皇宋有道，天佑帝祚。皇上闻报甚喜，特意下旨，谒祖庙日，允许京城百姓沿途观瞻，一睹太子风采。当日，围观百姓兴奋地高声欢呼："少年天子！少年天子！"

"少年天子？"刘娥眨巴着眼睛，恍然大悟似的说，"一定是这句话！爹爹听到这样的话，或许会有别的理解。要说，也不至于把气撒在太子身上呀！最大可能是有人从中挑拨！"

赵恒举起袍袖，抹了把额头上又冒出的汗珠，道："那、那怎么办？"

刘娥心疼地说："可怜尊哥自幼丧母，宫里连一个可依赖的人都没有！"她思忖片刻，道，"请寇准向爹爹陈情，化解心结，不然被人利用，就危险了！"说着，推了推赵恒，"事不宜迟，尊哥就快回去找寇准吧！"

赵恒点点头，快步出了房门。一回到东宫，即召杨亿来见。为避嫌，太子不敢与朝臣私下结交，但杨亿为开封府捉刀代笔，皇上是知道的，所以赵恒召见杨亿，也就不必偷偷摸摸了。

杨亿身着一身绯鱼袍，虽瘦骨嶙峋，却是一副孤傲的派头。照他的品级，本没有资格着绯鱼袍，但前不久，皇上亲制九弦琴、五弦阮，儒臣奏颂，皇上认为杨亿之词最优，特赐绯鱼；又知其家贫，不时赏赐，杨亿因此越发清高起来。

"大年，"赵恒叫着杨亿的字道，"前几日谒祖庙，围观者有呼'少年天子'者，这两天冷静下来，我越想越觉得刺耳，想让寇准去和官家说说这件事，安慰一下官家。我知大年与寇准相善，你出面去找寇准说一下如何？"

杨亿答应下来，出了东宫，便转往中书省寇准的直房。寇准本看不起南方下国之人，但杨亿以神童入仕，又以文章擅天下，寇准也就惟独对他高看一眼。见杨亿来谒，也不拘礼仪，笑道："大年，你文章擅天下，老寇我出个对子，你若对上了，老寇请你喝酒；若对不上，你该知道怎么办。"

杨亿不屑地一笑："那就请吧！"

"听真切咯！"寇准一扬手，说出了对子，"水底日为天上日。"

杨亿略一思忖，道："眼中人是面前人。"

"嚯嚯！"寇准发出了钦佩的笑声，一拍书案，"这就走，到敝宅喝酒！"

杨亿却后悔了。他知道寇准酒量大，又喜欢捉弄人，一旦去他家中吃酒，恐不能站着出来，所以忙拱手道："寇公，我有事要说，说了事再去吃酒如何？"

"那不行！"寇准一扬手说，"不喝酒怎么说事儿？"

杨亿起身把门关上，压低声音道："我刚从东宫来。东宫近来很郁闷，说官家有心结，得寇公出面方能解开。"

"喔?!"寇准面露喜色，"这么说是太子让你来的？"

杨亿觉得不该把太子推出来，又不知如何说，吞吞吐吐道："你这么问，让我怎么说？"

"行啦行啦！"寇准有些不耐烦，"你只说什么事吧！"

"官家和太子在一起，京城百姓大呼'少年天子'，官家是不是会有别的想法？"杨亿问。

寇准顿时明白了，拊掌道："大年，我不和你喝酒了，我有酒喝了。"说着就往外走，回头对如坠五里雾中的杨亿得意地一笑，"我这就去觐见官家，官家必请我喝酒！"

走到宣佑门，一个小黄门迎上来，寇准吩咐道："去，通禀，寇某要面圣。"小黄门知道寇准脾气大，不敢怠慢，小跑着去禀报。须臾，气喘吁吁回来了，禀报寇准："都知说，官家需静养，不见大臣。"

"什么?!"寇准瞪眼道，"王继恩好大的胆，内官安得阻隔官家与大臣?! 你再走一遭，就说寇准要面圣，如不允，寇准就去敲登闻鼓！"

不一会儿，走出来两个红衣吏，大白天也照例提着灯笼，这是专门引导臣僚觐见的内官。寇准一见，"哼"了一声，自语道："谅他王继恩不敢不放行！"便跟在红衣吏身后，径直到了万岁殿。

"寇卿，你来得正好，朕也正想找你说说心里话。"皇上半倚在卧榻上，对施礼的寇准说，语调有些悲凉。

寇准躬身道："陛下！臣正是听闻陛下有心结，方贸然来谒的！"

皇上突然激愤起来："呼太子为'少年天子'，置朕于何地？难道臣民厌弃朕了吗？是不是都在诅咒朕速死？"

"陛下何出此言？"寇准淡然道，"臣闻百姓有呼'少年天子'者，为之欣喜，特来为陛下贺！"

皇上脸色大变，厉声喝道："大胆寇准，住口！"

2

京城春意正浓，宫里的气氛却显得诡异。

上元节刚过，皇上就病倒了，接连一个月不能视朝，太医已向太子、宰相密报，皇上病情危重，恐不久于人世。

皇上病重不能理政，太子年届而立，照理应颁诏以太子监国或临时代理朝政，可万岁殿里从来没有传出这个风声。敏感时刻，百官为了避嫌，尽量减少与太子的接触，东宫变得比以往还要冷清。不惟如此，入内省都知王继恩还当面知会太子，说太子不宜常到万岁殿问起居，以免官家受到刺激。

赵恒很是惶恐，不知道又因什么事让皇上不满。

去年秋，因为闻听"少年天子"欢呼声，皇上心存芥蒂而冷落太子，后来，寇准出面向皇上陈情，化解了。寇准曾向太子绘声绘色复述了当时的情形：皇上起初震怒，寇准却面不改色，肃然道："自唐末五代以来，天下大乱，宗室相残，立太子典礼久已不见，此番立太子，证明我大宋江山稳固，国家步入正轨，天下人心为之振奋！呼太子为'少年天子'者，说明陛下为天下所选储君深得人心，此乃国家之福、皇家之幸，岂不可喜可贺？！"皇上顿时释然，赏寇准对饮，大醉而罢。可是，不久，寇准却再次遭罢。表面上看，寇准是因为压制同僚激起反弹，被皇上一怒之下外放邓州；但街谈巷议间，有说是皇上担心一旦他有不测，新君驾驭不了寇准，借故将他逐出朝廷；也有的说是拥立皇长子的势力进谗言，挑拨所致。这些传言，赵恒都听到了，更加谨言慎行，甚至没有再去见过刘娥。他无论如何也想不出，皇上为何突然冷落他。想找刘娥商量又怕节外生枝，整日寝食难安。

"殿下，宫内有异！"这天薄暮时分，张旻神色凝重地向赵恒禀报道。去年，张旻嚼舌装病，掩护赵恒与刘娥密会成功，在家"养病"旬日。赵恒念他忠心耿耿，荐他任东宫祗候，成为东宫最高武官。这些日子，张旻觉察到形势严峻，昼夜不回家，只要赵恒一出寝殿，就与其形影不离。他还密差两名东宫内侍在宣佑门附近暗中观察，看看都是什么人进出万岁殿。适才，内侍密报，入内省都知王继恩进进出出，举止诡秘；参知政事李昌龄、知制诰胡旦也数次进出万岁殿，张旻顿时绷紧了神经，向赵恒解说道："参知政事身为宰执一员，常与二府重臣入万岁殿面圣问起居，李昌龄为何还要单独入内？知制诰是外制，为何频繁入内宫？"

"依你看，是官家召他们去的吗？"赵恒问。

张旻不敢断定，也就没有直接回答，分析道："宫里谁有权召廷臣入内？按照规矩，只有官家。可官家病重，皇后就可做主了，大内总管王继恩打着官家或皇后旗号擅为，也是做得到的。"

赵恒追问："依你看，到底是谁召李昌龄他们进宫的？"

张旻额头上渗出了汗珠，继续分析说："照理，官家不会几次单独召一个参政入见，也不会召外制屡次入内。若皇后召见，当是商量官家后事的，为何独独把太子排斥在外？又为何不召见宰相？若非皇后召见，就是王继恩擅为！又或者，皇后和王继恩共同决定。"张旻停顿了片刻，加重了语气，"总之，不管哪种情形，都很不正常！"

赵恒沉吟片刻，像是自我安慰道："不会有什么阴谋，即使有阴谋，李昌龄、胡旦，儒生而已，又能怎样？"

张旻见赵恒不以为意，焦急地说："殿下别忘了，元舅李继隆可是皇后的胞兄啊！"

赵恒脸上掠过一丝惊恐。李继隆的名字，不仅国人共知，契丹、党项人也闻之胆寒，时下可谓大宋第一名将。他礼儒士，多智谋，身经百战，尤其是两次大败契丹战神耶律休哥，破党项酋长李继迁，名震天下，眼下正在西北镇边，手握几十万大军。因李继隆乃皇后长兄，皇子皆以元舅呼之。但赵恒与他一无血缘、二无渊源，一旦朝廷有变，李继隆奉皇后密诏挥师东返，后果不堪设想！

"那么，你说，该怎么办？"赵恒问张旻。

"这……"张旻一时也没有主张。

赵恒自言自语道："此事，不宜和大臣谋议，身边的李沆又谨小慎微，不愿介入宫廷事……"紧急关头，他想到的，还是刘娥，遂以急切而又坚定的语气道："我要见她！"

张旻为难道："东宫周围，近日有可疑人等游荡，殿下的一举一动都被监视，如何是好?!"

赵恒一顿足，背手在室内焦躁地徘徊，口中喃喃："想办法，想办法……"

侍女拿着火媒子悄声进来，把红烛一一点上。

"天已黑了？"赵恒问了一句，忽然有了主意，吩咐张旻，"你差人知会皇城司，就说我刚让人卜了卦，今日酉时与戌时之交为官家祈福最灵验，我要到兴国寺灵感塔为官家祈福！"

稍事准备，一队人马就出了东宫。

一个小黄门探头探脑，又追踪了几步，望见人马出了乾元门，便一溜小跑，往万岁殿而去。

3

万岁殿皇上的书房里，王继恩正和参知政事李昌龄、知制诰胡旦密议着，小黄门气喘吁吁进来，附耳向王继恩嘀咕了几句。王继恩顿时露出惊喜的神情，一搓手道："哈哈，太子出宫了！二公看，岂非天助我也！"

王继恩已年过花甲，裹巾下露出的全是银丝。他在前朝周世宗时入宫为宦官，宋代周，太祖以先南后北的方略混一天下，王继恩追随太祖南下，亲历不少战事，太祖特赐其名继恩。他伶俐多智，敢决断，太祖朝就不断得到提升，由内侍黄门、内侍高班、内侍高品、内侍殿头、内西头供奉官、内东头供奉官、押班，晋升至入内省副都知。他喜读史，最钦佩秦之赵高、唐之高力士，深知宦官虽身份低贱，但善于把握时机却可以成大事、立奇功、享富贵。二十二年前，太祖突然驾崩，没有留下传位遗诏，皇后命王继恩速召皇子德昭入宫，王继恩临机决断，踏雪径去开封府，深夜强谒晋王，劝说他火速入宫继位，这才有当今皇帝二十二年的辉煌岁月。因王继恩有定策之功，深受今上宠信，不仅晋为入内省都知，且不断加封崇衔，特为其创设宣政使之职，位阶与节度使同。二十余年来，王继恩荣华富贵，风光无限。但随着今上衰病，大宋又一次皇位传承即将到来。他不想失去现有的一切。但他和太子素无交情，上次出了五服的远房侄子王承禄被浚仪知县惩治，他本不愿出面向赵恒说情，可还是登门拜访，并说成是他的亲侄，实则是试探能不能与赵恒私下结交，岂料赵恒根本不予理会，王继恩便坚定地站在皇后一边，处心积虑想动摇赵恒的地位，先是鼓动御史胡旦上章要求复核开封府十六县灾情，结果皇上顺水推舟准了王钦若的奏章，王继恩沮丧至极。他睁大眼睛盯着赵恒，见他谨言慎行，进退有度，很难抓到把柄，当得知今上为"少年天子"之呼而愠怒时，王继恩幸灾乐祸，和皇后轮番在皇上面前挑拨，还欲阻拦寇准面君，巴望着今上一时激愤改易太子，结果今上心结又被寇准"国家之福"一言而化解。皇后和王继恩、李昌龄、胡旦经过一番密谋，抓住寇准任性、偏狭的弱点，挑唆皇上一举将其逐出朝廷。寇准一走，维护太子的势力大减，王继恩与皇后又轮番在皇上面前密陈，有长而立次，必为后世开恶劣先例云云，皇上已有所动心，只因病重，还在踌躇中。眼看皇上命在旦夕，王继恩决计一搏，重演雪夜引晋王入宫故事，再立定策之功。

　　要重演二十二年前的故事，第一步就是孤立太子。皇上病重后，王继恩与皇后议定：对外宣称皇上只是箭疮复发，并无大碍，阻断太子监国或听政的念头；阻隔太子，让他不能常侍皇上身边。时下皇上已入弥留，再拒绝太子面君已无借口，王继恩正担心之际，听到太子出宫的消息，自是大喜，连连感叹道："天助我也！天助我也！"

　　知制诰胡旦嗫嚅道："我隐隐感到，太子背后有高人。不然我们何以每每功败垂成？"他因受到寇准、杨亿等人排挤，处境尴尬，有意追随王继恩烧冷灶，可几次行动下来，都功亏一篑，胡旦不免生出疑惑。

　　"高人？呵呵！"王继恩发出不屑的冷笑，一点鼻子道，"有老汉这般阅历的，举国可有二人？"

"不说这个了。"李昌龄摇手道，"我看万不可把李继隆牵涉进来，外戚、武人，都是大忌啊！"他去年晋参知政事，却一直遭受寇准的嘲讽，李昌龄自知官声不佳，担心一旦今上驾崩，自己地位不保，才接受王继恩的劝告，与谋另立以建奇功。但他不愿看到事体闹到武人介入的程度，极力反对王继恩召李继隆的提议。

"此事，请皇后娘娘决断吧！"王继恩不耐烦地说。

"都知，皇后娘娘叫都知快过去！"一名内侍匆匆进了书房，神情慌张地禀报道。

王继恩起身道："定然是官家大渐了。二公速出宫起草遗诏。要说清楚，废长立幼，后患无穷，临终悔悟，召立长子元佐为帝。"说罢就往外走，又回头叮嘱二人，"事迫矣，速草诏！"

皇上已在捯气儿，喉咙里发出"咕咕"的声音，皇后含泪不停地呼唤着："官家——官家——"

"娘娘，事迫矣！"王继恩趋前弯身贴在皇后耳边道，"老奴的意思，皇后可发密旨召国舅李帅回京。"

"万万不可！"皇后神色惊恐、语气严厉地说。她还不到四十岁，端庄知礼，不问朝政，因为同情、亲近侄女婿元佐，又与元侃有心结，便与王继恩密谋废立，但她不愿将娘家人牵涉进来，也担心另立元佐未必能够得到大臣支持，越是事到临头，越是六神无主，她擦了擦眼泪，叹了口气道："都知，还是去政事堂听听宰相的意见吧，兹事体大，不可一意孤行，闹出事端来！"

王继恩快速眨巴了几下昏花的眼睛，叮嘱道："娘娘切记，不管发生什么，凡事都要待老奴回来再定！"

4

皇城乾元门至宣佑门，南北百余丈，其间除大庆殿等殿阁外，还分布着二府三司等衙门。大庆殿东南角，出日曜门，就是朝廷中枢政事堂了。政事堂分正堂与后院两部分，正堂为宰相、参知政事议事之所；后院是为政事堂办事的科曹。

须发尽白的宰相吕端，正坐在政事堂北端的一把高脚椅上闭目沉思。几次到万岁殿问起居，他已观察出，皇上撑不了几天了，可宫里既没有传谕让百官值守，也没有命与太子商量起草遗诏，一切看似风平浪静，恰恰证明暗流涌动。今日他轮值政事堂，即吩咐堂吏到宣佑门转转，看看有何异常。

"相公，下吏看见李参政和胡外制从内里慌慌张张出来了。"一个堂吏进来禀报。

"嘶——"吕端睁大眼睛，吸了口气，预感到要有大事发生，但一时又不知如何应对，正捻须思忖间，堂吏忽报王继恩来访。

王继恩未出日曜门时，就探知今日乃吕端轮值，不禁暗喜。人言吕端胆小怕事、糊里糊涂，必是好糊弄的，又默念了几句"天助我也"，抑制不住的兴奋，让他本就不大的眼睛眯成了一条缝，直到进了政事堂，才意识到皇上大渐，该是沉重些的，便向上提了提褐衫领，又清了清嗓子，肃然道："本使奉皇后娘娘懿旨，有要事与宰相密商！"他特意自称"本使"，意在向吕端表明，他是以宣政使身份与宰相议事的，以避宦官干政之嫌。

吕端一听是奉皇后懿旨，即知皇上已凶多吉少，手禁不住微微颤抖，结结巴巴问："都、都知！不，宣、宣政使，官家、官家和皇后娘娘安好？"王继恩暗自好笑，快步走过去，顾自坐在吕端左侧的椅子上，刚要开口，吕端又问，"太子、太子安在？"

"太子擅自出宫去了。"王继恩答，侧过身去，抱拳道，"皇后娘娘特命本使与宰相议所立。"

吕端愕然失色！皇上早已立太子，何来"议所立"之说？这分明是政变！他嘴唇哆嗦着，默然无语。太子谦抑的笑容闪现在眼前，一次次搀扶他上丹墀的情形，也在脑海里再现，陪谒祖庙时听到的"少年天子"的欢呼声，在耳畔回响。大宋开国后名正言顺所立的第一个太子，倘若就这样无故被废，局面不可收拾！

政事堂大厅里，死一般寂静，王继恩能够清晰地听到吕端急切的喘息声。吕端没有出言驳斥，是个好兆头！王继恩暗喜，催促道："那么相公，一起去见皇后娘娘吧？"

吕端从王继恩狡黠的目光中已然判断出，此人正是政变的主导者，只要控制住此人，危机即可化解。他捻须沉吟，蓦然有了主意，起身道："宣政使随我来。"

　　王继恩跟在吕端身后出了政事堂，向右拐去，他停下脚步，疑惑地问："相公何往?"

　　吕端扭脸道："宣政使不是要'议所立'吗?官家曾给我写过几件密谕，锁在直房的抽斗里，对'议所立'有用处。"说着，一边吩咐堂吏打开直房，点亮蜡烛，一边驻足等了王继恩片刻，拉住他的袍袖一同往里走。

　　"密谕何在?"王继恩急切地问。

　　吕端一指书案道："就在右侧的抽斗里，请宣政使亲自翻阅。"说完，转身向站在门口的堂吏使了个眼色，指了指他手中的锁头和钥匙。

　　王继恩将信将疑，移步到书案内侧，弯身去拉抽斗，吕端快步跨出房门，"哐啷"一声，把门带上，吩咐堂吏道："快上锁!严加看管，不得让王继恩走出直房!"

　　"哎哎哎，怎么回事?快开门，开开门!"直房内传出王继恩焦急的叫声。

　　吕端小跑着进了政事堂，提笔在朝笏上写了几笔，用袍袖抹了一把汗，把朝笏递给旁边的亲吏："火速送东宫，呈太子!"

　　堂吏大步流星赶到东宫，却未找到太子。

　　酉时半许，赵恒就出了乾元门，直奔皇城西南不远处的太平兴国寺。来到灵感塔前，赵恒下了马，吩咐东宫押班王继忠："本宫要在静室为官家祈福，四处警戒!"

　　主持提灯引导赵恒进了塔门，拐进一间静室，安顿好，便退了出来，留下赵恒一人坐在佛龛前的蒲团上，双手合十，口中喃喃。

　　"法师到——"随着张旻一声高喊，几个侍从簇拥着一个身披黑斗篷、手持拂尘的人到了塔前，侍从扶法师下了马，张旻躬身前引进了塔门。

　　赵恒听到脚步声，起身相迎，低声唤道："月妹!"

　　法师装扮的刘娥摘下斗篷，以惊异的目光看着赵恒："尊哥，出了什

099

第七章　万岁殿私聚谋废太子　兴国寺密会敲定政纲

么事？"

赵恒上前拉住刘娥的手，坐于蒲团上，张旻退出，亲自把守着塔门。

"尊哥，你快说，到底出了什么事？"刘娥急切地追问。

赵恒握紧了刘娥的手，委屈地说："月妹，爹爹恐熬不过这两天了，可他们却孤立我，没有人找我商量筹备爹爹后事，甚至不让我去万岁殿问起居！"

"天哪天哪！"刘娥大惊，脸上现出慌乱之色。一年来，赵恒没有去见她，刘娥心里反倒觉得踏实。太子难做，不能不克制欲望，谨小慎微。赵恒做到了，就成功了一大半。无论是太祖一系、魏王赵廷美一系，还是赵恒尚存活的其他七个兄弟，没有传出谁有争夺太子之位的动作，刘娥安心地憧憬着未来，埋头读史册，思考着赵恒登基后该如何治理天下。但是，她并没有放松警惕，冯仙儿告诫她"暗流涌动"，刘娥一直记在心里。她几乎每天都差侍女到街上打探街谈巷议。前不久忽听寇准被外放，又听到皇后把废楚王赵元佐的幼子接进宫的消息，刘娥隐隐感到不安，差侍女到张旻家传话，提醒他多加小心。适才东宫的两名内侍突然持牌登门，让她化装法师，急赴兴国寺，刘娥已是紧张万分，忽闻赵恒所言，顿感局势严峻，她"腾"地站起身，边用力拉赵恒起来，边道："局势瞬息万变，尊哥快回去，务必守在爹爹身边！"

赵恒道："可是，爹爹和皇后没有诏旨，王继恩又有言在先，不让去见嘛！李沆谨小慎微，吕端糊里糊涂，没有人靠得上啊！"

刘娥唤道："张旻进来说话！"张旻应声而来，刘娥嘱咐道，"你这就差人回去，知会杨亿，要他起草遗诏送东宫。"又对赵恒道，"回去找宰相商量，一起入宫！"

"嗯。"赵恒答应着，走到门口，又转回身，"月妹，我急急想见你，还有更重要的事没有商量呢！"

"尊哥能临危不乱，沉得住气，确有帝王之相！"刘娥夸赞了一句，好让赵恒宽心。

赵恒"嘿嘿"一笑道："月妹，一旦爹爹不测，大宋就要转入守成时代了。我想和月妹商量一下，提出个什么纲领。"

刘娥早就想好了，此时便不假思索道："尊哥尹开封前，爹爹曾对尊哥说过一番意味深长的话：'为政之要，在得人心而不扰民，得人心莫若示之以诚信；不扰民莫若镇之以清静。'尊哥做天子，一定要扶助苦寒人家，推及万物，以民为心，敛杀气，召和气！"

赵恒点头道："不谋而合！不过，'召和气'三字，气度似略显不足，谓之'召天地之和气'如何？这就是登极诏的词头了！"

刘娥面色凝重，道："尊哥，不能再延宕了，快回宫吧！"

二人正要起身，张旻大步进来了："殿下，宰相吕端差人送到东宫的。"刘娥一看，是一个朝笏，上书"大渐"二字，急促道："尊哥，快，快回宫！"

赵恒慌慌张张往外走，身后传来刘娥的叮嘱声："尊哥，要小心呀，奴在等着你的好消息呢！"

"殿下，快上马吧！"张旻急得满头大汗，不待赵恒回话，就拉住他的袍袖出了塔门，与两名侍卫一同上前，挟抱着赵恒上马，向皇城疾驰。

吕端却已等不及了。差去东宫的亲吏回禀说太子不在东宫，吕端脑袋"嗡"的一声，差点晕过去。镇静片刻，出了政事堂，腿有些不听使唤，走路摇摇晃晃，扶着日曜门喘了会儿粗气，又战战兢兢走到宣佑门，还是不见太子的人影，快到万岁殿了，又回头张望了一阵，没有看到太子进来，他怕内里有变，只得硬着头皮进殿。才上了几个台阶，就听到里面传出一片哭声。他的腿又打起了哆嗦，幸亏内押班周怀政奉皇后之命在台阶上张望，看见了吕端，降阶相迎，扶着他颤颤巍巍进了殿。

一见吕端进来，皇后止住哭声，哽咽道："吕卿，官家晏驾了！"说着，又哭了起来。吕端跪地哭了几声，皇后突然惊慌地问，"卿家，为何不见都知？"

吕端声音颤抖道："娘娘，臣揣测，都知恐一时来不了了。"

"那是为何？"皇后追问。

"大行皇帝啊——"吕端夸张地一阵长号。

"押班，都知安在？"皇后见吕端避而不答，转向周怀政问。

"不见人影，也未打探到行踪。"周怀政焦急地答。

皇后叹息一声道："吕卿平身吧，有大事要商量。"

吕端用袍袖拭了拭泪，起身等待皇后发话。皇后目光闪烁，神情极不自然，嘴张了几张，还是没有说出口，又抽泣了一阵，才吞吞吐吐道："卿家，古语说，古人讲，立嗣以长，卿家看，该怎么办？"

吕端佯装惊诧，肃然道："皇后娘娘何出此言？大行皇帝为何立太子？不正是为了今日吗！大行皇帝始弃天下，就骤然违背成命，提出异议，如何向大行皇帝交代？"

皇后默然。

"爹爹——"随着一声唤，太子赵恒跌跌撞撞进来了。

"官家啊——"皇后慌慌张张，夸张地哭了起来。

吕端道："太子节哀，天子上仙，太子就是天下之主，还有好多事要太子主持呢，当务之急是速拟遗诏，"他看了一眼皇后，"明日一早，昭告太子继位。"

赵恒边哭，边从袖中掏出一份文稿递给吕端，吕端一看，正是昭告太子继位的遗诏，忙趋前躬身递给皇后："请娘娘过目。"

皇后轻叹一声："按吕卿说的办吧！"

吕端遂与太子及内押班周怀政在皇后面前议定：遗诏连夜加盖皇帝御玺、皇后"坤仪殿之宝"印和中书门下印，传旨杨亿，连夜起草登极诏；大行皇帝移灵万岁殿东楹；明晨百官哭临，太子灵前继位。

五更时分，太平兴国寺大钟撞响，连响九十九声。这是向士庶报丧的钟声，臣民闻之，皆知当今皇帝已经驾崩了。百官匆忙奔向宣佑门前，列班哭临。

此时，太子赵恒正被礼官引导着，谒祖庙告继位。礼毕，又被领进一座未命名的偏殿之内，随从人等一概止步，只有一个小黄门领他进去。这是皇家内部的一个神秘仪式，没有人知道即将登基的皇帝在殿内看到了什么。

从祖庙回来，百官哭临礼毕，列班万岁殿前，专候太子继位。赵恒换上天子衮冕，来到万岁殿东楹大行皇帝灵前，宣赞舍人诵读大行皇帝遗诏，传位太子，即皇帝位。宣读毕，先帝皇后和新天子垂帘接受群臣朝贺。

可是，押班的吕端纹丝不动，一阵躁动过后，阶下一片寂静。

皇后甚疑，大声问："众卿因何不拜？"

吕端回答："请把帘子卷起，臣等看清楚新天子后再拜。"

皇后苦笑着，吩咐内押班周怀政卷帘，吕端登上台阶，看清楚皇位坐着的，正是身着衮冕的赵恒，这才归位，率群臣拜呼万岁。

此刻起，赵恒的身份已由太子转换为天子。宣赞舍人宣读登极诏并大赦天下制书，将新皇帝的政纲昭告天下。

听到"召天地之和气"一语，队列里发出赞叹声，感情冲动者忍不住喜极而泣。

宫中的仪式刚散，消息已传开了。

"太子登基，大赦天下啦！"

"召天地之和气，天下百姓都安心奔好日子吧！"

街道上响起激动的呼喊声。

一夜未眠的刘娥站在院中，听到了街上的呼喊声。她仰天畅出口气，举手拢了拢耳后的头发，自语道："这才刚刚开始！"

第八章
一波三折入宫难　投桃报李出旨易

1

万岁殿西庑的朝会散了。赵恒坐在御座上没有起身，望着卷班而去的文武百官，心中怅然，前所未有的孤独感向他袭来。他已习惯了凡事和刘娥商量，新朝开局，太多的事需要他决断，而刘娥却不在身边。

"得上紧接月妹入宫！"赵恒口中默念了一句，起身往外走，新任殿前都虞候张旻神情紧张地迎过来，躬身道："陛下，臣有事奏报。"

赵恒不说话，带着张旻转身进了偏殿。尚未落座，张旻就低声奏道："陛下，内押班周怀政适才向臣密报，说入内省都知王继恩有不轨之举。先帝上仙之夜，王继恩奉皇后之命去找宰相吕端'议所立'，被吕端锁在了直房。"

赵恒蹙眉回忆，当夜在万岁殿，好像是没有看到王继恩。

张旻不安地说："陛下，王继恩就守在陛下身边，若他果有阴谋，担心陛下察知，会不会狗急跳墙？所以，臣请陛下速传旨皇城司，将此人拿下！"

赵恒顿感紧张，吩咐内侍："宣吕端来见！"

听到传召，候在宣佑门外的吕端不到一盏茶工夫就进了偏殿，施礼间，赵恒略带怒气地问："吕卿，忙些什么？"

吕端听出皇上似在责备他有事相瞒，却佯装不知，答道："启奏陛下，臣等需商议的事情甚多：拟改明年为咸平元年；拟尊先帝庙号太宗；拟以先帝皇后为皇太后……"

赵恒打断道："先帝上仙时，王继恩何在？"

吕端把那天夜里发生在政事堂的一幕叙述一遍，又解释道："陛下登极礼成，臣回到直房，王继恩再三恳请，说他只是奉皇后之命召宰相入宫，他事一概不知。臣以为陛下初登大宝，关涉先帝皇后的事，还是暂时不提为好，遂把王继恩放出，也未向陛下奏报。"

赵恒哭笑不得，淡淡地夸赞道："卿大事不糊涂！"即命内侍宣王继恩来见。

王继恩战战兢兢进得殿来，见吕端也在，不待皇上问话，就"扑通"跪地，痛哭流涕，供述了他和参知政事李昌龄、知制诰胡旦一起谋废太子之事，讲完了经过，边叩头边道："老奴之所以如此，乃是奉了皇后娘娘之命。"

赵恒听出一身冷汗，厉声道："将王继恩交皇城司看管；传旨御史台，提问李昌龄、胡旦！"

只一天工夫，李昌龄、胡旦都如实招供。赵恒召吕端、李沆在偏殿商议处置办法。

"此事关涉先帝皇后，当由陛下宸断。"吕端推脱道。

李沆道："大事化小为宜。"

要是月妹在就好了！赵恒暗忖。他没有表态，命吕端、李沆二人退出，召张旻进来，屏退左右，低声道："我想接她入宫，你去办！"

张旻皱眉道："陛下是官家了，官家办事还偷偷摸摸？"

赵恒脸一红，问："那你说该怎么办？"

张旻道："内宫的事，当由皇后做主。眼下尚未册封皇后，只好先和先帝皇后去说。"

赵恒摇头道："顾不得那么多了，正可趁新老交接的空隙，把她接进来。你护送，让雷允恭带毡车去接，这就去！"

张旻见皇上语气坚定，只得奉旨。

雷允恭在赵恒幼年时就侍奉左右，时下升任内侍殿头，仍随侍在侧，此时正在偏殿外候着，张旻出来和他嘀咕了几句，二人整备了一番，带上一辆毡车，乘夜色急匆匆往宫外走。

毡车刚从文德殿旁过去，就听身后有喊声："毡车何往？"张旻回头一看，影影绰绰中，见宰相吕端正往这边追来，只得下马相迎。

"毡车何往？"吕端气喘吁吁，追问道。他刚从政事堂出来，听到阁门吏有毡车驶出的禀报，急忙追了上来。

"这……接、接一个女子入宫。"张旻吞吞吐吐道。

"接女子入宫？"吕端打量着毡车，"都虞候奉了谁的旨意？"

张旻道："官家、官家吩咐的。"

"凡事要讲规矩！"吕端沉着脸道，"后宫之事，当由皇后做主，拿了皇后懿旨，再去接人不迟！"

张旻无奈，向雷允恭扬了扬下颌，雷允恭会意，小跑着去向皇上奏报。赵恒闻报，默然良久，长叹口气道："算了，先撤回吧！"

身为皇帝，连见自己心爱的女人都不能，赵恒还是心有不甘，他一赌气，三天之内，连颁制书，为先帝上庙号太宗；改明年为咸平元年；复皇长兄元佐楚王封爵，晋封诸皇弟；加封宰相吕端右仆射；升翰林学士李沆为参知政事；而照例当晋封先帝后妃、册立皇后的事，却拖了下来。

百官议论纷纭，连同先帝皇后主导政变的传言，给刚开局的新朝，蒙上了一层荫翳。

"陛下！寿王妃郭氏，出自名门，素以贤德著，诞育皇子，有母仪天下之风，臣民仰尊，为何迟迟不册后？"

"先帝后妃，照例要有封号，此事不宜久拖，以慰先帝在天之灵！"

宰相吕端、参知政事李沆、御史、翰林，或上表，或奏对，纷纷提出了异议。

赵恒坐在万岁殿里，郁闷至极。刘娥幽居十多年，好不容易盼到他当了皇帝，却还是不能团聚，这未免太残忍了！多少次，他曾暗暗发誓，将来做了皇帝，一定要好好补偿她，封她做皇后；可如今真做了皇帝，他才知道，不要说封后，就连接进宫也成了奢望。原以为将他们分开的是做皇帝的父亲，可现在父亲不在人世了，他做了皇帝，他们却还是不能在一起！但是，吕端说得也没错，凡事按规矩来。可真按规矩来，刘娥这辈子也无缘入宫！多年来，刘娥一直回避她的家世，只说乃父叫刘通，是从太原从军到益州的。赵恒已然猜出，她必出身寒微，出身寒微的歌女，如何进得皇宫？！

赵恒踌躇多日，嘱张旻到枢密院查阅簿册。张旻领会了赵恒的意图，很快就把查到的一个叫刘通的将领的履历呈奏。赵恒自知做不到为刘娥封后，只能册立郭妃。他想在册立前与郭妃达成一笔交易，便特意到郭妃的寝殿，陪她一起用膳。

"册后的事，该提上日程了。"赵恒低着头说。

"官家做主，臣妾不便置喙。"郭妃淡然道。

"我、我想接、接一个人、进宫。"赵恒吞吞吐吐道。

郭妃一向不爱管事，轻描淡写地说："你是官家，要接谁入宫，下旨就是了。"

"是、是一个女人。"赵恒心虚地说，"此事当取皇后的懿旨。"

"官家吞吞吐吐，倒是勾起了臣妾的好奇心。她是什么样的女人呀？"郭妃笑着问。

"故虎捷都指挥使刘通之女，贤良淑德。"赵恒答。他照张旻呈奏的刘通的履历，安在刘娥身上，"此女祖籍太原，祖父乃后汉右骁卫大将军，归宋后随太祖征太原时阵亡；父刘通，太祖时官至虎捷都指挥使领嘉州刺史，举家迁至蜀地，开宝二年正月初八生刘氏于华阳县。刘氏三岁时，其父奉命出征，战死沙场，家道中落。"

"生在太祖开宝二年？"郭妃露出惊诧的神情。开宝是太祖最后一个年号，用了八年，再加上太宗在位的二十二年，很好计算，"这么说，要三十岁了？从来后宫选妃，皆在十五岁以下，怎么突然选一个年近三十的女子入宫？"

赵恒沉默了一会儿，"嘿嘿"笑了两声道："刘氏多慧，通晓史事。"

"官家想怎么办就怎么办吧，"郭妃拍了拍自己的肚子，"臣妾只想为官家生儿育女。"

"待册你为后，你写一张字条如何？"赵恒试探着问。

郭妃道："臣妾尚不懂宫中规矩，官家何不去让娘娘发懿旨？"

赵恒默然，把饭碗一推，起身就走。

"你们，都等着吧！"走出郭妃的寝殿，赵恒扭过头去，恨恨然道。

2

皇城最北端的后苑，是皇宫御花园，苑内除了种植花木，还建有太清楼、走马楼、万春阁、凤仪阁、翔鸾阁、宜圣殿、崇圣殿、金华殿、清心殿等一批亭台楼阁。为方便运送花木和园丁出入，在后苑的东城墙上开了一个小门，并未正式命名，俗称苑东门。

初夏的一天，已是用晚饭的时辰，苑东门悄然开启。殿前都虞候张旻和内侍殿头雷允恭，左右夹护着一位道士，急匆匆走进了后苑清心殿。

昨日，皇上颁旨给皇城司和入内省，言将清心殿作为他的奉道之所，外人不得擅入。当晚，皇上即在清心殿召道士王得一论道说法；今晚，又召一位不知姓名的道士来。新任入内省都知周怀政觉得皇上刚继位，日理万机，却热衷崇道，连续召见道士，恐为廷臣非议，便出言相劝，不意却遭到皇上严厉呵斥，命他不许到清心殿来。

这是赵恒的无奈之举。继位两个多月了，却未能接刘娥入宫，想当面向她解释；更重要的是，涉及后宫的事，不便与大臣商量，想让刘娥帮他拿主意。身为九五之尊，又刚刚继位，不可能偷偷外出去会她，情急之下就使出这个法子。昨日召王得一来，是为今天密会刘娥打掩护的。因为先帝在时，就常召王得一进宫密谈，他如法炮制，大臣和内官也不好多说什么。只是连续两天见道士，赵恒自己也觉得委实有些过了，越是心虚，越怕人说三道四，周怀政不明就里劝阻，赵恒怒不可遏，索性只让雷允恭专责此事。

一身道士装扮的刘娥走进清心殿，张旻和雷允恭不待吩咐就退下了，连同内侍、宫女都被二人一并屏退。

站在殿门向内望去，借着烛光，见身着龙袍、头戴皇冠的赵恒坐在一把高高的龙椅上，伸长脖子不停地向外张望，刘娥眼眶瞬间湿润了。为了赵恒的这一天，这三年里，她一直在努力着、期盼着。自己深爱着的男人终于君临天下，刘娥兴奋、激动、自豪，远远超过天底下任何一个人。但是，无论是以往的担心、暗中襄助，还是时下的兴奋、自豪，她都只能深深埋在心里，没有人能够分享。她原以为，随着赵恒的继位，她的幽居岁月终于可以结束了；然而，望穿秋水，并没有等到接她的马车，甚至没有人告诉她何时能够入宫。刘娥怅然若失。不惟如此，她又放心不下赵恒，仿佛一个母亲放心不下一个赴京赶考的儿子。赵恒是个纯净的人，内心柔软，就像一个尚未长大的男孩儿；长期养成的与世无争的超然处世观，又使得他缺乏直面突如其来的挑战的耐心和勇气。刘娥心疼他，想替他分担，想为他遮挡前行路上的凄风苦雨！醒时梦中，一想到这些，就浑身燥热，恨不能立即就跑到宫里，跑到赵恒身边。午夜时分，万籁俱寂时，她常常走到院子里，焦急地徘徊，直到天亮，街巷里的喧闹声又让她突然变得冷静。她会发出自嘲的笑声，笑自己太一厢情愿、太不自量力了。大宋的朝廷里，集中了天下最优秀的男人，他们足智多谋，忠君爱国，足可依赖，而她一介女流，歌女而已，庄严国务，岂容置喙？再也没有机会为赵恒做什么了，作为大宋天子，他照例可以册后纳妃，后宫里美姬充斥，而她，作为年届三十的女人，已是芳华不再，拿什么拴住一个帝王的心？刘娥惊悚地发现，她将失去这个天下最好的男人，在幽居中孤独地了此残生！在这最该庆幸、自豪的日子里，刘娥平生第一次感到了孤独、无助！当侍女拿着一套道士服进屋禀报，说张旻和宫里的一个内官在门外恭候时，刘娥愣住了。她曾经无数次想象过赵恒做天子后接她进宫的场景，甚至想到了，第一天进宫时，要学学京城人家洞房里贴剪纸礼花的时尚，让赵恒也为她在宫里的住处贴上剪纸礼花。她无论如何也没有想到，第一次进宫，会是这样的方式！她扑倒在床，失声痛哭。可转念一想，赵恒没有忘记她，这就够了！一路上，她在想，皇帝要见一个女人，还不得不偷偷摸摸乔装改扮，可见皇帝也是有他的难处的。人都是有难处的，要体谅别人的难处。所以，进殿之前，两个多月来的忧虑、痛楚已经烟消云散，留在心头的，只有与日夜思念之人相见的喜悦。当一眼望见灯下的赵恒时，她想扑过去，抱住她的尊哥，给他安慰、给他力量！可是，刘娥站住了，这里是皇宫大内，自己面对的是大宋天子，她必须矜持、庄重。

"月妹！"赵恒看见了刘娥，深情地唤了一声，本想去迎，又怕被人看到失了体统，只得回身坐下。

在高阔庄严的宫殿里，刘娥感到自己很渺小，陡然生出要放弃的感觉。放手吧，彼此放手吧，这不是出身卑微的歌女应该待的地方！她心里这样说，拘谨地走上前去，蹲身施礼道："民女叩见官家！"

"哪里话！"赵恒一摆手，伸头对着刘娥，压低声音道，"我还是你的尊哥，你还是我的月妹。"

刘娥心头一热，泪水夺眶而出！这个她所爱的男人在哪里，哪里就不再陌生，以往相处的场景，瞬间就接续进来了。她一时不知说什么好，默然在赵恒斜对面的一个绣墩上坐下。

赵恒叹了口气："月妹，我想去接你，内外交相阻，一时恐难办成，还要委屈月妹。但月妹放心，我一定会接月妹入宫的！"

刘娥一笑道："尊哥做了天子，奴以后就敢叫天哥了！"

"嘿嘿"，赵恒又发出了刘娥熟悉的憨厚、天真的笑声，"也好也好，那以后你在我面前也不必称什么'奴'了，就称'我'吧，这样我听了顺耳些。"他又"嘿嘿"笑了两声，"这不就有一件事，想让月妹帮着出出主意。"他倾身向刘娥跟前凑了凑，把拘提王继恩、李昌龄、胡旦的事说了一遍，突然脸一沉道："李氏背叛先帝，策动政变，这次一定要重治，发洞真宫为道士！"

刘娥劝慰道："娘娘是爹爹选定的皇后，爹爹把天下都交给你了，爹爹的皇后，怎么能不厚待呢？皇后娘娘就是担心你待她不好才那样的，以后天哥就要对她好，这样皇后娘娘也就安心了。况且，天哥是皇帝，凡事要从安天下着眼。天下人都听到了新朝'召天地之和气'的宣示，处置这件事是一个检验。宽贷四人，换取天下人对新朝的信任，这事划算呢！"

赵恒吸了口气，揉了揉鼻头道："要不找月妹商量呢！"

刘娥又道："天哥，郭妃姐姐贤德，早日册立为后吧，免得人心惶惶，议论纷纭。"

"月妹！"赵恒唤了一声，担心失控，不敢再说下去。

刘娥知道宫内非她久留之地，以免给赵恒带来麻烦，便起身告退。赵恒呆呆地坐着，泪水止不住淌了下来。亏欠她的还没有补偿，又欠下了新的，看来，要用一辈子来偿还她了！

次日，赵恒在长春殿召对二府大臣，商议妥当，连颁诏旨：尊先帝皇后李氏为皇太后，移居嘉庆殿，著工部与入内省相度，建造宫殿，为皇太后专用；册立太子妃郭氏为皇后；贬入内省都知王继恩为右监门卫将军、均州安置；贬参知政事李昌龄忠武军司马、知梓州；贬知制诰胡旦安远军司马、团练副使。

"新朝开局，政纲煌煌，此事足以让士庶感知朝廷召天下之和气的诚意！"吕端感慨道。

赵恒露出欣慰的笑容。他越发感到，有刘娥在身边，心里才会踏实。他把张旻叫到万岁殿，问："接她进宫，能不能想想办法？"

张旻苦笑道："陛下不必着急，终归会有办法的。"

3

殿前都虞候张旻散朝回家，刚进门就有侍卫禀报：一男子在府外徘徊多时，适才前去盘问，男子说他叫龚美，想见都虞候。张旻想了半天，陡然想起，忙差人传请。

"龚待诏，久违了！"张旻一见龚美进来，就热情地招呼了一声。

龚美依然是一身匠人装扮，手足无措地站在客厅。张旻亲自上前拉他入座，亲热地说："龚待诏，我也正想找你，只是不知待诏还在不在京城。今日你来得正好，待诏先说说，怎么找到这里的？有何事吩咐我去做？"

"是钱学士知会了大帅的住址。"龚美道。

张旻点了点头。龚美所说钱学士，就是吴越王的幼子钱惟演，今春应试学士院，以朝笏起草诏令，挥笔而成，深得皇上赞赏，召入学士院当差。钱家时常召银匠到家中打制银饰，彼此当是由此相识。

"有一冤情，钱学士说找张帅必能申雪。"龚美说到了正题。

随着开封人口日增，朝廷官员又多半是赁屋居住，符少爷的"钱井经商"越来越红火，不断扩大规模，他要买龚美初来开封时房东李婆婆一家的地皮，李婆婆不卖，一些地痞便往院中扔砖头，昼夜骚扰不止。李婆婆无奈，开价八十万钱。符少爷只给了七十万钱，就强行要求过户。李婆婆告到官府，符少爷偷偷补齐了八十万钱，李婆婆收下后，符少爷反控她诬告，开封府判李婆婆擅自加价，诬告买主，责令退回擅自所加十万钱，限一个月内腾出房屋。李婆婆大呼冤枉，走投无路之际找到龚美，请他帮忙。

张旻一听是符少爷，想起当年在宜春苑被他的随从所殴，此仇一直未报，心中不禁暗喜，一拍胸脯道："放心，天子脚下，岂容强买强卖？一定为李婆婆讨回公道！"说罢，眼睛一眨巴，露出不解的神情，"符少爷京城首富，在乎那十万钱？"

龚美道："小的听说，符少爷担心开了这个口子，以后买地都要抬价，所以才故意设局。"

张旻恍然大悟，不再有疑，又一拍胸脯："妥！待诏等好吧！"

龚美谢过张旻，就要走，张旻摆手让他坐下，说道："龚兄不必再做银匠了，我给你谋个差事，如何？"

"多谢殿帅好意！做习惯了，不想改行。"龚美拱手道。说着急忙转过脸去，似乎是怕被张旻窥破了内心。这么多年来，龚美一刻也没有忘记过刘娥。刘娥离开后，他才深深体会到，自己深爱着她。正因为爱她，才义无反顾带她来到京城，走进一个未知的世界；才坚守承诺，在前后两年里，与她同居一室，却以坚韧的毅力，忍受巨大煎熬，始终没有碰过她；当意识到自己不可能给她想得到的生活时，才痛下决心，将她引介给韩王。韩王赠送给他三百两银子，刘娥让房东传话给他，让他娶妻成家。可龚美并没有那样做。他长年在纠结中度日，希望刘娥幸福；又希望刘娥还会回到他身边。当得知刘娥被逐出韩王府的消息，震惊之余，又有一丝期盼，期盼刘娥再回来找他。可是，等了一年又一年，十年过去了，没有等到刘娥的消息。他不仅不能去打探，还要刻意隐瞒自己的身份。他曾经有过刘娥已经不在人世了的闪念，但是很快就否定了。他相信刘娥是有顽强生命力的女人，也是上天护佑的女人，她不会向命运低头！漫长的等待中，龚美的鬓角已然花白了，他不再为衣食住行发愁，却依然设法接些打制银饰的活计，以此来转移注意力，让自己的日子不那么寂寥。如果刘娥是一个狠心的女人，当初进韩王府之时，为了掩饰自己的过往，她完全可以要求他回成都去，甚至，让他从人间消失。但是，刘娥没有，不仅没有，还让他在京城过上安稳的日子。龚美不愿离开京城，仅仅因为，刘娥在京城，这京城就让他难舍难离！他不能把自己的想法告诉任何人，但却刻意在冯仙儿的间壁赁了座小院。因为冯仙儿是他和刘娥共同认识的人，仿佛住在冯仙儿的间壁，就与刘娥有了某种割不断的联系，也设想万一刘娥需要他的时候，通过冯仙儿就可以找到他。但是，他不能抛头露面，以免给刘娥的声誉带来损害。正因如此，他不得不拒绝张旻的好意。

送走龚美，张旻就思谋着如何整治符少爷。他决计将此事转告皇城司密查，抓住他的把柄再说。

皇城司侦事小校知道符少爷是潘楼常客，便在他长期包租的雅间派定线人。符少爷请人喝酒，席间大肆吹嘘。他吹嘘中提到的开封府判官杨徽之，不久就被御史台提问，查出他受符少爷之贿枉法判案，在搜查符少爷家时，又查到与符少爷有来往的官员达七十余人，多是委托他营产、买妾等事。

御史台奏章摆到御案上时，赵恒正被两件事所困扰。一件是宰相吕端病重，请求辞职；一件是蜀地西川怀安军叛乱，枢密院奏请发禁军前去征剿。对于吕端的辞呈，只批示不允辞，免去进殿朝见的礼节即可，但他需要考虑宰相的接任人选了；对于蜀地之乱，发禁军征剿也不难，难的是蜀地自归宋后，不是民变，就是军士哗变，从未消停过，蜀川何日方可太平？批阅章奏时，赵恒常常不由自主地回头看一眼，恍惚间仿佛看到刘娥就在身后，在和他一起阅看文牍，不时提出建言。这是他心中的幻境，是他所期盼的场景。可做皇帝一年了，赵恒还是没能把刘娥接到宫里。几次和张旻密议，张旻想出的办法是让刘娥以宫女身份入宫。这太委屈她了，赵恒否决了。不能接刘娥入宫，赵恒耿耿于怀。正憋着一肚子火，见杨徽之竟受贿枉法，制造冤案；又看到朝廷里七十多人都与富商暗中勾连，不禁勃然大怒，当即写了手诏，下令宰相主持，对涉案官员深究穷治！手诏送出，赵恒呆坐了一阵，吩咐传召张旻。

张旻进殿，赵恒屏退左右，急切地说："这就去接她，到延庆殿！"

延庆殿由万岁殿更名而来，是皇帝的寝宫。张旻只得让刘娥扮成宫女，悄悄进宫。

已经两年没有肌肤相亲了，赵恒急不可耐，二人在寝宫宽大的龙床上，尽情享受着鱼水之欢，仿佛要补偿给对方这两年的亏欠。

歇息了片刻，赵恒发出"嘿嘿"的笑声，刘娥即知他有事相商，推了赵恒一把道："朝廷大事怎能在床上说？还是穿戴整齐再说吧！"

"嘿嘿，也是！"赵恒一笑道，正要唤内侍，刘娥摇摇手，动手为赵恒穿衣。每个动作都充满柔情，让赵恒感到，穿戴的过程，就是一种享受。他不时抓住刘娥的手，报以温情的一瞥。

两人穿戴整齐，坐在坐榻上，赵恒拉住刘娥的手道："吕端病重不能履职，从名望上，当在寇准和李沆之间选一个。我一时拿不定让谁来做。"

刘娥若有所思地说："说起来，寇准对天哥有定策之功，按理当让他做的。可寇准在爹爹手上已经两次从二府贬谪，连爹爹都驾驭不了他，等天哥老练些，再用寇准不迟。"见赵恒点头，刘娥又道，"闻得李沆忠厚沉稳，又是东宫师保，做宰相顺理成章，谁也说不出什么。"

赵恒一笑道："听月妹这么一说，我心里踏实了。"

刘娥又道："还有，东宫的文臣做宰执，随侍的武将像张旻、王继忠、杨崇勋他们，应该外放前线历练，将来或统军一方或做枢相。毕竟是藩邸旧属，知根知底，用起来放心。"

"有道理！"赵恒连连点头，"不过张旻暂时还不能外放，何时把月妹接进宫了再说。"说着，赵恒突然叹息一声，"蜀川这么些年没有平静过，又有怀安军叛乱了。月妹生长在蜀地，你说，这怎么回事？"

刘娥思忖片刻，说道："奴在成都时听说，孟昶并非昏君，他曾说过'尔俸尔禄，民脂民膏。下民易虐，上天难欺'之类的话，他治下的蜀川倒是稳定繁荣。这么看，治蜀的关键是得人心，只要大宋对蜀川的百姓比孟昶还要好，或许就不会有那么多麻烦了。"

正说着，守在殿外的内侍雷允恭奏报：参知政事李沆求见。

赵恒蹙眉道："这么晚了跑到寝殿来，会有什么事？"他不想误了与刘娥在一起的宝贵时光，吩咐道，"明日再说吧！"

刘娥起身，忙向雷允恭招手，示意他不要急着走，又拉了一把赵恒："不能误了正事，快宣他进来吧！"

赵恒突然转忧为喜，贴到刘娥耳边低声道："机会来啦！"说着，正了正衣冠，出了寝阁，在正殿升座，宣李沆晋见。刘娥躲在寝阁的帷幕后，凝神静听。她在史册上读过不少君臣相见的场面，可第一次亲历皇帝与宰执大臣商议国是的场景，还是让她感到既新奇又紧张。

正殿里，赵恒不待李沆施礼毕，就问："这么晚了，卿有何要事？"

李沆高个子，大长脸，暮气沉沉的样子。他在机凳上落座，不紧不慢地答："臣之所以急急来谒，是来要陛下收回成命的，免得传扬出去，人心惶惶。"说着，从袖中拿出一份文牍，捧递给站在一旁的雷允恭。

赵恒接过一看，是适才送出的要追究涉富商案官员的手诏，不悦道："卿一向疾恶如仇，何以庇护这些人？"

"陛下，这七十多人都要深究穷治，势必搞得人心惶惶！"李沆缓缓道，"水至清则无鱼，人至察则无徒。小人情伪，君子岂不知？盖以大度容之，则庶事俱济。七十多人与富商交通，固然不妥，就算他们都有罪，以陛下的仁慈，一定不会都抓进牢里，不过是罢黜降免罢了。一揽子罢黜七十多名官员，历史上不曾有过。臣窃以为，可记录下这些人的名籍，继续考察他们的为人，如果还有过失，届时再摒斥为好。天下广大，物之难齐，非有大恶，应稍稍优容，以耻感影响贤与不肖，此为上策。"

赵恒沉吟良久，道："那个符姓富商，强买强卖、诬陷良民、贿赂官员，要依法惩治！还有，朕与杨徽之在开封府共事有年，本欲大用，可惜他不自爱，竟敢受贿枉法。对参与政变的李昌龄、胡旦，朕可宽贷，但受贿枉法者，绝不轻饶！杨徽之当免官发配，以儆效尤。其他的，就按卿的意思办，把手诏烧了吧！"

李沆谢过，便要辞出，赵恒一欠身，示意他坐下，又道："蜀川久不治，卿以为何故？"

"这……"李沆支吾着，他觉得奇怪，不知皇上何以突然提出这个话题，他咳了两声，道，"臣等集议多次，都说蜀中诸州县没有像样的城池，一旦有叛乱，叛军极易攻克，故建言大修城池。"

赵恒得意地一晃脑袋："治蜀在德不在险，端在收服人心。倘若文武得人，善于安绥，使之乐道，虽无城可也！"

李沆露出惊讶的神色，躬身道："陛下说得是。臣即与有司共商收服人心之策。"

赵恒又道:"吕端病重,卿以为,谁可接任宰相?"

李沆答:"论相乃陛下特权,臣不敢妄言。"

赵恒向前伸过脑袋,低声道:"朕想让卿来做,卿不可推辞。"

李沆淡定地说:"陛下信任如此,臣敢不鞠躬尽瘁!"

赵恒心想,适才以治蜀策压了李沆一头,又以宰相之职相许,是时候说出那件事了,他左顾右盼了一番,支吾道:"这个……有件事与卿说,皇后言,宰相若同意,皇后即同意,接、接一个女子入宫!"

李沆已风闻皇上暗中与一倾情女子有秘密来往,去年欲接她入宫时为吕端所阻之事,更是广为人知,难怪适才皇上把要他做宰相的事透露给他,原来是想做交易!他不为所动,正色道:"凡事自有规矩,臣不敢乱朝廷规矩!"

赵恒本是前倾着身子,以期盼的目光盯着李沆,闻听此言,颓然向后一倚,脸上露出失望、尴尬的神情,无力地向外摆了摆手,示意李沆退下。

4

咸平二年初秋,京城开封异常闷热,在沉闷的空气中,却飘荡着北方草原的膻腥气味。就连引车卖浆者流也在议论着,北方的契丹大军浩浩荡荡开赴幽州,大战一触即发。

延宕到初冬,前线形势越来越吃紧了。高阳关呈奏羽书,契丹人将抓获的我军俘虏绑在木柱上射箭,身上插满了箭镞。这是契丹人出征前的仪式,谓之"射鬼箭";西北前线的羽书也奏称,党项人飘忽来往,有夺取灵州之势。

赵恒不停地在长春殿召对二府重臣。经长时间争论,最后确定沿边部署大军,以傅潜为前线最高统帅,驻扎定州;以已故枢密使曹彬次子曹玮为都钤辖,墨绖出征,镇守西北前线。

"陛下,臣有奏!"这天的召对即将散班时,枢密院都承旨陈尧叟大声奏道,"契丹主耶律隆绪亲率大军南下,臣请陛下北巡,以振我军士气。"

赵恒沉吟不语，看着宰相李沆，等待他的表态。

李沆思忖片刻，声音低沉道："太平兴国五年，契丹主领兵数万犯雄州，至高阳关，先帝亲征，行次大名，契丹主闻之遁去，车驾凯旋。陛下当仿先帝故事。时下两军并未发生大规模冲突，陛下北巡，正当其时。"

赵恒自知已无退路，慨然道："也罢，朕北巡！"

刚出了长春殿，八哥赵元俨正候在殿外，道："太后娘娘染病，急着见见三哥呢！"赵元俨少奇颖，先帝特爱之，每朝会宴集，多令其侍左右，且不欲其早出宫，期以年二十始出阁，因其排行第八，宫中称其为"二十八太保"。赵恒即位，屡予晋封，年初以广陵郡王出阁。他虽年方十五岁，却是皇弟中最为活跃的人物，出阁后时常进宫。

赵恒对太后心存芥蒂，只是听从刘娥的劝告，表面上礼貌周全而已。自夏季枢密使曹彬去世，边关吃紧，赵恒忙于商议军机，连到太后那里问安也常常忽略。听了元俨的话，赵恒颇是尴尬，苦笑道："议军机忙得焦头烂额。"

"几步之遥，也不用备什么威仪了，就以家人礼去看看吧，我陪三哥去！"元俨大大咧咧地说。

赵恒屏退仪仗，跟上元俨，往万安宫走去。

太后半倚在床榻上，见赵恒进来，忙吩咐内侍："快给官家看座奉茶！"又对元俨道，"八哥儿，你先回吧，让哀家和官家说几句话。"

赵恒刚寒暄了几句，太后便道："哀家听说官家好学，超过了你的爹爹。你爹爹就好读书，特意设置了翰林侍读，陪他读书；哀家听说官家不仅给翰林侍读加了学士的官衔，又增设了翰林侍讲学士，还在宫里设了秘阁，让他们轮值，常常和他们一起读书到深夜。你爹爹地下有知，必是为哥儿高兴哩！大宋的臣民，有这样一位好皇帝，也该庆幸哩！"

"儿凡事效法爹爹而已。"赵恒不冷不热地说。

"可是，官家不能光顾国家，也得顾及皇家。"太后以关切的语调说，"你爹爹生育了九个儿子，官家眼下只有一个哥儿，这哪里成呢？皇后心思都扑在哥儿身上了，官家当多让别的嫔妃侍寝。"她叹息一声，"也怪哀家当年不知官家的心思，要知官家心仪蜀女，哀家必给官家选一个蜀女为后。不过亡羊补牢，犹未为晚。这不，哀家特意嘱托，给官家选了一个蜀女。"

太后原本以为，政变之事被察知，最轻也会被幽禁或者废为庶人，结果却是照样晋封太后，又特意为她修造了万安宫。为弥补当年将赵恒喜欢的蜀女逐出的过失，她和皇后商量，为赵恒选妃，专门挑选了一个杨氏蜀女。今日赵元俨来看她，太后便托他去见赵恒，设法把他请来，以便把杨氏亲手交给他，以博取赵恒的欢心。

赵恒尚未反应过来，侍女把一个十二三岁、含羞带怯的女子领到了他面前。赵恒眼前一亮，只见此女亭亭玉立，皮肤白皙，眼睛大而有神，美貌不亚于刘娥。可转瞬间，赵恒心里陡然涌出对刘娥的爱怜之情。为什么同样是蜀女，刘娥不是被逐出王府，就是被排斥在宫外？为什么她不能堂堂正正入宫？

太后见赵恒意兴阑珊，示意侍女领杨女出去，问："官家有何心事？"

赵恒以低沉的语调道："太祖皇帝和爹爹都是仁德之君，儿不愿做一个无情无义之皇帝。"

"官家何出此言？"太后疑惑地说，"哀家看，官家是真正的有情有义的仁德之君哩！"

赵恒索性摊牌，噘着嘴道："娘娘有所不知，当年被爹爹下令逐出王府的刘氏女，为儿相守至今，儿总觉得亏欠她！"

"啊?!"太后惊讶地叫了一声，"这是真的？天下有这般痴情的女子？"她似乎猜透了赵恒的用意，口中"啧啧"了两声，"若官家有意，接她入宫就是了。"

赵恒蓦地抬起头，兴奋地说："笔墨伺候！请太后娘娘亲笔写懿旨！"似乎还怕不周全，又吩咐道，"再拿'万安宫之宝'来！"

太后踌躇片刻，问道："皇后那里……"

赵恒不等太后说完，就道："皇后贤淑，她说此事当由娘娘做主！"

须臾，太后手书已毕，并钤皇太后"万安宫之宝"印玺。赵恒接过，两手禁不住颤抖起来，转身递给内押班罗崇勋，吩咐道："传示入内省、皇城司并送政事堂！明日即以厢车接刘氏入宫！"罗崇勋刚走出两步，赵恒又叫住他，"传朕口谕给入内省、枢密院，刘氏随朕北巡，一并做好准备!"交代毕，才转过身来，向太后施礼道谢。

出了万安宫，赵恒满脸笑容，步履轻快，入内省都知周怀政迎过来，讨好地一笑："陛下，老奴已命人打扫宝庆殿，供刘娘子晏居。"

"你叫她什么？娘子？"赵恒不满地问。

"陛下，宫里统称皇后娘娘为娘娘，其他皇妃为娘子。"周怀政解释道，又"嚯嚯"一笑，"宝庆殿紧邻皇后所居坤仪殿，位居各位皇妃之上。"

"延庆殿后面有一个小殿，叫什么名字？"赵恒问。

周怀政答："陛下，那个小殿甚狭小，并无名字，宫里俗称万岁后殿。"

"就将刘……刘娘子接到那里。"赵恒决断说，"记住，别忘了贴上剪纸礼花。"

周怀政转身偷笑，堂堂天子竟然注意如此琐碎的事，而且居然要把万岁后殿装饰成市井的洞房！正低头偷笑着，忽听身后又传来皇上的声音："周怀政，你再传朕的口谕，明日午时，在太清楼大宴群臣！"周怀政正下台阶，闻言惊得差点跌倒，难道皇上要学市井摆婚宴？他扭过头，惊讶地看着皇上，结巴着问："陛下、陛下是说，要大宴群臣？"

"对，大宴群臣！"赵恒语气坚定地说。

"什、什么名义？"周怀政追问。

"朕要北巡，故而大宴群臣！"赵恒得意地说。

周怀政嘴里嘀嘀咕咕刚迈步，皇上又道，"差雷允恭去知会刘娘子，明日辰时半去接她进宫！"

5

腊八已过，过年的气息开始在京城弥漫开来。刘娥突然想到，到京城已经十七个年头了，生命里的一半时光，都是在京城度过的。过了三十岁，时光不再像牛车一样慢悠悠走着，而像是奔腾的马匹，飞驰而过！望着窗外的飞雪，不禁感慨了一声："时光过得好快呀！"

"腊雪熟麦，春雪杀麦。"中年侍女向外瞟了一眼，世故地说。

"呵呵，同样是雪，下在腊月，人们就喜欢；下在春天，就不讨人喜欢了。不过，雪是不晓得这个的。"刘娥笑着说，"但是做人，就要晓得进退了！"

这虽是应景的闲话，却也是刘娥的感悟。自从在延庆殿与赵恒见面，亲耳听到了赵恒和李沆的对话，刘娥对她能不能入宫，已经不再耿耿于怀。那次见面不久，李沆升昭文馆大学士、中书门下平章事，成为宰相；殿前都虞候王继忠则外放高阳关副都部署；连同先帝皇后晋封太后，为她建造万安宫，这一切都表明，赵恒愿意听从她的建言，这足以让她感到自豪和高兴了，能不能入宫，对她来说已经不那么重要了。她又变得充实起来，因为，大宋天子需要她！她每天都会差侍女到街上去，打探各种消息，而她不是把种种传闻记录、梳理，就是阅看史册，思考对策。没有闲暇烦恼了，烦恼也就离她而去。

只有一个消息乍一听到，让刘娥心里很不是滋味：宫里为赵恒选妃。但是很快，她就释然了。赵恒是皇帝，就不能不选妃。这不是皇帝个人的事，是关乎皇室、关乎国家的事。皇室和国家，需要赵恒有更多的皇子，保证将来能够承继大统，不会因为没有皇位继承人而导致混乱和动荡。不管是因为舅母还是当年为了和韩王在一起自己喝下了打铁水，结果都是，刘娥不能生育了，她不会有自己的儿子了，也就不需要为自己的儿子将来继承皇位做什么努力了，所以她期盼赵恒能够多育皇子，将来好继承皇位。

听到北边吃紧的传闻，刘娥很紧张，也替赵恒担心。她知道，如此重大的国防军机，朝廷里一定会集思广益慎重研议，也绝不允许她一介女流涉足。但是，刘娥心里只想着赵恒，凡是让赵恒操心的事，她都想替他分担。她更加留心阅览史书，了解历史上如何处理与外夷的战和之事，从中得出结论，大宋的安危实系于北鄙。她想更进一步探究原委，寻求破解之道。所以，一用过早饭，便带上一个侍女，雇了马车，去见冯仙儿。

冯仙儿对刘娥的到访感到吃惊。他不敢相信，赵恒继位已经三年了，刘娥居然还在幽居中！更让人不解的是，按照常人的想法，此时的刘娥惟一要做的，应该是想方设法尽早入宫才对，可她竟然是来向他讨教御敌之策的！一个歌女能成为大宋天子的情人，不是没有道理的。正因为刘娥没有按照正常人的想法行事，才说明她不是凡人，才有不可限量的未来。当年，不就是因为听到这个十几岁的女子决绝地离开家乡，跋山涉水数千里来到遥远的京城，超出了一般女子的胆略和行事常规，才卜她前程不可限量的吗？

"刘小娘子风采依旧，不！越发风采照人了！"冯仙儿夸赞了一句，又由衷地感叹道，"上天眷顾着刘小娘子啊！"

刘娥淡然一笑。

冯仙儿毫无保留地向刘娥讲述了他心目中的宋辽关系：遥远的东北大草原，有一个国朝称为契丹的游牧部落，出了一个雄才大略的酋长耶律阿保机，在大唐末年统一诸部，向西扫荡吐谷浑，向东吞并渤海国，势力不断壮大。而这个时候中原战乱，后唐节度使石敬瑭为一己之私，将幽云十六州献给契丹人，换取称帝。契丹人占领十六州后，就依照中原的体制，建立了辽国。辽国比大宋建国早二十六年，时下他们改称契丹；十六州虽是在大宋建国前就沦陷了，但这是中原王朝的国耻，谁能收复中原旧疆，谁就名垂青史。后周时，世宗率军北伐，夺回了瓦桥关、益津关以南的失地，契丹人谓之关南之地。大宋建国，收复旧疆也是使命。太祖忙于统一中原，尚无暇北顾；而太宗则屡次尝试都以失败而告终。

"自秦始皇一统中原，我中华从来没有像今天这样面临严峻的外部环境。"冯仙儿感慨道，"一则自秦汉起，中原王朝北疆，无不抵燕山之麓，燕山遂成为中原王朝之屏障，而今日，燕云沦于契丹人手中，屏障顿失；二则自秦汉以来，中华从来没有面对过一个如此强大的外夷。游牧部落再凶悍也不可怕，可怕的是建立了稳固的世袭政权，而契丹人的皇帝已传承了六代。"

"先生何以这么说？"刘娥谦恭地问。

冯仙儿道："游牧部落一旦建立世袭政权，就意味着不再以游牧为惟一生存状态，而一旦定居，必向中原文明看齐。版图广阔、善骑射的剽悍壮丁众多，而民众又向往中原文明，这样的国家，对国朝威胁之大，可想而知；国朝要想消灭它，几无可能！太宗两度北伐，都以失败而告终！结果，不仅没有收复旧疆，反而被契丹人看作背信弃义的挑衅，导致南北一直处于敌对状态，常年用兵，战事不断。"

"那么以先生之见呢？"刘娥又问。

冯仙儿道："如今契丹与党项人暗中勾连，国朝两面受敌。使命感固然可嘉，但万不可昧于大势，高谈阔论理想以邀盛名，寻找务实的相处之道，才是圣君贤臣应该做的。"

刘娥眼前一亮，忙道："契丹人咄咄逼人，挑起战端，该如何应对？"

冯仙儿道："以战止战，别无他法！"

"以战止战？"刘娥低声重复着，有醍醐灌顶之感。她已然明白了冯仙儿的意思，向他微微颔首，继续问："那么先生可否为奴家说说党项的事？"

大唐时，羌人一支的党项人，协助皇家收复被黄巢占领的长安，被封为夏国公，赐其酋长以国姓，准其世袭定难军节度使一职，统领夏州、银州、绥州、宥州、静州，形同独立王国。大宋立国，继承大唐做法，授予其酋长节度使衔，并赐国姓赵。太宗皇帝攻取北汉时，党项人出兵协助，事后提出将党项人曾经占据过的灵州等地赐还，遭到拒绝。多年来，夏内部好战势力不断增强，虽仍奉大宋为正朔，却又接受契丹的册封，利用宋、辽敌对关系，从中渔利。这个策略，就使小小的西夏变得相当难对付了。契丹人认为，被周世宗收复的关南之地是石敬瑭早年割让给他们的领土，誓言要"收复"；党项人则把"收复"灵州挂在嘴上，不时试探。

"那么以先生看，该如何应对党项人？"刘娥问。

冯仙儿苦笑着摇摇头，沉默不语，任凭刘娥如何追问，只是不说话。刘娥却不想放弃，冯仙儿见她锲而不舍的执着劲儿，叹息道："听天由命，不了了之！"

刘娥有些失望。但她也知道，许多事情是找不到答案的，做事情也不是根据已有答案亦步亦趋的。已经从冯仙儿这里得到了太多的启发，她谢了又谢，愉快地辞别。

冯仙儿站起身，捋着银须道："本朝自太祖起即推崇文治，时下可说已迈入文治时代了。何谓文治时代？一言以蔽之，道理最大的时代。不靠刀枪，也不靠权势，只讲道理。可我中华自古以来，就有这么一条道理——政治是男人的事，女人无置喙余地。汉之吕后、唐之武后，杀伐决断，血流成河，可结果如何？所以，小娘子要当心！"

刘娥悚然，旋即一笑，没有说话。她不知道该如何回应冯仙儿的话。

第八章　一波三折入宫难　投桃报李出旨易

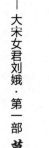

124

第九章
十五年幽居令人生畏　无数位佳丽独宠旧爱

1

将近年关，赵恒离京北巡。他一身戎装，偕刘娥坐在一辆宽大的御辇里，参知政事王旦等文臣骑马紧跟其后，枢密使王超为前锋，殿前马军都虞候张旻押后，仪仗、禁军，连绵数十里，军威甚壮。此番离京，皇帝命宰相李沆留守。留守相当于监国，就连京城的百姓也说，大宋君臣一体，由此可见一斑。

起驾前，接到了战争已然打响的奏报。契丹人先是绕过边境要塞遂城，进攻南部的保州。我军在廉良河大败之，保州之战获胜；契丹人又反攻遂城，守卫遂城的杨家将以水浇城，城墙如同水晶，契丹人难以攀爬，只得放弃，杨家将乘敌军撤走之机突袭之，缴获大量盔甲器杖。赵恒闻报，大为振奋，笑容终日不离脸庞。

这当然不仅仅是捷报的作用。赵恒最欣喜的是，终于可以和刘娥堂堂正正在一起了。刘娥在身边，他感到前所未有的踏实。身着戎装的皇上意气风发，凛凛然三军最高统帅的威仪让文武大臣为之倾倒。

赵恒和刘娥并排坐在御辇里，两人的手一直握在一起，不时对视一眼，充满柔情蜜意，仿佛新婚燕尔的男女。

刘娥没有想到赵恒会突然接她入宫，更没有想到，一入宫，就经历这样的场面。

昨天，刘娥拜访冯仙儿回到住处，恭候多时的雷允恭就把她请上了马车。因为她没有名分，宫里没有人出来迎接，内押班罗崇勋将她领到延庆殿后面一个俗称"万岁后殿"的无名小殿里。这座小殿，是延庆殿后开殿，有廊相连，正殿只有三间，厢房各两间，外加东西耳房。刘娥自然明白赵恒如此安排的用意，暗自高兴。更令她惊喜的是，小殿里到处是剪纸礼花。问后方知，这是皇上亲自提出的要求。赵恒以帝王之尊安排如此琐碎的细节，体现出的是浓浓的爱意！这爱意，分明又是基于彼此相知。当赵恒悄悄告诉她，太清楼大宴群臣，名义上是为北巡壮行，可他内心视为娶亲酒宴，刘娥被一股暖流所陶醉，这个别人眼里的堂堂天子，在她面前，就是一个多情而淳厚的男人！

你何德何能，配拥有这样一个好男人？你何德何能，配坐在御驾亲征的三军统帅的御辇上？刘娥心中自问。她发誓，要用生命保护这个男人，回报他给予自己的一切！

但是，冯仙儿的提醒，又让刘娥感到了压力。自古以来，政治，都是男人的事。男权世界里，容不下女人的存在。何况，她还是一个来路不明的女人？从宫里的侍女宦官、伴驾的文武大员的脸上，刘娥看到的，全是疑惑、警觉的神情。倘若不是因为天子北巡，场面庄严，她的入宫，势必让宫内外议论纷纭。时机真是恰到好处，战争的阴霾遮挡了风花雪月，御驾北巡的庄严让对一个来路不明的女人的非议显得浅薄无聊。就这样，一个曾经的歌女，堂堂正正坐上了御辇，伴驾北巡，目睹最高统帅部里指挥战争的场景，闻听战场上吹响的冲锋的号角，她没有丝毫的恐惧，因为她告诫自己不能恐惧，她的惟一职责就是要给身边的这个三军最高统帅以安全感，让他因她的陪伴而安心。刘娥也知道，无论是文武大臣还是士庶平民，都坚定地认为，战争，是男人的事，女人不能也不该参与其间。所以她告诫自己，保持沉默，除非赵恒私下和她商议，其他时刻，绝不多出一语。

车驾过了黄河，坏消息不断传来：契丹在狼山寨攻克我军一处要塞；高阳关都部署康保裔所率一万精兵，在瀛州一带被契丹主力包围，全军覆没；定州都部署范廷式部在驰援康保裔时遭契丹皇弟耶律隆庆重创，损失惨重，契丹人乘胜奔袭德州、棣州，越过黄河，抄掠淄州、齐州，而我军前线总帅傅潜，却按兵不动。赵恒忧心忡忡，随时与文武重臣在营帐商议军机，不断差人捧旨前往定州，敦促傅潜出战。

傅潜作为镇、定、高阳关三路行营都部署，率八万精兵驻守定州，却始终没有听到他出兵迎敌的消息。车驾未出京时，赵恒曾急命驸马都尉石保吉自大名领前军赴镇、定，与傅潜会合，可半个月过去了，傅潜却仍是逗留不发。

"傅潜何以没有动静？"赵恒终于忍不住了，召随驾众臣到帐内询问，群臣面色凝重，默不作声。

"臣请独对！"寇准出列，大声说。不久前，寇准由知邓州改知河阳，此番北巡，赵恒特意传旨召他伴驾，以便遇到难以决断的大事时听取他的谏言。

"陛下，傅潜不可恃！"众人刚退去，寇准就奏道，"臣不敢出诛心之论，言其有异志；但其人无谋略、不用命的事实，已昭然若揭！陛下思之，傅潜领数万雄师，闭门不出，坐视契丹俘掠生民，上辜委注之恩，下挫锐师之气。军法云：'临阵不用命者斩。'今当申明军法，斩潜以徇，然后擢取杨家将中的五七人，增其爵秩，分授兵柄，不出半月，可坐清边寨，然后銮驾还京，则天威慑于四海矣！"

"这……"赵恒露出迟疑的神情，向内帐扭了一下头。

寇准抬眼望去，影影绰绰中，看到一个女人坐在帷帐后。他猜测，当是那个来路不明又为皇上所宠的女人了。寇准担心皇上要听枕边风，故意大声道："陛下，战阵之前，当断则断，不可犹豫；天威慑八荒，不可有妇人之仁！"

赵恒面露尴尬之色，蹙眉道："寇卿且退下，容朕三思。"待寇准刚转过身去，赵恒忙起身进了后帐。刘娥隔着帷帐听得真切，见赵恒进来，笑道："寇准刚猛，言之不虚！"

赵恒苦笑着问："月妹看，该如何？"

刘娥也没有主意，但觉得临战斩帅，风险太大。多年来，她留心先朝政事，知其本末，便道："傅潜乃爹爹藩邸旧臣，随爹爹取太原、征幽州，立下战功，久任镇帅，说杀就杀了？既然官家对傅潜失去信任，就差人去接替他，他若不遵命，再说下一步。"

赵恒点头，传旨殿前马军都前点高琼单骑赴定州接替傅潜，命傅潜速诣行在陛见。

当寇准得知诏书内容时，高琼已然出发了。他又急又气，无处发泄，叫上知制诰杨亿和在文坛声名鹊起的吴越王幼子、殿中丞钱惟演一起到他的军帐中喝酒，连连道："妇人之仁，名副其实的妇人之仁！"

杨亿愤然道："定是那个女人吹了枕边风！一个女人，隐匿幽居十五年之久，绝非等闲之辈。"他故意刺激寇准，"寇公看，官家费尽心机要把一个来路不明的女人接进宫，可就是不让你回朝廷，寇公，你的分量，不如一个女人。"

"你……"寇准气得说不出话来，用力摔碎了酒盏。

钱惟演一愣，眯起双目，像在想心事。寇准本指望他打圆场，却见他低头沉吟，遂揶揄道："钱公子，钱希圣，是不是想攀上那个来路不明的女人？"

"寇公，何必、何必拿惟演耍笑！"钱惟演脸一红，支吾道。

寇准不再理会钱惟演，而是把一腔怒气转移到了刘娥身上，轻蔑地一笑："哼哼，她何人？皇后？贵妃？连个县君的名分也没有，就是一个宫女，有何资格人模人样伴驾?!"

杨亿自知适才的话有些说重了，往回收了收："或许，傅潜到了行在，官家会照寇公的意思办吧！"

"这倒是！"寇准如释重负般，"这回要看看，官家到底是听我老寇的，还是听那个来路不明的女人的！"

御驾到了大名，刚安顿好，傅潜就到了，径直进帐参驾，埋伏在御帐内的御前侍卫一拥而上，将他拿下，宣读圣旨：傅潜下御史勘问，百官议其罪。

审勘结果很快呈达御前，定傅潜临阵不用命之罪，处斩。寇准、杨亿等从驾群臣，又纷纷上章，请速诛傅潜，以严军纪。

"官家一纸诏书，傅潜交出兵权，又日夜兼程赶来参驾，怎能说他有异志呢？"刘娥对杀人充满恐惧，便为傅潜辩解，"常言道，将在外，君命有所不受，傅潜必是有他的难处。便有罪，罪不该死。官家宣示召天地之和气，能不杀人，还是不要杀吧！"

赵恒恐群臣激愤，踌躇难决。正在此时，捷报传来：契丹人听到大宋天子御驾亲征的消息，慌忙自淄、齐、德、棣向瀛州之西撤退，古稀名将范廷式在莫州伏击，斩杀敌军三万余众，包括数万人口在内的敌军战利品，悉数夺回，契丹人狼狈北遁！赵恒大喜，决断贷傅潜不死，下诏削夺其在身官爵，籍没资产，并其家属长流房州。

诏书颁布，杨亿故意刺激寇准，冷笑道："寇公，官家未杀傅潜，怎么说？"

寇准气鼓鼓到了参知政事王旦的军帐，因二人乃同榜进士，也就不称官衔，叫着他的字道："子明，那个女人来路不明，不能给她名分，不然更不得了！"

王旦天相貌丑，脸、鼻皆偏，喉部有突起，但他足智多谋，做事低调，听了寇准的话，顾左右而言他："圣驾北巡，威慑四夷，莫州之战大捷，契丹人逃遁，这是大喜事啊！官家御制《喜捷诗》，我辈照例要唱和嘛！平仲写了没有？"

寇准叹了口气，郁闷地出了王旦的军帐，发出一声冷笑："哼！走着瞧吧！"

2

赵恒终于圆了一个梦：在延庆殿批阅章奏时，刘娥陪伴在侧。他再也不感到孤单了，阅看章奏的兴致大增，每每至中夜方休。常常是，遇到章奏中提到的一件事，刘娥就能把事情的历史渊源、处置先例摆出来，让赵恒省去了很多精力。

这天夜里，尚未交亥时，章奏就批阅完毕，赵恒伸了伸懒腰，慨叹道："有你在身边，我再也不犯难了！"

刘娥边整理案上的文牍，边报以微笑。

赵恒突然叹息一声，脸上浮现出歉疚的神色。两个月前，刘娥伴驾北巡，一路上对他呵护有加，遇到难事还可一起商量，赵恒的压力减轻了许多。他信誓旦旦说，回京后就要给刘娥一个名分。可两个多月过去了，赵恒一直未敢开口向皇后提过这件事。

皇宫里突然接进一个三十多岁的女人，一来就伴驾出巡；回京后，每晚两人必在延庆殿一同阅看章奏，就连宫里的侍女、内官，也无不感到惊诧，私下议论时，又传出这个女人竟是当年先帝下令逐出王府的歌女。皇后闻知，怨恨交加。刘娥前去请安，她不理不睬；赵恒每次去坤仪殿，她要么说身体不适，要么就是一阵冷嘲热讽，让赵恒很是尴尬，索性回避和她单独相处，给刘娥名分的事，只好拖了下来。连新来不久的蜀女杨氏也封了才人，刘娥却还没有名分，这让赵恒时时感到歉疚。

刻漏房送来了亥牌。刘娥掸手道："官家，不能冷落了皇后，这就去坤仪殿吧，晚了皇后姐姐要休息了。"她知道赵恒已经快一个月没有去坤仪殿了，所以这样劝他。见赵恒用力摇头，刘娥又说，"要不，叫杨才人来侍寝吧！"

"嘿嘿！"赵恒扭头贴着刘娥的耳朵道，"她们、她们不是拘谨无趣，就是假意逢迎，和谁也没有和月妹……嘿嘿嘿，你别走，在这儿陪我睡。"

刘娥轻叹一声道："可是，天哥是皇帝，皇帝的责任，不止治国一项啊！"

烛光中，赵恒看见刘娥眼里泪花闪烁。他感觉出了不能生育对一个女人的残酷，越发心疼她。想到当年喝打铁水之事，才突然想起一件事，对刘娥道："月妹，秦国夫人过世了，临终前，她让人捎话给你，请你宽恕她。"

刘娥双手合十，默念了几句，睁开眼道："秦国夫人也是尽自己的职责，我从来也没有怨恨她。"

赵恒慨然道："月妹，你心地纯良，从不负人，世上的人，谁若还要嫉恨你，那他就是坏人！"

刘娥笑了笑，幽幽道："可是，官家总让我和你在一起，外人会非议，也让我很难做人。官家要真心对我好，就不要冷落皇后。"

赵恒只得无奈地吩咐内侍，提灯送刘娥回万岁后殿，待目送她走出延庆殿，才满腹心事地前往坤仪殿。

皇后正准备就寝，见赵恒进来，不觉吃惊，一个多月不曾来过，今日因何突然现身？她扭过脸去，佯装没有看到，连施礼也忘记了。

赵恒走过去，在床沿坐下，看着皇后道："你有所不知，她性警悟，晓史书，闻朝廷事，能记其本末，周谨恭密，她陪我阅看章奏，不会出错，我心里踏实。"

皇后撇嘴道："可是，官家不怕外人议论？连臣妾都听到了呢！"

"非议什么？非议我亏待了她还差不多！"赵恒气呼呼地说。

"臣妾也是为你和她好，听不听由你。"皇后赌气说。

"为她好？真为她好，就给她一个名分！"赵恒乘机说，"将心比心，宫女不像宫女，嫔御不像嫔御，哪能这么对人呢?!"

皇后默然。这些天来，她对刘娥的看法在渐渐改变。刚北巡回来时，皇后听到刘娥就是赵恒曾隐匿的那个女人，油然生出妒意和戒备，可等见到刘娥，却是笑意盈盈，没有一丝恃宠而骄的神情，谦卑而亲和。哪怕是对她不理不睬，她依然每天过来请安，见到皇子更是喜爱非常，总会陪皇子说话、玩耍，以至于皇子很快就喜欢上了这位刘娘娘。皇后又从侍女的口中得知，刘娥常劝官家不能冷落皇后，要官家多到坤仪殿来，没有一点要争夺宫位的迹象，她对刘娥不仅不再有气，反而生出几分同情。天下的女子谁忍受得了十五年幽居的日子？一个三十多岁的女人，孑然一身，不明不白地待在宫里，谁又能安之若素？皇后心软了，不再和赵恒赌气，便道："官家只要发诏书，臣妾马上把坤仪殿的印玺加盖上去。可是，宰相要是给你退回来，我可不管！"

这正是赵恒担心的。他不敢贸然发诏，又不能总拖着，便密嘱内押班罗崇勋在外放出册封刘娥为婕妤的口风，试探大臣的反应，并布置几个小黄门悄悄在朝班中观察动向。

"相公，求教个事体！"这天早朝散班，刚下丹墀，广灵郡王赵元俨就大声对宰相李沆说，"汉唐屡屡出现宦官、外戚之祸，是皇帝的责任大，还是宰相的责任大？"

刚被调回朝廷，出任工部尚书的寇准听出了弦外之音，凑上前去道："郡王殿下何以不提后宫干政之祸？汉唐后宫干政之祸，也相当惨烈哟！"

赵元俨"嘿嘿"一笑，拱手告辞了。

寇准扭脸对李沆道："相公，听说要封婕妤？此女追究起来，有欺君之罪！宰相若同意给她名分，就是启后宫干政之端。适才八王的话，想必相公听明白了！"

李沆佯装没有听到，顾自慢悠悠地往前走。

参知政事王旦一笑道："若追究欺君之罪，官家可免乎？此事不提也罢。后宫里封个嫔御，又不是封后，不必为难官家了吧？"

寇准冷笑一声："来路不明的女人，居然参与朝政，执政公受得了，我老寇受不了！"他大步往前走，故意高声道，"谁放纵，谁必是历史罪人！"

李沆脸色阴沉，仍不发一语。

赵恒闻报，心中怆然。人人都说皇帝应该仁德，对百姓仁德、对百官仁德，可为何偏偏要他对一个女人如此刻薄？赵恒满腹委屈，别人越是轻视刘娥，他越是加倍心疼她。白天退朝后，赵恒索性就先到万岁后殿去，陪刘娥说话。

万岁后殿虽然狭小，可刘娥却布置得很温馨，赵恒每次进来，闻到的香气总是不同。

"月妹，焚香也有讲究？"这天，赵恒忍不住问。

"官家光顾闻香气了，没有看到花的不同吗？"刘娥笑问，一边兴致勃勃地带赵恒查看她养的花草，一边解释道，"对花焚香，风味相合才妙不可言。木犀宜龙脑，佛见笑宜沉水，兰宜四绝，含笑宜麝香，蒼葡宜檀香。"

赵恒闭口深吸，道："果然不错！"把花花草草环视一遍，问，"我怎么没有看到兰花？"

刘娥连连摆手："兰无偶。无偶的东西，我可躲远些！"

赵恒眼眶一热，急忙转过脸去，望着窗外，暗自发誓："今生今世，我一定要对她好，一定！"这样的誓言赵恒不止一次发过，但此时此刻，他觉得不发这样的誓，心情就难以平静下来。

3

红烛争相发出明亮而柔和的光，时而调皮地跳跃一下，像是表达问候，又像是展示自己的欢快。刘娥抬眼望去，嘴角露出一丝甜蜜的微笑。延庆殿的夜晚总是如此温馨，常常让她内心涌出难以抑制的激动，莫名地把眼睛湿润。

"月妹，怎么了？"赵恒抬头看见刘娥拭泪，忙问。

"怎么了？我不是好好的吗？"刘娥故作惊诧地说。

赵恒"嘿嘿"一笑，将一份文牍递到她手里，道："五代十国兵连祸结，却也有一件意外收获：把贵族和宦官都拔除了，我朝又终结了武人政治，一力推崇文治。我要将这个趋势延续下去，巩固起来！"

刘娥振奋道："官家这样想，是大宋之福！"低头看赵恒递给她的文牍，是任用官员的名单。

赵恒伸手点着文牍说："流内铨的这个奏表，要用三十多人为京官，我问过他们的族系，全是势要的亲戚！"

"这是沿袭大唐的保任之法。"刘娥道，"有资格保举的，都是势要，他们自是举荐自己的亲戚故旧了。我晓得太祖曾有谕：'贵家子弟惟知饮酒弹琵琶，安知民间疾苦。凡以资荫出身者，皆先使之监场务，未得亲民。'可见太祖他老人家对势要子弟并不赏识。"

赵恒笑了："太祖时代离五代乱世不远，贵家子弟无出路，可不喝酒弹琵琶吗！时下不同了，自推崇文治，贵家子弟也都刻苦读书了。"

刘娥郑重道："苦寒出身者能够入仕为官，必感恩国家；高官之后靠门第做官的，感恩的是他们的父祖。所以当多用苦寒子弟。保举那一套，对苦寒子弟不公，不如大开科场，激励人心向上。"

赵恒叹息道："现在的科举，同样靠大臣举荐，没有得力之人举荐，也很难登第。"

刘娥道："这大抵还是唐朝的余韵。我看史册记载，唐时每到开科之年，朝中权贵纷纷宴请主考官，向他们举荐心仪之人，结果尚未开考，录取的名单甚至名次已然预定，考试成了走过场。"

"可不是嘛！"赵恒附和道，"有一年开科，爹爹一看省试合格者多是在任官员子弟，甚不悦，说世禄之家，不当与寒俊争科名。时任宰相李昉之子李宗谔已通过了省试，殿试唱名时，不敢进殿。自此以后，宰执子弟为避嫌，多不敢举进士。"

刘娥像是抓住了赵恒的把柄，说道："看哪！一项制度，对苦寒子弟不公，对势要子弟也是羁绊，当改！"

赵恒为难地说："守成之君，不敢言改字。《登极诏》里曾向天下宣示过，'先朝庶政，尽有成规，谨守奉行，不敢失坠'。若改科举之制，会不会被说成生事？"

刘娥笑道："哪有这么严重啊！你废了科举，那叫生事；你完善它，正是守成之君的事啊！大唐的科举就没有殿试，而且中进士后还要经吏部考试才能授官。太祖他老人家增加了殿试，进士及第就直接授官。爹爹的时候，又对殿试试卷实行糊名制。你要谨守的，该是祖宗的这个精神吧？"

赵恒道："有道理，这就嘱有司议改！"

刘娥又道："我读史册，发现有这样一个现象：一项制度实施好坏，开头至关重要，若开头就执行不好，这个制度结局不会好。"

赵恒点头，问道："月妹的意思是？"

刘娥道："寇准刚直，人不敢请托，科举新制推出，就让寇准知贡举，必有一个好的开头。"

赵恒沉吟良久，方道："也罢，就让寇准知贡举！"

"陛下，殿中丞钱惟演求见。"内押班罗崇勋在殿外奏道。

赵恒纳闷，钱惟演一介书生，有何事非要夜里到寝宫觐见？

刘娥劝道："我看钱惟演不是不明事理的人，既然他此时来见，必有他的道理。"说罢，起身转到屏风后面回避了。

赵恒吩咐内侍宣召，一见钱惟演进殿，便问："钱卿，近来怎么不见大作啊？"

钱惟演道："回陛下的话，微臣全神贯注编纂《咸平圣政录》，无暇他顾。"说着，向御案瞥了一眼，见上面放置着两个茶盏，又用鼻子轻轻一吸，嗅到了女人的香气，心中暗喜。

赵恒以为钱惟演是急于切磋诗作的，一听他说无暇写诗，有些遗憾，便道："钱卿是文章高手，诗还是要写的。"

钱惟演抬眼看了看站在殿角的几名内侍，赵恒会意，屏退了，钱惟演这才躬身道："陛下，自刘娘娘伴驾北巡，外间议论纷纭，竟有来路不明之讥。微臣闻之，心甚不安，特来向陛下一陈愚见。"

吴越王幼子钱惟演不到而立之年，不惟有进士身份，且文名直逼文坛领袖杨亿。他志在宰辅，不想以舞文弄墨终此一生。文采出众如杨亿者，当年在开封府为寿王捉刀代笔，如今也不过知制诰而已。钱惟演分析原因，乃是杨亿此人太耿介、太孤傲。他不想走杨亿的路子，时时提醒自己处事要灵活，学会把握时机。咸平二年随驾途中，在寇准营帐里，杨亿的一句话让钱惟演突然有了灵感：既然皇上对刘氏言听计从，何不从她那里打开一条出路？他想到了银匠龚美。此前，钱惟演从界身巷的银匠那里隐隐约约听说过，常去他家中打制银饰的龚美，竟是为官家宠信的刘氏的表兄。随驾北巡一回到京城，钱惟演就差人到界身巷去找龚美，请他到家中打制银饰。这次与以往不同，他没有让龚美在耳房做活，而是特意将他安置在西厢房的花厅里。西厢房是钱惟演幼妹的住处。这几年，钱惟演有一个心病，就是幼妹的婚事。幼妹还保留着公主的坏脾气，已然年近三十了，一提及婚事就寻死觅活，至今待字闺中，整天关在屋里，连家人也不愿见。钱惟演想出了一个两全其美之计，刻意安排龚美在她的闺房间壁打制银饰。此计果然见效，幼妹慢慢走出闺房，观看龚美打制银饰，主动和他搭话。不久，幼妹像是换了一个人，不时会发出欢笑声。钱惟演觉得时机已然成熟，一番斟酌，决定觐见皇上。他听说刘氏每夜都在延庆殿陪伴皇上批阅章奏，所以刻意选择在夜晚，通过阁门吏向内押班罗崇勋提出了觐见的请求。

时至今日，外廷尚没有一个肯为刘娥说话的人，赵恒一听钱惟演有意于此，顿时来了精神，前倾着身子，急切道："钱卿，快说说！"

"微臣闻得，刘娘娘有一表兄……"

"哎呀哎呀，他怎么说这个！"躲在屏风后的刘娥急得直跺脚。

"此人名叫龚美。微臣以为，不妨将龚美改刘美，以为刘娘娘之亲兄，"钱惟演语气诡秘地说，"然后，将刘美以荫补官，公布其家世，实则是使刘娘娘家世白于天下，以堵哓哓之口。"

赵恒尚未听明白是怎么回事，刘娥闪身出来，施礼道："钱卿所言，就请官家恩准！"适才听到钱惟演一番话，刘娥一阵惊喜。这是一举两得的好事：给龚美补官，算是对他的一种报答；一旦改为亲兄，也好为娘家接续香火。她怕赵恒有顾虑，也就顾不得礼仪，忙从屏风后走了出来。

钱惟演见刘娥现身，心"怦怦"直跳，施了一礼："微臣有一家事，敢请陛下、娘娘做主！"

"家事？卿家说说看！"刘娥抢先道。

钱惟演道："微臣有一幼妹，恳请陛下赐婚于刘娘娘之兄刘美。"

刘娥忙道："好呀，这个主，我来做！"

赵恒一笑："既然你们两家都有人做主，朕赐婚！刘美补官一事，朕明日即命张旻去办。"

钱惟演连连鞠躬，分不清是向谁施礼。

望着辞出的钱惟演，刘娥目光中充满感激。终于有外臣替自己分忧了。她想报答钱惟演，便道："钱惟演有文名，开科时，让他同知贡举吧！"

赵恒苦笑道："宰相不会同意，寇准也不会干。"

"为何？"刘娥吃惊地问。

"钱惟演是南人。"赵恒无奈地说，"有一个南人，一直想用，就是怕宰相那里通不过，至今也未敢调朝廷。"

刘娥一笑道："我晓得官家说的那个人是谁，是该把他用起来。"

第九章 十五年幽居令人生畏 无数位佳丽独宠旧爱

第十章
严戒备大臣竟烧手诏　受刺激皇帝欲赌国运

1

知贡举寇准从崇政殿出来，伸了一个懒腰，得意地说："哈哈！我老寇又为中原夺得一状元！"

今科殿试成绩汇总后，赵恒与宰执大臣、主考官商议一甲名字，按照成绩，排名第一的是新喻人萧贯，赵恒要点他为状元。寇准瞠眼道："南方下国之人，不宜冠多士！"赵恒环视左右，有的点头，有的沉默，没有人出来与寇准争辩，只好顺从了他的意见，改青州人王曾为状元。寇准正是为此而自得。

"多亏平仲主持啊！不仅为中原夺得一状元，而且今科是有史以来最公平的，实行了誊录新制，直到发榜，人们才得知新科进士的名字。"参知政事王旦走过去，夸赞道。

去年秋天，宰执大臣按照皇上的谕旨，召集馆阁大臣，商议科举改革，取消举荐；在糊名的基础上，实行誊录制，将考生答卷誊录，以免认出字迹。这两项制度的推行，使得科举走上了公平之路。加上听到寇准知贡举，没有人敢再请托，多年来每科揭榜后都会出现大大小小风波的局面，到此终结。王旦借夸赞寇准之机，发出了感慨。

"哈哈哈！"寇准笑道，"若是从前，像吕夷简这般前朝宰辅的子侄中甲科，又会说科场有弊，这回谁也不说三道四了。"吕夷简是名相吕蒙正的侄子，寇准特地举出他的例子。

王旦接言道："四成以上进士都是寒门子弟，舆论颇称道。我皇宋为寒门子弟大开科举入仕之门，必激励天下人读书上进，扎扎实实打造出一个文治时代！"

寇准却叹息一声："美中不足是南方下国之人越来越多了。朝廷当对中原士子加以优惠。"

王旦赞成寇准的主张，摆了摆脑袋，示意寇准向一旁低头走着的宰相李沆陈情。

李沆听到了寇准和王旦的对话，却默不作声。他不善言辞，接待宾客时更是沉默寡言，人送外号"无口匏"。在他看来，目今朝廷的大小官员，得以入殿议事，全无阻塞蒙蔽，国家的法令政策，众人都一目了然；而军机大事，又不是一般人所能商讨的，凡是拜见他的官员，无非表现自己的才干政绩而已，没有必要和他们费口舌。至于寇准，李沆对他有几分畏惧，也有些许不满。寇准多年前就做过参知政事、枢密使，而且又是朝野公认的干才，但他为人疏阔，一副舍我其谁的派头，让李沆难以接受。就说排斥南人，身为中原人的李沆也是支持的，但这等事只能做，没有必要高调说，不然就容易招致有失公道的非议。宰相处事不公，那是大忌。所以，李沆对王旦、寇准的对话听得真切，却沉着脸，一语不发。

寇准知道李沆的脾气，不愿自讨没趣，并没有向他陈情。

王旦向寇准招招手，示意他靠近些，压低声音道："你那里压制住一个新喻人，可另一个新喻人却要入朝为官啦！"

寇准蓦地驻足，问："谁？"

王旦不说话，迈开大步径直走开了。寇准愣了片刻，追过去要问个明白，直追到政事堂门口，王旦才慢下脚步，低声道："官家手诏，要任命亳州通判王钦若为太常丞、判三司。"

寇准明白了，大步进了政事堂，盯着李沆问："相公，我老寇听人议论说，南方下国人要到朝廷理财？相公要替官家把关嘞！"

将王钦若提调朝廷，是赵恒的想法。当年他尹开封时，奉命复核灾情的王钦若的一份奏章，为他化解了危机，他一直记在心里。但王钦若是南人，宰执一向对南人抱有成见，赵恒心里虽不时冒出提携王钦若的念头，却也迟迟没有付诸行动。那天刘娥提议让钱惟演同知贡举，赵恒说起朝廷有排挤南人的风气，想用一个南人而未敢轻动，刘娥当即就猜出了他指的是王钦若。从此，她留心京东路的章奏，忽一日看到京东路转运使章奏里提到了亳州通判王钦若，细细观看，是褒扬他的。刘娥阅罢，即建言借机提调王钦若入朝。赵恒这才写手诏送给政事堂。王旦颇觉怪异：王钦若不过一个通判而已，官家因何为他升职发手诏？再一看王钦若的身状，是南人，便劝李沆把手诏驳回，李沆未置可否。王旦不放心，就想借寇准之力，再向李沆施压。

李沆对王旦和寇准一路上嘀嘀咕咕已然不满，又听寇准要他替官家把关，越发不悦，叫着寇准的字道："平仲，密勿之地，高声大气，成何体统？"

寇准略感尴尬，没有顶撞李沆，把音调降了下来，追问道："任官是宰相的事，官家为何独独对一个通判这么执念？是不是那个来路不明的女人在捣鬼？她可不会向着中原人说话！"

李沆沉着脸，咳了两声，起身走开了。

"平仲，再莫说什么来路不明了，你看，人家可是堂堂正正的刺史之后啊！"王旦说着，递给寇准一份文牍，是皇帝的诏书：故虎捷都指挥使领嘉州刺史刘通之子刘美，着补殿班。

"刘美何许人？"寇准瞪大眼睛问，"与那个女人何干？"

"此乃刘氏亲兄。"王旦嘴角露出一丝讥讽的笑意，"这是变相昭告朝野，那位刘氏非来路不明，乃嘉州刺史刘通之女。"

"嚯嚯！嚯嚯！"寇准发出一阵冷笑，"我老寇锁院一个月，倒是出了怪事一大桩！传闻此女乃拨鼗歌女，怎么摇身变成刺史之后了？"

"还有一桩怪事哩！"王旦以不屑的语调道，"钱惟演的幼妹，赐婚给刘美喽！"

寇准蓦地起身，声调不觉又提高了："子明，这是在结裙带！"见王旦笑而不语，寇准鼻孔里发出"哼"声，"只要我老寇在朝，那个南方下国的王什么若，别想起来！那个来路不明的女人，非压制住不可！"说着，气鼓鼓地走出政事堂，临出门，又回头道，"还有那个钱惟演，以往我老寇敬他文采出众，如今看，不值得我老寇敬他！"

2

自从钱氏与刘美成婚，刘娥就有了娘家。过年过节，嫂嫂钱氏进得宫来，与小姑子刘娥说些家常。从嫂嫂那里，刘娥得知，京城开封日渐繁华，市井有"咸平之治"的议论，便高兴地说给赵恒听。

赵恒苦笑道："可是，我连国库是亏是盈都不知道。问过几次，李沆都未置可否。"

"那是为何？"刘娥不解地问，"国库是亏是盈，难道宰相不晓得吗？"

赵恒道："李沆做事缜密，不会连国库收支都不清楚，他不愿说罢了。"

"这就怪了！"刘娥抑制不住好奇心，道，"我有办法探明白，李沆因何不愿让官家知晓国库盈亏。"

赵恒道："我相信！"说着竟向刘娥拱了拱手，一副叹服的神态。

近来对寇准、丁谓两个人的安排，让赵恒为刘娥的才智彻底倾倒了。寇准资历老，又有定策之功，可他为人刚猛，很难与上下左右相处，他发动一批台谏官攻讦判三司的王钦若，赵恒不得不将王钦若外放抚蜀；又向知制诰钱惟演展开攻击，令赵恒颇是头疼。刘娥出主意说，这些年开封人口大增，拓宽街道、治安等事，都需要寇准这样的人主持，不妨让他做京兆。开封府地位重要，让寇准以尚书衔知开封府，不算贬损，既让他离开朝廷，又让他发挥才干，一举两得。王钦若抚蜀后，举荐了一个叫丁谓的人，他和王钦若是同榜进士，高居甲科第四名，以大理评事通判饶州，再任三司盐铁判官等职，政声颇佳。去年，蜀川王均之乱起，朝廷调施、黔、高、溪诸州蛮族子弟参与平叛，这些人反身为寇，攻占州县，掠夺男女，与官府为敌。丁谓受命前往招抚。他到任后即命官军罢兵，自己冒险入溪洞会见诸部酋长，晓谕安抚之意，言其有赦不杀之诏，并赠以锦袍、银帛。诸部酋长感激涕零，发誓世代奉贡朝廷，并将誓言刻录石柱，竖于道旁。丁谓兵不血刃，平息土夷边民的叛乱，西南得以安宁。他又奏准黔南边民所养马匹，可到市场自由交换。经过他的努力，迅速稳定了局势。他还采用以盐换粮的办法，以救夔、万诸州官军军饷之急，同时也减轻了边民长途解送皇粮的劳苦。王钦若因此上表举荐。但丁谓的祖父曾做过吴越国节度使的幕僚，举家从原籍大名迁至江南，籍贯也就变成了苏州府长洲县，是所谓的南方下国之人。赵恒担心重用丁谓，不为中原出身的大臣们所接受，踌躇难决。刘娥道："很多事，不必针尖对麦芒，绕一下弯子，路也就通了。"她出了一个主意：因宫中多次失火，烧毁许多楼榭亭台，早就有大臣提议修整。只是此事颇棘手，找不到合适人主持，不妨调丁谓入工部，专责此事。果然，调丁谓入朝的事，没有一个人提出异议。人事安排贵在各得其所，且不会引起争议。这样的事，刘娥能够做好，何况打探宰相对国库收支避而不谈的真实用意？

刘娥通过嫂嫂钱氏，请其兄钱惟演摸李沆的底。钱惟演接到刘娥布置的差事，故意在起草的一份诏书中写上"方今国库充盈"的话，送李沆审阅，李沆提笔将这几个字划掉了。

"相公，因何不能说出国库充盈的话？"钱惟演故意问。

李沆沉吟良久，方瓮声道："得知国库充盈，难免会生出松懈奢靡之心，做些装门面、兴土木之事。"

钱惟演连连称是，将李沆的话转报给了刘娥。

"李沆称得上老成谋国，可听他的那些说辞，似乎是对官家不放心呢！"刘娥笑着对赵恒道。

赵恒突然伤感起来，神情黯然道："我这个皇帝做的，窝囊！"

刘娥愕然，忙道："官家何出此言？朝野没有说官家不是的呀！"

"我心里最清楚！"赵恒语调悲怆说，"寇准、丁谓，都各得其所了，只委屈月妹一人！每当过年过节，宫中行礼，看到月妹总排在众嫔妃之后，与宫女同列，我心里……"

从宜春苑初遇，到被逐出韩王府；从为潘妃簪白花，到为郭妃绣汴绣；从尹开封的韬略，到"来和天尊"的神秘流言；从化解皇上"少年天子"的心结，到政纲的厘定……这一幕一幕，在赵恒的脑海里闪电般掠过。倘若没有刘娥的襄助，他不知道自己会不会有今日；即使做了皇帝，又不知该有多么辛苦。可是，贵为一国之君，五六年了，连一个名分都不能给她，未免太说不过去了。她总是说，要体谅别人的难处，可谁体谅她的难处？这些想法，憋在赵恒心里很久了，刘娥不经意间一句宰相对他不放心的话，触到了赵恒的痛处，他感到沮丧。

刘娥摇摇头，笑盈盈道："做被大宋天子心疼的女人，还不知足吗？"

"可是……月妹，天子、天子难道给自己心爱的女人一个最低的名分都不能吗？"赵恒说着，站起身在殿内踱步，良久，他一顿足，高声道："不行，我这就写手诏！"

"官家！"刘娥唤了一声，"不必为此事起风波！"

"不要再说了！"赵恒快步回到御案前，提笔疾书，一道手诏很快就写好了，随即召内押班罗崇勋进殿，吩咐道，"今日李沆轮值，你这就到政事堂，交给他，看他怎么说！"

罗崇勋拿着手诏，一个小黄门提灯前引，深一脚浅一脚，赶到政事堂。

李沆正坐在政事堂打盹，忽见内侍深更半夜送手诏来，以为宫内发生了什么大事，急忙拆开阅看，竟是封蜀女刘氏为美人的诏旨。他愣了片刻，问道："除了官家，延庆殿里，还有谁在？"

罗崇勋支吾着，不愿说。

"问你呢！"李沆突然一瞪眼，沉着脸大声道。

罗崇勋只得道："刘娘子、刘娘子也在。"

李沆"哼"了一声，不停地捋着花白稀疏的胡须。八王赵元俨当众问他，汉唐宦官、外戚干政，皇帝、宰相，谁的责任更大，李沆明白赵元俨的弦外之音；寇准更是警告似的提醒他，不压制刘氏，就是历史罪人。这不是寇准一个人的想法，士大夫谁不做如是想？这个女人也委实令人生畏，不知施展了什么魔法，居然让皇上对她须臾难离。她没有名分，已然干预朝政，一旦有了名分，势必更难遏制！想到这里，李沆的嘴角闪出一丝冷笑，起身走到烛台，抓住手诏的一端，置于烛火之上，随着一阵黑烟冒出，"叽了"几声，一团深黄色的火焰忽地升腾起来，皇帝的手诏瞬间化作了灰烬。

罗崇勋大惊失色！

李沆掸了掸手，望着飘飘忽忽的纸灰，冷冷道："你这就回去奏报官家，只说李沆认为不可，已把手诏烧了！"

3

京城的五更到黎明而终；但宫中的五更却提前十刻而终，提前的这十刻钟，谓之待旦。待旦之时，皇上起床、梳洗、穿戴，到了寻常人家五更终止时，皇上即起驾上朝。

本朝视朝之制，有常朝、常起居、百官大起居三等。常朝在外朝的文德殿举行，除节庆或国家大典礼，皇帝并不御文德殿，有职衔不理事的奉朝请官员，不管皇帝是不是坐殿，每天都到文德殿立班朝参，谓之常朝；中书省、枢密院及以下文武治事官员，单日到内殿长春殿立班参驾，依次奏事，谓之常起居；每五日，无论是奉朝请还是治事官，并赴崇德殿立班参驾，谓之百官大起居。

赵恒继位几年间，这样的朝议，从未无故中断过。可是，突然之间，免朝的谕旨传出，就连五日一次的百官大起居，也连续免朝了三次。

李沆竟然将封刘娥为美人的手诏烧掉，让赵恒大为光火，一气之下，欲罢黜他。可李沆是东宫旧臣，为人器度宏远，宽厚庄严，威信很高。他主张清静无为，很符合赵恒的思路和性格。五六年来，在他的主持下，定"州县三课"法，吏治为之一新。李沆为人公道，从不拉帮结派，没有任用小人，务求和气，又倡导俭朴且自律甚严，故这些年朝政清明、社会安定、人心向上，有治世之象。赵恒没有理由罢黜李沆，心里却又窝了一肚子火，便每每以头晕目眩为由，三天两头罢朝。

不惟罢朝，赵恒还赌气不再到皇后居住的坤仪殿，也不再召其他嫔妃侍寝。白天夜里，都让刘娥陪着他。有时，刘娥夜里陪赵恒看完章奏，执意要回万岁后殿，赵恒索性追到万岁后殿去住。刘娥劝他，赵恒冷冷一笑："我的使命已然完成，还要怎样?!"此时，皇后又诞一子，杨才人和沈淑妃也各诞一子，加上五岁的皇次子，不算已夭折的皇长子，赵恒已有四个皇子。所以，赵恒显得理直气壮。

"官家越是这样，人家对我越是戒备。"刘娥不得已，说出了自己的担忧。

"戒备什么?"赵恒瞪着眼道，"月妹无非帮我梳理一些事情的本末，出出主意而已，让事情更周全些，这有什么不好？"他发泄了一通，又赌气说，"戒备又怎样，不戒备又怎样？还不是连个最低的名分都不给？他们如此压制你，我若再不心疼你，你怎么办？"他意犹未尽，又道，"我现在方明白，汉唐何以有宦官之祸。倘若没有月妹，我不能保证不依赖周怀政辈。"

性格温和的人一旦犯起拗来，就不容易释怀。刘娥在被赵恒感动的同时，又为他担心。往昔的君臣一体，被烧手诏一事蒙上了一层荫翳。谁也不知道这种横亘在君臣心理上的隔膜何时因何事能够打破。

入夏，西北传来警讯，党项人首领继迁围攻灵州。赵恒召对二府重臣，李沆主张放弃灵州，枢密使王超主张紧急增援。赵恒不想落一个主动放弃国土的罪名，传令平定蜀乱的名将石普驰援。可石普还在行军途中，灵州陷落。赵恒接报，一语不发。刘娥也不知如何劝慰他，默默地陪伴在他身边。一连几天，赵恒精神恍惚，而北方吃紧的警报又摆到了御案上。自咸平元年关南之战后，双方小规模冲突、局部战争，几乎未曾间断，而大战终不可免的念头，在大宋君臣的心目中不时闪现。

"好，来得好！"赵恒突然一改萎靡状，狂躁地在延庆殿大声喊叫起来，"哼哼！我做了皇帝，却没做过什么值得一提的事，让臣子毫无敬畏之心！如今灵州又丢了，我有何面目对天下臣民？臣子越发看轻我了！"他满脸通红，似乎有莫大的委屈，又有无限的感慨，狠狠地挤出四个字，"收复旧疆！"

收复旧疆，意味着与契丹决战，这必是一场旷日持久的战争，举国臣民做出巨大牺牲的战争，但却是没有任何胜算的战争。刘娥被赵恒的这个想法吓了一跳。她明白赵恒想以此挽回皇帝的尊严，但这是拿国运和无数生灵的性命做赌注啊！历史一再证明，君王在激愤之下，头脑发热作出冲动决断并一意孤行，后果往往事与愿违，必付出惨痛代价，其中，也包括君王的个人声誉。刘娥摇头，再摇头，一时紧张得说不出话来。

赵恒悲愤道："即使失败了，后人也不会认为我是一个庸包！"

刘娥劝道："官家，记得当年你教我读《尚书》，其中有句话说，不要违背天道以求百姓赞誉，也不应违背百姓意志而满足自己的私欲。"

第十章　严戒备大臣竟烧手诏　受刺激皇帝欲赌国运

"收复旧疆，名正言顺，合天道，顺民心！"赵恒激昂道。

人有了某种信念的支撑，就不会为日常的不如意所困扰。刘娥这样想，也就不再劝阻，善解人意地说："官家有此雄心，我为官家高兴。只是此意不可过早说出来，不妨先做些准备，择机而动。"

赵恒铿锵道："要让枢密使王超亲统大军沿边布阵！必要时，我要效法爹爹，亲征幽州！"

意兴阑珊了几个月的赵恒，突然变得异乎寻常地操劳，除了正常的朝议外，就是与枢臣闭门商议军机，每每至深夜方休。不久即做出部署：枢密使王超以镇、定、高阳关三路都总管赴前线，驻遂城；以殿前马步军都虞候高琼为副都总管兼定州、镇州都总管，以殿前都虞候王继忠为都铃辖。赵恒还狠狠心，将一直舍不得外放的张旻任命为镇州铃辖。

不久，接到契丹大军将自威虏军南下的消息。赵恒与枢密院制定了阵图，命都总管王超在北平寨、威虏军、长城口构成的三角地带部署大军，严阵以待；传敕河北诸路驰援。按照圣旨，这次要组织五万匹战马，投入到三角地带。赵恒并下令，此番作战，不得让契丹人突破边境，当以幽云诸州为战场，展开决战！

延庆殿里，虽已是深夜，赵恒却没有一丝睡意，他站在挂满舆图的书房里，双手叉在腰间，久久地盯着《契丹图》沉思着，耳边仿佛响起了战马的嘶鸣声。刘娥陪在身旁，不时观察着赵恒脸上的表情。过了许久，她伸手默默地拉他坐下，开口道："官家，汉对匈奴、唐对突厥，之所以能够驱之千里，制胜法宝为何？"

赵恒愣了一下，盯着刘娥，没有回应。自从对刘娥说出收复幽云旧疆的话，赵恒变得深沉了许多，轻易不开口。

"战马！"刘娥脆声道，"汉之战马超过匈奴，故汉武帝可动员十几万匹战马出塞；唐之战马多时可达七十万匹，也超过了突厥。而我大宋立国时，幽云十六州已沦陷于契丹，令中原牧养、获取战马的渠道几乎中断，惟有西北一隅留有一个交易缺口，如今西人叛乱，这个缺口也被堵塞，战马因此短缺，远远不如汉唐，更与契丹人无法相比。"

"所以才当收复旧疆！"赵恒语气坚定地说，似乎只有"收复旧疆"四字，方能衬托出他的万丈豪情。

刘娥担心赵恒陷入迷幻不能自拔，差侍女将刘美夫人钱氏接入万岁后殿，托她向其兄钱惟演转交了一封密函。

钱惟演得知皇上突发收复旧疆的冲动，为之震惊，苦思冥想了好几天，理出了思路，向阁门使递交了请求皇上单独召对的禀帖。以钱惟演的官职，请求独对虽不违规，却也有越分之嫌。但钱惟演是刘娥嫂子的兄长，又是名士，赵恒便在迩英阁单独召见了他。寒暄了几句诗作，钱惟演转入正题："陛下，微臣闻契丹人打着收复关南之地的旗号，又集结兵马南侵。私下有人议论，谓收复幽蓟，正当其时。微臣为之忧心，固特向陛下一陈愚见。"

赵恒欠了欠身，靠在御座上，平静地说："说来听听。"

"《礼》曰：时为大，顺次之，体次之，宜次之，称次之。"钱惟演缓缓道，"契丹挑起战争，我讨伐之，名正言顺，合'称'道；收复旧疆，合'宜'道；使幽云之地文明重光，合'体'道；收复国之失地，顺应民心，合'顺'道。然惟一所虑者，是'时'道，而'时'为大。周武王伐纣，在孟津会聚天下诸侯，众人皆曰纣可伐矣，武王却认为时机未到，还师封地，两年后兴兵，一举克商。所谓天机秘运，阴阳潜施，懂得何时动、何时不动，乃大智慧。"

赵恒眼皮一翻，问："卿所谓时未到，是不是说，我中国时下没有秦皇汉武那样的雄才大略之君？"

钱惟演浑身抖了一下，忙躬身道："陛下多虑了。微臣虽不谙武事，然亦知方今契丹正处于国力鼎盛时期，收复旧疆，尚非其时。陛下乃不世出之仁君，忧念天下百姓，以民生为上，宁肯屈己，也要仁民，绝不会为博取一个开疆拓土的英名，牺牲天下民生。此乃国家之福，苍生之幸！"

赵恒沉吟不语。他忽而觉得收复旧疆才是身为中国君王的责任，应该承担起这个责任；忽而又觉得刘娥、钱惟演的话是对的，收复旧疆尚非其时，冒险为之，不啻罔顾天下苍生。

就在赵恒踌躇难决之际，战争已经打响。契丹主耶律隆绪之弟耶律隆庆率大军越过涿州，扑向威虏军，双方展开激战。西北与党项人的战事，也在持续进行着。

赵恒每天都与二府重臣在长春殿商议军机，常常到天黑才吃得上饭。这天，君臣议事毕，刚要散朝吃饭，参知政事王旦感慨道："怎么才能坐致太平，悠闲自得呢？"

李沆道："有些担忧辛劳，足可作为警戒。将来四方宁静，国家未必不会发生不测之事。"

赵恒听着刺耳，默然离开了，暗忖：等收复旧疆了，这些人就不敢再这么放肆了！

"官家怎么了？"望着赵恒的背影，王旦不解地问。

李沆摇了摇头，叹息一声道："若边患解除，恐内忧骤起。"

4

春分时节，京城开封竟下了一场大雪。老辈人都忧心忡忡地念叨着，冬季一年比一年长，一年比一年冷，这不是好兆头。

刘娥站在万岁后殿门口，望着门外的飞雪，眉头紧锁。她读史得知，北方游牧者最怕严寒，寒冷时节过长，草木不生，牲畜大量死亡，存活的又缺食料，靠牲畜为生的游牧者生活艰困，必兴兵扰中原。正沉思间，坤仪殿的宫女来禀：皇后娘娘有请。

这大雪天，皇后会有何事？刘娥边思忖边踏雪进了坤仪殿。刚进殿门，就听到五岁的皇次子不住地哭喊着："刘娘娘来，刘娘娘来！"

刘娥明白了，是皇子要她来陪。她一边叫着"二哥儿"，一边快步走了过去。

自李沆烧掉赵恒的手诏以后，刘娥真切感受到了来自外廷的压力。外廷已满是敌意，内宫万万不能有龃龉。除了陪赵恒，所有的时间都用在陪皇后和皇子上。一有闲暇，就去陪皇后打双陆。她知道皇后一心抚育皇子，就经常拿自己的脂粉钱给皇子买玩具，相银杏、猜糖、吹叫儿、打娇惜、千千车、轮盘儿，应有尽有。七夕节，大内修造司虽然进呈了"磨喝乐"，但那是仅供观赏的，刘娥差人到街上买来的"磨喝乐"，按一下机关就会摇摇晃晃行走，适合孩童玩耍，她又特意为"磨喝乐"做了红背心、系青纱裙儿，皇子玩得很开心，对刘娘娘亲近非常，一不高兴就要找刘娘娘来陪。

皇子见刘娘娘来了，止住哭声，跑过去扑到她的怀里。

皇后走过来，笑道："哥儿被姐姐惯坏了，这大雪天，害得姐姐也不得安生！"

依宫中礼仪，刘娥当称皇后为姐姐；但皇后执意要称没有名分的刘娥为"姐姐"，以示尊重；无论刘娥如何谦让，皇后就是不改，刘娥也只得勉强接受了。她不便再称皇后为"姐姐"，便跟着内侍宫女称皇后为"圣人"。听了皇后的话，刘娥抚摸着皇子的脸颊道："自小有父母疼爱的孩子，心地纯良；哥儿将来必是大宋的仁德之君。"

皇次子是皇上存活的儿子中的长子，又是嫡出，是大宋皇位的当然继承人。虽说这是无可否认的事实，但从刘娥口中说出来，还是让皇后感到无限宽慰。仅此一点，就足以使她打消对刘娥的所有嫉妒之念。

皇后想心事间，刘娥已召集几名侍女陪皇子做游戏了。她生在民间，拨鼗唱曲中，又有许多玩乐的段子，她总能想到一些游戏让皇子开心。此时，她正带几个侍女玩老鹰捉小鸡的游戏。刘娥当"母鸡"，皇子和几个年纪小的宫女一个扯着一个的衣襟做"小鸡"，万岁后殿的小宫女秋水当"老鹰"，一片"叽叽喳喳"声中，游戏在坤仪殿内开场了。

"官家驾到——"殿外传来内侍的唱赞声。

众人还未散去，赵恒进来了。往日，遇到这样的场景，赵恒总是喜笑颜开；今日不同，仿佛没有看见，沉着脸，径直进了西阁。

皇后向刘娥努努嘴，领着皇子退到了东阁。

刘娥进了西阁，刚要开口问，皇上叹息一声道："王继忠，战死了！"

"呀！天哪天哪！"刘娥惊叫一声，走过去问，"消息确切吗?"

当年赵恒接受刘娥的建言，将藩邸旧臣王继忠外放，任为高阳关副都部属。几年来，他参与了与契丹人的历次战争，屡立战功，去年底升任副都总管。赵恒本想过些日子将他晋升到枢密院来，不意却接到他的死讯，颇是悲伤，道："当年卦师说王继忠会做胡官，我宁愿他真的去做胡官，也不愿他死。我要重重褒赏他！"

刘娥细细阅读战报，轻轻吸了口气："官家，王继忠会不会没有死?"她坐到赵恒身边，指着战报道。

战报里说，契丹数万骑兵到达望都，双方在康村遭遇，王继忠部阵势偏东，被敌所乘，绝断粮道，他孤军奋战，与部下跃马奔驰敌阵，因服饰不同，被契丹人认出，包围几十层。此时士兵都受重伤，王继忠殊死战斗，且战且走，沿西山而向北到达白城，再陷重围，被契丹俘获，王继忠自杀殉国。

"既然王继忠身陷重围，他自杀殉国的情形，谁人所见？不过是推测而已。万一他真的降了胡人，官家褒赏他，岂不被动？"刘娥以疑惑的语气道。

赵恒道："殉国也好，降敌也罢，终归是从此再也见不到王继忠了。他跟随我多年，不能亏待他，要从优褒赏！"顿了顿，又道，"或许你和钱惟演说的是对的，收复旧疆，尚非其时。"

这些日子，虽然按照刘娥的建议，赵恒没有公开说出收复旧疆的话，但自去冬战争爆发后，尤其是最初长城口之战获胜，他的收复旧疆之念越发强烈，下诏征询御戎策，令各级官员条陈以闻，一些元老重臣窥破了皇上的心机。先朝名相吕蒙正年过七旬，求见皇上，恳求道："对远人要和平共处，停止战争，节省财用，是古往今来的治国上策，望陛下经常替百姓着想。"赵恒虽有所触动，却并不甘心。他希望能从百官那里得到奇谋良策，一举达成收复旧疆的梦想。百官条陈陆续呈达御前，赵恒逐字逐句阅看，说来说去，无非是修德，先把国家治理好，囤积粮草，训练兵马，慎选将帅，皇上御驾亲征这三大方面，而且十有八九不忘提醒说，收复旧疆，时机未到。赵恒很失望。随着战事演进，双方互有胜负，但始终达不到境外决战的目标。接到望都之战惨败的战报，受到王继忠之死的刺激，赵恒从迷幻中清醒了。

刘娥乘势道："官家，故枢密使曹彬不是有预言吗？'北鄙终复成和好。'现在我想明白了，以战止战！盼官家遵此战略，从容应对契丹人。"

赵恒仿佛卸下了沉重的包袱，慨叹道："君临天下者，不能为了自己的荣誉甚至面子，拿天下苍生做赌注。"可话音刚落，他突然照着自己的胸口用力捶打着，诉苦道，"我心里还是堵得慌！"

刘娥猜出了赵恒的心事，说："官家，你是堂堂大宋天子，不要为后宫的小事耿耿于怀。官家看，后宫欢洽，这样的事，历朝历代的宫廷里没有过，官家足可安心，还烦恼什么呢？”

“这都是月妹克己奉人之故！”赵恒感慨道。说着，痛苦地摇着头。后宫欢洽，赵恒固然欣慰，但心里却不是滋味。刘娥整天陪伴左右，好像自己的主心骨，又不忘侍奉太后、皇后，疼爱皇子，这样的女人，天底下哪里去寻？可这么多年了，身为皇帝，连一个名分都不能给她，这成了他的心病。收复旧疆之梦，说到底就是缘于医治这块心病。如今梦醒了，可心病却越来越重了，宰相烧手诏的举动，把出路彻底堵死了！赵恒感到无奈、委屈，语调低沉地说，“当年汉光武为了立阴丽华为后，废掉了郭后。没有郭后的家族，光武能不能匡复汉室很难说，可他为了心爱的女人，还是断然废后。如今，我没有废后的打算，只是想给自己的女人一个最低的名分，他们却百般阻挠！”他越说越悲愤，越说越委屈，起身走到窗前，哽咽道，“月妹，我对不起你，我这个皇帝做得真是窝囊啊！”

刘娥沉吟不语。她清楚地知道，赵恒已把为她争名分和维护他做皇帝的尊严联系在一起了，在找不到出路的情形下，不知还会有什么出人意料之举，免不得又是一番折腾。现在，任何宽慰的话都显得苍白，惟一的办法就是尽快打破这个僵局。她起身走到赵恒身旁，抓住他的手道，“官家，让我来试试吧！”

第十一章

未雨绸缪只报忧患　千方百计全为解颐

1

封丘门内有座不起眼的宅院，是宰相李沆的寓所。夏日的一个午后，李宅的首门前，突然来了一顶轿子。

李沆为人重厚寡言，禁止百官进出私宅拜谒。即便偶有官员因紧急公务造访，依例都是骑马，从未有过坐轿的访客。更奇怪的是，轿中的访客既不递门状，也不报姓名，李沆感到蹊跷，吩咐开门迎客。

轿子在院内落下，下轿的是一位用细纱遮盖严实的女人，脸部虽被遮盖，但难以掩饰的仪容风度，让家院慌了神儿，跌跌撞撞跑进花厅。李沆见状，忙起身出去查看，蒙面女人迎面走过来，拿出一个函封，李沆接过一看，竟是皇上的手谕，再细观，手谕只写着"万岁后殿主人"六字。万岁后殿主人，不就是那个来路不明至今没有名分的刘氏吗？李沆手颤抖着，欲施礼，却也不知该行什么礼，宰相岂可给一个宫女行礼！这样一想，他索性站着不动，冷冷道："不知万岁后殿主人因何事而来？"

刘娥看出了李沆的局促，笑道："本位奉旨慰问，宰相夫人何在？出来见见。"

那天刘娥主动向赵恒说出要出面试试的话，她所想到的办法，就是与李沆见面。后宫女人与大臣见面是禁忌，刘娥就想出以慰劳李沆夫人的名义秘密前往李宅一行的办法。只要能把名分的事办成，赵恒无不支持，今日赶上李沆的休沐日，赵恒写了手谕，罗崇勋按照刘娥的吩咐准备停当，刻意选在正午时分，来到了李宅。

刘娥持有皇上手谕，又是在他的家中，李沆不便回绝，只得把夫人叫出来与刘娥见面。二人彼此施了平礼，刘娥就指着庭院道："只有容马打转之地，太狭窄了！"

李沆道："作为宰相宅邸，是小了些；可臣……"他停顿了一下，又改口道，"老夫、老夫的儿子不过就是一个小小的太祝，这里将来作了太祝的住宅，足够宽敞！"

"呵呵，宰相言之有理。"刘娥笑着说，"本位听说，因前些日子京城风雨大作，宰相家堂屋前的栏杆断掉了，过去看看吧！"说着就往外走。

"哎呀呀！"李沆夫人像是找到救兵似的，一边快步上前引导，一边抱怨着，"看看，看看，成了啥模样。奴故意不让家人修补，试探老头子心里有没有这个家。你猜咋样？"李沆夫人扭脸问刘娥，又自答，"这老头子早晚都经过此地，整整一个月，视而不见！"

李沆瞪了夫人一眼，一语双关道："老夫的一贯想法，不会改变！"

刘娥笑了笑，向跟在身后的侍女示意，侍女拿出一个锦袋，刘娥一指，对李沆夫人道："官家听说了，特命本位前来慰问，拿些私房钱，资助相公家修缮房屋。"

"万万不可！"李沆断然道，"老臣身食朝廷厚禄，不时还有意外赏赐，足以修缮住宅。"

"那为何不修缮呢？"刘娥问。

李沆答："鸟在林中树枝上做个窝，姑且可满足，人为何要做些华丽的房屋呢？"

"宰相如此俭朴，表率群臣，官家不必担心生奢靡之风了。"刘娥赞叹了一句，示意侍女收回银子，又指着折断的栏杆道，"残缺破败之处，还是要修缮嘛！"

李沆摇头道："佛家内典云，这个世界是有缺陷的，世上没有圆满如意之事。故而人应知足，不可追求事事圆满。"

"你这个老头子，固执！你看了不闹心，我看了闹心！"李沆夫人大声抱怨道。

"宰相说得不错；但宰相夫人的想法，又何尝错了呢？还是相互体谅的好。"刘娥意味深长地说，"适才宰相说世上没有圆满事，可本位闻得，宰相求诸官家的，却是事事圆满。官家是人，也有人情。君敬臣，臣也当敬君，若为人君者尊严尽失，恐还会有不测之事发生。"说罢，飘然而去。

李沆愕然，愣在原地，望着远去的背影，不知所措。

尽管是炎炎夏日的午时，可还是有人看到了，一个蒙面美姬突访宰相宅邸，消息当天就传开了。权知开封府寇准大感讶异，次日一散朝，他拦住李沆问："相公，可有此事？"

李沆模棱两可道："替我相面的，不足为信！"

回到政事堂，就接到了罗崇勋送来的皇帝手诏。李沆一看，是一揽子为后宫嫔妃晋封的，附着皇后懿旨。本朝沿唐制而略有损益，后宫自皇后以下，有贵妃、淑妃、德妃、贤妃，一品；昭仪、昭容、昭媛、修仪、修容、修媛、充仪、充容、充媛，二品；婕妤，三品；美人，四品；才人，五品。除此之外，必要时可增设嫔妃封号。此番为所有嫔妃晋封，其中沈昭仪晋封德妃、杜修仪晋封贤妃；杨才人晋封婕妤；一直未有名分的刘娥，封美人，在现有嫔妃中，品位最低。

李沆一言未发，提笔签上了自己的名字。昨日，他反复回味着万岁后殿主人的一番话，如梦方醒。他意识到，给刘氏名分一事，关乎皇上的尊严，半年来皇上的冲动、狂躁，原来起因在此。小小的一个名分之事都办不成，岂不被臣民视为怯懦庸碌之君？故而想做出惊天大事证明给臣民看，而这却是李沆最不愿意看到的。他主张清静无为，若不满足皇上的这个愿望，正如刘娥所提醒的那样，恐还会有不测之事折腾一番。李沆还揣度，皇上不再沉迷于收复旧疆的梦幻，刘娥必是发挥了某些作用。所以，李沆改变了想法，决定成全皇上，也算给刘娥一个回报。

听到刘娥封美人的消息，寇准既惊诧又气愤。烧手诏的事，他早有耳闻，还以为只要李沆在朝，刘娥就得不到名分。难道造访李宅的蒙面女人是刘娥？她与李沆之间有什么交易？如果是这样，那个女人就真是胆大包天了！他要问个明白。散朝时人来人往不便说话，寇准索性到李沆的直房去追问："造访贵宅的，到底是何人？"

可任凭寇准怎么追问，李沆就是沉默以对。见寇准不依不饶，李沆突然一脸诡异，阴森森地道："你没有见过她的脸，满脸都是眼睛！"

寇准听得毛骨悚然，镇静下来，还要追问，李沆脸一沉，端起茶盏，口中说道："送客！"

寇准先是尴尬，继之轻蔑地连声道："好！好！好！"用力将胳膊向后一甩，背起手，大步出了政事堂。回到开封府，即差亲吏到御史知杂赵安仁、右正言张知白、知制诰杨亿家送去邀帖，请他们晚上到府上喝酒。

寇府蜡烛成排，灯火通明。寇准屏退左右，只留新买的一个十一二岁的女使蒨桃在侧侍候。他先把蒙面美姬造访李沆一事讲了一遍，并说出了自己的看法："所谓蒙面美姬，当是那个来路不明的女人；后宫女人居然敢出宫，出宫这么一次，就让李沆服软，这样的女人多么可怕！"

"可骇可怪！"知制诰杨亿愤然道，"一个无名无分的女人，独享帝宠，皇后却还替她争名分，足见这个女人多么有手腕儿！"

"更令人可骇可怪的是，"御史知杂赵安仁接言道，"官家居然这么多年对她宠爱不衰！这个女人狐媚如此？"

"一个来路不明的歌女，整天在官家身边，对朝政指手画脚，真是天下男人的耻辱！"杨亿痛心疾首地说。

寇准手臂一抡道："女人何足虑？关节在中枢。"他举起酒盏一饮而尽，慷慨道，"我观官家有收复旧疆之志，真是难得的机遇，倘若我老寇在政府……可惜啊！我老寇无此机缘！收复旧疆之事，近来又偃旗息鼓了，必是李沆从中作梗！目今我中国强敌环伺，却侈谈什么清静无为，误国啊误国！"

"寇公放心！"赵安仁一拍胸脯道，"某在言路，当仁不让！"

杨亿沉思片刻道："某发动太学生！"

两天后，御史知杂赵安仁上章弹劾李沆，灵州失陷，宰相当负其责，请皇上罢李沆以谢天下。赵恒接到弹章，在内东门偏殿召见李沆，将弹章交他过目。李沆细细阅看，面无表情。

"台谏无端指责宰相，朕意将其外放。"赵恒试探说。

李沆躬身道："以言罪人，非圣君当为。臣无德才，备员台辅之职，陛下纳言者之请将臣罢免，也算进谏之人对朝廷的贡献。"

赵恒宽慰道："卿有涵养，宽以待人。此事到此为止。"

"恐止不住。"李沆淡定地说。他从寇准走出政事堂那一刻起，就预感到会有这样的事情发生。

正如李沆所料，傍晚时分，他刚出了乾元门，就被一群太学生围住了，其中一人叩马献上书状，凛然道："相公德不配位，致使契丹侵扰不止，西夏攻陷灵州，这书状，正是替相公检讨过失的，请相公过目，看看是不是这么回事！"

"多谢！"李沆在马上拱手道，他接过书状，揣入袖中，"待老夫回家后再详细阅览！"

"相公想回家把我辈的书状烧掉吧？"人群里发出愤怒的质问声，一个太学生指着李沆的鼻子道，"相公居大位而不能康济天下，又不引咎辞职，妨害贤能之士进阶之途，不感到惭愧吗?！"

李沆拱手点头，缓缓道："老夫甚感惭愧！只是老夫屡次恳请辞职，无奈官家不许，故而老夫不敢走。"

"知趣些，快快让贤！"人群里有人大声喊道。

2

秋收刚过，传来契丹人入侵保州，双方展开激战的消息。可令人诧异的是，京城没有一丝紧张气氛，倒是突然间涌来一批又一批衣衫不整的农夫，在皇城周边的客栈住下，又不断向皇宫涌去。

这是各地府州军推出的农夫代表，他们要进宫面君。

此前，户部催欠司奏请蠲免拖欠的税粮，赵恒很生气。因王钦若判三司后不久，就奏请蠲免自五代以来各地拖欠的税粮一千多万石，释放因抗缴拖欠税粮的人犯三千余，刚过三年，又有大批拖欠者，三司又奏请蠲免。赵恒恐有司欺蒙，索性下旨，将各地拖欠税粮的农夫召进京城，他要当面问个明白。

崇德殿的辩问，一连进行了七天。赵恒率三司属官当面向各地的农夫问询、辨析、核对。最后，下诏蠲免二百六十万石，释放因抗缴税粮而入狱的百姓两千六百人。

虽然疲惫，但赵恒却很得意，问李沆道："史称汉宣帝勤政，可他五日一听政，朝政岂不荒废？朕则不敢辄怠耶！"

李沆不说话，从袖中掏出一份文牍呈上。赵恒一看，是太常博士宋绶所写：

> 陛下躬临庶政，于今六载。殿庭间事，一取圣断，有劳宸虑。今请礼乐征伐大事出于一人，其余事务委任大臣百司。

赵恒本以为他的勤政会受到臣民赞颂，不意竟招致诟病，震惊之余，尴尬一笑，言不由衷道："此人颇识大体。"

李沆道："人主事必躬亲，臣下必不敢担当。凡事都要钦定，非为君之道。臣试问，人主能保证每件公牍都批得恰切？若十件里有一两件批得不当，日积月累，失误就不可挽回了！"

自太学生围责事件发生，朝野都说李沆器度宏远，有长者之风，他的威信反而提高了，对赵恒说话，越发不留情面。

赵恒深感委屈，辩解道："军国之事，无巨细必与卿等议之，朕未尝专断。"但既然李沆进言，又不能不有所表示，便道，"诸司职掌中常务有条例者，毋再奏禀；百官条陈，宰相以为当呈阅的，再呈上来就是了。"他也知李沆处事公道，非揽权之人，有宰相把关，事体更周全，也就顺势把权力委任了。

"陛下空余时间，多召学士探究经典。"李沆又提醒了一句。

赵恒像是被抓住把柄的孩子般，脸一红道："朕听政之外，从未虚度时光，令秘阁学士每天轮值，探索研究世传典籍，遇到古来圣贤所论的深奥处，朕随时召见商讨。"

仿佛笃定会得到父母褒扬的孩子却冷不丁挨了一顿责骂，赵恒怏怏不乐，回到延庆殿，便向刘娥诉苦。

"天哪天哪！原来皇帝勤政也是错的！"刘娥吃惊道，她不住地摇头，又安慰赵恒，"能识人，选个好宰相，把朝政交他打理，便是好皇帝。"

赵恒只是苦笑。

自此，呈达御前的章奏减少了很多，可呈上来的，并不是什么大事，全是些水旱盗贼之类。赵恒越看越烦恼，就连陪赵恒看章奏的刘娥也变得心情沉重起来。赵恒实在忍不住了，这天在长春殿召对毕，便问李沆："难道天下整日都是灾祸？没有好事发生？"

"有啊，臣这里就有奏报狱空喜讯的。"李沆似乎早有准备，从袖中掏出一份文牍呈上。

"狱空？"赵恒欣喜地说，"历朝历代追求太平景象，其中重要标志就是狱空嘞！"展开奏表一看，是河南府所报，上写着：

> 军巡院自春以来，狱空；有鸠鸟来此筑巢，诞雏鸟二只。

赵恒放下文牍，道："这等好事，卿不妨适当呈来，让朕也高兴高兴嘛！"

李沆不语，又掏出一份文牍呈上。赵恒展读，是两浙转运使揭发两浙提刑皇甫选弄虚作假的。奏称，皇甫选奏报提刑衙门狱空，转运使差人实地查看属实。但知情人却揭发说，官差实地查看时，皇甫选事先已命人将本部囚犯转移他处拘押。

赵恒把文牍摔在御案，厉声道："可恨！此风当刹！"

李沆冷冷道："人主喜欢什么，就会有人说什么；人主希望看到什么，就会有人造出什么。让陛下听所谓的好话，有何益处呢？"

赵恒语塞。本想提醒一下李沆的，却又被他一顿敲打，赵恒无可奈何，郁郁寡欢。

刘娥看在眼里，既心疼又着急，又让嫂子钱氏传话给钱惟演，设法打探一下，李沆这样只报忧不报喜，到底是基于什么考量。

钱惟演稍一打探，便了解到了内情。李沆认为，人主当知四方艰难；不则，声色犬马，土木祷祠，次第并作；若报喜不报忧，必启人主好大喜功之念，更是祸患无穷！因此，他严格控制向皇上呈报报喜的文牍。

刘娥觉得李沆所虑不无道理，也就没有说给赵恒听。但眼看着赵恒整日愁眉不展，刘娥寝食难安。束手无策之际，她接到了娘家的喜报，刘美、钱氏夫妇诞下一子。刘娥欣喜不已，请求回娘家相贺，赵恒、郭后不愿让她扫兴，同意她在晚间悄然出宫。

刘美的家，就安在刘娥曾经幽居的院子里。刘娥到时，婴儿的舅舅钱惟演已等候多时，见过礼，刘娥先看视婴儿，赐名从德，又与嫂嫂钱氏闲谈数语，就来到花厅，与刘美、钱惟演相见。尚未坐定，钱惟演讨好地一笑道："娘娘，臣有一旧友，今日也来随喜，可否一见？"

"何人？"刘娥警觉地问。

"丁谓！"钱惟演答，随即解释道，"丁谓祖父当年曾在臣叔父手下做节度推官，因祖上有渊源，故一直有私交。"

"此人有才干！"刘娥夸赞了一句。

去年，赵恒根据刘娥的建言，以专责修葺宫城的名义将丁谓调入朝廷。百官都以为，丁谓抓到的是烫手山芋，等着看他的笑话。想不到的是，丁谓一到任，踏勘数日，就定下了一套办法：在街衢挖出一条壕沟以取土，再把水引入壕沟，以便将城外的建材通过水路运进城中，等宫殿修缮完毕，再用建筑垃圾回填壕沟。用这个办法，不仅省费以千万计，还可大大缩短工期，一举三得。此事传出，就连权知开封府的寇准也对丁谓刮目相看了。刘娥早就听说丁谓多才多艺，又闻听他修葺宫城的政绩，对他赞赏有加。但她还是摇了摇手，毕竟与外臣相见是犯忌的，她不想为自己制造麻烦。

钱惟演露出失望的神情，嘟哝道："丁谓无他意，只是听说官家常览报忧之牍，圣心怀忧，他很想为官家解颐。"

刘娥蓦地瞪大了眼睛，忙问："你说什么？"

3

后苑的一片空地上，凭空扎起了一圈篱笆，围成一个不大不小的圈子，兴致勃勃赶来的一群人，失望地对视着，纷纷发出"唉"的一声叹息。

自从重阳节过后，三个多月了，再也没有像样的节日了，就连一向不爱凑热闹的郭皇后，也觉得有些沉闷了。听说今日要在后苑观赏一件玩意儿，郭后带着皇子和几个小公主，偕沈妃、杜妃等嫔妃，一交了午时，就赶到了后苑，却只看见了一圈篱笆墙，自是大失所望。

"来喽——"随着一声高喊，内押班罗崇勋指挥几个内侍，抬着一个鸡笼走过来，十几只半大的小鸡被放进了篱笆墙内，小鸡们试探着迈腿，脑袋东张西望地咕咕叫着，在篱笆墙内四处寻觅。

须臾，赵恒的步辇到了，嫔妃、儿女上前见礼。

"不会是来看这些鸡崽的吧?"赵恒纳闷儿地问。刘娥一再鼓动他到后苑赏鲜儿，看到的却是一群小鸡，便禁不住问。

"来咯——"罗崇勋又喊了一声，两名内侍拿来一根竹竿，插到篱笆墙内。众人都好奇地看着。罗崇勋拿出一个画轴，"扑棱"一下展开，命内侍挂到竹竿上。

众人看去，画上是几只蟋蟀。

"呀!"杨婕好惊叫了一声，郭后也睁大眼睛道:"看哪，看哪，蟋蟀好逼真的呀!"话音未落，小鸡看到了画上的蟋蟀，争先恐后围拢过去，伸头去啄。

"好玩好玩!"几个小公主拍手叫了起来。郭皇后见子女许久没有如此兴高采烈了，也跟着拍起手来。

赵恒目不转睛盯着看，见小鸡啄来啄去，却也未知上当，越发争抢得激烈了，不禁仰脸哈哈大笑。默默站在人群后的刘娥听着这久违的笑声，露出了欣慰的笑容。

前几天，刘娥到娘家贺喜，一听钱惟演说丁谓想为皇上解颐，便改变主意，让丁谓出来相见。丁谓拿出了自己的这幅画，钱惟演在旁解说了一通，刘娥高兴地收下了，让罗崇勋在后苑尝试了一下，果如钱惟演所说，这才安排了今日的场面。

又过了半个多月，赵恒的寿辰日就要到了。外廷、内侍正忙着筹备庆典，忽听登闻鼓大作，众人面面相觑，不禁摇头，不知是什么不识相的人，非在这个时候给皇上添堵。坐在内东门召对宰执的赵恒也听到了敲登闻鼓的声音，脸色顿时变得阴沉，气呼呼地宣布散班。入内省都知周怀政兴冲冲地进来了，手中举着一块梳子大小的金牌，大声奏道:"陛下，开封有百姓捡到一块金牌，适才登闻鼓院送来了!"

赵恒接过一看，金牌上写着五个字:赵为君万年。

"众卿，快传看!"赵恒惊喜地说。待众人传看后，赵恒也顾不得听他们说什么，就急匆匆径直赶到万岁后殿，刚迈进殿门，就举着金牌，迫不及待地说："快看快看！"

刘娥暗笑，这真是一个好哄的大男孩呀！赵恒哪里想到，这是刘娥拿出自己的脂粉钱，嘱咐刘美打制的，为的就是哄赵恒高兴。此时，刘娥佯装吃惊，接过金牌端详良久，笑着道："官家，这下你高兴了吧？以后莫再愁眉苦脸的了。"

"高兴高兴！"赵恒搓着手道，"这是最好的寿礼！"

"还不只吧？"刘娥调皮地歪着脑袋说，"那些侦事内侍怎么说的？"

那天在刘美家，丁谓为刘娥献上哄皇上高兴的计策：差内侍到街上探事，把士庶街谈巷议中称颂朝廷的话搜集过来，奏给皇上。刘娥纳其言，对几个侦事内侍嘱咐了一番。过了几天，侦事内侍奏报，士庶都在称颂"咸平之治"。

赵恒咧嘴笑道："咸平之治，这才是最好的礼物！"

欢欢喜喜过完生日，咸平六年正旦节将至，赵恒借召见宰执的机会，拐弯抹角暗示，希望借过年之机，举办庆典，以振人心。

李沆听出来了，瓮声道："人心之不可惰，兵威之不可废，故虽成、康太平，犹有所谓四征不庭、张皇六师者。臣以为，该做的是埋头苦干，而不是庆祝什么天下大治！"

赵恒像被兜头浇了盆冷水，浑身凉透了。维持了不到一个月的好心情，一下子被搅得无影无踪。但宰相说的话，也不好反驳，心中的委屈，只有和刘娥诉说。

难怪有些帝王不是热衷于游猎，就是沉湎于酒色，似乎不能仅仅归因于这些人的品德。但刘娥不能让赵恒通过游猎或沉湎酒色释放压力，便通过钱惟演，传话给丁谓，请他想办法。

不几日，丁谓上奏，建言举办阅兵大典。

此议一出，台谏大哗！

"阅兵之议，劳民伤财，满足虚荣心罢了！"朝会上，右正言张知白谏净道。

寇准却支持丁谓的提议："张扬军威之事，不可不做！"

李沆虽不赞同，但他亲口说过"兵威之不可废"的话，也就不好阻止，只得道："臣以为，不扰民、少花钱，可举办一次。"

宰相一锤定音，阅兵典礼紧锣密鼓筹办起来，赵恒精神大振，兴趣盎然地与宰执商议阅兵细节。

咸平六年正月十九日，殿前侍卫马步军二十万，自夜三鼓初分，分别从开封外城各门开出，黎明时分已各就各位。晨曦初露，钧直乐奏响，一身戎装的赵恒出东华门，登上了东华门外的点将台，在军乐声中，阅诸军还营。

虽然仪式简陋，但赵恒却久久沉浸在兴奋中，与刘娥闲谈，说不到几句话，就会扯到阅兵上，不是说听到军乐何等振奋，就是说哪一部行军很气派，说到高兴处，偶尔还会模仿一下官兵的步伐。刘娥听了，心中颇是快慰。看来，丁谓果然有办法替皇上解颐。她对丁谓竟有几分感激，事事记着他，一有机会，就为他说话。刚入二月，刘娥就提醒赵恒："官家，今年的钓鱼宴，也让丁谓参加吧！"

皇家园囿金明池二月开池，作为朝廷定例，每年都会在金明池举办赏花钓鱼宴。钓鱼宴参加者，从太宗朝起已有惯例，为宰执和馆阁大臣；但每次举办时，皇上都会特召未列入名册的个别官员，以示优宠。赵恒欣赏丁谓，又有刘娥提议，便痛快地答应了。

三月初二，钓鱼宴在金明池开办。因皇子有恙，皇后无心游玩，由沈淑妃率杨婕妤、刘美人等几个嫔御陪驾。进了金明池，嫔御随皇上游览赏花毕，赵恒即与候在西北岸的众臣一起垂钓，嫔御则登上龙船顶楼远观。沈淑妃、杨婕妤等嫔妃都在顶楼内打双陆，刘娥起身走到围栏边，手扶栏杆，向下观望，见内侍手里的红丝网始终没有动，即知赵恒必是久未钓到。

按照规矩，垂钓时，君臣入位，每人身后各站两名侍从，其中一人手持鱼饵，一人手持丝网。皇上身后的侍从持红丝网，大臣身后的侍从持白丝网。天子未得鱼，大臣虽先钓到，亦不能举竿。刘娥有些替赵恒着急，再侧耳细听，君臣都默默无语。往年垂钓时，常常是边垂钓边吟诗作对，一片欢声笑语；时下君臣却如此沉闷，刘娥急得鼻尖冒汗。她召内侍雷允恭，附耳嘱咐了几句。雷允恭下船，一溜小跑到丁谓身后，弯身贴在他的耳边，把刘美人的话，转述给他。

"启奏陛下，臣提议，陛下未钓上鱼之前，众人各赋诗一句；陛下钓上来后，众人各赋诗一首，不知妥否？"丁谓高声道。

赵恒正尴尬间，闻言笑道："甚好，那就请丁卿先说。"

丁谓略一思忖，道：

> 莺惊凤辇穿花去，
> 鱼畏龙颜上钩迟。

"哈哈哈！好！"赵恒大喜道。

钓鱼的气氛，顿时活跃起来。

多才多艺的丁谓一番施展，为钓鱼宴增色不少，也让赵恒不时开怀大笑，从金明池一回宫，就兴奋地对刘娥道："丁谓有才干，又机灵多智，路上我想好了，先让他做三司使，再做参知政事。"

"先别声张，探探宰相的意思再说。"刘娥提醒道。

赵恒接受了刘娥的谏言。次日，因开封街道拓宽，拆迁量甚大，不少前朝老臣的宅邸也在拆迁之列，他们联名向皇上上表，请求朝廷制止拆迁。赵恒念及一大批太祖、太宗两朝的老臣提出异议，便下旨给寇准，命他暂缓。寇准为此事请求召对，李沆、王旦也一起参加。

寇准道："今阻事者皆权豪辈；而权豪辈沿街房屋，多半是赁给他人，反对拆迁，无非舍不得赁屋所得的痴钱而已，无他事！"

赵恒决断，拆迁照常实施。他借机问寇准："寇卿，丁谓这些年修葺宫城，多与开封府打交道，他做得如何？"

寇准答："修葺宫城之事，量度精巧、思考缜密，出人意料！"

赵恒转向李沆道："三司使之位空缺，升丁谓来做，如何？"

李沆道："国家用人，不用浮薄喜事之人，此最为先！"

赵恒本以为做了铺垫，又有寇准的推崇，李沆不会反对；没想到他态度如此坚决，近乎不留余地，只得轻咳一声，掩饰自己的尴尬。

"像丁谓这样的干才，相公能一直抑制他吗？"寇准瞪眼看着李沆，不满地质问道。

李沆咳嗽了几声，回应道："臣在相位一日，即抑制浮薄喜事之辈一日!"又转向寇准,"将来京兆当国,想提携丁谓,那是你的事,不过你若有一天后悔了,再想想我今日说的话!"

第十二章
畛域之见艰难破除　三角相持小心博弈

1

赵恒继位的第八个年头，改元景德，大赦天下。当年参与政变的李昌龄、胡旦，咸平元年因"临阵不用命"被流放的傅潜，都重新起用。李昌龄任光禄卿，胡旦任秘书省少监，傅潜起为汝州团练副使、左千牛卫上将军，分司西京。

景德元年一开年，由于西夏上表称臣，绵延多年的西北战事暂时停息，北方也近一年没有警讯，士庶庆贺，君臣欢忭，这一年的上元节，格外热闹。正月十五晚上，赵恒照例率群臣到乾元楼观灯。虽然天气严寒，但未能阻止京城百姓闹花灯的热情。赵恒举目望去，见灯火璀璨，都人熙熙，不禁感慨，举盏对坐在身旁的二府重臣道："祖宗创业艰难，朕今获睹太平，与卿等同庆！"

二府重臣称贺，与皇上同饮。赵恒将酒盏举到唇边，用余光望去，却见坐在他左手的宰相李沆袖着手，并不举盏。坐在李沆左手的参知政事王旦侧过身，伸手拉了拉他的袍袖，李沆甩开了，依然稳坐不动。赵恒看在眼里，虽感不悦，却也未出言垂问，继续与众臣谈笑着一起观灯。王旦见李沆面色阴沉，始终一语不发，颇是不解，歪过身去低声问："官家宣劝甚欢，相公何以不肯少有将顺？"

"'太平'二字，岂是人主能自己说出口，且夸耀于臣下？！"李沆故意高声道，"既然人主自认为'太平'，不惟阿谀逢迎之辈必以之借口干进；人主恐亦借口做'太平'之君，在歌功颂德中飘飘然，不知会有何等不经之事发生!"

赵恒都听到了,虽未发火,却也兴致大减,默然呆坐。

"败兴!"回到延庆殿,赵恒甩下棉斗篷,怒气冲冲道。

"这是怎么了,大喜的日子?"跟在赵恒身后的刘娥关切地问。

赵恒不解释,气鼓鼓地往坐榻上一歪,一捶扶手道:"改元就是为了一新气象,我看,宰相也不能再用老面孔!"

刘娥即知赵恒是生李沆的气,她接过宫女端来的热茶,捧递过去,安慰道:"大宋有咸平之治,难道不是官家宰相得人?李沆公正,又富于经验,都说用李沆理政,正如老医看病极多,故用药不致孟浪杀人,官家何必为他一言半语生气?"

赵恒良久无语,喝了口茶,方道:"也罢,不动他可以,但要把王钦若用起来!"

王钦若精通道家,赵恒引为知己。不惟如此,王钦若很会体察圣心,说出话来,总能让赵恒感到快慰。所以,每当受了臣下的气,赵恒就会想起王钦若。

"李沆会同意吗?"刘娥担心地说,"他们一向鄙视南人。"

赵恒叹息一声,沉默了。

刘娥道:"唐朝的时候,好像无南北畛域之分。张九龄就是岭南人,可他是大唐开元年间的名相!我朝为何轻视南人?或许是太祖和爹爹时,刚征服南方诸国,对南人有戒心、存成见?可如今天下混一数十载了,南方也早已不是过去的样子了,问问各路转运使,恐南方各业超过中原了吧?赶考的举子,南人就比中原人多,既如此,南人不能重用,是不是太不公道了?官家若能破除此畛域之见,也是一大功勋,会载入史册的。"

赵恒最想做的就是能载入史册的事,闻言竟有些兴奋:"说的是,就从王钦若始!"

因李沆近来抱恙,常告病假,赵恒就乘他不在时,和参知政事王旦商量。王旦虽刚四十岁出头,却已相当老成,推托道:"事体重大,还是等李相视事时再说吧!"

赵恒道:"李沆身体不好,卿要勇于担责。"

王旦只得说出了自己的想法："王钦若是南人，臣恐不恰舆情。"

赵恒早有准备，慷慨道："古人云，求贤无域。用人岂可受方域限制？大江之南，山川之气，蜿蜒磅礴，自能为国产英俊！"

王旦神秘地说："臣闻太祖有遗训，不用南人为相。据传有'南人不得坐吾此堂'的刻石，嵌于政事堂墙壁。"

赵恒大吃一惊："朕何以不知？刻石安在？"

王旦有些心虚，低声道："听说有吏辈故意坏壁，刻石已移往他处，不知所终。"

"吏辈坏壁？太祖遗训岂是吏辈敢毁灭的？"赵恒质疑道，越说越生气，"必是心怀叵测之徒造谣！太祖时代距今不过三十载，刻石怎么可能就毁坏了？堂吏又怎敢擅移？必是彼辈为排挤南人，故意捏造太祖圣训，这还了得！务必严查，重重治罪！"

王旦不敢再辩，躬身道："陛下息怒！追查一事，时过境迁，很难查明了。臣这就告诫百官，此后不许再传谣。"

赵恒并不想真查，担心果有太祖圣训，南人晋升之路就彻底堵死了，也就装作从善如流的样子道："卿所言也有道理。那么，用王钦若之事，卿无异议吧？"

王旦为难地说："陛下欲打破畛域之见，臣敢不仰赞？但不可操之过急，否则恐引起风波，不妨取小步快走之策。"

赵恒点点头："那就先调王钦若回朝，任翰林学士。"

王旦只得同意了。

王钦若回朝，引起了寇准的不满，虽一时无可奈何，却憋着一肚子气。这天，在会庆殿举行童子试，一少年个子不高，胖胖的脸庞，不大的眼睛炯然有光，站在皇上和众臣面前，神色毫不胆怯，器宇轩昂，赵恒甚喜，和蔼地问："此子哪里人？"

"陛下，小生晏殊，乃抚州临川人。"少年不慌不忙地回答。

本朝袭唐制，设童子科，凡十五岁以下能通经作赋的童子，可由州官举荐，解京应童子举。晏殊年十四，五岁能文，有神童之称。去岁按抚江南的右正言张知白闻其名，荐他赴试。

"陛下，昨日试策论，晏殊禀报试题他曾做过，请求换一个题目测试他，此生诚实如此。"考官孙奭奏报道。

"喔?!"赵恒面露喜色，"当年先帝得神童杨亿，今朕幸得神童晏殊矣!"

寇准撇了撇嘴，提醒道："陛下，晏殊是南人!"

赵恒转过脸去，紧紧盯住寇准，揶揄道："寇卿，张九龄是哪里人啊?"

寇准脸一红，讪讪坐了下来，不再言语。他本就善饮，遇到郁闷事，更是要借酒浇愁。当晚，他又把赵安仁、张知白叫到家里饮酒。一见张知白，寇准就训斥道："糊涂，到江南跑了一遭，就举荐下国之人? 什么神童，奸巧之徒!"

张知白反唇相讥："寇公，丁谓是长洲人? 杨亿是建宁人。"

寇准辩白道："丁谓祖上是中原人，根上不坏;杨亿嘛，性情耿直，像我老寇，我怀疑他祖上也是中原人，又是文章高手，我老寇因此赏识。"

"说到'根上'二字，我看根子在那个来路不明的女人!"赵安仁欲制止他们的争论，把矛头转向了刘娥，"下国人向着下国人，枕边风一吹，我辈只能瑟瑟发抖!"

"不行，得想办法!"寇准道。

"有何办法? 我辈远离中枢，总不能跑到后宫把她赶走吧?"张知白手一摊道。

2

景德元年的天气有些诡异。三月已入中旬，京城的人们一觉醒来，忽见外面竟是半尺厚的积雪，满城一片银白，抬头一看，日头像是急着看热闹似的，喷薄而出，阳光照射下，积雪发出刺眼的白光，让人不敢直视。到了夜里，突然又刮起了一场大风，月亮刚一露头，仿佛被大风吹晕了，很快失去了光芒，躲进了一层黯淡的月晕中。

天监司观象台上，几个穿着绿袍的官员时而注目仰观，时而神色凝重地低声嘀咕着。日夜不停观测下来，向皇上呈进密报：天象有变!

夜已深了，刘娥陪赵恒阅看章奏毕，刚要回万岁后殿，接到了内押班罗崇勋呈上的天监司密启。赵恒阅罢，神色惊慌地问刘娥："月妹看，会应在何处？"

刘娥正不知如何回答，忽有坤仪殿内侍来报：皇三子薨了！两人大惊，草草穿戴，就慌忙赶到了坤仪殿。一进殿，赵恒就抱起亡子垂泪，刘娥鼻子一酸，放声痛哭。哭了一阵，才想起了皇后，慌忙进了内室，只见皇后已哭得气若游丝，忙上前抚慰。

皇子夭折，由亲王诸宫司、入内省依照仪规办理丧葬事。但具体事宜，难免需要请示，皇后哀伤过度自顾不暇，其他嫔妃皆不敢出头，刘娥便出面主持。她一边安慰皇后，一边忙着料理皇子后事，一直忙到黎明时分才出了坤仪殿。虽然牵挂着赵恒，但刘娥还是径直去了宝庆殿。

宝庆殿是杨婕妤的住处。因都来自蜀地，刘娥对小她十多岁的杨婕妤视同亲妹妹。杨婕妤也把刘娥看作自己的姐姐，即使在刘娥没有任何名分的时候，也执意叫姐姐。正是刘娥对她格外关照，不时将她叫到延庆殿侍寝，去岁诞下一个皇子。刘娥来宝庆殿，是要嘱咐杨婕妤细心照顾皇子。皇后所生三个皇子已夭折了两个；沈妃所诞皇子也在出生不久就夭折了，时下赵恒只有皇次子和杨婕妤所诞皇五子了，刘娥生恐再有闪失。

从宝庆殿出来，已交辰时了，刘娥加快脚步赶往延庆殿。只见赵恒正半躺在坐榻上发呆，一见刘娥进来，就哽咽道："月妹，你快说，我做错了什么，上天示警，夺我一子?!"

刘娥自己也说不清楚，对于天变之说该不该相信。如果不是来到京城，她就不可能遇到赵恒；不遇到赵恒，她就没有今日，至多是一个稍有名气的歌女而已。这么看，还是个人的选择起了关键作用。但为什么会选择到京城来？好像冥冥之中，还是有一种神秘莫测的力量在发挥作用。这种神秘的力量，或许就是人们常说的命运吧！但命运和天变到底有没有关系，刘娥想不明白。不过，她知道，自古以来，在国人的心目中，诸如日食、月食、彗星之类的天变，足可畏惧；而之所以出现天变，实则是上天示警，警示皇帝改正缺失。或许，赵恒是在为此而烦恼吧！刘娥想了想，说道："从史籍上看，面对天变，皇帝检讨过失，无非骄奢淫逸、暴虐刻薄、好大喜功、用人不当、言路不畅之类。我看，官家是没有这些过失的。"

可是，话刚出口，刘娥突然意识到，出现宦官、外戚、后宫参政，也常常是大臣提醒皇帝需要检讨的。赵恒继位以来，并未有宦官、外戚参政之类的事，那就只有后宫这一件事了。这么一想，刘娥不禁打了个寒战，默念道："一个歌女，堂而皇之进了皇宫，整天和皇帝在一起商议朝政，上天看不下去了吧？"她"嗵"地跪在赵恒面前，垂泪道："官家，不是你有过失，上天示警，是因为我！"

赵恒愣了一下，刚欲去扶，又闪开了，生气道："别人这么说倒还罢了，可你为什么也这么说？我赵恒，还有大宋的臣民，都亏欠着你呢，上天也一定是知道的！"

前不久，皇太后李氏薨逝，弥留之际，拉住守在病榻前好几天的刘娥的手说："哀家亏欠你的！"这话，赵恒听到了。因赵恒对太后一直存有心结，想降低她的丧仪规制，刘娥以当年太祖符皇后去世，太宗竟不举丧，遂为天下士庶诟病的例子，建言为大行皇太后上谥号，照皇太后一应仪规安葬。朝野都知道当年李氏政变之事，皇上不仅未追究，还如此厚待她，自然而然联想到先帝对符皇后的薄情，相比之下，无不称颂当今皇帝仁德至孝，已在太宗之上。赵恒听到这些议论，欣喜之余，也说他亏欠了刘娥，天下人都亏欠了她。此刻，当刘娥要把上天示警的原因揽在自己身上时，赵恒不是感动，而是生气。

刘娥泪如泉涌，但很快就克制住了，她站起身，拭去泪水，坐在赵恒身边，拉住他的手说："官家，人只要不做伤天害理的事，自己该做的事也尽力了，内心就不该有恐惧。"

赵恒点头道："说的是，我心稍安！"他看刘娥眼圈泛黑，一脸倦容，心疼地说，"月妹太劳累了，快回去歇息吧！"

话音未落，内押班罗崇勋禀报道："枢密院有军机奏报。"赵恒打开一看，怒道："西人无礼！"又低声嘀咕道，"难道，天象之变应验到这上面了？"

自灵州陷落，西北的战事连绵。继迁不惟要守住灵州，还得寸进尺，攻袭凉州、麟州。多亏麟州军民与之殊死决战，击退了继迁的几万大军。

继迁在麟州惨败后，转而攻打吐蕃，中了吐蕃潘罗支的诈降计，身受重伤，不久死去。临终前，嘱托其子德明归降大宋，不可再战。正是受了乃父的遗命，德明继位后即差使者进京，向朝廷上表称臣，请求册封。经过廷议，朝廷列出七款和约，给了党项人莫大的利益。德明接受包括遣散军队在内的条款，却独独不答应归还灵州。双方已多次商谈，最后期限已到，德明差使者送来了答复，声言若不取消归还灵州一款，则拒绝接受和约，不惜一战！

"呀！西人怎么突然变得强硬起来了？"刘娥吃惊地说。但军国大事，照例由皇帝召集御前会议商议，刘娥不敢随意说话。

次日晨，赵恒即在长春殿召大臣奏对。

新任御史中丞赵安仁急不可耐，铿锵道："继迁新丧，德明年少，威望、经验皆大不足，莫如一举荡平之，永绝后患！"

"荡平？恐王师尚未抵达西人地盘，契丹人就兵临我京师城下咯！切莫忘了，契丹人早已虎视眈眈，巴不得我与西人开战！"枢密副使陈尧叟反驳道。

赵恒眉头紧锁，不时扫视殿内群臣，忽然发现，以往强硬主战的权知开封府寇准，显得格外冷静，一语不发，赵恒问道："寇卿，你是何意？"

寇准道："陛下，德明小儿非只向我递表请封，同时也向契丹人请封；此番德明小儿何以态度突然强硬？这背后，传达出的是危险信号：契丹人要大举南侵！"

"哎呀！难道天变之说，要应验于此？"赵恒低声嘀咕了一句。

陈尧叟奏道："契丹萧太后、耶律隆绪母子，暮春已率军抵达距燕京三百里的鸳鸯泊。一则往岁也常有此举，二则契丹主驻鸳鸯泊后并无动作，故臣等尚难判定契丹人今岁会否大举入侵。契丹人盼我与西人战，西人盼我与契丹人战，这是不言自明的。而我当以避免两面受敌，两线作战为上策。"

寇准接言道："要害不在西人，而在契丹。德明小儿何足虑？若制服契丹人，德明小儿不打自服；若不能制服契丹人，则德明小儿玩弄三角把戏，不时跳梁，实难避免。我与契丹终有一场恶战！为避免两线作战，宁可牺牲灵州，先安抚住德明小儿，抽出手来，调集全部兵马对付契丹!"

赵恒终于下定了决心，高声道："屈己为民，朕所不惜!"

大事已定，刚要喘口气，就接到了宰相李沆去世的讣闻。李沆春季已病危，赵恒曾临视，接到讣闻，又亲往祭吊。李沆为相七载，五十八岁而逝，朝野为之惋惜，都说他心地无私，抑浮华而尚质朴、励恬静而黜奔竞，堪称贤相；而皇帝两御其宅，也是少有的荣耀，大宋君臣一体，非汉唐所能比。

"北边吃紧，宰相之位不可久悬，让谁来做?"赵恒问刘娥道。

3

万胜门内有座府邸，每日都是红烛高照，灯火通明。周边的居民早已见怪不怪，他们都知道，知开封府寇准好饮，几乎夜夜都会宴请宾朋。

少年得志的寇准一向奢靡，酒量惊人，最喜以酒会友。可这天的宴饮，却是为了一个他所鄙夷的人而设。

寇准迫切希望能够执掌朝政，施展抱负。可宰相李沆辞世已两个多月了，宰相人选却迟迟未定。他怀疑是刘娥从中作梗，虽恨得牙根痒痒，却又思忖着如何疏通关节。钱惟演以昔日王子之尊将幼妹嫁给一个银匠，为寇准所鄙夷，可此时他却想到了这个人。寇准怕只请钱惟演一人痕迹太露，便找来翰林学士杨亿、知贡举时为中原夺得的状元王曾一起来作陪。濮州举子李迪进京参加明年的省试，携文章拜访杨亿，他最钦佩寇准，听说到寇府赴宴，也跟来了。寇准又从樊楼找来一位歌姬助兴。

客人陆续到了，歌姬为他们一一簪花，又与众人逢场作戏，频递秋波，使宾客情绪为之大好。待来宾入座，寇准先夸赞王曾道："王孝先少年孤苦，父母双亡，靠叔父抚养成人，可他有志气，有才干，我老寇看人不会错，过不了几年，孝先必登政府。"

杨亿夸赞李迪道："李复古虽大孝先六七岁，尚未登第，可明年必步孝先后尘，这也是公辅之才啊!"

王曾瘦高个，相貌堂堂，虽只有二十四五岁，却有其岳父李沆之风，沉稳老练。他接过歌姬手里的酒壶，起身为在座诸人一一添酒。

李迪个子高大，两杯酒下肚，四方脸红得像猪肝，他起身给寇准敬酒，慨然道："寇公天下名臣，资历深厚，我辈士子无不敬仰，早就该当大任了！"

寇准仰脸一笑，突然以惊悚的语调道："诸位才俊可知，眼下契丹大军正在幽州一带集结，萧老太和耶律隆绪已移驻燕京，一场恶战迫在眉睫！"

"值此非常时刻，当由寇公主大政，这是朝野共同的愿望！"杨亿看着钱惟演道。

"早晚终归有一战，就由我辈完成收复旧疆的使命吧！"寇准豪迈地说，他环视众人，又道，"将来尔辈当国，就不必为此事劳心了。官家嘛，也必以大有为之君名垂青史！"

钱惟演听出了弦外之音，笑而不语。

李迪见众人不接话，又起身道："宰相理当由寇……"话未说完，忽见一个女人闯了进来，大声道："寇公，你莫要故技重演！"

钱惟演一看，是他的夫人，忙起身将她往外推。

寇准聚饮有个习惯，每次酒宴，不论官位品级，只问酒量大小，以此排列座次。每次喝酒时，都要选中一人主陪，与他拼酒。寇准因鄙视钱惟演，曾刻意邀他喝过一次酒，钱惟演被灌得不省人事，被抬回了家，钱惟演夫人闻知今日又是寇准宴请，便不顾礼貌，怒气冲冲找来了。她躲闪着钱惟演的手，口中道："你忘了上次的事了？奴不走，不能让人把你灌成死猪！"

钱惟演见夫人不依不饶，正好借故离开了。

寇准颇尴尬，吩咐把妙龄歌姬叫出来清唱助兴。因心里有事，听了几曲，众人也就散了。寇准见歌姬面目姣好，歌声圆润，就赏她一匹绫缎。想不到歌姬嫌赏赐少，一脸不高兴地走了。已被纳为侍妾的蒨桃走到寇准身边，递给他一个纸条，寇准展开一看，是她写的一首小诗，名为《呈寇公》：

一曲清歌一束绫，美人犹自意嫌轻。

不知织女荧窗下，几度抛梭织得成！

寇准默然。

蒨桃正色道："寇公胸怀大志，无以施展，不惜以酒浇愁。可都说时下宰相缺位，寇公的呼声最高，还是低调些好。"

"怕就怕官家不做主，只听枕边风。"寇准叹息一声道，又自言自语，"不知钱惟演会不会把我老寇的意思转达于那个女人。"

寇准说这话时，钱惟演正在家中写密启。一想到每次遇到寇准时那鄙夷的目光，他就禁不住脊背发凉，密启写得就格外用心。

次日，赵恒就接到了钱惟演的密启，叹息道："王旦尚俭朴，做高官这么多年，还是赁屋居住，从未有招人宴饮之事。"又看了一眼身旁的刘娥，"最俭朴的是月妹，这么多年，衣不织靡，与宫人无少异。"

刘娥浅浅一笑，接过密启，方知钱惟演以奏报其妻闹酒场为名，言寇准宅邸蜡烛成排，照亮半个街衢；又常宴饮，每召歌姬助兴，赏赐无度。阅罢，也禁不住喟叹道："苦寒人家衣不蔽体，他却如此奢靡，所谓心系百姓，不知从何说起！"

"寇准还是不用了吧？"赵恒以商讨的口气道。

两个月来，赵恒对宰相人选迟迟拿不定主意。论资历、人望、才干，首推寇准。可他担心寇准刚猛，做事张扬，不知妥协，与李沆反差太大，恐打破朝廷祥和气氛；刘娥则担心寇准不好驾驭，会让赵恒吃苦头。但是，他们都清楚，时下北方局势严峻，需要强有力人物主持大局，而寇准是不二人选。就在这样的纠结中，命相之事拖了下来。接到钱惟演的密启，赵恒一气之下，选定了王旦。

可刘娥却不这么想，她太了解赵恒了。早年从未有过做皇帝的念头，突然之间被推到继承人的位置时，又一直受到她的呵护，本质上依然是一个纯真的大男孩。他没有太祖的雄才大略，也缺乏太宗的杀伐决断，国难当头之际，离不开寇准这样能断大事的大臣。既要用寇准，又要对他有所制约，不至于变成权臣，压制皇帝，这才是通晓史事的刘娥所考虑的。时下，契丹萧太后母子已自驾鸳泊率大军进驻幽州，战争迫在眉睫，重建中枢刻不容缓，刘娥也就不避嫌疑，说出了思考多日的想法：借着皇帝能够自主的空当，一揽子把想用的和不得不用的人，一起用起来。陈尧叟冷静温和，可与寇准互补；王钦若、丁谓、钱惟演有才干，他们对皇帝忠恭，对寇准戒备。这样，朝堂上、宰执中，性格、观点不一致的人，异论相搅，互有牵制，便于皇帝驾驭。

赵恒大喜："我有数了！"

次日散朝，赵恒顾不得回殿用膳，即召临时掌中书的参知政事王旦到内东门议事。他故意先不提寇准，说道："局势严峻，当重组中枢，任用干才。朕反复斟酌，意已决：当用陈尧叟知枢密院事，王钦若补参知政事，丁谓为三司使，钱惟演晋翰林学士。"

皇上乘机重用王钦若、丁谓、钱惟演，王旦并不意外，可不提谁做宰相，让他感到不解。这些天，王旦也在思考宰相人选。以当下的地位，他接任宰相顺理成章；但目今的局势，又需要寇准这样的人。他料定，皇上会在他们二人中择其一。可既然皇上不愿说，王旦也不便多问，敷衍道："臣不敢违圣命。"

赵恒又道："还有，刘美人贤德，朕与皇后商，晋修仪，卿不可设阻。"他早就想晋封刘娥了，李沆在时一直未敢说出口，受刘娥利用空当"一揽子"解决的启发，他瞒着刘娥，想给她一个惊喜。

王旦道："宫闱之事，臣不敢问，只望陛下恰舆情。"

赵恒这才说到寇准的事："大战在即，朕意寇准做参知政事，以资历排在卿前。"他对寇准心有忌惮，临时改变主意，怕一步到位陷入被动，方刻意作出这样的安排。

王旦未提出异议，赵恒有大获全胜的感觉。他事先并未和皇后提过晋刘娥修仪的事，出了内东门，就径直去往坤仪殿。尚沉浸在丧子之痛中的皇后躺在病榻上，听了赵恒的话，以微弱的声音道："早该做的，以后就让刘姐姐代管后宫之事。"

赵恒见皇后日渐消瘦，心有愧疚，就坐下陪她说话："汉唐的后宫，总是争斗不休，不惟宫廷不得安宁，朝政也每每因此败坏。如今为何宁静欢洽？倘若是二哥继位，那个'冠子虫'张氏入宫，情形必大不同。或许正因如此，上天不让二哥做大宋的天子。身边的女人好，男人的运气才会好!"

"你运气好!"皇后勉强挤出一丝笑意,回应道。

赵恒又安慰了皇后几句,才起身回延庆殿便殿用膳。

"事情办妥了?"

赵恒抬头一看,刘娥站在殿门口,对他笑着。

"嘿嘿!"赵恒笑了笑,"俱已停当!"

这样大的事,照理赵恒早就该迫不及待找她说了,今日为何这么沉得住气,刘娥这才主动找来,追问道:"不对,有事瞒我!"

赵恒本想给刘娥一个惊喜的,禁不住她三言两语追问,先把只任寇准为参知政事,留上一手的事说了,又忍不住把晋封修仪的事也说了出来。

刘娥内心感动,表情却陡然严肃起来:"官家,这事不能办!"

赵恒不解,还有些委屈,可不管他如何解释,刘娥仍力阻:"打个比方吧,就相当于御街砖缝里的一棵小草,无声无息,或许还能存活;可你把一棵小树苗栽在那里,人人见而厌之,争欲除之,做小草好,还是做树苗好?况且,局势如此,何必节外生枝?"

"总是委屈自己!"赵恒嘟哝了一句,算是勉强接受了刘娥的意见,又嘀咕了一句,"不知寇准会不会闹?"

次日晨,百官在内东门恭听宣旨,一散班,寇准脸色铁青,质问王旦道:"子明,这怎么回事?"王旦手一摊,做无可奈何状,寇准用力一顿足,"寇某做不做宰相另当别论,可南人坐政事堂,自王钦若其人始,后世会嘲笑我辈无能的!不行,我要见官家!"

王旦拉住他:"平仲,大敌当前,不可意气用事!"

寇准"哼"了一声,气鼓鼓地背手而去。

赵恒因担心寇准闹事,密嘱罗崇勋差几个小黄门分散在群臣中查看动静,小黄门见此情形,急忙奏报,赵恒听罢,脸上掠过一层愁云。

第十三章
战云密布重臣起争执　歌舞升平艺伎展华丽

1

中秋节刚过，传来一个令君臣震惊的消息：萧太后已下达动员令，契丹境内十五岁到五十岁男子，一律到官府报到；同时任命契丹主耶律隆绪之弟耶律隆佑留守上京，萧太后和耶律隆绪率大军亲征。

长春殿里，商议军机的御前会议，昼夜不休。

"契丹人能集结多少兵马？"赵恒问。

知枢密院事陈尧叟答："据报，萧太后亲率大军，超过三十万人。"

寇准一直黑着脸，对未让他出任宰相耿耿于怀，可一旦投入到国事上，也就忘却了不快，全力以赴了。他接言道："契丹人已摆出长期经略中原的态势，看来是要与我决战！自咸平以来，我与契丹、党项，经历五年战争，将士久经历练；时下我国库充盈，陛下神武而文武协和，乃有史以来中原最好的时期；契丹欺人太甚，屡屡侵犯，我抵御来犯之敌，正义在手。我军民同仇敌忾，必能战胜来犯之敌！故臣以为，轻敌固不该，畏敌更不可！"

赵恒担心寇准消极，听他一番言辞，踏实了些，问道："那么，我官兵可投入多少？"

陈尧叟道："我河北前线，常年部署三十万大军，尚可再调动三十万兵马驰援。"

寇准做过枢密使，经验丰富，他补充道："契丹人以抢掠补给，我则需粮草保障，除六十万兵马外，还需征调民夫一百余万。此事早有定制，朝廷朝发令而夕可就!"

王旦接言道:"陛下,此番动员军民一百八十万有奇,已是当年太宗雍熙北伐投入兵力的数倍,也是我全部家底了。"

"此战只能胜,不能败!"寇准高声道,"否则,绝非伤元气那么简单,关乎我大宋生死存亡!故我君臣当咬紧牙关,极尽所能,与契丹人决一死战!"

"极尽所能"四字一出,赵恒就明白了寇准的意思。该是他表现出勇气和决心的时候了,便硬着头皮道:"既然契丹人倾国来侵,朕也当亲征!卿等以为如何?"

"臣、臣以为陛下不宜……"王钦若战战兢兢道,话未说完,寇准打断他,"参政还是不要给陛下泼冷水为宜。陛下神武,一旦亲征,必令契丹人丧胆,故御驾越早启程越好!"

三司使丁谓道:"御驾亲征,非同小可,还是要谋定而动为好。"

陈尧叟道:"契丹人善于虚张声势,雷声大雨点小,若果真大举进犯,再御驾亲征不迟。"

寇准暗骂:南方下国之人,不足以与有为,看我老寇怎么收拾你们!他忍住恼恨,避开亲征一事,提议商讨御敌策。最后议定:镇州、定州、高阳关三路为主力,部署十五万兵马,总部设于定州,以枢密使王超统领,沿唐河列阵。作战方略是:贵在持重,如敌军来袭,坚守勿逐。

从长春殿出来,天已放亮。赵恒回到延庆殿,刘娥还等在那里,一见赵恒进来,就迎过去问:"官家,怎么样?"

赵恒一直暗暗叮咛自己,有些事不要和刘娥说,免得她担心,可刘娥刚一问,他还是脱口而出:"我要亲征!"语气有几分悲壮。

刘娥一跺脚,气呼呼地说:"怎么一打仗就要亲征?"

赵恒苦笑道:"上次下诏征求百官献御戎策,几乎所有的所谓计策,都把亲征作为制敌之要。今番契丹人倾国来侵,摆明了是要与我决战,众臣言必极尽所能,所谓极尽所能,首要一条就是亲征。我不能不表明态度。至于何时亲征,要见机行事,月妹不必担心。"说完,打了一个长长的哈欠,这才惊问,"怎么,你一直没有睡吗?"

"我怎么睡得着呢!"刘娥焦虑地说。

赵恒揉了揉眼睛，道："那好，跟我来！"说着，起身领刘娥进了书房，指着墙上挂着的舆图，"你看，这里是幽州，时下是契丹人的南京；幽州往南三百里，就是瀛州和莫州，这两个州就是契丹人发誓要夺回的所谓关南之地；周边几个州军，分别是定州、雄州、威虏军、霸州；再往南四百里，过贝州、冀州，是天雄军，这是拱卫京畿的军事重镇；再往南一百里，是两个军事要塞德清军和通利军，位于澶渊之两翼；再往南就是京师门户澶渊，此城夹河而立，有南北两城池，以浮桥相连。澶渊距京城二百里，是拱卫京城的最后一道防线。"

"好啦，我都记下了！"刘娥故意欢快地说。说罢，拉着赵恒进了寝阁，替他更衣，扶他躺下，在他后背上轻轻拍了几拍，"放心睡觉就是了，不会有事的！"

2

深秋的京城，北风呼啸，泛黄的树叶挣扎着从枝头纷然飘落，抬头望去，到处光秃秃、灰蒙蒙的。

北方的战火已燃起，虽然朝廷严密封锁消息，但大规模征调民夫的举动、源源不断北上的人马，都让京城百姓意识到，大宋面临着一场血战。

战争荫翳布满京城，形势越来越紧张，百姓已经感受到了战争的气息。契丹人灭后唐、后晋并占领京城开封的历史并不遥远，不少亲历者还活着，他们的一生中没有什么值得夸耀的，可那些恐怖经历却成了这些老者的谈资，令听者闻之悚然，市面一时陷入恐慌。

宫里的气氛也异常紧张，就连宫女、内侍，个个神情惶恐，走路慌慌张张，说话前言不搭后语，一转脸，不是几个人在一起窃窃私语，就是借故出宫与家人亲友见面，似乎在准备退路。

刘娥心里焦急不安。但她不是皇后，无权管控后宫的人和事。本想要赵恒敦促皇后采取措施，又觉有变相告皇后御状之嫌，便打消了这个念头，径直去找到皇后商量。

皇后是一个温顺、内向的女人，一直没有从失去二子的打击中缓过

第十三章　战云密布重臣起争执　歌舞升平艺伎展华丽

来，身体虚弱，所有的精力都集中在六岁的皇次子身上，生恐再有闪失。宫内的事，以前都是找太后请教，照太后所言履行程序，倒也省心不少。太后去世后，她正发愁无人可倚，正好刘美人找上门来了，她竟感激地给刘娥行礼，口中道："宫里的事，拜托姐姐代管，我把'坤仪殿之宝'存姐姐那里！"

刘娥惶恐之余，感觉到皇后的诚意。她答应帮皇后代管宫里的事，却不接受"坤仪殿之宝"。这可是皇后权力的象征、地位的凭证，刘娥不能拿走，否则，传出去，还以为她急不可待地夺了皇后的印玺。

"有事还是要请示圣人，只是让圣人少操些心就是了。"刘娥解释说。

有了皇后的授权，刘娥当即拟就了两道懿旨：第一道，没有坤仪殿颁发的令牌，嫔妃、宫女及闲杂人等，一律不得出宫；第二道，邀请莲花棚女子舞旋队进宫表演歌舞。

莲花棚女子舞旋队在京城赫赫有名。艺伎除了国人，还有不少是西域、高丽的美姬，个个身材、长相都是百里挑一，技艺惊艳。不惟如此，舞旋队的节目与一般勾栏大不同，在舞台表演只是节目的一个序曲，真正的演出是沿途展示各种才艺。所以，舞旋队每一出动，都会引起京城百姓围观。刘娥正是考虑到这个原因，才特意邀她们到宫中演出的。

这天上午，舞旋队在后苑演出，皇后率嫔妃、宫女，入内省所有不当直的内官等，兴致勃勃观看了近一个时辰。演出结束后，舞旋队又换了装，出乾元门，美色艺伎各自骑着马，有的戴着花冠，有的扮作男装，迤逦上了御街。

御街两旁，早就围满了观众，见艺伎现身，顿时响起了一片欢呼声。艺伎有的在马背起舞，有的双腿夹着马背左右旋转，有的不住地向人群抛媚眼，有的不停地换装，竞相展示着各自的华丽和技艺。围观者纷纷跳跃着跑出来，给艺伎递上食品、饮品、美酒、水果，更多的人则是抛过去鲜花、巾帕，纨绔子弟，争相将心爱的宝物送给心仪的美姬，欢呼声、口哨声响成一片，传至四方。

"局势不像传的那般邪乎吧？"

"宫里还这般气定神闲的，小老百姓就更不必恐慌啦！"

人们纷纷议论着。

很快，宫内秩序得以恢复，市井的紧张气氛也有所缓和。

但是，朝廷百官却不会因为一个舞旋队的表演而稍感心安。恰恰相反，他们看出了这其中的用意，越是这样，越说明局势严峻。参知政事寇准能够觉察出，自太宗雍熙北伐失败后，二十年来，国人对契丹的态度悄然发生了变化，由原来的蔑视，转而趋向畏惧。此番战端一开，百官莫不惶然，皇上也神情紧张，议事时常常流露出慌乱的神态。寇准为之心忧，受舞旋队进宫表演的启发，也想营造出一种内紧外松的局面，以免人心士气受影响。刚好十月初一快要到了，寇准提议，举行一场"暖炉会"。

十月初一不是节日，但这一天皇上照例要向百官赏赐寒衣，并恩准后宫和各衙门从即日起到正月底可使用火炉取暖。上至官员，下至士庶，都会在这一天生炉火，亲友们借此机会，围炉烫酒烤肉，开怀畅饮，谓之暖炉会。朝廷本是不办暖炉会的，但为营造祥和气氛，寇准特恳请皇上在太清楼摆宴，戏称暖炉会。

太清楼是后苑主楼，殿台亭阁林立，与金水河、五丈河交相辉映，景色绮丽，只是深秋的萧杀之气已在此弥漫，使得后苑失色不少。

受邀参加暖炉会的二府大臣和内外制入苑东门，在台阶前恭迎皇上御驾，内侍奉命为众人簪了绢花，后苑里顿时增加了一些色彩。赵恒的步辇一到，群臣见驾，簇拥着他拾级而上，进了大殿，各自入座，觥筹交错的谈笑间，只字不提战事、朝政，以舒缓两个多月来紧绷的神经。

酒过三巡，赵恒扫视众人，笑着问："《庄子》共五十二篇，众卿都读过的，不知对哪一篇最为喜欢？"

寇准不喜老庄，也不想在当前局势下大谈道家，沉默以对。众人见状，也都噤口不言。王钦若打圆场道："读庄子，首推《逍遥游》。"

赵恒神秘一笑，高声道："呼秋水！"

《庄子》有《秋水》篇，皇上怎说成了"呼秋水"？众人正纳闷间，只见一环翠绿衣女童飘然而至，立于席前。皇上道："她就是秋水。"说罢向她一颔首，秋水脆声诵《秋水》篇，众人莫不悚异。枢相陈尧叟带头，众臣举盏同贺。

赵恒欣喜道："我太祖太宗致力文治，本朝人才济济，今日暖炉会，在座者每人当赋诗一首！"

"那么官家呢？"杨亿问。

"朕在座，自是包括在内咯！"赵恒自豪地说。

众人齐声叫好，又同饮一盏。赵恒余光扫见内押班罗崇勋蹑手蹑脚走到陈尧叟座前，附耳嘀咕了一句，将一封密件交到他手里。

"陛下，前线急报！"陈尧叟起身一揖道。

"什么事嘛！"寇准蹙眉道，"有那么急吗？不能等宴会散了？"

陈尧叟举着两件密帖晃了晃："前线羽书。"

赵恒叹息一声，一副扫兴的样子，独自饮了一盏。寇准见气氛已坏，只得提议撤宴，内外制并闲杂人等一律屏退，神卫军把守殿门，君臣就地商议军机。

前线羽书奏报，遂城被敌军所破。

"总帅王超十五万大军，何以不援遂城？"寇准以质疑的语气道。

赵恒打开陈尧叟呈过的一封密启，是河北诸路都钤辖张旻报来的，密报总帅王超按兵不动，不许救援遂城。赵恒转递给寇准，不悦地说："王超按兵不动，虽是执行坚守勿逐方略，可未免持重有余。"

"王超意欲何为？"寇准一拍桌子道，"当重新布阵！"

"大敌当前，不可临阵易帅。"赵恒表态说。他坚信经过三代君王的努力，军阀称雄的气氛早已扫荡殆尽，王超不可能会生出效法石敬瑭之心；但以王超的表现，又不能不防，遂又补充道，"在此前提下，速做调整。"

寇准打开了随身携带的舆图，铺在皇上面前，自己跪地趴在舆图上，一边指点着，一边说出了他思考了近一个月的作战策略，设置三道防线：第一道防线，以威虏军、北平寨、保州组成的三角防御体系；第二道防线，集结镇州、定州、高阳关等地兵马于定州，组成定州大阵；第三道防线，天雄军。同时，传旨驻守石州的张旻镇守瀛州、莫州；威虏军军帅魏能、驻守保州军帅张凝、驻守北平寨军帅田敏、缘边巡检杨延昭，此四帅皆不再受王超节制，一旦契丹大军主力围攻定州，则各部在敌后夹击之。寇准说罢，众人均表赞同，赵恒也点头允准。

寇准命内侍收起舆图，起身道："陛下，圣心不必怀忧。我有三道防线，谅契丹人难以攻破。"

赵恒宽心了许多，紧锁的眉头舒展开来。

寇准又道："为强化三道防线防御，当差遣一批重臣外放知州。"言毕，掏出一份文稿呈给皇上。

赵恒浏览了一遍，吸了口气道："其余人等尚可，只是，以三司使丁谓为郓州、青州、濮州安抚使这件，能不能换换人？"

寇准道："陛下，大敌当前，丁谓有才干，当充实到一线去。"

赵恒不再坚持，命颁敕速行。

回到延庆殿，赵恒对刘娥道："寇准委实是能断大事之人。时局维艰，破局需要勇悍，这正是寇准的风格。我看不能再踌躇，上紧命寇准为相吧！"

刘娥赞同道："非常时期，当用非常之人。"

赵恒当即传旨，命翰林学士杨亿拟制。半个时辰工夫，内东门缓缓开启，宰执大臣被传召至东上阁门外，宣赞舍人以吟哦声宣读制书。

寇准上前捧接制书，兴冲冲趋延和殿谢恩。

赵恒笑着说："寇卿免礼！"又吩咐内侍，"赐座，上茶！"

本朝仪制，皇上御文德殿等前殿，群臣皆站立奏事；皇上在后殿延和殿、迩英阁召见臣工，则仍有赐座赐茶礼。遇拜相，则其人亲捧制书到延和殿见皇上谢恩，告免礼毕，赐座、上茶。

寇准熟悉这套仪制，知道这不是商谈军国政事的时候，谢恩礼毕，就要告退辞出。

"寇卿且坐，朕有话要说。"皇上向寇准摆摆手道，"国家多事，军旅机密虽属枢府，但政事堂总揽大政，号令所出，以后关涉军政大事，二府要一起商议。朕会传旨枢府，边报要送政事堂请卿等一同阅看，一起商议。切记，同僚间务必精诚和谐，不可妄生嫌隙，中枢有嫌隙，就会为朝廷内外的人所利用，非国家之福。朕遇事从来都是和众卿一起商量，李沆为相时，反倒独出机杼，不和同僚商量，望寇卿在这一点上不要效法他。"

寇准激动地叩头再谢恩。皇上一番话，语重心长，尤其是，变相授予他统揽全局之权，这正是他求之不得的。

第十三章　战云密布重臣起争执　歌舞升平艺伎展华丽

刚走出延和殿，就有阁门吏送来羽书。寇准一看，乃是萧太后母子已自燕京抵达雄州以北的急报。但寇准并不着急，他相信，精心部署的三道防线契丹人很难攻破。这样想着，微微一笑，将羽书揣入袖中，不再进呈。

3

严冬时节，二更时分，除了呼啸的西北风，京城一片沉寂。可皇宫里却是灯火通明，小黄门、红衣吏不停地穿梭着。赵恒刚接到宰相寇准请对的禀帖，即赶到内东门偏殿召对。

这些日子，在刘娥的管控下，后宫秩序井然，从小黄门那里得知寇准天天谈笑自如，又见许久没有告急羽书奏来，赵恒以为，三道防线部署到位，契丹人难以突破，大大松了口气，忽听寇准二更请对，预感事情不妙。果然，寇准奏报，契丹人已突破我第二道防线，正气势汹汹向天雄军扑来。他还把一夕间接到的五封告急羽书一并呈上。赵恒这才知道，此前的羽书都被寇准压下未报，他皱了皱眉，喝了口热茶，镇定片刻，问："寇卿以为，当如何应对？"

寇准故作轻松道："此危机只需五日，即可化解。"

"喔?!"赵恒面露喜色，"那么寇卿快说说，如何化解？"

"御驾亲征！"寇准斩钉截铁道。

赵恒的笑容蓦地僵住了，脸色渐渐阴沉下来，心里大起反感！他期盼寇准有良谋，到头来还是在危急时刻拿皇帝做挡箭牌。可是亲征的话他亲口说过，此时也不便驳回，慌乱之下不知如何回答，索性一言不发，起身要走。

"陛下不能回宫！"寇准喊了一声，他知道皇上回宫，必是向刘美人讨主意，女人哪个不怕战争？莺声燕语几句就会打消皇上亲征之念，局面将不可收拾，所以便不顾礼仪，大步上前，一把拉住皇上的龙袍，以不容置疑的口气说，"前方战事刻不容缓，请陛下这就传旨亲征，臣等即为整备，早日起驾！"

赵恒无奈，只得道："既如此，卿吩咐知制造拟旨，明日拿出一个亲征阵仗图来。"寇准不便再拦，只好松开手，放他离开。回到延庆殿，刘娥正在阅看章奏，战争爆发后，赵恒常常日夜商议军机，便委托刘娥阅看各地上报的地方政务的章奏，再一揽子向他禀报，他省心了许多。

"官家，前线不利？"刘娥见赵恒神色严峻地进殿，忙问。

赵恒叹息一声，把适才的情形说了一遍。

"没有别的办法了吗？"刘娥生气地说，"此番御驾亲征，就是披挂上阵，与敌交战，这是皇帝该做的事吗？"

"寇准说没有别的办法。"赵恒声调低沉地说。

"历史上御驾亲征，都是皇帝率大军征讨敌军；如今朝廷大军已然在与敌军交战，战场失利，却要皇帝跑到阵前迎敌？！哪有这样的道理呀！"刘娥急得眼泪流了出来，继续说，"后唐末帝亲征契丹，大败而归，自焚而死；后晋末帝亲征契丹，大将背叛，成为俘虏；爹爹挟灭北汉之威亲征契丹，深陷重围，差一点没有逃出来。这些事，难道寇准不晓得吗？！"说完，一看赵恒，已是惶恐不安，坐在那里发愣，刘娥顿时觉得不该光抱怨，该替他拿主意出来，可她并没有什么主意，仰脸眨巴几下眼睛，推了一把赵恒，以急促的口气道，"官家，快去召对陈尧叟、王钦若，看看他们有什么办法。"

非常时期，宰执大臣都在直房过夜，须臾，陈尧叟、王旦、王钦若就匆匆赶到了内东门，一听皇上垂问如何应对危机，众人都沉默了。

王钦若见皇上露出失望的神情，鼓足勇气，起身道："陛下，契丹人擅长骑射，剽悍骁勇，与之正面作战，恐伤亡惨重，且无必胜把握。但他们很容易发生内讧，一旦这样的事发生，自然会撤兵，我可不战而胜，代价最小。"

枢相陈尧叟吸了口气道："这不是没有可能。此前已接谍报，有契丹战神之称的已故大将耶律休哥之子乘大军南下之机，联络异志者，密谋政变，因谋事不密而败露，遭到清洗。这是不久前发生的事。"

"而且我还可加紧实施离间计。"王钦若接言道，"臣以为契丹朝廷里的汉官，其心必是向着我皇宋的，不妨策动他们倒戈。"

赵恒沉吟良久，道："可是，这需要时间。倘若此策奏效前契丹铁骑攻进京师，如何是好？"

"臣已有计。"王钦若低声道，"陛下可南巡，驻跸金陵。"

"陛下，自京师至金陵，水陆通道甚畅，恐前脚到，契丹人后脚就追到了。"陈尧叟提出了异议，"不如圣驾西狩，蜀地易守难攻是不必说的。"

暂避锋芒，待契丹人内讧后撤军，再收拾残局，虽非良谋，却也比跑到契丹人的包围圈里要稳妥得多。赵恒有些动心。但如此惊天大事，他不敢决断，命人将寇准召来，一起商议。

寇准进殿，瞪着陈尧叟和王钦若，鼻子里发出冷冷的"哼"声。赵恒佯装没有听到，把适才王钦若、陈尧叟的建言转述了一遍，但他未说出两人的名字。

寇准吼道："陛下，出这种主意的人，当斩！"

"寇卿！"赵恒沉脸道，"怎么做大臣的，就不能听不同意见？"

寇准气愤难平，粗声大气道："自汉贼石敬瑭将幽云十六州献于契丹，中原各朝皆云收复失地，转眼近七十年，收复了吗？以我太祖太宗雄才大略尚且难以做到，足见领土一旦丢掉，收复难上加难！如今居然说要放弃京师，拱手让给契丹人，今后几十年是不是又要疾呼收复汴京？"

"当年契丹人不是没有占领过汴京，他们不还是撤走了吗？"王钦若争辩说，"不妨战略撤退，暂避一时，一旦他们发生内讧……"

寇准不等王钦若说完，击掌大声道："陛下，大敌当前，有再言逃跑者，斩！时下无别计，只有御驾亲征一策！臣等已有划策，请陛下速起驾，驻跸澶渊！"见众人都不说话，寇准又道，"陛下，契丹人虽来势汹汹，大军压境，但也只是绕过了我第一道、第二道防线而已，他们孤军深入，后有我毫发无损之两道防线的大军，前有我第三道防线的重兵，陷入险境的是契丹人！只要御驾抵达澶渊，三军将士人心大振，契丹人闻之丧胆，则我胜券在握矣！"

赵恒自知亲征已不可避免，抖擞精神道："那好，朕就治兵誓众，亲率大军讨伐来犯之敌！"

王钦若忙道："陛下驻跸澶渊，天雄军既是京师屏障，又是在前线拱卫圣驾的主力，当择干员镇守之！"

寇准眼珠一转，向皇上一揖道："古人云，知将不如福将。臣观参政王钦若福禄正盛，智多行速，正是镇守天雄军的不二人选！"

赵恒早就料到，寇准不挤走王钦若不会善罢甘休，他不想做出支持寇准的样子，可也不愿得罪他，索性不置可否，转身出了内东门。

寇准当即吩咐小黄门："快，命杨亿拟旨，以参知政事王钦若知天雄军！"又扭脸向王钦若拱手道，"圣主亲征，非臣子辟难之时。参政乃国家辅弼大臣，当体此意。军情紧急，宜即刻赴任，以为前导！"见王钦若不知所措，寇准又一拱手，"待逐敌出境，参政回朝，寇某荐参政为宰相，愿参政勉力！"

赵恒刻意放慢脚步，寇准的话，他都听到了，摇了摇头，轻叹一声，这才加快步伐往万岁后殿走，一路上思忖着该如何安慰刘娥，让她不要为自己担心。谁知一进万岁后殿，刘娥第一句话就是："我陪官家去！"

"你知道了？"赵恒惊问。

刘娥从赵恒的神态中，一眼就看出来了，亲征已箭在弦上。有生以来的生存经验告诉她，一旦不能改变现实，就要改变自己；不仅要改变，还要充满信心去面对。所以，不待赵恒宽慰她，她先反过来宽慰赵恒道："官家，我适才思忖再三，时下与后唐、后晋时代都不同了。后唐末帝之所以被契丹所杀，是因为可恶的石敬瑭做内应；后晋末帝所以被俘，是因为出了叛将杜重威。反观今日，跋扈武夫已无容身之地，如今天下大治，人心士气向上，只要官家亲征，没有不胜的道理！"

赵恒本来心情沉重，听刘娥这么一说，敞亮了许多，轻声道："让月妹一个女人家出入锋镝矢石之间，我心何忍？"

"契丹萧太后不是女人？"刘娥反问道，又以坚定的语气道，"官家不必再说了，我必去！但亲征不可匆忙，要把前线部署停当，确保万无一失才好！"

赵恒道："寇准他们会打理好的，月妹就不必操心了。"

刘娥摇摇头，郑重道："我悟出一个道理：皇帝是皇帝，国家是国家。只为国家考虑，有时需要牺牲皇帝的利益；只为皇帝考虑，有时会牺牲国家的利益。大臣考虑国家利益多些，他们没错；可也不能没有人为皇帝考虑。大臣考虑国家，我考虑官家，这样方周全。从官家的角度考虑，既然要去澶渊，那澶渊就必须用信得过的人防守才好。"

赵恒惊异地看着刘娥，赞同道："月妹想得周全！"

自北方战事爆发，亲征之议甫出，刘娥就一直在思忖两个关键问题：如何确保赵恒的安全；战争如何收场？此时，她将自己的想法说了出来："元舅李继隆乃名将，曾击败契丹第一战神耶律休哥，当年因太后谋废立之故，将他养起来了，他多次请求出征，官家都以让他悠游近藩为名婉拒了；前不久太后临终前要见他，他到底没有进万安宫，只在宫门外叩头而已，这是向官家表明，他不谅解太后政变之举。既如此，这回让他出征，他必效命。驸马都尉石保吉，身经百战，经验丰富，二姐延庆公主多次为他谋使相之衔不果，这次借机给他加一个使相的荣衔，他必感激；还有张旻，他是藩邸旧臣，忠心耿耿，又知兵事，把他从瀛州调过去。"

赵恒连连道："好好好！澶渊有此三人，我可无忧！"

"还有，"刘娥又道，"既然是以战止战，就得预先考虑，既然双方谁都吃不掉谁，如何找出战争之外的相处之道？"

赵恒思忖片刻，道："战事正酣，和平之议不便说出口。"

刘娥道："说不说出口是一回事，有没有对策是另一回事。"

赵恒点点头，目光在刘娥身上一闪，道："此事不便说与大臣，有劳月妹多费心。"

刘娥沉吟片刻，道："明日，我要回娘家一趟。"

次日晨，刘娥就出了宫门，回娘家。就在她的马车刚出了乾元门时，接冯仙儿的马车已到了刘美宅前。

冯仙儿已年过花甲，垂垂老矣。天下有名的几位隐士，朝廷先后征召过，都不愿意做官；冯仙儿虽与那几位隐士不同，却同样无意官衔，刘娥曾几次提出仿前朝授道士王得一崇仪副使以授冯仙儿，他都拒绝了。不过，凡是刘娥要他襄助的，他却从不推辞。

刘娥手牵侄子从德，看视了襁褓中的小侄女，为她取名瑾儿，又与嫂嫂钱氏说了一会儿话，花厅里已屏退了闲杂人等，刘娥出来与冯仙儿相见。略事寒暄，就转入主题，问道："先生言以战止战，但不知战后该如何善后？"

冯仙儿将了将雪白的长须，缓缓道："太祖混一四海之际，专任边帅，契丹人来即抗拒之；契丹人退则防御之，并不派一兵追击，亦不遣一使通和。待契丹边臣贻书讲和，太祖也只命边臣答之，待其遣使携礼来言和，则太祖方遣使以通和。"

刘娥专注地听着，不时转起眼珠，品味其意。冯仙儿喝了口茶，放下茶盏，郑重地说出了结论："和平不易得。和，若出于契丹主动，则可固；若出于我之主动，则易败。"

"呀！"刘娥恍然大悟似的，惊喜地叫了一声，连连点头。她心里有了底。

赵恒刚会商完澶州防御，正是按照刘娥的想法，以李继隆为驾前东排阵使；石保吉为驾前西排阵使；调镇守瀛州的铃辖张旻为澶州铃辖。又听刘娥转述的一番话，大受启发，笑道："月妹，这下好了，战，有以战止战方略；和，有不可主动言和方略。澶渊又有足可信赖的将帅布阵拱卫，心里踏实多了！"

过了两天，寇准奏报，御营兵甲、器械、旗帜皆备，催促皇上起驾。赵恒传旨，命天监司择吉日。天监司奏：十一月庚午日为吉日。赵恒颁旨，十一月初七黎明，起驾亲征！

起驾在即，刘娥忙着指挥宫女、内侍替赵恒打点行装，内押班罗崇勋进殿奏报：有密启！赵恒接过一看，密启有些怪异，是用羊皮制成的封套，他从未见过这样的封套，此密启似不是国朝文武所上。赵恒一脸疑惑地吩咐罗崇勋打开来看。罗崇勋小心翼翼打开，抽出里面的纸笺，呈于皇上。赵恒急于知道何人所上，扫了一眼署名，不禁大惊失色，发出"啊——"的惊叫声。

刘娥吓了一跳，急忙跑进正殿来看，见赵恒呆坐在御座上，两眼发出惊恐的光，嘴唇颤抖着，想说什么又说不出来，伸手指了指被他甩在地上的纸笺，刘娥弯身捡起一看，像是抓到了烧红的烙铁，"哗"地扔到一旁，双手捂着脸，惊叫道："天哪天哪！"

第十三章　战云密布重臣起争执　歌舞升平艺伎展华丽

第十四章
阵前试探死人来函　孤注一掷御驾亲征

1

好奇心最终驱走了恐惧，刘娥弯身捡起纸笺，细细阅看一遍，惊喜地对赵恒道："他没有死，还活着！"

赵恒蓦地抓过密启，睁大眼睛看了看，确认就是王继忠的笔迹无疑，突然笑了："这王继忠，果真就做了胡官！"

细读王继忠密启，赵恒读出了他要表达的意思：解释当年望都之战被俘经过，抱怨主将王超轻敌寡断、见死不救；表白他虽投降契丹，但惟以息民止戈为己任；透露契丹人有意与大宋和平相处。

"不知是王继忠个人想法，还是契丹主的意思。"赵恒嘀咕道。

刘娥道："看石普的附奏，密启乃契丹四名小校持萧太后令箭送到的。表明此举即使不是萧太后授意，也得到了她的允准，这必是让王继忠来做和平试探的。兹事体大，快召寇准他们商议一下吧！"

赵恒点头，刚站起身，又坐下了，沮丧地说："当时对王继忠的抚恤怎么办？还有他的几个儿子，都让他们做了官。"

刘娥笑着说："官家要学汉武帝吗？司马迁不是说过吗？李陵尽力了，不得已才降匈奴的，如果不死，他一定想办法报答大汉。可汉武帝生生诛杀了李陵一家。王继忠在望都战场也尽力了，他做了胡官，或许比在朝廷做官还能为大宋出力呢！不如传旨给入内省，把王继忠的家人都召集起来，通报王继忠还活着的消息，让家人各自安心做事，不必有顾虑。"

"这样好！"赵恒如释重负，这才起身往长春殿走。

进了长春殿，寇准、王旦、陈尧叟等二府大臣已等在殿中，赵恒约略说了王继忠还活着的事，即命宣赞舍人读密启。

寇准冷冷一笑道："王继忠这是劝降！契丹人大军压境，以为我大宋会屈服，没料到我皇上神武，要御驾亲征，他们最怕的是我大宋天子御驾亲征，于是就让王继忠致书，以为迷惑。不要说契丹人没有和平诚意，就是有，大军压境下的和平，我大宋能要吗？"

赵恒沉吟良久，点头道："太祖、太宗时代，也以和戎为国家利益所关。朕承大统以来，也时有和平之议。但朕以为，和平不可强求。自古以来，北虏就常祸害中原，如不是以至德安抚、用大兵威慑，以北虏剽悍之性，岂肯顺服？所以朕对契丹人求和的诚意，表示怀疑。"

王旦咳了一声，缓缓道："陛下，以臣揣测，契丹愿意求和，是因为他们认识到陛下有神武之风，且我皇宋富庶，国富兵多，恐我举兵北伐，收复幽燕，所以才将进攻作为防御，寇我北境。他们知道一旦我皇上御驾亲征，胜利的不会是他们，但他们又耻于自退，于是借王继忠藩邸旧臣的身份来求和。臣以为契丹人此举，并非欺诈。"

赵恒重重吸了口气，觉得这个推测不无道理，但他刚说过怀疑契丹人诚意的话，不便转态太快，只得说："契丹人南下无成，请求盟好，似有可能；只是，一旦答应，他们必有条件，大军压境之下，条件势必苛刻，朕恐这样的和平，不宜达成。"

"陛下，既然他们求和，也不必置之不理。"王旦又说。

"以寇卿之见呢？"赵恒盯着寇准问。

寇准答："陛下，不可被契丹人蒙蔽，一切当照原案行事。不过，既然契丹人试探，陛下不妨给王继忠复一手诏，表明态度。"

众人商议后，以皇上手诏，答复王继忠：

> 朕丕承大宝，抚育群民，常思息战以安人。岂欲穷兵而黩武？今览封疏，深嘉恳诚。朕富有寰区，为人父母，倘谐偃革，亦协素怀。诏到日，卿可密达兹意，共议事宜。果有审实之言，即付边臣奏闻。

"不必亲征了吧?"刘娥等在延庆殿,赵恒一进殿,就迫不及待地问。

赵恒摇头道:"照原案行事。"

刘娥不解:"契丹人突然求和,事先未曾料到,有此重大变化,怎么还要照原案行事? 圣驾出征,天下震动,契丹人会不会以为我无和平诚意? 还是等王继忠有了回复再说吧!"

"对呀! 情况有变嘛!"赵恒说着,提笔写了一道手诏,送给政事堂。寇准也觉得皇上所言不无道理,也就同意了推迟起驾日期。

就在等待王继忠回书的过程中,河北前线的羽书像雪片一般飞到宫中。契丹人不仅没有因为发出求和的讯息而暂缓攻势,反而在各处加紧了进攻,萧太后和耶律隆绪亲率大军沿葫芦河南下,围攻瀛州,前锋萧挞凛部直指天雄军。契丹铁骑南下,民心惶惶,黄河北岸百姓纷纷抢渡黄河避难,船夫却坐地起价,新到任的三州安抚使丁谓下令从狱中放出死囚数人,作船夫打扮,尽斩首于河上,以为震慑。船夫为之惊惧,不敢再抬价,丁谓当即组织日夜摆渡,不到三天工夫,北岸百姓得以全部过河。

君臣阅报,在赞叹丁谓干练的同时,也读出了局势的严峻性:河北诸州,已近乎失陷! 寇准心急如焚,决断道:"事态紧急,不可再等! 明日郊猎,以为行前预演,后日起驾!"

刘娥一听后日起驾,低头掰着手指数了又数,喃喃道:"都过了二十多天了,王继忠也该有信儿了呀!"正说着,内押班罗崇勋手持羊皮封套进呈。赵恒一看,正是王继忠写来的。可读着读着,脸色沉了下来,叹息道:"我就料到会是这样的条件!"说着,把密启往刘娥手里一塞,生气地说,"关南之地乃前朝千辛万苦夺回,在我手上被契丹人索去,那我在历史上岂不是石敬瑭第二? 王继忠真的叛变了,这是奉命劝降!"

刘娥细细品读,劝道:"王继忠身陷虏营,有些话不得不说,有些话想说也不敢明说,所以对他的话要反复琢磨。"说着,举密启到赵恒面前,指点着道,"他说契丹已围困瀛州,大宋固守恐也未必保得住,不如送还关南之地,两家和好;他又请求朝廷遣使去谈,这岂不是向朝廷传递契丹人的谈判筹码,言外之意是不是说,只要守住瀛州,和谈就能够达成?"

"喔?!"赵恒露出惊喜之色,"我这就召寇准他们商量!"

寇准、陈尧叟、王旦刚回到直房,正安排收拾行装,忽听皇上召见,急忙重回长春殿。一听王继忠劝说归还关南之地,寇准怒道:"王继忠叛国!臣请陛下传旨,褫夺给王继忠的所有封赠!"

"也未必。"赵恒一笑道,"难道卿等没有读出弦外之音?"见寇准等人不解,便把适才刘娥说给他的一番话说了出来。

"陛下圣明!"陈尧叟奉承了一句。

王旦道:"陛下洞若观火!当允契丹所请,遣使前去和谈。"

赵恒顺势道:"欲先遣使,固亦无损。"说罢,觑了寇准一眼。

"遣使未尝不可,但御驾亲征日期不能再变!"寇准以坚定的语气道。

2

景德元年十一月十九日,天气晴朗,日出以后,两侧各生出一个半圆的光环,空中腾起黄色云气。交了巳时,通往陈桥门的街道上,金瓜斧钺闪光、彩旌黄旗招展,御营兵甲,排成长龙,一架车头插着高高的黄罗伞、车身搭着厚厚棉棚的宽大的御辇,缓缓驶出了陈桥门,在禁卫军严密护卫下,向东北方向而去。

赵恒和刘娥坐在御辇中,两人的双手紧紧握在一起,似乎在给对方打气,又像是彼此传递温暖。虽然五年前他们曾经北巡过,目的地比这次还要往北,但那次浩浩荡荡的北巡只是虚张声势,对契丹人做出的一个姿态而已;这次不同了,契丹大军已向天雄军一带扑来,河北大地变成了硝烟弥漫的战场,他们是要走上战场,亲历胜负难卜的恶战!刘娥心中的恐惧,已被自赋的责任所压制。她设想了种种险境,流箭射来,她一定要替赵恒挡住;胡刀砍来,她一定把赵恒推开……越是这样想,恐惧感越离她远去,取而代之的,是保护好赵恒的强烈的责任感,她觉得自己浑身充满了力量!

寇准率随驾群臣骑马跟在御辇之后。天寒地冻,虽然戴着暖耳狐帽,但人人面庞发红,不时有人打一个大大的寒战。军情紧急,且要随时应对大雪封路的异常状况,寇准下令快马加鞭,务必在五日内抵达澶渊。

刚出陈桥门不远，快马呈来瀛州捷报：经过十余日激战，契丹人死者三万余，伤者倍之，不敢再战，仓皇撤出。赵恒大喜，传谕嘉奖守城将士。

过了陈桥驿，王继忠的密启又到了，是催促皇上尽快遣使和谈的。在接到王继忠第二封密启时，即为自告奋勇出使的殿直曹利用加阁门祇候、崇仪副使衔，驰往契丹大营。不过几天，王继忠又来函催促。刘娥阅罢露出笑容，对赵恒道："密启中有'北朝顿兵，不敢劫掠，以待王人'之语，用语如此谦卑，必是急于和谈。"赵恒也感到欣喜，提笔写了一份手诏，告知王继忠，已差使者曹利用往谈。

不到三天工夫，圣驾抵韦城。虽是正午，城中却像是入了薄暮，举目四望，市面寂静，偶尔可见牛车载着老幼，行色匆匆，像是逃难。

城内的一座庙宇，临时充作行宫。行宫内挂着层层帷幕，将庙内大殿隔成前后帐。帐内早已放置了几个火盆，驱走了凛凛寒气。赵恒偕刘娥进了后帐，更衣洗漱，喝了盏热茶，用了午膳，刘娥起身望着窗外，担心地说："官家，我看气氛不对，曹利用没有一丝消息，王继忠也没有回音，必是有什么事发生！"

赵恒皱眉道："寇准是有压着羽书不报的毛病。"

刘娥担忧地说："不妨召陈尧叟问问，这里离澶渊不足百里，不可掉以轻心，若情况不明，或者战况有变，没有十足把握，不管寇准怎么说，都不能贸然起驾。"

赵恒点头，命内侍传召枢相陈尧叟。须臾，陈尧叟一脸凝重地进来，神色慌张地奏报：契丹先锋萧挞凛率大军攻打天雄军，知天雄军王钦若严防死守，一番激战，萧挞凛见攻取无望，乘夜色悄然绕道南下，王钦若命孙全照部出城追击，中了在城南狄相庙设的埋伏，全军覆没！萧挞凛部已突破我天雄军防线，继续南下！

"哐啷"一声，刘娥手中的茶盏掉落在地。赵恒听到后帐里传出的声音，脸色煞白，嘴唇哆嗦着问："军情如此，因何不报？！"

陈尧叟战战兢兢道："陛下，寇相……"

"陛下，臣寇准求见！"帐外传来寇准的声音。

"来得正好，来得正好！"赵恒咬着牙，"寇准，意欲何为？！"

寇准大步进帐，躬身道："军机稍纵即逝，陛下当立即起驾，赶往澶渊！"他之所以压着敌军已突破第三道防线的羽书不奏，就是怕皇上听到后不再北上，局面将不可收拾，一听到御帐传召陈尧叟的消息，寇准急忙跟了过来。

"说什么?!"赵恒指着寇准，怒气冲天地质问道，"你的三道防线呢？三道防线皆被敌所破，要朕做你的第四道防线？朕非畏死，但不能自投罗网，不能自己往亡国道上奔！朕命你等大臣，速探明敌情，拿出对策，再定行止！"

前帐里的君臣对话，刘娥在后帐都听到了，她内心慌乱，又怕让赵恒看出来增添他的恐慌，见赵恒步履沉重地回到后帐，刘娥迎过去，故作镇定，轻声安慰道："契丹人入境两个多月，除了一个遂城要塞，一个城池也没有攻破，瀛州一战，更是死伤好几万人，他们还能有多少兵马呀？官家先踏踏实实在韦城住着，看看前线消息再说。"

赵恒没有回应，黯然坐在椅中，不住地搓手。刘娥走过去，替他解下冠冕，脱去外袍，扶他躺下。不多时，赵恒发出了均匀的鼾声。刘娥把被子盖在他身上，轻手轻脚出了后帐，吩咐内侍，传知制诰钱惟演来见。

须臾，钱惟演进了院，刘娥听到脚步声，在前帐门内候着。钱惟演一进帐，刘娥竖起食指放在唇上，轻轻"嘘"了声，问："外间情形如何？"

"形势不妙，人心惶惶。"钱惟演低声道。

刘娥摇手道："这些话，不必向官家提及。等官家醒来，你陪他饮酒赋诗，让官家宽心，不要提及战事。"说罢，向外摆摆手，"你在外帐候着吧。"

钱惟演退出了，刘娥在帐内坐卧不安。三道防线已然被契丹人突破，下一步不是围攻澶渊，就是渡河直指京城；而此前一再催促和谈的王继忠突然间没有了音信，是不是契丹人见三道防线轻而易举被他们突破，就放弃了和谈？她了解此次御敌策的底细，就是三道防线外加御驾亲征。防线是保障，亲征是激励；没有了防线保障，亲征就变成了皇帝赤膊上阵。三道防线都挡不住契丹人的铁骑，单靠皇上的血肉之躯就抵挡得住？

她不知道如何才能保护好赵恒，更不知道该如何扭转局面，而她的满腹心事，又不能表露，没有一个人可以替她分担，内心忍受煎熬，表面还要装作若无其事，刘娥担心自己承受不住。她悄然走到睡榻前，看着熟睡中的赵恒，心里隐隐作痛，禁不住捂住脸，低声抽泣起来。

3

御驾在韦城驻跸不前，无论是赵恒、刘娥还是寇准，都忍受着难以名状的煎熬。这个名不见经传的小城，绝非至尊久留之地，是进是退，一时又难以抉择，他们都寄希望于前线有捷报传来，以便打破这进退维谷的局面。

可是，等了两天，等来的却是一个令人不寒而栗的消息：契丹前锋萧挞凛部攻陷德清军！这是契丹进犯入境以来攻陷的最大一座城池，而这座城池，距圣驾驻跸的韦城，只有五十里！

行在陷入一片恐慌中。人们似乎已经嗅到了契丹人身上散发出的腥膻味，马踏刀砍、鲜血喷溅的恐怖场景，仿佛已展现在眼前！

天早早就沉下了脸，夜幕笼罩下的韦城，一片苍凉。还未到用晚膳的时节，赵恒还在和钱惟演一起论诗。多亏钱惟演陪着，不然他真不知道该如何熬过这漫长的三天。

枢相陈尧叟神色惊恐地进帐，奏道："契丹人神出鬼没，竟置我三角防线、定州大阵几十万大军于不顾，一路蛙跳，先后渡过拒马河、易水河、滹沱河、永济河，长途奔袭，穿插至黄河北岸。绕过天雄军防线，突袭德清军得手。德清军是澶州的最后一道屏障，竟致失陷。德清军距行在五十里，离京师不足三百里，敌军一旦渡过黄河，韦城旦夕易手，再长驱直入，攻陷京城，易如反掌！目今，圣驾就要陷入重围，京师恐亦难保，至此紧急关头，陛下不可在此久留，也万不可再去澶渊，请陛下当机立断！"

刘娥在后帐听得心惊肉跳，顿时乱了方寸，再也无法保持表面上的平静。她只有一个念头，尽快脱离险境！可哪里是安全之所？刘娥顾不得许多了，走出后帐，流泪道："群臣之辈要将官家带到哪里去呀？"

赵恒一看刘娥惶恐的样子，既心疼又无助，忙问陈尧叟："以卿之见，该到哪里去？"声调已然有些颤抖。

"陛下，宜速南巡！"陈尧叟慌乱地说。

"万万不可！"帐外传来寇准的高叫声。

寇准闻听德清军陷落，也大感意外。目今之计，能够扭转局面的惟一希望，只能寄托于皇上速往澶渊。这是孤注一掷，置皇上于险境，速速起驾的话，身为臣子，寇准不忍也不该说出口。可皇上会主动说出口吗？几无可能。正在纠结时，忽见陈尧叟进了帐，寇准拉着王旦急忙跟了过来，走到帐门外，听到陈尧叟、刘娥的话，寇准大惊失色，顾不得礼仪，径直闯进帐来。

刘娥这才回避到后帐去，心"怦怦"乱跳，急切地想听到寇准挽救时局之策。

"寇卿，南巡，何如？"赵恒小心翼翼地问。

寇准粗声大气道："有些大臣怯懦无知，无异于乡下老太婆！"

刘娥一愣。寇准分明是在夹枪带棒挖苦她。她撇了撇嘴，心中默念道："只要能够救驾，别说骂我乡下老太婆，就是骂巫婆也无所谓！"

"陛下，今虏已迫近，四方恐慌，陛下只能进尺，不能退寸！前线诸军日夜盼圣驾，圣驾一到，士气百倍；若回銮数步，则军心瓦解，虏乘其势，莫说京师，恐金陵也不可保矣！"是寇准焦虑的声音。

"天哪天哪！"刘娥捋着胸口，"说来说去还是去澶渊！"

"局势危如累卵，陛下责任空前重大，望陛下思之！"寇准又道。

"陛下，有军机奏报！"是内押班罗崇勋的声音，"此小校携王继忠密启，从天雄军来。"

"王继忠又来招降？"寇准冷言道，又命令道，"念！"

刘娥屏息细听，王继忠奏称，朝廷所遣和谈使曹利用被王钦若扣留在天雄军，请再派使者前去和谈。

"王钦若大胆，敢擅自扣留朝廷钦差！"赵恒怒吼道。

"你说，到底怎么回事？"寇准质问小校。

小校战战兢兢奏报了一通。刘娥听明白了：契丹人久候大宋使臣曹利用不到，探得曹利用被知天雄军王钦若扣留，忙让王继忠再向大宋皇帝修书，并差校尉送边将石普，请他速呈行在。石普差指挥使李皓二人携密件飞驰南下，一路上还算顺利，行至天雄军城南狄相庙，被契丹人所俘，但看了李皓所携乃王继忠密函，遂将其送往萧太后行在。李皓虽只是大宋武职从九品微官，但萧太后亲自接待，又命契丹四名校尉护送他前往天雄军见曹利用，敦促曹利用速去和谈。李皓来到天雄军，王钦若怀疑他是契丹人的奸细，又命李皓回到萧太后行在。李皓去见萧太后。萧太后闻言，让他再去天雄军，敦促曹利用出使。李皓二人在契丹大帐留心观察，预料契丹大军即将南下围攻澶渊，出了清丰城，便命小校速到澶渊向钤辖张旻禀报，张旻又命他赴行在奏报军机。

"契丹人要围攻澶渊？"赵恒惊问。

"契丹人连瀛州都久攻不下，还想攻下澶渊？"寇准轻蔑的声音。

"以臣揣测，瀛州之战契丹人大败，就急于和谈了。萧太后连我小小的九品武官都两次接见，足见其求和之心甚切。"是王旦的声音。

"王钦若何以扣留曹利用？"赵恒焦急地追问。

"臣看王钦若密函，他认为契丹人无和谈诚意，若要和谈，就应退出国境，至少不应再南侵。可契丹人一边要我遣使和谈，一边大军继续南下，这种情形下遣使去和谈，是屈辱！王钦若还说，陛下遣曹利用去和谈时，尚不知契丹人已南下，若陛下闻知，亦必撤回使者，故而他临机决断，不允曹利用前往契丹大营。"王旦解释说。

"陛下，王钦若做得对，挽回了我大宋的脸面！如今契丹人攻陷了德清军，还要围攻澶渊，哪里有和平诚意？有鉴于此，臣敢请陛下即日起驾！"寇准敦促道。

"萧太后亲自上阵围攻瀛州而不得，又见陛下不辞辛苦御驾亲征，早已无心恋战了，刻下杨延昭等部已深入契丹境内，而定州大阵十几万大军也在向澶渊移动，想必萧太后已是惊弓之鸟，急于安全撤出，故臣以为对契丹人的和谈诚意不必怀疑，还是速传旨让王钦若放行曹利用的好。"王旦建言道。

"或许，契丹人是以战求和，想增加和谈筹码？"赵恒试探着说。

"既然他们要增加筹码，我自当奋起，增加我之筹码。故臣以为陛下当速速起驾！"寇准坚持着。

"都先退下，王旦、钱惟演留下，商量给王继忠、曹利用、王钦若各写诏书一封。"赵恒决断道。

前帐安静了些，像是在低声斟酌诏书的词句。刘娥忙吩咐内侍将晚膳送过去。过了一会儿，又差内侍查看前帐火盆，得知炭火尚好，这才坐下来想心事。从寇准的话里可以听出，圣驾进退，关乎战争胜负，乃大宋生死存亡所系。刘娥暗暗检讨，不让赵恒起驾是不是太短视了？会不会误国？或许挨寇准"乡下老太婆"的挖苦也是活该！

不知过了多久，前帐有了动静，是枢相陈尧叟又进来奏事：契丹大军围攻澶渊，双方展开激战！

刘娥"腾"地站起身，眼皮"嚯嚯"跳了起来。她拍了拍胸口，要自己镇定下来，迈步在后帐徘徊。看来，澶渊是去不得了！那里已变成两军决战之地，战火弥漫，胜负难料，怎能贸然前往？可是，继续驻跸小小的韦城，并不比到澶渊更安全。以契丹人此番入境以来的战术，倘若攻下澶渊，韦城必不能保；倘若攻不下澶渊，契丹人会不会故技重演，绕过大阵继续蛙跳南下？那么韦城首当其冲，旦夕可破。即刻回銮？似乎也不可能了。韦城若失守，到京城百余里间都是一马平川，契丹铁骑喘息可至，京城是守不住的。怎么办？该怎么办？刘娥急得眼泪直淌，还是没有任何主意。女人真就这么无用吗？难怪男人看不起女人！她自责着。

夜深了，帐外寒风的呼啸声格外刺耳，前帐君臣还在争论着下一步的行止，声音一片嘈杂，刘娥没有听到一句令人宽心的话。争论没有结果，人已疲惫至极，赵恒只好说，等天亮了再议。

"月妹，我没有主意了！除了寇准坚持要北上，大臣们也都没有主意了！"赵恒一回到后帐，就沮丧地说。

4

韦城的夜，死一般的寂静。刘娥躺在榻上，毫无睡意。她害怕天亮，不知该如何面对；又盼着天亮，赶紧送走这难熬的漫漫黑夜。

蒙蒙眬眬中，远处传来鸡叫声，再细细一听，帐外有响动，似乎是殿前步军都指挥高琼在和什么人说话。刘娥抬起身，睁开眼睛，透过帷幕，亮光隐隐可见，是黎明时分了。

"太尉，不能再等了！"是寇准的声音，像是有紧急军情要奏报。

刘娥推了推睡梦中的赵恒，催他起床。

或许是听到后帐有了动静，寇准在帐外迫不及待地奏道："陛下，萧挞凛被射死了！主帅阵亡，契丹人仓促撤退！"

"好！侵略者的应有下场！"赵恒边解气地说，边往前帐走，"人称这个萧挞凛是耶律休哥第二，契丹人的战神，李继隆当年战败耶律休哥，如今又射杀萧挞凛，岂非天意！"

寇准见皇上高兴，忙道："陛下，臣敢请陛下速起驾！"

赵恒猜到寇准一大早来见，不会仅仅奏报萧挞凛的死讯，果然又是让他去澶渊的。他不便断然拒绝，又不能立即答应，便沉默以对。

"陛下！"寇准焦急地说，"退，就会大局崩溃，一泻千里！澶渊若不保，京师也保不住。此乃决定我大宋生死存亡之战，臣望陛下不要再踟蹰！"

赵恒向外一摆手道："寇卿，先退下吧！"

刘娥从寇准的一番话里判断出，此时已有进无退，若再踟蹰不决，不仅贻误军机，还会令皇帝背上懦夫的黑锅。既如此，刘娥变得异常镇定，待赵恒回到后帐，刘娥迎过去，神情庄严地说："官家，当从宰相议，速起驾澶渊！"

赵恒看了刘娥一眼，点了点头，吩咐罗崇勋，召随驾群臣进帐。

众臣列班毕，赵恒郑重道："国家以安民息战为念，王继忠奏报契丹有和谈之意，朕权且答应了他们。但契丹人不仅未退出我国土，又一路南下，攻陷德清军，围攻澶渊，是可忍，孰不可忍！时下正值冬季，铁马冰河，一渡可至都下。朕以为，万不可因有和谈之事而泄斗志。朕意已决：即启程澶渊，与彼决一死战！"

"陛下圣明！"寇准激动地高叫一声。

大事已定，寇准立即差人驰澶渊传旨，准备迎接圣驾。他算好了行程，鉴于澶渊右翼之德清军已被契丹人所占，成为萧太后行在，为防敌军截击，傍晚起驾，且自韦城至澶渊中途不再停留，于次日午前抵达。

经过一夜疾驰，辰时一过，澶渊城遥遥在望。忽有快马驰来，向御辇呈上一封李继隆的密启。赵恒打开一看，只有简单一句话：因澶渊北城门巷湫隘，不宜圣驾行动，故恳请圣驾在南城驻跸。

刘娥阅罢，感叹道："澶渊南北城一河之隔，元舅必是因北城战事不断，为官家安全着想，才急忙上此密启的，到底是亲人，与一般臣僚就是不一样。"

"想必寇准不会让去北城吧？"赵恒皱着眉头道。

说话间，车驾到了澶渊城下。城门外，三军列队，礼炮齐鸣，欢呼声响彻云霄。入城，街道两旁站满了百姓，人群中传出阵阵"万岁"的呼喊声。赵恒、刘娥坐在御辇内，透过车窗望着欢呼的人群，露出了笑容。

御辇一直向北，眼看快穿过南城了，仍然没有停下的迹象。

赵恒收敛了笑容，欠了欠身，大声问："车辇何往？"

"寇相公说，要驻跸北城。"骑马跟在御辇旁的殿前步军都指挥高琼回奏。

刘娥一惊，质问道："南城、北城都是澶渊城，圣驾既已到了澶渊，为何非要驻跸北城？"又求救似的问，"李继隆、石保吉、张旻何在？"

"三帅皆在阵前。"高琼回奏。

"难怪无人替官家安危着想！"刘娥哽咽道。

"停车！"赵恒命令道。

御辇停了下来，随驾群臣都下了马，走上前来恭候圣谕。赵恒吩咐道："既去北城，先将刘美人安置于南城驿舍再说。"

"我不能离官家！"刘娥说着，紧紧抓住赵恒的手，"但官家不可去北城。"她感到，此时此刻，所有的大臣，都把赵恒当成工具，看作挡箭牌；只有她，把他看成是亲人，是血肉之躯，她要保护他。

寇准躬身奏道："陛下，行宫在北城，臣敢请陛下幸北城。"

刘娥怕寇准听到，不敢出声，只是拼命摇手。

僵持间，高琼一跺脚，大声道："陛下不幸北城，北城百姓如丧考妣！"

众人闻言，既吃惊又好笑，寇准也忍不住想笑出声来，只得扭过脸去佯装咳嗽以掩饰。

钱惟演呵斥道:"高琼何得无礼!"

高琼怒目圆睁,回敬道:"高某知道钱公文章秀美,目下胡虏充斥城下,钱公却责备高某无礼,那么钱公何不赋一诗退敌?"

赵恒训斥道:"高卿本武臣,不要强学儒士作经书语。说什么如丧考妣,这是什么话?!"

寇准笑道:"高太尉是着急嘛!陛下文武神功,本朝武将也受熏陶,会作诗。不闻大将曹玮有诗云:'曾经国难穿金甲,不为家贫卖宝刀'乎?"说着,向前一扬手,"往北城!"

车驾启动了,刘娥的手心里湿乎乎的全是汗,她见无法阻止,不禁抽泣起来。辇至浮桥,赵恒又吩咐驻辇,高琼佯装没有听到,举起手里的挝,捶在辇夫后背,大声喝道:"快走!今已至此,还磨蹭什么?!"

过了浮桥,进入北城,远近各军见到黄龙大旗,都欢呼跳跃起来,高呼:"万岁!万岁!"

御辇一直驶到北城城墙下方停下来。赵恒先下了车,寇准上前奏道:"陛下,请登城以鼓舞士气!"

事已至此,赵恒只得在侍卫护从下登上城楼。

东西大阵将士望见黄罗伞在城楼上高举,黄龙大旗迎风飘扬,知道御驾幸临阵前,士气大振,欢呼声连绵数里。

"陛下,这欢呼声已传至契丹大营,契丹人必胆寒矣!"寇准欣喜地说,他又向北一指,"陛下请遥望,那黑压压的一片,就是契丹兵马!"

赵恒定睛一看,阵阵烟尘中,契丹大军正向澶渊城冲来,呜里哇啦的叫喊声清晰可闻,赵恒问:"契丹人喊些什么?"

通事上前,战战兢兢道:"他、他们在喊,冲进城内,捉拿南朝皇帝!"

第十五章

澶渊城签盟约缔造和平　雍王府遭讥讽阻止杀机

1

在澶渊北城行宫里，可以清晰地听到战场上的厮杀声。即使在院子里沐浴着冬日暖阳，刘娥也感到日子一片灰暗。不过几天时间，仿佛比在嘉州寄人篱下的七年还要漫长。那时，她可以通过拼命卖艺换取舅妈一家的欢喜；在成都半流浪的日子，为梦想而奋斗着，虽苦却很充实。幽居的十五年，她内心宁静，安心读书，还永远保持着一份甜蜜的期盼。可眼下过的是什么日子？她想到战场上死去的将士，无论是契丹人还是大宋人，都是母亲的儿子、妻子的丈夫、子女的父亲。她想起自己的父亲，想起父亲阵亡后对母亲的打击、对作为子女的她带来的不堪回首的凄苦少年，刘娥就忍不住潸然泪下。更让她痛苦的是，她想保护赵恒，却又无能为力，一切任人摆布，一切都在不可知中！

但是，刘娥不想让赵恒知晓她的痛苦，在他面前，她极力保持镇静，展现轻松、欢快的一面，以减轻赵恒的压力。除了饮食起居上对他精心照顾，刘娥还刻意安排钱惟演陪赵恒在偏殿饮酒论诗，尽量转移他的注意力。钱惟演是亲戚，刘娥也就不必回避，不时到偏殿稍坐片刻，参与他们的谈话，议论汉唐史事。赵恒已授予寇准临机决断之权，寇准也就不再凡事奏报，赵恒只是按照寇准的要求，不时在城楼上露面，空余时间反倒比在京城还多。

这天午后，三人正在偏殿闲谈，忽接京城急报：京师留守、雍王赵元份病危！

赵恒闻报，急命罗崇勋召寇准来见。

钱惟演嘴角挂着一丝冷笑，道："陛下可知，寇准每日在城楼召歌女唱曲，又与杨亿掷骰子，饮酒。"

刘娥一笑道："这倒不必责备寇准。他这是学的东晋谢安'示人以不测'之计。险象面前从容镇定，不是谁都做得到的。"

"宰相如此，朕可安枕。"赵恒接了一句，是自我安慰，也是安慰刘娥的。

钱惟演讨了个无趣，讪讪而去。刘娥也到后帐回避。赵恒刚在前帐升座，寇准不紧不慢地进来了，赵恒忙把雍王病危一事说了一遍。

"陛下，留守是代天子坐镇京师，非亲王即宰相。但臣不可离澶渊，可差王旦速回京城做留守。"寇准建言道。

赵恒召王旦进帐，嘱咐一番，命他火速回京。

王旦告退，走到帐门外，又返回，支吾着道："敢问寇相，若半月内无消息，该如何？"

寇准道："立太子！"

刘娥在后帐，乍听王旦的话，一时没有明白过来；听了寇准的回答，方悟出王旦问的是万一皇上回不去了怎么办。从寇准不假思索脱口而出的回答来看，他心里也没有必胜的把握，而且早已做了最坏的打算。刘娥又惊又气，忍不住道："天哪天哪，这算演的哪一出啊?!"

寇准分明听到了，脸一沉道："陛下，战争是男人的事，不可听女……"

赵恒打断寇准，笑着问："寇卿，萧太后非女人耶？"

寇准不示弱，反驳道："化外之地，不足为鉴！"

赵恒不想与寇准辩论，示意寇准退下。寇准刚出帐门，见曹利用正在帐外候着，冷冷地打量了一下，向里一扬手："走，和老寇一起面君！"

曹利用跟在寇准身后进了帐，奏报道："微臣陪契丹使臣、左飞龙将军韩杞来呈国书。"

"传他进来吧！"寇准替皇上回答。

接伴使程琳陪着契丹使臣韩杞进帐，行两拜礼，口中道："我国母问候南朝皇帝起居！"

刘娥在后帐屏息听着，闻契丹使者之言，很是惊奇。使者不提契丹皇帝，只说国母，足见萧太后威权之盛。一个女人抛头露面统治一个国家，甚至亲征打仗，这在中原是不可想象的。

"我国母兴师南下，就是要夺回关南之地；如得不到，不好给国人交代，这个条件，不能谈判。"契丹使臣强硬地说。

赵恒答道："贵使，请转奏你们皇帝，关南之地乃周世宗遗于我大宋的领土，这是其一；其二，关南之地连同其他十四州，本就是我中原旧疆，若贵朝索关南之地，则我臣民必要求收回幽云旧疆，如此，则和平无期矣！"不容契丹使臣再辩，又道，"贵使且候，待我君臣商议后，再差使臣往见你主。"

契丹使臣退出，赵恒问寇准道："索要关南之地，乃在意料之中，寇卿看，该怎么办？"

"陛下，丢失领土的君主，历史上会留下什么名声？"寇准不留情面地说。

"朕守祖宗基业，不敢失坠。"赵恒肃然道，"然朕不能只考虑自己历史评价而不顾念百姓生死。为了安民止戈，朕宁可屈己。既然契丹人一再求和，这个机会还是要抓住。朕意，领土不能丢，但货财不可吝。"

寇准道："陛下，谈固然可以谈。但臣以为，契丹人已是人困马乏，惶恐不安，战争拖的时间越长，对他们越不利。这个机会，也请陛下不要错过。"

赵恒沉吟不语，良久才问："寇卿，依你之见，如果这次战争打胜了，契丹会灭国吗？以后就不会再有战争了吗？"

寇准哑然。君臣沉默间，枢相陈尧叟在帐外求见。赵恒宣召，陈尧叟进帐奏报：西夏德明蠢蠢欲动。

春夏之交，朝廷为集中精力对付契丹，向西人让步，满足了他们的要求。不意其酋德明见契丹人已接连突破朝廷防线，官军自顾不暇，又提出请朝廷每年赏赐银两、绸缎、茶叶，并声言，若不答应他的要求，他即举兵来索。

寇准听罢，气得火冒三丈，骂道："德明小儿，趁火打劫，纯属无赖！"

赵恒叹息一声道："要与契丹人达成和平，不然两面受敌，国无宁日。"

寇准咬牙道："先满足那个无赖小儿再说！册封德明小儿为平西王、定难节度使；定难五州统归其管辖；撤回围困灵州的官军；每年赏赐银一万两、钱五万贯、丝绸一万匹、茶叶五千斤，打发那个无赖叫花子！"

赵恒默认了，疲惫地回到后帐，久久不出一语。刘娥默默地为他更衣、洗漱。直到用过晚膳，刘娥才开口道："官家不会以土地换和平，但要以金钱换和平。这个思路，堪称当代的周古公让地，因为宗旨是一样的：一切为百姓着想！"

赵恒苦笑道："可是，国人有多少能理解的？你说为了百姓的利益，可百姓反过来会骂你软弱、怯懦！你拿百姓的财富、生命做赌注去打仗，后世会赞颂你开疆拓土，雄才大略！"他长叹一声，"人心不古矣！"

"我晓得的，晓得的！"刘娥体谅地说，"战争，要拿官家做最后的盾牌；和平，同样让官家一人承受委屈！而天下之人谁能体谅官家的苦心？可我觉得，官家才是历史上最了不起的皇帝！"

赵恒摇摇头道："国人素来崇拜开疆拓土的君王，不会推崇屈己为民的皇帝。"他勉强挤出一丝笑意，"不过，有月妹这句话，我心可安。"

2

早朝在澶渊北城的行宫照常举行。这天的早朝，只议一件事：要不要继续与契丹人和谈？出人意料的是，没有一个人反对和谈，但一致反对满足契丹人提出的归还关南之地的和谈条件。赵恒传旨，命曹利用返回契丹大营继续和谈。

散朝了，赵恒留下寇准，一起召见曹利用。

"你到契丹行在，告诉他们，我大宋的土地，一寸也不能给。我大宋富庶，可给予他们一些财货援助。"赵恒嘱咐道。

曹利用即使有了崇仪副使的职衔，也仅仅是七品武官，能单独面见皇上，自是激动不已，听了皇上训示，义形于色道："陛下，若契丹人有狂妄要求，微臣必拼死相争，为国尽忠。微臣死后，恳请王师荡平胡虏！"

赵恒甚慰，禁不住对寇准道："寇卿，曹利用忠勇可嘉，此番出使，乃是正式谈判，级别不宜过低，当晋升其职。"

寇准略一思忖，道："可加曹利用东上阁门使、忠州刺史衔。"

曹利用诚惶诚恐，谢恩毕，问："陛下，微臣敢请陛下明示，若契丹答应放弃索地，只谈财货，微臣可答应他们多少？"

赵恒沉吟片刻，直了直身子道："万不得已，百万亦无不可！"

曹利用有了底，正要辞出，后帐里传出刘娥的声音："曹利用，你到契丹大营，别忘了问候王继忠。"

曹利用愣在殿中，看了看寇准，又抬眼看了看皇上。

"给王继忠备一份礼物。"赵恒吩咐道，"转告王继忠，朝廷会照顾他的子孙。"

曹利用喏喏告退，刚走出大帐，身后传来唤他的声音，驻足一看，是寇准快步追了过来，曹利用躬身施礼，寇准不还礼，瞪着眼，压低声音，恶狠狠道："曹利用，你记住，虽然官家许你百万之数，但你若超过三十万，回来我老寇必砍了你的脑袋！"曹利用吓得缩了缩脖子，急忙拱手告辞。

次日薄暮，赵恒和刘娥正在后帐用晚膳，忽报曹利用已回，请求面君。赵恒吩咐宣召。听到曹利用进了前帐，赵恒欲起身，刘娥把他摁下了，示意他把饭吃完。赵恒急于知道消息，边吃饭边吩咐内押班罗崇勋前去询问。

"此乃机密大事，只能密奏官家，不可泄于外人。"曹利用道。

罗崇勋只得到后帐奏报。赵恒放下饭碗，想马上去听取曹利用的奏报，刘娥把饭碗端起来，递到他手里，劝道："吃完再说！"

赵恒继续用膳，可还是想知道契丹人是不是放弃了索回关南之地的条件。心里暗暗祈祷，契丹人一定放弃了，只是要岁币而已。这样想着，吩咐罗崇勋："你去，先问曹利用，契丹人要多少岁币。"

前后帐只隔了一层帷幕，里面的对话，曹利用听得真切，但他不说话，只是在罗崇勋面前伸出三根手指晃了晃，罗崇勋问不出来，只得再次返回后帐，学着曹利用竖起三根指头。赵恒愣了一下，蹙眉道："太多了！"放下饭碗，叹息一声，又道，"多是多了些，可毕竟放弃了索地！"

曹利用在帐外都听到了，心中忐忑，待赵恒出帐升座，忙跪地叩头道："微臣有罪，有辱君命！"

赵恒不想责备曹利用，和颜悦色道："契丹人怎么说？"

曹利用战战兢兢道："陛下，契丹人不再索关南之地，但要岁币银十万两，绢二十万匹，共达三十万之多！"

"啊?!"赵恒惊喜道，"是三十万?!朕以为是三百万！曹利用，你为朝廷立了大功，朕会重重赏你！"

刘娥听了，也一阵惊喜。隔着帷帐，细细端详着曹利用，见他不到三十岁的年纪，高高的个子，四方脸，很有气度，她很好奇曹利用如何能谈出这么一个让人喜出望外的结果，又见殿中无大臣在，便隔帐问道："曹利用，你把与契丹人和谈的情形说来听听。"

"对对对！"赵恒忙道，"说来听听。"

曹利用眉飞色舞地把和谈情形简要述说了一遍。

契丹人坚持说，是南朝皇帝把关南一地割给他们的，后又被周世宗夺去，南朝理应归还。曹利用说，后晋把地送给辽国，后周把关南之地夺回，那都是我大宋立国之前的事，这笔账算不清楚。每年给一些金银玉帛之类来补助军费，尚不知我皇上是否同意，至于割地的请求，我曹利用根本就不敢向皇上奏报。契丹政事舍人高正始竟冲上前去，凶狠地叫嚣，我国母兴师南来，为的就是收复故地，如只是取些金银玉帛回去，那会愧对我国民，若不答应归还关南之地，不怕砍你的头？曹利用从容道，我既然敢来，就没有打算活着回去。我死不足惜，却为贵国惜。你何不为贵国仔细想一想，假使贵国按你的话去做，恐怕要与我大宋结仇打仗，永无宁日，贵国人民得不到休养生息，对国家也没有利。契丹人听了曹利用的话，无言以对，转入商谈岁币数目，讨价还价中，曹利用道，超过三十万，我这就回去，继续打仗。契丹人最终也接受了。

"曹利用果然忠勇！"刘娥赞叹道，又问，"你见到萧太后了？"

曹利用看了一眼皇上，皇上道："说说看。"

"化外之地，令人不敢置信。"曹利用感叹道，"微臣首次到契丹大营，契丹皇帝耶律隆绪乘一辆车，其母萧太后和宰相韩德让同乘一辆车。契丹人将微臣径直引到萧太后车前。萧太后和韩德让正在一起用餐，车轵上放置一块横板，板上摆放着餐具饭食，萧太后还请微臣与她一同饮食。"

刘娥"啧啧"了两声，不知是惊叹还是厌恶。赵恒则是津津有味地听着，待曹利用说完，道："朕心嘉悦。你速去与契丹使臣起草和约，尽快签署。"

曹利用刚要走，刘娥又提醒了一句："契丹使臣每次来觐见，总是说国母问候皇帝起居，怎么给契丹人回书，只给耶律隆绪，没有给萧太后呢？应该有给萧太后的问候书。"

赵恒忙道："对，萧太后才是契丹真主，应该加上给契丹国母的致意书，你快去传旨办理吧！"

经过曹利用在澶渊行在与德清军萧太后行在间的几个往返，和平达成。寇准请皇上到城楼宴请群臣，尽欢而散。赵恒回到行宫，刘娥正坐在后帐为他煮茶，往日惯常的笑意又回到了她的脸上。赵恒在刘娥对面坐下，细细端详她的面庞，见刘娥眼窝深陷，皮肤变得粗糙，脸颊上有些皲裂，颇是心疼，面带歉疚地安慰道："月妹生长在益州，却陪我到此苦寒之地……"

刘娥道："莫说这样的话！前些日子是替官家担心，这下好了，战争结束了，只盼悉心维护，今后再也没有战争！"

"一定要维系好！"赵恒表决心似的说。他仰脸沉吟片刻，兴奋地说，"我要赋一首《回銮诗》，届时让众臣唱和，以志纪念。头一句就是'我为忧民切，戎车暂省方'，怎么样？"

"我不懂诗。"刘娥惭愧地说，她见赵恒有了诗兴，自己又不能和他分享，便提议说，"叫钱惟演来，到偏殿一起切磋嘛！"

喝了一盏茶，刘娥陪着赵恒到了偏殿，钱惟演已候在那里。三人尚未坐定，罗崇勋奏报：澶州都钤辖张旻求见。

"呀！是张旻呀！"刘娥惊喜地说，"好久没有见到他了，一起见见吧！"

须臾，张旻来到偏殿，一看刘娥和钱惟演都在，有些意外，愣在门口不敢进。刘娥抬眼望去，几年不见，张旻变得成熟、稳重，往昔白皙的脸庞也蜕变成了古铜色，或许是当年赵恒命他读书之故，在威武的外表下，又隐含着几分书卷气。想起当年张旻对自己的关照，刘娥像见到久违的亲人一样，激动又感慨，向张旻招招手道："张帅，进来呀，快进来！"

"谢娘娘！"张旻先向刘娥躬身施礼。他知道皇上和美人娘娘的感情甚笃，也知道现在的刘美人，其实就是大宋的半个皇帝，就如同大唐的武则天之于早年的唐高宗。只不过，武则天一再侵夺高宗的皇权，而刘美人则只在暗中襄助。他对刘娥有种发自内心的敬佩，腼腆一笑道，"娘娘，还是叫卑职的名字吧，卑职会感到亲切。"

"那好，张旻，你快进来吧！"刘娥笑着说。

张旻进殿，施礼寒暄，说了些家常。刘娥从他的神态中觉察出，张旻必是有要事奏报，只是不想在外人面前说罢了。她无意回避，也不想让钱惟演回避，便道："张旻，你有什么事，尽管说吧，都不是外人，一起商量。"

张旻见皇上点头，也就不再隐瞒，站起身，打躬道："陛下，我与契丹达成和约，契丹大军要北撤。此乃天赐良机，当预为部署，届时乘其不备，前后夹击，一举歼灭之，并乘胜收回幽云旧疆！"

钱惟演愕然失色，张了张嘴巴，想说什么，又止住了。刘娥也被张旻的提议惊呆了，一时不知如何回应。

"有此想法者，非卿一人。"赵恒淡定地说，"做人要讲诚信，国同样要讲诚信嘛！墨迹未干就违反，如何昭大信于列邦？"

张旻恳切道："陛下想过没有，一旦信守盟誓，等于放弃了旧疆，以后就再也没有机会了！难道幽云旧疆就这样放弃？果如此，万世对陛下……臣不忍言矣！"

钱惟演欠了欠身道："张帅所言，固不无道理。但张帅不闻《尚书》云：克明俊德，以亲九族；九族既睦，平章百姓；百姓昭明，协和万邦。我皇宋乃大国，大国自可屈己以宁天下，没有必要自轻而与戎狄竞小愤。再思考一层，土地和人民，谁治下都存在，为争夺土地和人民而血流成河，非为民，而为一己之私。当年家父纳土归宋，对吴越的土地和人民来说，无非换了治者的名号而已。如果家父听从好战者之论誓死不降，对吴越国的人民有何好处？无非拿人民生命财产做赌注维护自家的统治权而已！"

"张旻，钱惟演说的，有没有道理呀？"刘娥问。

"臣是为皇上声誉计。"张旻声音低沉下来。

赵恒抬头看着张旻，问："张旻，你说，倘若此番歼灭契丹入侵大军，可一鼓作气灭其国否？"

张旻不语。

赵恒叹息一声："若不能灭其国，战争就会再起，那么和平就再也没有机会了。和平没有机会，受害最深的，恰恰是幽云十六州的百姓啊！我想好了，旧疆不是就此放弃了，而是留待后人去解决吧！"

张旻又打了一躬，道："陛下所思深远。臣还有一事……"他扭脸看了看钱惟演，欲言又止。

钱惟演知趣地辞出了。赵恒示意张旻坐下说。张旻落座，喝了口茶道："陛下，主帅王超有异志，比傅潜更甚！定州大阵轻易被突破姑且不论，此番契丹大军围困澶渊，陛下传旨王超率军前来夹击，可直到现在，王超还在天雄军之北。他是眼看着契丹人消耗我军兵力，甚或皇上有不测，他好做石敬瑭第二！"

刘娥忙道："王超要反，早就反了，何必等到今日？只要他还没有反，就不要激他反。不然势必动刀动枪，死难的，可都是我大宋将士。"

赵恒想了想，看着刘娥问："召寇准商量如何处置？"

刘娥忙摇手："寇准刚猛，处置这样的事，他不合适。王超不是还未到天雄军吗？他终归是要途经天雄军的，给王钦若下密诏，让他妥善处置。"又一指张旻，"若官家还不放心，可急调张旻去做天雄军的钤辖。"

3

腊月底，正是北方最寒冷的季节。但和平的突然到来，却使得大宋军民沉浸在一片欢庆的热烈气氛中。圣驾回銮，随驾群臣奉命唱和《回銮诗》；到开封城，臣民以天子出行最隆重的"卤簿鼓吹"，摆开兵卫甲盾、旌旗伞盖、乐舞导引，绵延数里迎接。赵恒本意不想如此张扬，但代替雍王赵元份留守京城的参知政事王旦奏报，战争造成了恐慌，河北百姓不少逃到了京师，而京师的百姓不少已经南逃，他们还在观望，要以盛大的回銮典礼，传递和平的信息，安定人心。所以，最终还是以只有郊祀才动用的"卤簿鼓吹"来迎接圣驾归来。刘娥分明可以觉察出，赵恒有了创造历史的豪迈感，言谈举止间，多了几分气度和威严。

由于确信战争已经远去，今后可以安享太平，故而景德二年的节日喜庆，从宫廷到市井，比任何一年都要浓厚、热烈。

正旦节，群臣到大庆殿贺节，宗亲、百官都到了，惟独不见四弟雍王赵元份；上元节，赵恒传旨于正月十四诸亲王偕妻、子到乾元楼观灯，雍王妃李氏也到了。赵恒闻报甚喜，既然王妃能来观灯，雍王的病当无大碍了，谁知灯会尚未散场，忽有雍王府宾客来奏：雍王已入弥留。

雍王元份为人宽厚，动遵礼法，御驾亲征时让他监国，不料不几日就惊怖而暴病。原以为他只是受到惊吓，慢慢会好起来，谁知突然间病危了，赵恒大惊，来不及回宫，就偕刘娥径直从乾元楼赶往雍王府临问。

进了雍王的卧室，却不见有侍者在侧，赵恒和刘娥都皱了皱眉，无暇多问，俯身在元份病榻前唤了几声，元份眼中有泪淌出，却已不能言，刘娥命随来的侍女留下伺候雍王汤剂。待赵恒和刘娥上了车，王妃李氏才赶回来。赵恒不理会她，吩咐御辇启动，隔着厢帘，赵恒和刘娥不约而同回头望了一眼，像是与雍王做最后的告别，却见王妃李氏向地上"呸"了一口，骂道："哼，人模人样的，不就是一个歌女吗！"

赵恒脸色陡变，刚要发作，刘娥拉住他，摇了摇手，赵恒忍住了。御辇刚出雍王府，广陵郡王赵元俨赶来了，对着御辇喊道："三哥，官家！"

赵恒命驻辇。赵元俨走过来，趴在御辇厢帘处，伸手向府内一指道："三哥，李氏悍妒残酷，不是东西！爹爹上仙时，亲王、王妃都赴禁中哭祭，就是这个李氏，多称疾不至。宫中女婢小不如意，必加鞭杖，有被其打死者。宫中每有恩赐，诏令均给，李氏却独吞。此李氏之恶，不亚于'冠子虫'张氏！"

赵恒看着刘娥，不知如何应答，刘娥宽慰道："常言家丑不可外扬，八哥不要说了，快去看看四哥吧！"

赵元俨不忿地"哼"了一声，转身走开了。

次日傍晚，赵恒正要差人到雍王府问四哥病情，忽报广陵郡王赵元俨求见。

"三哥！"尚未进殿，赵元俨就哭着说，"四哥走了！"

赵恒默然良久，吩咐道："这就去雍王府！"

赵元俨拦住他，道："三哥，不能去！"

刘娥吩咐给赵元俨端茶、赐座。赵元俨不坐，也不接茶盏，举袖胡乱在脸上抹了一把，咬牙道："李氏太可恶，三哥不能再优容！"

刘娥问："八哥，慢慢说，怎么回事？"

赵元俨愤恨地说："李氏见四哥过世，并无戚容，反倒骂骂咧咧说，活得窝囊，早死早托生！"说着发出一声冷笑，"当年四哥过寿诞，李氏以衣服器用为寿，皆饰以龙凤。她想做皇后，对四哥没有做皇帝耿耿于怀！"

刘娥暗忖：难怪她向我吐口水，骂骂咧咧，原来如此！

赵恒愕然，重重叹息一声道："李氏所为，我也不是一点不知道，皆以雍王故，一再优容之。"

赵元俨一梗脖子道："三哥，传旨吧，砍了李氏的脑袋，为早死的四哥出口气！"

"李氏罪不容赦！"赵恒怒不可遏，转脸看了看刘娥。

刘娥急忙向赵恒使眼色。

赵恒改口道："李氏罪不容赦，依律当斩！但念及雍王新故，不必显究其罪了，削其封号，置之别所吧！"赵元俨张了张嘴还想说什么，赵恒向外摆摆手，"你去亲王诸官司传谕吧！"

赵元俨"哼"了一声，退下了。这"哼"声，似乎不仅是对着李氏的，也夹带着对刘娥的不满。

赵恒看着刘娥，目光中流露出奇怪的表情，感慨道："二哥误于'冠子虫'张氏，四弟又误于正妻李氏；而我之有今日，则得益于月妹，能不感激乎？"

刘娥一脸无奈地说："官家切莫说我有功。官家越说我有功，我的罪过就越大。"见赵恒默然，刘娥又道，"若不是皇后贤德，哪轮到我陪官家？所以，官家要常到皇后那里去才好。"

赵恒默然。有了二哥、四弟被妻妾所误的教训，又有刘娥的一再劝说，他对皇后的态度转变了许多，不时到坤仪殿去，陪皇后说话。这天，赵恒刚到坤仪殿，郭后向他一招手，领他进了西头的偏殿。赵恒很纳闷，正要问，皇后指着两只大箱子说："官家看，这都是刘美人命人抬来的。"

"怎么，她都抬这里了？"赵恒吃惊地问。

此番伴驾，曹利用和契丹使臣几个往返，每次都互有礼物相赠。契丹人知道赵恒带有女眷，也备了不少给女眷的礼物，其中有一件银貂大衣，赵恒特意嘱咐归刘娥所有。可在打开的箱子里，赵恒一眼就看到了那件银貂大衣。他拿在手里，抚摸了一下，心想，这样的女人，天下何处寻得？

皇后见赵恒动容，也夸奖道："刘姐姐打小生活在蜀地，那里山清水秀的；却跟着官家北征，天寒地冻，栉风沐雨，多不容易呀！人家送些礼物，她却不要，还送给我，倒叫我心里不安。"

"何谓贤德？这就是贤德！"赵恒慨然道，他一笑，"呵呵，刘美人总在我面前说皇后贤德。"

"臣妾贤德什么？刘姐姐代我做多少事？操多少心？可是到今天还是一个美人。"皇后轻叹一声，抱怨说，"你也是，她不争不怨，你就置若罔闻？上次说好的晋封修仪，后来怎么就没有动静了？"

赵恒也不愿解释，含含糊糊道："你有这份心意就好。"

第十六章
宰相狂傲遭报复　皇后自怜受重创

1

后苑金华殿，本是皇上曲宴宰执之所；景德三年初夏的一天，赵恒特意在此设宴，款待编修《册府元龟》的儒臣。

自景德元年底与契丹签署盟书，双方友好往来，边贸生意兴隆；西夏德明也已安抚，不再有战事。虽然每年给契丹、西夏一些岁币，但因天下太平，百姓安居乐业，国库充盈，那些岁币大可忽略不计。丁谓归班主持三司后，鉴于人口、耕地变动较大，粮食产量大增，各地钱粮赋税标准不一，组织三司属官，将税赋条目和地方条陈的利弊、朝廷敕令等进行梳理、修改，编成《景德农田敕》五卷，颁发各地，公开了税赋依据、标准，既增加了国库收入，又避免了各地擅自加税，深受臣民拥护。岭南士卒叛乱，朝廷以曹利用为广南安抚使，很快平息了。大宋开国以来，这才是真正的天下无事。偃武修文，正当其时。赵恒决定效法先帝修《太平御览》故事，再修巨册，最后议定编修一部大型文献《册府元龟》。寇准举荐王钦若主持修书。一年多来，在王钦若、杨亿主持下，拟定了三十一部篇目，分类编纂，每编成一册，即呈御览。前几天，赵恒接受刘娥的提议，把女人的事迹单独成册，取了《彤管懿范》的书名，他担心遭到杨亿等人的抵制，便以慰劳的名义，在金华殿设下宴席。

在悦耳的韶乐声中，君臣见礼。入座后，韶乐停止。赵恒命内侍端出一盘牡丹花，吩咐道："为众卿簪花！"

王钦若受宠若惊，起身道："国朝惯例，只有亲王、宰执方享受内侍为其簪花的待遇。今陛下令内侍为我辈簪花，足见陛下对我辈儒士的厚待！"

后苑每年出牡丹百余盘，所赐者只限于亲王、宰执；今日皇上特赐修书各臣每人一朵，又令内侍为诸人戴花，乃是超常的礼遇。经王钦若这么一提醒，杨亿等人也都起身谢恩。

赵恒向躬立殿角的教坊司伶人举手示意。

"嗺酒——"伶人吟唱一声，韶乐班乐声大作。

杨亿拊掌道："此情此景，正是'淑景易从风雨去，芳樽须用管弦嗺'啊！"

赵恒举盏，韶乐停止。

"卿等劳苦功高，朕特以水酒慰劳！"赵恒说着，一饮而尽。

韶乐再起。

钱惟演举盏道："陛下有所不知，修册之余，臣等诗赋唱和，仅杨学士一人，就有十六篇之多！"

赵恒惊喜地"喔"了一声，转脸问王钦若道："王卿可有唱和之作？"

王钦若尴尬一笑道："臣无诗才。"

"嘁！"杨亿一撇嘴，与众人相视一笑。他们相互唱和，故意将王钦若排斥在外，听了王钦若的回答，杨亿等人自是觉得好笑。

"陛下！"杨亿唤了一声，郑重道，"臣等不屑白体诗的浅切，也不满晚唐体的枯寂，誓创一代堂庑大、气象宽、思致深的诗风！"

"朕所切盼！"赵恒兴奋地说，"如今天下无事，正是文教大兴之日，太平之世当有大家名作迭出才是！卿等唱和之作，当早日结集，朕愿拿私房钱助卿等刊刻！"说着，举盏敬酒。放下酒盏，又道，"朕也有了诗兴，众卿都是文坛高手，今以'落花'为题作诗，朕先和钱学士一人来一句，请杨学士点评。"

众人拍手称快。

钱惟演略一思忖，咏道：

金古路尘埋国艳，
武陵溪水泛天香。

赵恒咏道：

将飘更作回风舞，

已落犹成半面妆。

杨亿评论道："禅僧释教义时，总是避免说破。臣等所创诗风，即主张'不说破'。要善用转语、代语。钱学士咏落花，诗中无'落'字和'花'字，而官家诗中有一'落'字，失了一着。"

"喔？"赵恒歉疚一笑，"原来如此啊！明白了，明白了，朕自罚一盏！"

"不敢不敢！"钱惟演忙道，杨亿等也附和着，共同举盏向皇上敬酒。

赵恒乘杨亿高兴，便将另编《彤管懿范》之事提了出来。

"此圣主所为！"王钦若忙道，"孔子云：昔三代明王之政，必敬其妻。古之贤后妃事迹，自当恭录编纂，以为垂范。"

"哼哼！"杨亿冷笑道，"不闻红颜祸水之说乎？我看，倒是当把女人祸国这类事，细细梳理，以警示今人！"

正尴尬间，内押班罗崇勋悄悄走到赵恒身边，附耳道："陛下，政事堂里闹起来了！"

赵恒脸色陡变，怒气冲冲道："成何体统！叫寇准即到内东门偏殿奏对！"

王钦若嘴角露出一丝不易察觉的冷笑。

赵恒转过脸来，一摆手道："继续继续！"

众人各有了心事，兴致大减，金华殿的气氛变得沉闷，宴会草草收场。赵恒出了金华殿，又在后苑金水桥徘徊了足足两刻钟，才转往内东门，他故意让寇准在偏殿久候，好独自反省。

寇准因澶渊之盟有功，傲视群僚。参知政事之设，本为分宰相之权，寇准为参知政事时，即奏请押班、知印，与宰相轮值，并升政事堂，朝会砖位与宰相一班，文书齐列衔，街衢并马行；可如今寇准做了宰相，却罢参知政事押班、知印，正衔砖位也被挪出宰相班而退列其后；公事虽可与宰相同升政事堂，但宰相不在时，参知政事不得升堂。结果，朝政只能听他一人而决。诏旨颁下，合寇准之意者施行，不合其者束之高阁。官员升迁，由寇准圈定，他圈定的官员升迁后，还要向他表达感激，请他宴饮。借着酒劲，寇准又常常吹嘘说，国朝天子北征，无不以失败告终，只他有妙算，保护天子凯旋，寸土不失，一兵不损。控告寇准的密启，几乎每天都会呈达御前。赵恒念及寇准为澶渊之盟立下奇功，不仅未加训诫，还一直厚待他，能忍则忍。可此番居然发生了在政事堂大吵大闹的事，让赵恒积压已久的怒气终于爆发了。

"政事堂政本密勿之地，吵吵嚷嚷，成何体统!"一进偏殿，赵恒看也不看寇准，就斥责道。

寇准道："陛下，彼辈以下犯上，应当严惩!"

今日午时，寇准得知皇上在金华殿曲宴王钦若等人，竟未让他参加，憋了一肚子火。一看吏部、审官院报来晋升官员的簿册，寇准提笔将半数名字圈掉了。两衙门主官拿出《例簿》，争辩说这些官员任职年限、考绩均合格，依律当晋升，寇准一把夺过《例簿》，用力摔在地上，怒道："若都照章行事，一小吏即可做，还要宰相何用?"有司悻悻而去。那些被寇准圈掉的，多是南人，他们早就对寇准动辄称之为"南方下国之人"不满了，借机结伙到政事堂找寇准大吵大闹起来。

赵恒突然笑了："呵呵，以下犯上应该严惩?可朕听说，寇卿常常将朕的诏旨束之高阁，这怎么说?"

寇准硬邦邦顶撞道："若臣事事遵循陛下的诏命，恐诸多事体未必办得成!"

这分明是说他比皇帝高明了!赵恒忍不住了，沉着脸厉声道："宰相当调和鼎鼐，可如今百官告你的密启不绝如缕，希望寇卿能自省!"

寇准"哼"了一声："那是小人嫉贤妒能，陛下不可听信小人谗言，更不可听信女人之言!"

赵恒气得嘴唇哆嗦着，说不出话来，起身甩袖而去。

2

王钦若下马进了修书馆，遇到的几个堂吏，人人脸上都露出怪异的表情，似乎在偷笑，又像是在期待着什么。他们既不上前施礼，也不躲避，而是蹑手蹑脚地跟在他旁边不远处，随他往正堂走。

在跨进正堂的刹那间，王钦若愣住了。正堂变成了灵堂！陈姓馆吏直挺挺地躺在一张席子上，身上盖着白布单，再看过去，一张长条案上放着一个牌位，王钦若伸头望去，上书："亡夫王公钦若之灵位。"见王钦若站在门口，一位石姓馆员扮成的女子，放声大哭："王钦若，奴的夫——"随着"哭"声，一帮馆吏在旁，哼起了《虞殡》哀曲。

"欺人太甚！欺人太甚！"王钦若大喊着，冲出了正堂。浑身战栗地在院中停留片刻，四周投来的讥笑的目光如同箭矢般，冷飕飕地扎在他的心上。他缩脖抱膀，躲闪着出了首门，不敢走大街，拐向西边的一条小巷，漫无目的地疾步走着，愤怒的情绪在胸中升腾，眼中放射出仇恨的光芒。

"寇准！你欺人太甚！"王钦若在心中呐喊着。

前年，御驾亲征前，寇准突然提议让王钦若知天雄军，许诺战争结束后让他做右相。王钦若在天雄军处事得当，尤其是战后接到皇上密诏，不动声色间解除了总帅王超的兵权，威望大增。他眼巴巴地盼着回朝，以为寇准即使不兑现承诺让他做右相，至少也要以参知政事归班；万万没有想到，却是以参知政事兼资政殿学士总裁编修《册府元龟》。他并不是朝野心目中的儒臣，为何选他来主持此事？编修此书至少需要八年到十年，寇准这是要把他困在修书馆。自知不是寇准的对手，王钦若索性上表辞去参知政事之职，专心主持编修《册府元龟》，暂避锋芒。可是，寇准仍然不罢休，吩咐将宣徽南院官厅腾出作为修书馆，以便远离朝廷；又传令东上阁门使，将王钦若在朝班的排位，列于馆阁学士之下；还叮嘱协助王钦若修书的杨亿，孤立小人，让他无处藏身；王钦若进呈的所有奏表，都被寇准压下，以阻断他和皇上的联系。王钦若利用皇上召见的一次机会，痛哭流涕向皇上哭诉，皇上同情他的境遇，特设资政殿大学士职衔授予王钦若，以示对他的信任。这非但没有改善王钦若的处境，却让寇准、杨亿等人越发警觉，对王钦若的羞辱越来越升级。

王钦若知道，没有寇准在背后操控，即使杨亿鼓动，那些馆吏也绝不敢做出如此出格的事体来。寇准等人处心积虑，不就是想让他不堪受辱，滚出京城吗？这样一想，王钦若反倒突然间冷静下来，不仅不能走，还要还击！

不知走了多久，王钦若抬头一看，眼前竟是悦来客栈。这两年，王钦若常常不知不觉中来到当年核查浚义县灾情时住过的这家客栈，回味听到那位道士卜他必登政府时的激动心情，追念那些有梦想的年月里充实的时光，也自嘲那时的天真，好像实现了登政府的梦想，就进入了人生的巅峰，一切会心满意足。他现在才深切地体会到，自己人生的辛酸，恰恰是从登政府之日开始的。寇准、王旦他们以南人大拜为耻，不遗余力地要赶走他，种种羞辱接踵而至。值得庆幸的是他笃信道家，以研读道藏、到道观修炼来寻找寄托，驱散心中的郁闷。所谓物极必反，羞辱到了无以复加的程度，转机也会随之而来。王钦若已然看到了曙光。寇准的独断自矜已激起众怒，政事堂吵闹之事让他的威信跌入谷底。金华殿曲宴上，王钦若捕捉到了皇上表情上的微妙变化，觉察出皇上对寇准已然厌倦。时机成熟了，他决定不再隐忍。

回到家里，王钦若沐浴更衣，燃上一炷香，提笔写好了请对的禀帖，用罢午饭，不紧不慢地往皇城而去。

有了大学士的职衔，无须再经宰相，就可以直接向阁门使递交禀帖。禀帖递上去了，王钦若就在宣佑门外候着，他似乎有预感，皇上会很快召见他。

赵恒接到王钦若的禀帖，既惊讶又欣喜。王钦若近一年都没有请对了，赵恒担心他不堪排挤心灰意冷，忽见他请对，立即允准，在内东门偏殿召对。

"陛下，臣领班修纂《册府元龟》，览历代君臣事迹，常常联想到，万世之后，后人总结陛下的事迹，会怎么看、怎么说？不禁为之痛心疾首！"王钦若神情怪异地奏道。

赵恒大惊！王钦若一向说话中听，何以突然说出这等大逆不道的话来？

王钦若不疾不徐，继续道："陛下神武英断，与契丹签署盟书，为万世开太平！然则，盟书若在雄州、莫州等边地签署，十全十美；可惜啊，执事者懵懵懂懂，居然在契丹人围困的澶渊达成。陛下不闻，'城下之盟，《春秋》耻之'？澶渊之举，以万乘之尊而为城下之盟，没有比这更耻辱的了！"

赵恒脸色骤变，瘫倚到坐榻上，失魂落魄。

王钦若仍不罢休，又道："陛下听说过赌博之事吧？博者输钱欲尽，乃尽其所有出之，谓之孤注。陛下试想，景德元年，陛下即如同执事者手中之孤注也，孤注一掷，何其危险！"

"嗖"的一股寒气，从赵恒后脊穿过，他打了一个寒战，嘴唇颤抖着，无力地向外摆了摆手："不必再说，退下！"

望着王钦若的背影，赵恒心里一片凄凉。他想起身，腿一软，浑身哆嗦起来。内押班罗崇勋惊慌地吩咐传太医，赵恒摇摇手，罗崇勋与几名内侍上前搀扶，赵恒还是站不起来，好不容易搀起，却又挪不动步，内侍满头大汗，才吃力地将皇上架上了步辇。

"快去请刘美人来！"回到延庆殿，赵恒半躺在坐榻上，吩咐道。

刘娥刚从坤仪殿看望皇后、皇子回来，见内侍慌慌张张跑过来，等不及问，起身就往延庆殿走。

"官家，官家这是怎么了？"一进寝阁，刘娥就焦急地问。

"无碍。"赵恒安慰了一句，吩咐闲杂人等退出，一边重重地喘着粗气，一边把王钦若的话转述了一遍。

刘娥恼怒地说："这个王钦若，怎么说这等没头没脑的话！"

赵恒用力地摇着头，道："城下之盟……"话未说完，就被一阵猛烈的咳嗽打断。

刘娥忙轻轻拍打着赵恒的后背，安慰道："官家不必介怀，开万世之太平的伟功，谁也否认不了。"

"城下之盟啊！"赵恒痛苦地叫喊了一声，低下头去，捶打着自己的胸口。刘娥抓住赵恒的手，可不知他哪儿来的力气，连同刘娥的手一起，重重地捶打在他的胸口上，还不停地念叨着，"城下之盟，城下之盟！"

刘娥惊慌地抱住他："官家，不要这样！"

"孤注一掷！孤注一掷！"赵恒咬着牙，重复念叨着。过了好一阵，他镇静下来，看着刘娥道："罢黜寇准！"

"好，好，官家，把寇准外放了。"刘娥顺着赵恒道，"但不必说什么孤注一掷、城下之盟之类的话；寇准以国家爵赏过求虚誉，无大臣体，不宜再表率百僚。让他体面些走。"

"月妹，你说，这些年，我做过什么值得史册一书的事？后世会不会说我是昏君？城下之盟，居然夸耀了两三年！什么御驾亲征，到了南城还不行，非要过河到北城，被权臣挟持如此，成了孤注！我这皇帝做得是不是窝囊？"赵恒痛心疾首地说着，泪水顺着脸颊往下淌。

刘娥早已泪水涟涟，想安慰赵恒，一时也不知说什么好。君王不同于普通人，圣明的君王，不仅要向当世的臣民交代，还有对历史交代的强烈信念。这是他的压力，也是他的动力。可是，时下，赵恒快要被这个压力压垮了。刘娥不知道该如何让赵恒跨过这道坎儿。

3

下了一夜的大雪，天亮了，还没有停止的迹象。刘娥沿着甬道踏雪往延庆殿走，刚走出几步，忽听有急切的呼唤声，抬头一看，见坤仪殿几名宫女边大声唤着，边慌慌张张跑了过来，到了刘娥跟前，来不及施礼，就喘着粗气禀报，"皇子殿下……"

"天哪天哪！"刘娥惊叫一声，一边命人奏报皇上，一边往坤仪殿跑去。

"姐姐啊——"皇后正伏在皇子病榻上，听见刘娥进来，哭喊一声，扑进她的怀里。

刘娥一边摩挲着皇后的后背，一边探身向床上看了一眼，只见二皇子脸色乌青，像是在捯气，她哽咽着对太医道："太医，求求你们，务必把哥儿医好啊！"太医们手忙脚乱地掐人中、捋胸脯，一副无力回天的样子。

皇后见状，扑向皇子，叫着："我的儿——"

刘娥蓦地转身，冲到门外，"腾"地跪在雪地上，举起双臂，仰天哭诉道："上天啊，大宋当今天子是好皇帝啊！他现在只有这一个哥儿，哥儿才九岁啊！上天啊，保佑哥儿吧！你把我带走吧，让哥儿留下！"

几名宫女上前，把刘娥架了起来，刚进殿，赵恒也被软轿抬来了。

一下轿，就唤着"哥儿——"，上前拉住皇子的小手，"哥儿，爹爹看你来了，叫声爹爹吧，哥儿！"

太医跪地道："陛下，皇子殿下上仙了！"

赵恒一阵晕眩，几名内侍忙上前搀扶。皇后大哭一声："我的儿！"就晕了过去。

刘娥边抽泣边吩咐内侍将赵恒抬回延庆殿，命太医随侍；又和几名宫女一起，把皇后抬回正殿寝阁。

皇后已是人事不省，刘娥吩咐太医诊治。足足一刻钟，皇后才苏醒过来。她力气全无，却还是喃喃道："让我去死吧，让我去死吧！三子皆丧，我为何还活着！"

多年来，皇后默默无闻地守在坤仪殿里，把全部的心血都倾注在儿子身上。她自知没有刘娥的智慧和能力，帮不上皇上的忙，也管不好后宫的事，一切委托于刘娥。惟一值得自豪的是，她有自己的儿子。嫡子，是无可争议的皇位继承人。作为皇后，她为大宋的江山社稷做出了贡献；作为母亲，她足可欣慰。不幸的是，三个皇子先后夭折了，尤其是这个九岁的皇子，已然懂事，乖顺可爱，带给她无穷的快乐和力量，寄托了她全部的希望！如今，希望被无情地打碎，皇后承受不住了。

刘娥能体谅到皇后的痛苦和绝望，哽咽着劝慰道："圣人，切莫这么想。圣人不到三十岁，还会有哥儿的，官家还会给圣人哥儿的！"

"不会有了，不会有了！"皇后抽泣道，"我的魂，随哥儿们去了，这世上，已经没有我这个人了，没有了！"

刘娥心疼地说："圣人是悲伤过度，才会这么想，等圣人再有了哥儿，慢慢就把过去的忘了，圣人莫灰心。"

安慰了好一阵，刘娥牵挂着赵恒，将杨婕好留下来陪皇后，她急忙起身赶到延庆殿。

"你可来了！"赵恒躺在坐榻上，远远地就把手臂伸向刘娥，可怜巴巴地说，"一切都没有了，都没有了。"

刘娥拉住赵恒的手，安慰道："官家，你什么都有，都会有！"

赵恒吃力地摇摇头，痛苦地说："城下之盟，《春秋》耻之；五子尽丧，无后之忧。我没有指望了，没有指望了！"

自听到王钦若说出"城下之盟"的话以后，赵恒就备受打击，不能释怀，时常陷入深深的痛苦中难以自拔。无奈之下，刘娥捎话给丁谓，让他想办法。丁谓知道皇上崇道，便建言请真人到宫中去和皇上谈玄论虚。济源奉先观有一个叫贺兰栖真的道士，年过百岁，善于呼吸吐纳，被邀请到皇宫，赵恒在后苑清心殿接待，两人叙谈多日，此后，又召来华山修炼不避寒暑的郑隐等几位闻名天下的高士，在清心殿与赵恒论道，总算让他有了笑脸。想不到，尚未从城下之盟的打击中恢复过来，惟一存活的皇子又殇了，赵恒要承受不住了。他紧紧攥住刘娥的手，喃喃自语着。

刘娥抬头看去，宫殿巍峨、庄严，可在这庄严的皇宫里，九五之尊的皇帝所忍受的煎熬，恐过于当年她在嘉州寄人篱下时的光景。刘娥蓦然明白了，人，是需要精神支撑的。曾经的寄人篱下、流落街头，因为有梦想，相信可以通过自己的努力去改变，所以那不是煎熬，至多是辛苦而已；被绝望所支配的生活，才是真正的煎熬，仿佛置身于无边的黑暗，茫茫的苦海，不知曙光何在、岸崖何方！她一边要看顾皇后，一边还要劝慰赵恒，昼夜在延庆殿和坤仪殿之间来回穿梭。任何事都激发不起赵恒的兴趣，刘娥焦急万端，忽闻内侍殿头雷允恭随贺寿使曹利用出使契丹回来，便宣他进殿，向赵恒奏报契丹见闻。

自与契丹签订盟书，双方成为兄弟之国，商定年节和皇帝婚丧及寿诞，互派使臣致意。除贺节正副使外，还有内官随行。刘娥召内官雷允恭来，嘱咐他说些赵恒感兴趣的事。

雷允恭知道皇上很牵挂王继忠，便奏报了他在契丹的情形。当年王继忠被掳上京，萧太后观其贤，又看他仪表堂堂，特于优待，改名耶律显忠，授户部使，为他选配契丹贵族之女为妻。盟书签订后，契丹人认为王继忠亦自激昂，事必尽力，赐宫户三十，加左武卫上将军，摄中京留守。

赵恒果然感到欣慰，道："契丹人优待他，朕心稍安。"

雷允恭也知道皇上奉道，便说起了契丹人敬神之事：契丹人敬畏神祇，一岁祭天不知凡几，获猎物皆称上天所赐，祭告夸耀。契丹人都说，有一位叫"君基太一"的大神多次降临，乃契丹福神，可保佑契丹国祚永延。他们常常举行神秘仪式，祈祷天神保佑契丹。他们还说，"契丹"就是"大中央之国"的意思，又说他们是轩辕黄帝之后，所以契丹人称大宋为南朝而不称中国。

赵恒突然神情紧张地问："他们要争正朔吗？"

刘娥也有些不安，吩咐道："雷允恭，你把这件事说给王钦若，看他怎么说。"

王钦若不仅笃信道教，而且对礼仪造诣甚深，修订了祭天礼仪，对祭天时的神祇排位提出了新的序列。不惟如此，刘娥对王钦若以"城下之盟"的话刺激皇上颇有怨气，她要雷允恭向王钦若禀报，就是逼他拿出安慰皇上的办法。

自从向皇上说出城下之盟、孤注一掷那番话，王钦若虽达到了打击寇准的目的，却也因给皇上造成痛苦而陷入惶恐中。得遇好文学、奉道家的君王，王钦若深感庆幸，尤其是皇上顶住巨大压力，让他登政府，王钦若有了开创历史的幸运感。他要报答皇上。除了尽心尽力修纂《册府元龟》外，他还要襄助皇上完成一项更伟大的事业，以永垂青史。他相信，只要有了这项事业，皇上会一雪城下之盟的耻辱，忘却五子尽丧的痛楚，重新振作起来！所以，王钦若当即让雷允恭回奏，他要请对。

小半个时辰，王钦若来到延庆殿。寝殿偌大的室内，中间有一层帷幕，刘娥不避嫌疑，替赵恒发问："王钦若，契丹人敬神，会不会是与我争正朔？"

"戎狄之性，畏天而信鬼神。"王钦若模棱两可答道。

刘娥迫不及待地又问："王钦若，你说城下之盟乃国耻，有什么办法可一洗此耻？"

王钦若铿锵道："发兵攻取幽燕，恢复旧疆，可一洗耻辱！"

赵恒面带愠色，以责备的口气道："河朔百姓才免于战争，朕安能这样做？"

"陛下！"王钦若唤了一声，肃然道，"陛下苟无意用兵，则当为大功业！"

赵恒顿时来了精神，忙问："卿快说，何为大功业？"

王钦若道："今不如盛为符瑞，引天命以自重，借以动戎狄之听，庶几足以潜消其觊觎我中国之志！"

刘娥问："王钦若，你说的盛为符瑞，引天命以自重，何所指？"

王钦若道："回美人娘娘的话，皇上若封禅泰山，神道设教，庶几可镇服四海，夸示远人，修太平事业！"

"封禅泰山?!"刘娥惊讶地重复了一句。再看赵恒，见他双目放光，面露惊喜之色。

"陛下，封禅泰山，方使天下臣民、戎狄蛮夷，皆知我皇上受命于天，有神授之君权！"王钦若以激动的语气道，"这也是皇考太宗皇帝未竟事业。太宗皇帝杀伐决断，混一四海，只因北伐失败，与契丹连年战争，多次派人议和，又被契丹人所拒，心绪怆然，筹办近一年的泰山封禅，终未成行。目今海内乂安，文治洽和，群臣将顺不暇，陛下当完成此一辉煌大业！"

"好啊！"赵恒振奋地大声道，旋即又泄气说，"恐宰相反对，做不成。"

王钦若信心十足道："只要圣意已决，臣有办法助成此一伟业！"

第十七章
神道设教找寄托　心病难除受煎熬

1

正旦节临近，皇城笼罩在一派神秘的气氛中。一入腊月，乾元殿突然变作了道场，每天都有几十个道士在此做法事，皇上像变了一个人似的，精神抖擞，神情庄严，不是亲往道场看视，就是召见王旦、王钦若、丁谓，神神秘秘地商议着什么。入内省都知周怀政和皇城司都知刘承珪，更是忙前忙后，不分昼夜。

正月初二半夜时分，几个内侍在乾元门鬼鬼祟祟地爬高上低，彼此都不敢说话，生恐被人发现。正月初三，是正旦节假期结束、百官上朝的日子。宰相王旦率群臣在文德殿早朝毕，刚要卷班散朝，皇上突然大声道："众卿！朕有一件奇怪的事，要说与众卿。"

王旦转过身来，站定，躬身道："臣等恭听！"

赵恒以神秘的语气道："去年冬天十一月二十七日，就在半夜时分，朕已熄灯，正要就寝，忽然寝殿内亮起来了。朕看到一位帽子上闪烁着星辰光芒、身穿绛衣的神人，出现在朕的面前。对朕说：'你要在正殿举行一场为期一个月的黄道场，上天就会降下天书《大中祥符》三篇给你。不要泄漏天机！'朕肃然起敬，正要起身回答，神人却已不见了踪影。此事朕遵照天神的旨意未向外人言之，从十二月初一起，朕就开始斋戒，并在乾元殿建道场以求神人保佑。到今天，正好一个月了。"

朝班里发出"嗡嗡"的议论声。赵恒神情紧张地盯着王旦，等待着他的回应，仿佛是死刑犯在等待最后的宣判。

"陛下!"王旦开口了,"陛下孜孜求治,天下富庶,上天神灵为之欢欣,故降神人相慰;陛下虔敬,谨遵神灵之嘱,必能感动神灵!"

赵恒畅出了口气。看来,两个月来他念兹在兹的大事业,终于可以开场了!

去冬,王钦若提议泰山封禅,赵恒担心宰相反对,迟迟不敢说出口。王钦若自告奋勇,谒宰相王旦,向他说出封禅的必要性:太祖开基,皇位传给太宗,太宗却传子,天下非议颇多,只有封禅,方能证明当今皇帝的合法性,彻底理顺皇统。王旦默然。赵恒还不放心,又以赐酒为名,贿赂王旦一坛珍珠。赵恒这才在朝会上宣布,为镇服四海,夸示远人,保守正朔,当修太平事业。此言一出,朝堂大哗!丁谓言,自古有稀世大举动,应得到上天稀世的祥瑞,然后方可。赵恒听罢顿时泄了气,召丁谓问计。丁谓神秘地说,古之河图洛书,并非上天所降,乃古圣贤人力所为。赵恒不敢相信,悄悄到秘阁向天下第一大儒杜镐垂问,杜镐不假思索回答,河图洛书,乃圣人神道设教而已。赵恒震惊之余,又重新打起精神,决心效法古圣贤。待一切安排停当,赵恒方在今日朝会上说出了神人夜降寝阁的奇事,而王旦的随声附和,让赵恒彻底放心了。

入内省都知周怀政不失时机地出现在朝堂,神情激动地奏报:"陛下!乾元左门南面的鸱尾上,挂着一条黄帛。"

"喔?!"赵恒装作喜出望外的样子,转向王旦道,"王卿,速差人前去查勘!"

王旦遂指派两名台谏官,随同周怀政一起去查勘。须臾,台谏官回来奏报:"陛下,乾元左门鸱尾上委实挂着一条黄帛,黄帛长约二丈,其中好像还封有书卷,用青丝绳缠着。"

赵恒惊喜道:"这会不会是神人所说的天书?"

"臣为陛下贺!这必是上天所降稀世祥瑞!"王旦接言道。

赵恒起身道:"那么,我君臣就去迎接天书吧!"说着,快步穿过文德殿大厅,众臣卷班,跟在皇上身后,走到乾元门,焚香跪拜。

经过了一系列神圣、庄严的仪式,天书被恭恭敬敬收藏于石室金匮之中,又以天书降临之故,颁诏大赦天下,并改景德五年为大中祥符元年,改浚义县为祥符县,以示纪念。自此,赵恒的精力,全部投到了封禅之事，就连阅看章奏，也委托刘娥代劳。刘娥白天在坤仪殿陪皇后，夜间在延庆殿阅章奏，与赵恒的精神焕发相比，她的情绪却变得有些低沉。

封禅一事看似简单，实则规制相当烦琐，修道路、建行宫、调军队沿途警戒，要花不少钱；听赵恒说，为保存天书，还要建一座庞大的宫观。投入大量的精力、人力不说，怕是要把这些年积累的家底败光。刘娥感到心疼。可是，当突然明白此前视为伟业的和平壮举，却是为历史所不齿的"城下之盟"时，赵恒的精神几近崩溃。收复旧疆以雪耻，又是他做不到的，甚至对小小的西夏，也不得不委曲求全，赵恒的心里该是多么憋闷、委屈、无助！他需要寻找到从未尝试过的、能够让他释放的事物，来安顿自己的心灵。寄托着宣示正朔、镇服远人、收服人心的希望的神道设教，正符合他的口味，所以乐此不疲，神情振奋。刘娥期望看到赵恒振作、快乐，因此，她不但不能阻止，还要为他打气。

赵恒心底淳厚，从来没有怀疑过河图洛书是上天所降，当听到乃是圣人为神道设教而假造时，不亚于听到"城下之盟"时受到的冲击；但当他为了神道设教而假造天书时，依然那么虔诚，视为神圣、庄严的事情。皇城司将法物摆列于承载天书的辇上时，有十四只仙鹤出现在乾元殿前，其中有两只飞过承载天书的玉辇，丁谓上表称贺，有"双鹤度天书辇，飞舞良久"之语，赵恒阅罢，对刘娥道："当时我在场，两只仙鹤不过从天书辇上一飞而过，言其'飞舞良久'，文采固然有文采，可与事实不符，当退回去，让丁谓把这句话改了！"

看着堂堂的大宋天子那么认真、那么忘我，刘娥既好笑又心疼。像赵恒这般纯真的男人，天下没有第二个。她不忍心打破赵恒的这个幻象，愿意让他享受幻象带来的充实和快乐。她把能够分担的事都替他分担下来了，以免以俗务冲淡神道设教的神圣感。

刘娥还有一个不愿说出口的心愿，期盼以赵恒的虔诚，感动上天，助她实现这个心愿。

2

深秋的萧杀之气，在深夜的宫殿里，显得格外浓重。刘娥阅看章奏毕，回到万岁后殿，脱下鞋袜，洗手焚香，赤脚走到殿门前，双膝跪地，两手合十，口中喃喃，仰脸向上天祈祷着。

她在为皇后祈祷。

皇后自九岁的皇子殇后，身体就彻底垮了。缠绵病榻已经几个月了，入夏，病情加重，太医已无力回天。刘娥听人说，深夜赤脚祈祷才会灵验，便脱去鞋袜，光着脚在夜半为皇后祈祷，风雨无阻，已然坚持两个多月了。

刘娥正闭目祈祷间，坤仪殿两名宫女来禀："美人娘娘，皇后娘娘有请！"

刘娥心里"咯噔"了一下。她知道皇后的病情，昏昏沉沉，很少有清醒的时候，早已没有气力说话了，因何深更半夜请她过去？

"姐姐，快过来。"尚未进皇后的寝殿，就听到皇后的呼唤声。刘娥疾步跨进门去，隔着帷帐，见皇后仰倚在床榻，正向她招手。

"呀！圣人病要好了！"刘娥高兴地说，上前拉住皇后的手，顺势在床榻边缘坐下。

"我请姐姐来，是和姐姐道别的。"皇后平静地说。

"圣人不要这样说，圣人以后的日子还长着呢！"刘娥安慰道。

"我要去陪哥儿了，我怕在那边饿着冷着他们。"皇后露出一丝笑容，"一想到就要见到几个哥儿了，我就感到无比幸福！"

"圣人！"刘娥唤了一声，举起手帕替皇后拭去挂在脸颊上的泪珠。

"姐姐太可怜了，没有做母亲，体会不到做母亲的心。"皇后继续说，声音像是从嗓子眼儿中呼出似的，"姐姐克己奉人，有一颗感恩之心，会有好报的。今生不能再做姐妹了，谢谢姐姐这些年来对我的体贴！照顾好官家，他是好人。哦，我听到了，听到了，三个哥儿都在唤娘呢，哥儿，娘来了，来……"

刘娥已是泪眼模糊，正想着说句劝慰的话，却见皇后已闭上了眼睛，像是睡去了，俯耳去听，皇后已没了气息。

"传太医！"刘娥慌忙喊道，"请官家来！"

太医就在门外候着，进来摸了摸皇后的脉搏，摇摇头："皇后娘娘上仙了！"

赵恒慌慌张张赶到，见皇后脸上已被蒙上了一层白布，双手颤抖着掀开看了一眼，垂泪道："皇后贤淑，惜乎短寿。"又转向在旁抽泣的刘娥道，"刘美人多费心，安排好皇后的后事。"

国朝后宫嫔妃，等级森严，刘娥位次最低，过去受皇后委托操持后宫的事，现在皇后不在了，位高者有杜贵妃、沈淑妃，另有从昭仪到婕好的十多名嫔妃，刘娥不好出面。但赵恒当场交代了，她又不能不办，便事事找地位最高的杜贵妃请示。杜贵妃不到三十岁年纪，是赵恒的祖母昭宪杜太后的侄孙女，名门闺秀，她知道刘娥在皇上心目中的分量，故凡是刘娥说的，她无不赞同，需要以她的名义来往文书的，她都爽快地用印。

赵恒虽然忙于神道设教，对刘娥的操劳，却也看在眼里。随着郭后薨逝，封后之事一时盖过了封禅大典，成为朝野关注的焦点。从郭后去世的那一刻起，立刘娥为后的念头，就萦绕在赵恒的脑海里，只是在斟酌时机。现在，时机是不是成熟他没有把握，但至少是他继位十年来最难得的机会。不仅仅是因为皇后之位已然空出，还因为封禅一事，出人意料地让朝野感到欢欣鼓舞。天书两度降临，朝廷举行庄严的迎接仪式，又大酺五日，文武百官都热情高涨参加宴饮，盛大的演出和花车游街，更让京城一片欢腾，在京师带动下，一时间，举国上下掀起了一股争言祥瑞的热潮。宰相王旦牵头，内外官员、藩夷僧道、耆寿父老，共二万四千三百余人，连续五次联名奏请封禅。朝廷各衙门不分昼夜忙碌着筹办大典，能够参与其间的官员，人人有种荣幸感，就连被罢相后知陕州的寇准也上章，恳求随驾东封泰山。赵恒拔擢王钦若为知枢密院事、张旻为枢密副使，也没有遇到阻力，而这在以往是不可想象的。杨婕好又当面向他陈情，说后宫里因诸事均要刘美人打理，名不正，言不顺，多有不便，内侍、宫女、嫔妃都私下议论，该早日册刘美人为后。所以，赵恒想启动此事。

"此事还是先放一放吧，不要节外生枝。"赵恒刚把想法说出来，刘娥就劝阻道。

这句话，不像是虚情假意的谦让。但赵恒不想失去良机，只是不敢贸然提出，想先试探一下口风再说。翰林学士杨亿乃文坛领袖，在朝野很有影响力，而且杨亿敢言，透过他能摸到百官的真实想法，赵恒便召他到迩英阁来见。

杨亿曾在乾元殿拒绝朗读天书，当众给皇上难堪，次日即以患病为由上表告假，过了一个月，皇上命内侍持手诏敦请，杨亿这才重新回到玉堂，并上表谢恩。赵恒在他的奏表之尾批了几句诗：

> 承明近侍究儒选，苦学劳心疾已痊。
> 善保兴居调饮食，副予前席待多闲。

杨亿很感动，赋诗唱和。今日又蒙皇上单独召见，感激之余，却又多了几分自负。

一进迩英阁，皇上即命赐座、奉茶。

"卿可知，此茶叫什么？产自何地？"赵恒问。

杨亿品了一口，又细细端详片刻，答道："当是峨眉白芽。"

"呵呵，卿果是品茶里手。"赵恒笑着说，"这正是产自嘉州峨眉之白芽。"

杨亿经常与文人雅聚斗茶，对各地的茶品了如指掌，所以一沾唇就能品出是何地所产。

"蜀川人杰地灵，物产丰盛啊！"赵恒感慨道。

杨亿轻轻吸了口气，皇上召见不会是论茶的吧？蜀川也多年无事了，皇上何以提起蜀川的话题？难道是为了那个来路不明的女人？

赵恒举起茶盏饮茶，遮住面部，以漫不经心的口气道："皇后之位不宜空悬，刘美人贤德，非众嫔妃可比，朕欲立之，卿以文章擅天下，朕欲以卿作制书。"

杨亿义形于色道："陛下要封后，先要请三代。"

"三代、三代公布过了嘛！"赵恒有些心虚，说话结巴起来，本已放下茶盏，又举起来，提醒道，"她兄长刘美、刘美补官时，诏书里说了嘛！其父乃虎捷将军、嘉州刺史。"

"嚯嚯！嚯嚯！"杨亿撇嘴一笑，脸上流露出的，分明是不相信的表情。

赵恒回避着杨亿的目光，又道："卿饱读诗书，当知，汉武帝有诗云：'兰有秀兮菊有芳，怀佳人兮不能忘。'汉光武帝，念念不忘立阴丽华为后，后人读之，也不禁为之动容嘞！"

杨亿听出来了，皇上是在向他表白他是有情有义的帝王，对刘美人的感情堪比光武帝与阴丽华，并以此为荣。但这并不能打动杨亿，他低头咂巴着嘴，佯装品茶，不理会皇上的话。

赵恒以为杨亿无言以对，又追问道："卿可知，阴丽华是何出身？"

杨亿放下茶盏，郑重道："陛下，光武帝与阴后识于寒微，且生儿育女，匡复汉室后，规制未备，自可出于宸断立阴后；而我皇宋经太祖、太宗二圣，已隐然形成规矩：皇子要娶名门之后，以确保血统高贵；但为防止外戚坐大，又要选择已经无权无势的勋旧之后。亲王妃尚且如此，遑论国母？再则，恕臣直言，我中华素以嫡长子继统为正当，为消除隐患，古帝王以皇后不能诞育而废者不在少数。"

赵恒像挨了一顿猛击，被打蒙了。

3

欲册立刘娥为后的试探以碰壁而告终，好在东封泰山的日子临近，赵恒有此寄托，才没有被击垮。

大中祥符元年十月初四，是东封起驾的日子。漏夜三刻，天书从乾元殿捧出，安置于玉辂之上，仪仗启动，迤逦而出乾元门。朦胧中，刘娥和杨婕好先上了皇帝乘坐的御辇。黎明，圣驾出了延庆殿，他头戴通天冠，身着绛纱袍，神色庄严，稳步登上天平辇。鼓乐齐鸣，承载天书的玉辂率先启动，紧随其后的天平辇也缓缓启行。随驾亲王、官员、扈从、銮驾仪仗，共两千余人，浩浩荡荡从陈桥门而出，沿着事先选好的路线，向泰山进发。

经过半个月的跋涉，车驾于十月下旬进入乾封县，抵奉高宫。封禅所用玉牒、玉册等文书，事先已由先遣队携之奉高宫，赵恒在奉高宫焚香再拜，标志着繁杂的封禅仪式的启动。

刘娥和杨婕好不能上山，就住在奉高宫南面朝觐台上的寿昌殿里。

泰山脚下天气严寒，夜里，杨婕好索性悄悄搬到刘娥住的寝阁里，与她挤在一个床榻上睡觉，两人躺在被窝里，屏退了侍女随从，说起了悄悄话。

入宫近十年来，杨婕好和比她大十六岁的刘娥感情深厚，无话不说。刘娥甚至连自己的身世，都说给她听了。这世上真正知道刘娥身世的，也只有杨婕好一人。因为入宫不久就遇到了刘娥，十三岁的杨婕好，不再惧怕这遥遥数千里之外陌生的深宫中漆黑的夜空和孤衾中的寂寥，刘娥给了她家的感觉，也教会她欢快地面对生活。无论是耳闻目睹的事情还是内心所思所想，她都会毫无保留地说给刘娥听。

寒风呼啸的冬夜，男人们都随驾上山了，长期无人居住的寿昌殿里，熏香的香气依然没有将深藏阁中的霉味驱散，可只要和刘娥在一起，杨婕好就会感到踏实、温馨，陌生宫殿里的霉味，丝毫不影响姐妹相聚的兴致。两人并排躺在宽大的床榻上，放下帷帐，轻声细语地交谈起来。

"姐姐，封禅真的灵验吗？"杨婕好好奇地问。

刘娥想了想道："诚则灵。你看官家多么虔诚，连微小的细节都不许马虎。官家太想做一个青史留名的好皇帝了。"

"可是姐姐，他们不让咱们上山！"杨婕好遗憾地说，她侧过身，以手托着半侧脸颊，又问，"大宋离大唐不过二三百年，女人的地位却大不如从前了。唐高宗来封禅，在祭坛上，高宗初献，武后亚献；到了大宋，不要说亚献，连一起上山都不被允许了。"在刘娥的引导下，杨婕好也喜欢读史书，并时常向刘娥求教。

刘娥轻叹一声："我也说不好。或许正是因为武则天、韦皇后的作为，给大唐造成的灾祸太大了，所以后人才拼命排斥女人参政吧。"

"哼，女人怎么就不能参政？"杨婕好像是在和人辩论，"奴看男人里像姐姐这样有见识、有智慧又这么克己的，一个也找不来！男人不管什么门第，只要书读得好，中了进士，就能娶富家女，就能做官，越是用苦寒出身的人做高官，越是容易获得赞誉，可女人呢？书读得再好，也是枉然，没有机会做官，苦寒出身者想嫁入富贵之家，也只能做妾婢，太不公平了。姐姐这样的好女人，受的委屈，真是常人难以承受！"

帷帐外一支红烛无精打采地投进来一丝微光，借着微光，杨婕好看见，刘娥的脸颊上，两行泪珠滚落下来。

门第，一直是刘娥心目中的隐痛。在没有遇到韩王前，她遭受孤苦，衣食无着；遇到韩王后，卑微的出身如影随形，给予她的打击和摧残，不曾间断过。夜色中偷偷摸摸被接进王府、喝打铁水、被逐出王府、赵恒继位后迟迟不能入宫、入宫后多年没有名分……这一切的一切，仅仅因为，她出身卑微。这种痛，是深深埋在刘娥心底的。她以欢快示人，强迫自己满足早已超过预期的现状，虽不是刻意掩饰，却也并不能将隐痛祛除。杨婕好体己的"委屈"二字一出口，瞬间唤醒了尘封心底的隐痛，刘娥潸然泪下。

"姐姐！"杨婕好唤了一声，伸出手臂，用睡袍的窄袖为刘娥拭泪，又安慰道，"奴想，官家一定是要立姐姐为后的！"

"妹妹莫说傻话了！"刘娥苦笑道，"皇后母仪天下，一要门第显赫，二要能诞育皇嗣，这是明摆着的，姐姐哪里有这个福分呢？"她蓦地抓住杨婕好的手，"妹妹，姐姐只有指望你了！你要好好侍候官家，早日诞育皇子，母以子贵，皇后的位子，就是妹妹来坐了。将来万一我走在官家后面，妹妹做了太后，在官家的山陵旁为姐姐修造一个小院，姐姐去那里静静地陪伴官家，也就心满意足了。"

之所以让杨婕好随驾，是刘娥的刻意安排。这个安排，不仅仅因为杨婕好与她情同姐妹；更重要的是，杨婕好诞育过皇子。对于赵恒痴迷于神道设教，刘娥内心并不认同，但她不敢出言相劝，其中最重要的原因就在于，刘娥有一个心愿，期盼赵恒的虔诚感动神祇，为他带来皇子。所以，她要抓住一切机会。让杨婕好伴驾，也正是出于这样的考量。男人们上山封禅，刘娥带着杨婕好在朝觐台上，白天对太阳、夜里对月亮，只祈祷一件事，为赵恒祈祷皇嗣。

杨婕好自是知晓刘娥的用心，此刻又听她说出这样一番话，感动得珠泪涟涟，哽咽道："姐姐不要这么说，即使奴真的生了皇子，也说是姐姐生的，这样姐姐就可以做皇后了。"

"妹妹又说傻话了！"刘娥嗔怪道，可她的心，却不由自主地突然"怦怦"乱跳起来！

第十七章 神道设教找寄托 心病难除受煎熬

4

初夏的开封，白天已有些闷热，但到了夜晚，还算宜人。赵恒身体肥胖，怕热。刘娥坐在他身旁，一边轻摇手中的红绡金龙扇，为赵恒挥风，一边一起批答章奏。这些日子里，各地奏报祥瑞的表章连篇累牍，刘娥开始还有些好奇，陪着赵恒一起阅看，可渐渐地，连好奇心也被视觉疲劳驱散了，无论如何也看不下去。赵恒却兴致勃勃，看完一道，伸手又拿起一道，却是亲王诸宫司的禀帖。他觑了刘娥一眼，见她像是在想心事，便悄悄地把禀帖塞入袖中，直起腰道："月妹累了，回去歇息吧！"

刘娥虽感突兀，但还是顺从地辞出了。赵恒独自坐在殿中，把禀帖拿出，看了又看，心情烦闷，起身在殿内徘徊，捻须自语道："封禅后，万事灵验，为何这件事迄今未见效果？"

泰山封禅过去半年了，庄严神圣的仪式、数十万人山呼万岁的场景，令人久久难忘。开始，因为花费了千万贯，赵恒心疼，回宫之日，看到接驾的嫔妃中排位最靠前的杜贵妃佩戴金饰，赵恒大怒，以朝廷禁销金，此妇乃服以迎车驾为借口，将她逐出后宫，发洞真宫为道士。回到宫中，就接到奏报，东封启程前，契丹国信使以其国干旱严重为由请求资助，经过大臣商议，以提前支付其岁币的名义，给契丹银三万两，契丹人大为惭愧，遣使叩谢；党项人得知契丹人要到三万两银子，也遣使来朝，求赐粮食，朝廷传谕，粮食放在京师，需德明亲自来领取，德明接到诏书，惭愧拜谢，事情也就过去了。封禅的首要目的，就是为了镇服四海，夸示远人，而从契丹、党项的表现来看，真是立竿见影！赵恒很高兴，大肆庆贺，群情振奋。

只有一件事，偏偏不灵验。自泰山下来后，赵恒解除了吃斋的禁忌，听从刘娥的安排，一路上让杨婕好侍寝。赵恒心情愉悦，精神大振，雄姿勃发，男女之事也办得甜畅淋漓。几个月过去了，杨婕好却没有孕育的迹象。东封前，就商议要建宫观专门存放天书，有司在天波门外踏勘相度，绘出了图纸，遭到台谏和不少大臣的激烈反对，王钦若摆出建宫观以祈祷皇嗣的理由，一下子就封住了反对者之口。赵恒遂命三司使丁谓主持修造，取名玉清昭应宫。天波门外日夜施工，赵恒全心投入，虔诚对待，不敢有丝毫疏忽，希望感动神祇，赐给他皇嗣。可是，又过了几个月，嫔妃中并没有孕育者。

别的烦闷事赵恒可以向刘娥倾吐，但这件事不能。她喝过打铁水，不能生育，赵恒在刘娥面前一向回避这个话题，以免让她伤感。适才看到的亲王诸宫司所呈禀帖，奏报晋封荣王的赵元俨又添一子，赵恒急忙塞进袖中，就是不想让刘娥看到。

赵恒本来很喜欢八弟元俨，继位后屡次加封他。可是，此次东封泰山，拟定典礼为皇帝初献、宁王赵元偓亚献、舒王赵元偁终献，赵元俨却几次三番找王旦、王钦若求情，说舒王多病，要把他替换下来。长幼有序，赵恒活着的几个弟弟中，宁王、舒王年长，轮不到元俨，他这样去争，让赵恒心生反感。可偏偏是这个令赵恒反感的元俨，身体最好，人丁兴旺。他刚二十五岁，已育有八子，如今又添了第九子；而赵恒已年过四旬，却没有了儿子。皇帝没有儿子，皇位继承就会成为大麻烦，刚刚理顺的皇统承续又会出现变数，朝野为之忧心，也成了赵恒的隐痛。

"着火啦！着火啦！"殿外传来惊恐的呼叫声。赵恒急忙跑出殿外，见周怀政气喘吁吁跑了过来，忙问，"怎么回事？"

"像是'睦亲'一带起火！"周怀政惊慌地奏报。

赵恒大惊，用力一跺脚，来不及多问，就疾步下了台阶。

睦亲非寻常之地。太祖太宗时代，皇子出阁，分散居住，赵恒念及亲情，在东华门外修造一批王府，分南宅、北宅，中为通衢，东西列诸府，又共为一大门，门额上书"睦亲"，各出阁王公集中居住于此。也就是说，睦亲一带都是皇室成员居住，那里起了火，赵恒自是大为惊慌。

周怀政、罗崇勋簇拥着皇上登上宣佑门门楼，向东北方向瞭望，火像是从最靠近东华门的一座宅邸燃起的，那里正是赵元俨的荣王府。

扑火的人马、车船穿梭着、喊叫着，火势不久就得到控制。

"陛下——"随着一声唤，王旦疾步上来了，叩首道，"上天示警，宰相担责，请陛下罢臣以谢天下！"

"还没有查清是怎么回事，说什么上天示警！"赵恒本就情绪不佳，又遇火灾,心里越发烦躁,说话也异于平常,口气相当严厉。

"臣这就布置彻查!"王旦说着,匆匆下楼。

经过两天调查,真相大白:是荣王赵元俨家的侍婢故意纵火,先烧了王府,火势蔓延到禁中,内藏库、朝元门、崇文院、秘阁受到不同程度的损毁。赵恒大怒,传旨降元俨为端王,出居故驸马都尉石保吉旧第。

"哼!乐极生悲!"赵恒表情怪异地对刘娥说。

刘娥眼含泪花。她已经听到了赵元俨又添一子的消息,知道赵恒的话何所指,也知道赵恒近来为什么苦闷、为什么发怒;可赵恒闷在心里,不想和她说,越是这样,刘娥的负疚感越重。好像是因为她独占了皇上的恩宠,又不能生育,才导致皇上面临绝嗣的巨大风险。她奉命代理后宫事务以来,重中之重,就是诞育皇嗣之事。她不能让天下最好的男人绝后!

此番封禅,不仅封泰山女神为"天仙玉女碧霞元君",回程时又专程到了曲阜祭孔,破例祭奠了孔子之妻亓官氏,并追封她为郓国太夫人。这是历代帝王都没有做过的事,赵恒却做了。他想以此向世人宣示,孔圣人身后,站着一个伟大的女性,不能只记住孔子而忽略其妻,这样做的真正目的,是变相抬高刘娥的地位。回京后,为庆贺封禅成功,京师张灯,群臣欢宴,赵恒又借机将单独编修《彤管懿范》一事提出,王钦若接旨遵行。刘娥体会得出,赵恒所做的这一切,都是为了向臣民宣示,贤德的女人,值得尊重。刘娥铭记在心,发誓要加倍回报。而眼下最大的回报,就是为赵恒诞育子嗣!在泰山脚下的朝觐台上,她和杨婕好含泪祈祷;在回程的路上,她让杨婕好多多侍寝;回到皇宫,想方设法让生育过皇子、公主的嫔妃多侍寝,却一直没有效果。已经有大臣上密启,建言皇上抱宗室之子养宫中。

刘娥有种万箭穿心的感觉。她不愿放弃,便给赵恒打气:"爹爹五十岁以后还生了多个儿女,官家才刚四十岁,又这样虔心敬天,上天会保佑官家、保佑大宋的,官家一定会有皇子的,一定会有的!"

第十八章
慈孝寺进香得侍女　龙翔池丢钗获麟儿

1

开封外城南门谓之南熏门，出南熏门不远，就是皇家御园之一的玉津园。玉津园再往南不到二里地，有一座建在土山上的寺庙——慈孝寺。京城有大相国寺、太平兴国寺、开宝寺、天清寺这四大皇家寺庙，相比之下，慈孝寺不仅规模狭小且距城最远。但近年来，这里的香火日渐兴旺，名气也越来越大。不为别的，只因街谈巷议间，都说慈孝寺求子最灵，吸引着不少达官贵人的亲眷也偷偷跑到这里上香求子。

大中祥符二年初夏的一天，晨曦中，一辆厢式马车出了皇城后苑东门，沿皇城东街向南驶去，穿过南熏门，上了狭窄的土路，径直驶向慈孝寺山门。马车停下，两名侍女下车，放好了脚踏机凳，向车内唤了一声："美人娘娘，请下车。"

刘娥"嘘"了一声，责备道："交代过的，叫夫人！"

两个侍女一伸舌头，改口道："请夫人下车。"

刘娥缓缓下了车，双手合十，向着山门恭恭敬敬施了一礼。虽然信誓旦旦对赵恒说他一定会有儿子，但那只是安慰他的话，刘娥自己心里也打鼓。该想的法子都想了，还是未见效果。无奈之下，只能求助神灵。她听说慈孝寺求子甚灵验，便让入内省押班罗崇勋为她雇了辆马车，一大早就悄悄赶了过来。

时辰还早，山门尚未开启，赶车人兼侍卫欲上前擂门，被刘娥拦下了。她转过身去，站在山门前。举目四望，忽见一个白发老妇在不远处弯腰拾柴，这已是多年没有看到过的景象了。刘娥感到亲切，不由自主走了过去，与老妇攀谈起来。老妇以织布为生，家里生计相当艰困，无钱买柴，趁天亮前光线不足不能织布时外出拾柴。刘娥恻然，命侍女掏出一锭银子递给老妇。老妇叩谢不止。刘娥慨叹道："婆婆不必如此！一个勤劳的织妇仍不免于贫困，朝廷做得很不够，亏欠百姓的！"话语间满是歉意。

身后传来"咕噜噜"的声响，回头一看，山门打开了，从中走出一个二十多岁的比丘尼。她似乎对这么早就有人来进香感到诧异，打量着刘娥，从身着粗布衣衫看，像是农妇；可举手投足间，又显出令人望而生畏的贵气。在与比丘尼对视的一瞬间，刘娥觉得眼熟，尤其是那双大眼睛，好像见过。比丘尼回避了刘娥的目光，向她施了一礼，转身前引，进了山门，导引着刘娥一路进香。

正是吃斋的时辰，各殿里都没有人，整理蒲团、用发烛打火点香，都是比丘尼一人。足足一个时辰工夫，刘娥方进香毕。比丘尼又将她引入静室，为她煮茶。刘娥本不欲久留，但见这个比丘尼眉目俊秀，手脚麻利，善解人意，甚是喜欢，再细细观之，眉宇间似乎凝结着一丝愁云，也就盘腿坐下，蔼然问道："听仙姑口音，像是京城人吧？"

比丘尼边煮茶边道："回施主的话，奴正是京城人。"

刘娥又道："我观仙姑似有心事，不知能不能为仙姑帮衬一二。"

比丘尼摇摇头道："奴既入了佛门，当行苦节，已抛却了三千烦恼丝。"

刘娥微微一笑："我观仙姑，脸庞轮廓，似曾相识，敢问仙姑家住京城哪条街？"她担心比丘尼不愿说，为避免尴尬，索性又追问了一句，"是住昭德巷吗？"

比丘尼愣了一下。

"你乳名叫绣儿！"刘娥语气急促，紧追不舍地说。

"哐"的一声，比丘尼拿在手里的茶盏掉到地上，摔了个粉碎。

刘娥感到惊奇。常言女像父、男似母。绣儿的脸庞必是像她的父亲，她的父亲又像她的祖母，而绣儿的祖母，就是刘娥当年初到京城时的房东李婆婆。刘娥正是隐隐约约从绣儿的脸庞轮廓想到了李婆婆，才有了似曾相识之感，没有想到竟是真的！她向侍女一摆手，侍女忙上前捡拾残片。绣儿却还愣愣地站在那里，浑身微微颤抖着。

"绣儿，你的祖母和家人可好？"刘娥急切地问。二十五年前，她被接进韩王府时，绣儿还未满月，临别前，还曾亲吻过她的脸颊。多年来，为了回避她那段沉于市井的历史，刘娥断绝了与房东一家的联系。万万想不到，今日在这里，竟然与绣儿偶遇，冥冥之中，这就是缘吧？

绣儿只说，祖母已不在人世，父亲景德元年在天雄军战死，母亲前几年也去世了。她长大后嫁了人，生下一女，不久夭折了，后来男人殇了，她就回到了娘家。

刘娥流露出不易觉察的惊喜，两眼放光，忙问："你是说，你曾经生过一个女儿？"

绣儿点点头。

刘娥突然长长地舒了口气，快速眨了眨眼睛，道："不瞒绣儿说，本位是宫里来的。绣儿若肯，跟本位进宫，做本位的侍女，如何？"

"娘娘?！"绣儿惊叫一声，慌忙跪下，"娘娘若肯收留，绣儿感激不尽！"

"好！"刘娥兴奋地说，"你这就去禀报住持，就说有亲戚接你还俗。"她又向侍女一摆手，"你也去，重重赏赐住持！"

绣儿因何遁入佛门？而且适才说话间，目光躲躲闪闪，似有难言之隐。刘娥本想追问，又怕绣儿难堪，就忍住了。

回到万岁后殿，刘娥要绣儿陪她一起用了早饭，又吩咐侍女秋水带绣儿沐浴更衣，教她一些宫廷礼节。

只两三个月工夫，绣儿长出了一头乌黑的秀发。毕竟是江南人的后代，绣儿身材婀娜，皮肤白皙，略带忧郁的脸庞细嫩得仿佛能够掐出水来，她声音轻柔，话语不多，腿脚却很勤快。刘娥打心眼儿里喜欢她，也忍不住说起，当年从蜀地来到京师，曾经到过绣儿家，亲吻过襁褓中的绣儿的脸颊，直说得两人都流下了感慨的泪水。

绣儿虽是侍女，刘娥对她却关爱有加。穿戴、首饰自不必说，还时常和她说些体己话。两个多月来，绣儿已然视刘娥为天下最亲的亲人，生出女儿对母亲般的感情。

这天夜里，刘娥从延庆殿回到万岁后殿，绣儿乖顺地服侍她洗漱就寝，刘娥突然发出一声重重的叹息声。慈孝寺进香，并没有为赵恒求来子嗣，嫔妃里，没有一人有怀孕的迹象，后宫笼罩着一片绝望的气息，刘娥也明显地感觉到，赵恒也处于焦虑中。她的叹息，发自内心，却也是另有意图。绣儿被刘娥的叹息声吓了一跳，胆怯地问："奴多嘴了，望娘娘宽恕，不知娘娘为何发愁？奴能不能帮衬到娘娘？"

刘娥目光紧紧盯着绣儿，绣儿被看得脸一红，低下头去。刘娥一把抓住绣儿的手，想说什么，又咽了回去，只是慢慢在绣儿的手背上摩挲着，良久方道："做女人的，没有爹娘呵护，已经够悲惨的了；若没有个一儿半女，是不是更凄楚？"声调甚是悲凉。

"娘娘——"绣儿心疼地叫着，拿起香帕，为刘娥拭泪，自己的眼眶里，也含着泪花。

"绣儿！"刘娥唤了一声，"我召你进宫，又怕误了你，心里很纠结。你若想出去找个人家嫁了，生儿育女，我愿成全你。"

"不不不！"绣儿起身道，"娘娘，奴、奴不出去，奴要永远侍候娘娘！因为、因为……"她低下头，觑了刘娥一眼，欲言又止。

刘娥觉察出绣儿有心事，便露出了笑容："对我，你还有什么话不能说呢？"

"没、没有！"绣儿急忙摇头。她觉得入宫才两个多月，还没有为娘娘做什么事，就拿自己的私事麻烦娘娘，是让人嫌弃的，便临时打消了说出来的念头。

刘娥不再追问，叹息一声，又把话题转了回来："年轻时不晓事，以为有没有子女并不重要；有了年岁方知，女人不能做母亲是多么大的缺憾，是多么痛苦！"

"娘娘，娘娘！"绣儿叫着，着急地说，"奴不离开娘娘！"

刘娥露出神秘的笑容，贴在她的耳边，低声嘀咕了一句。

绣儿露出羞怯的神情。

2

延庆殿通往万岁后殿的廊道两侧，藤蔓攀爬到了廊顶，把回廊搭成了林荫道。

赵恒从天波门外的玉清昭应宫施工现场回来，屏退左右，独自一人沿廊道径直向万岁后殿而来。今日查看玉清昭应宫施工，得知丁谓督理有方，进度比预想的要快，赵恒心情大好，远远地就发出"哈哈"的笑声，以便让刘娥出来迎接。可直到进了殿门，也没有看到刘娥的身影。

"哎，奇怪，会到哪里去呢？"赵恒自语道。他进殿转了一圈，殿内静悄悄的，不仅刘娥不在，连内侍、宫女也不见了踪影。赵恒很纳闷，他在工地上亲手摸过砖石，此时伸出手来想洗一洗，正左顾右盼间，一股醉人的香气扑鼻而来，一个不曾见过的宫女端着脸盆走到赵恒面前，赵恒正视此女，见她肤色玉耀，面带羞怯，颇可人，便问："朕怎么没有见过你？"

"回官家的话，奴是刘娘娘新招来的，叫绣儿。"

"喔？"赵恒伸进脸盆洗手，眼睛却一直盯着绣儿看，竟连刘娥何以不见的话，也忘记问了。

"官家！"绣儿娇声道，"奴听刘娘娘说，官家会解梦，奴昨夕有一梦，想请官家给奴解一解。"

"哈哈哈！不妨说出来！"赵恒来了兴致，亲手接过脸盆，放到旁侧的架子上，转身道，"快说说看！"

绣儿低着头，呢喃道："昨夜奴、奴忽梦有一个穿着羽衣的赤脚人，从空中飘下，对奴说：我来做你的儿子！刘娘娘说，这个梦当是好梦，但只有官家能解。那么官家，这个梦是什么意思呀？"

赵恒似乎悟出了什么，踌躇片刻，侧脸看着绣儿，见她白皙的脸颊上泛起红晕，眼睛不住地眨着，楚楚动人，不禁心跳加快，有了冲动，这是许久以来所不曾有过的，他上前握住绣儿的手，喘着粗气道："朕为你成之！"说着，揽着绣儿的腰肢，慌乱地向床榻走去。

刘娥坐在万岁后殿的耳房里，双手合十，不停地祈祷着。这里本是几个贴身宫女居住之所，刘娥一早就把她们全都打发走了。自从和绣儿说好了侍寝之事，她就关注着绣儿的经期，掐算好了日子。昨晚在延庆殿陪赵恒阅看章奏，刘娥脑海里一直在盘算着找什么借口，恰好看到丁谓奏报玉清昭应宫进度的奏疏，刘娥知道赵恒对此十分牵挂，便提议到实地巡视，可今早她却差宫女禀报赵恒，说她身体不适不能前去，请官家回来后务必到万岁后殿向她一述情形。一切安排妥当，但等赵恒驾临，赵恒果然如约而至，而且久久没有出来。刘娥即知好事已然做成，只祈祷上天能为她的诚心所打动。

接下来就是焦急的等待。刘娥没有孕育过，就将此事和杨婕好说了，杨婕好成了万岁后殿的常客，整天盯着绣儿观察。半个月过后，绣儿没有见红，刘娥和杨婕好暗喜，但是还不敢确定，直等到九月下旬，杨婕好确信，绣儿真的怀孕了！

"天哪天哪！"刘娥喜极而泣，跑出殿门，对天默默祈祷，"上天保佑，让绣儿怀上皇子；上天保佑，此子长大成人，继承大宋皇位！"

"奴看姐姐这么高兴，好像是姐姐怀孕了呢！"杨婕好看着一脸兴奋的刘娥，笑着说。话一出口，又觉得失言了，忙低下头，用余光瞥着刘娥。

"高兴呀，怎会不高兴?!"刘娥激动地说，"像官家这样好的皇帝、这样好的男人，上天会眷顾他的，我怎么能不高兴呢？"

杨婕好见刘娥只顾高兴了，没有在意她适才的话，也就恢复了常态，低声问："姐姐你说，要不要奏报官家呀？"

"不必！"刘娥断然道，"我怕他晓得了，就不再卖力了。皇子越多越好的嘛！"

"对，不仅要瞒着官家，还要瞒着所有人！"杨婕好兴奋又神秘地说，她趴在刘娥耳边，低声道，"就说姐姐怀孕了。"

"傻话！"刘娥一点杨婕好的额头，伸出四根手指，"我都这把年纪了，说出来，岂不让人笑话？"

"哼！"杨婕好一噘嘴，赌气似的说，"只要官家认可，他人即使怀疑也说不出口。谁还能到宫里找姐姐查验不成?!"

杨婕好深感，这些年受到刘娥的关照太多了，无以回报，只在这一件事上能给她以帮衬，在泰山脚下的寿昌殿同居一室时，才会说出"真生了皇子也说是姐姐生的"这样的话，只恨自己肚子不争气，没有办法兑现自己的诺言，正愁闷间，竟然遇到了这样一个机会，杨婕好不愿放过，又自告奋勇道："奴和绣儿说！"

刘娥沉默了。当初听到杨婕好说出"真生了皇子也说是姐姐生的"这句话时，她心头一颤，这个念头自此不时在脑海闪出，但多半又很快会自我否定。毕竟，在她这个年纪，又一直没有生育过，如此瞒天过海的事，未免耸人听闻，她不想自取其辱。可她也说不清楚，寻找房东家的孙女绣儿进宫，是不是受到这个念头的支配。一个女人渴望做母亲的强烈愿望，亲手为大宋训育出一个像赵恒一样的好皇帝的美好愿景，都促使刘娥很快下定了决心。但她并未说出口。毕竟，这件事不是偷偷摸摸可以做成的，需要思虑周全方可付诸行动。

经过几天的思考，刘娥理出了头绪。这天晚上，她将绣儿召进内室，和颜悦色道："绣儿怀了龙种，以后不必再做活计，搬到宝庆殿去，由杨婕好全心照料。"见绣儿有些不知所措，刘娥又道，"为了肚子里的皇子，绣儿务必要高高兴兴的，不能存心事。上次你欲言又止，不知有何心事，说出来，我替你做主！"

绣儿点点头，道："娘娘，奴有一个弟弟，叫李用和，不知身在何处，奴想让娘娘帮着寻找。"

刘娥问了详情，这才知道，李用和比绣儿小十来岁，自小受到宠爱，少不更事时就染上了赌博的恶习，祖母、父母相继去世后，无人管束，用和越发沉湎赌场，将家底全部败光，还欠了不少债，为了躲债，绣儿只得出家到了慈孝寺，而李用和则逃出京城，说是到杭州寻找亲族，至今杳无音信。绣儿之所以答应入宫，一则因为生计无着；二则是自知没有能力找到弟弟，想借助刘娘娘帮她寻找。

"绣儿放心，我一定替你找到弟弟！"刘娥以自信的语气说。

"奴不知如何报答娘娘的大恩大德！"绣儿施礼，抽泣道。

刘娥拉住绣儿的手道："绣儿，你不必这么说。绣儿生下健康的皇子，就是大宋、官家、我刘娥的大恩人哪！"

绣儿感到刘娘娘的话分量很重，顿时现出诚惶诚恐的神色："娘娘这么说，这让绣儿承受不起呀！"

"绣儿，有件事，我想和你说。"刘娥突然变得严肃起来，"官家已诞育过五个皇子，都殁了。卦师说，再有孕，不可对外人言。此事目下只能你、我和杨娘娘知晓，包括官家在内的所有人，都不可吐露一言。"

第十八章　慈孝寺进香得侍女　龙翔池丢钗获麟儿

绣儿神色紧张，忙道："娘娘，奴记下了。"

刘娥满意地点点头，命两名贴身侍女替绣儿收拾了包裹，当夜送到了宝庆殿杨婕妤处。可刘娥生恐有闪失，过了几天，又差人将杨婕妤和绣儿召进万岁后殿，说道："我托娘家嫂嫂找了个稳婆，问她些要领，都用心听听。"

须臾，稳婆被领进了殿，施礼毕，在刘娥和杨婕妤对面的蒲团上盘腿坐下。

"今日本位召婆婆来，是想听听孕妇大全良方，请就所知用心赐教。"刘娥脸上挂着笑，客气地说。

稳婆偷偷瞥了刘娥和杨婕妤一眼，再看一眼侍立在刘娥身后的宫女，不敢多问，把她所知道的如何保胎、如何接生等等，有用没用的都说了一通。诸如孕妇不可食兔肉、雀肉、鸭子肉；要行坐端庄性情和悦，常处静室多听美言，令人讲读诗书，陈礼说乐；临产前要多吃鸡蛋、鸭蛋、开花馒头；等等。刘娥又问了民间习俗，稳婆都一一作答，从孕妇足月临产前娘家要送分痛馒头，一直说到婴儿出生百天过百岁要给四邻散福，等等，说得口干舌燥，举盏喝茶，不知何时已饮尽，绣儿只顾听讲，忘了续茶，稳婆瞪了她一眼，夸张地晃了晃空盏。

刘娥看在眼里，满心欢喜。绣儿如此专注，委实令人宽慰。

绣儿慌忙给众人续了茶，稳婆忍不住问："敢问娘娘，孕妇……"

刘娥沉下脸，打断她，厉声道："五位皇子之事，汝不知？今宫中孕育之事，概不许乱问、乱说！"说完向外喊了声，"赏！"宫女端着托盘走过来，刘娥起身，给稳婆赏了一方杭丝、一匹布。稳婆满腹狐疑地退出了，刘娥又嘱咐了杨婕妤和绣儿一番，心中方觉稍安。

绣儿怀孕的消息，只有三个人知道。杨婕妤已然猜透了刘娥的心思，几次催促要把事情向绣儿点透，刘娥踌躇难决。这天晚饭后，杨婕妤喜不自禁地禀报刘娥说，绣儿喜吃酸食，按照民间酸儿辣女的说法，所怀十有八九是皇子，到了该向她说透的时候了。刘娥终于下了决心，可她到底未出面，委托杨婕妤去说。

当晚，杨婕妤走进绣儿住的西阁，和她并排坐在床榻边，貌似闲谈地铺垫说："天下最无私者，是母亲。母亲为子女的前程，会不惜舍去自己的生命。"

绣儿抚摸着自己的肚子，微笑着点头。

杨婕好抓住绣儿的手，问："绣儿，刘娘娘好不好？"

"刘娘娘是奴的恩人。奴不知今生如何报答。"绣儿诚恳地说。

"唉——"杨婕好重重叹息一声，"绣儿，你不晓得，外人看来刘娘娘整天笑脸示人，可她心里的苦，谁能体谅得到呢?!生为女人，不能做母亲，心里何其苦也！刘娘娘对我恩重如山，我无以报答，本打算替她生儿子的，可惜我肚子不争气……"停顿片刻，突然问，"绣儿，你想过吗？倘若你生的皇子是刘娘娘的，将来会怎样？"

绣儿神色黯然道："他若是刘娘娘的，那真是他的福分。可惜他在我的肚子里。"

"那有什么关系！"杨婕好道，她伸手放在绣儿腹上，轻轻抚摸着，"到时候就说是刘娘娘生的，他不就是刘娘娘的儿子了吗？刘娘娘有了儿子，就能封皇后，他就是皇后的儿子，就是太子，将来还会成为大宋的天子！刘娘娘不会亏待你的，给你晋嫔妃，让你侍寝，再多生几个儿女！"仿佛怕遭到绣儿拒绝似的，杨婕好一口气把预先想好的话都说了出来，然后侧脸看着绣儿，轻声问道，"怎么样，绣儿？"

绣儿沉默了一会儿，答道："若能报答刘娘娘，奴愿意！"

杨婕好兴奋地说："绣儿，刘娘娘听到你的话，该多高兴呀！明日你亲自说与刘娘娘吧！"

次日一早，绣儿踏着上朝的钟鼓声，独自来到万岁后殿。

刘娥故作吃惊地问："绣儿，这么早来见我，有急事？"

"娘娘——"绣儿唤了一声，看了看殿内的侍女，欲言又止。

刘娥屏退左右，拉着绣儿的手进了寝阁。

"娘娘，奴想……奴……"绣儿声音有些颤抖，一时竟言不成句。

"绣儿，慢慢说。"刘娥说着，扶绣儿坐到床榻边。

"娘娘，奴、奴肚子里的皇子，就是娘娘的！奴要替娘娘生儿子，报答娘娘的恩情。"绣儿红着脸说。

"绣儿，好绣儿！"刘娥把绣儿的头揽进怀里，"我就说，绣儿是我刘娥的大恩人！"

"娘娘能要这个儿子，是他的福分，奴替肚子里的皇子谢谢娘娘！"绣儿喃喃道。

刘娥凛然道："既如此，不可对外泄露一字！"

"奴发誓！"说着，绣儿直起身，举其右臂，郑重道，"老天爷做证，李绣儿若生子，即是娘娘亲生，与李绣儿绝无任何关系。李绣儿绝不对任何人吐露一字。如有违背，愿受天谴！"

刘娥感激地看着绣儿，语调急促地说："绣儿，我相信你。也请你相信我，以后绝不会亏待你！"

绣儿突然打了个寒战，脑海里闪出一个念头：真的生子交给刘娘娘，以她的权势，随时都可以让她李绣儿从世间消失！而且，为了保守这个惊天秘密，让她消失是顺理成章的。想到这里，绣儿突然浑身颤抖起来，就好像刘娘娘现在就要杀她，一脸惊恐，以急促的、求饶的语调说："娘娘，娘娘！奴发誓，奴不会外泄一字，这个秘密，永远烂在奴的肚子里！"

刘娥察觉出了绣儿的异样，忙道："绣儿放心，我刘娥绝不是无情无义的女人，绝不会伤害有恩于我的人！"说罢，似乎感到还不足以表达自己的心情，索性"嗵"地跪在地上，举手发誓："皇天后土共鉴，我刘娥若做对不起李绣儿之事，天打雷劈！"

"娘娘，娘娘——"绣儿哭着叫道，上前扶起刘娥，"娘娘，奴相信的，奴相信娘娘！"

"那好，绣儿，一切听我和婕好娘娘的吩咐就好。"刘娥抓住绣儿的手说。

3

腊月初一是赵恒的生日。去年，为纪念天书降临和泰山封禅，将原来的万寿节改为承天节。这是个举国庆贺的日子，赵恒却闷闷不乐。早起照镜，看到双鬓已现白发，想到四十二岁却未有皇嗣，他叹息不止，勉强打起精神在延庆殿和大庆殿分别接受嫔妃和朝臣的贺寿，仪式一毕，就默默地走进寝阁，半倚在坐榻上假寐，一种前所未有的孤独感向他袭来。这段时间，刘娥表现怪异，常常神神秘秘，似乎背后有什么事情瞒着他。建造玉清昭应宫的事让他找到了寄托，审看王钦若、杨亿领衔呈来的《册府元龟》文稿，也占去了大量精力，各地不断贡献的祥瑞，带来不少喜庆之气，赵恒暂时忘却了无嗣的烦恼，也没有细想刘娥的异常表现。可是，在这个特殊的日子里，赵恒不能不想到皇嗣之事，而刘娥没有像以往那样来陪伴他、安慰他，更让赵恒感到失落。他望着天花板，口中喃喃道："所谓知己，也未必永远靠得住吧！"

"官家！"寝阁外响起刘娥的声音，语调颇是欢快。

赵恒侧过身，佯装睡去，故意不做回应。

刘娥吩咐内侍、宫女都退出，这才走过去推了推赵恒："哎呀天哥——！给你送寿礼来了，你还不起来？"

赵恒抬了下脑袋，扭过脸来，微睁双目，见刘娥两手空空，身后也未有持礼的随侍，不觉纳闷儿，又把脸扭了过去，不理会她。

刘娥贴在赵恒耳边，低声道："天哥，到了转过年麦收时节，天哥就能抱皇子啦！"

"什么?!"赵恒"腾"地坐直了身子，惊讶地看着刘娥，"谁有孕了？"

刘娥摇摇手道："天哥，天机不能泄露！"

"不能说？"赵恒狐疑地问，"那是为何？"

刘娥一脸肃穆道："天哥，五个皇子都没有留住，这回千万不能再糊里糊涂了，我请人卜过了，怀孕期间，不能对外泄露。"

这是刘娥早就想出的说辞。杨婕好一直催促把借腹生子一事向赵恒挑明，可这样的事，不是能轻易说出口的，刘娥为之烦恼。眼看不能再拖了，尤其是看到赵恒在嫔妃贺寿时一脸愁容，她心里一阵酸楚，才鼓足了勇气，先把后宫有孕的消息向他透露一下。

赵恒拱手向刘娥一揖："这回就托付给月妹了，月妹上心，事体无忧！"但他还是难抑好奇之心，会不会是那个梦见赤脚人做她儿子的宫女？便"嘿嘿"一笑，旁敲侧击道，"后殿里那个宫女怎么不见了？"

"天哥的记性倒是不差！"刘娥揶揄道，"多记些天下大事，后宫里的事我来记，天哥就不必费心劳神了！"

第十八章　慈孝寺进香得侍女　龙翔池丢钗获麟儿

赵恒"嘿嘿"笑了两声，果然不再追问。

就这样暂时蒙混过去了，刘娥直冒虚汗，心里七上八下。接下来就要着手下一步的事了。接生的稳婆不能用宫里的，以免泄露天机。她暗中托嫂嫂钱氏物色，预为准备。

转过年，按照月份，孕妇该是显怀的时候了，刘娥把绣儿接回了万岁后殿西阁，她也不再抛头露面，只对赵恒说她身体不适，连正旦节、上元节的所有仪式都缺席了。赵恒也未多想，只道她这些年过于操劳，嘱咐她好生养着，不时差太医前去诊治，却不知太医每次到了万岁后殿，都被刘娥拒之门外。

赵恒到底放心不下刘娥的身体，没有她的陪伴，他也总觉得空落落的，忙完了上元节的一应礼仪，便到万岁后殿看望刘娥。

刘娥接报，屏退了闲杂人等，把赵恒一人迎进她的寝阁，神秘一笑道："天哥不是想知晓那个宫女在哪里吗？走，我带你去看。"说着，拉着赵恒往西阁走。

赵恒满腹狐疑进了西阁，却见一个腹部隆起、又白又胖的女子施礼接驾，一下子认不出她是何人了。

"官家看，她梦到有赤脚人做她的儿子，你为她成之，果然就成了！"刘娥在一旁道。

"嘿嘿，"赵恒不好意思地笑了笑，惊喜地说，"喔？那真是天意啊！"

"都是官家和美人娘娘的福分！"绣儿低声道，"奴、奴前几天又梦到赤脚儿了。"

"哦？"刘娥故作惊讶，忙问，"那赤脚儿和你说话了没？"

绣儿低着头道："说、说他，他当做、做刘娘娘的儿子。"

赵恒咧嘴一笑："呵呵，此儿还挑挑拣拣嘞！"

刘娥在赵恒面前摇了摇手："此儿是赤脚大仙下凡，可不敢说他不爱听的话！"说着，忙拉赵恒走出西阁，边道，"闷了一个多月了，今日天气晴好，想到龙翔池边走走。"

"也好，我正有事想和月妹说。"赵恒爽快地说。

龙翔池在延庆殿西南侧，占地不大，池内是从金水河引来的清水，春夏长满芦苇，又名苇池。池的四周种植垂柳，柳下铺设着甬道。冬春之交，垂柳尚未发芽，却也生出了细细的骨朵儿。水面上的冰已化了，清纯的池水在微风吹拂下泛起道道涟漪。赵恒和刘娥各自披着厚厚的斗篷，罩着风帽，在池边漫步。

走了几步，赵恒兴奋地说："那个宫女有孕，都是月妹的功劳啊！"

"你晓得就好！"刘娥不谦逊地说，乘赵恒不注意，她麻利地弯了下腰，又若无其事地问，"天哥不是说有事要说吗？"

"对对！"赵恒清了清嗓子，重重咽了口唾沫，道，"月妹，你身体欠安，我没有告诉你。正旦节前，契丹差告哀使来，通报承天萧太后去世了。"

"呀！"刘娥惊叫了一声，蓦地站住了。

"腊月十一的事，萧太后掌权四十年，还以为七老八十，其实也不过五十七岁。"赵恒感叹道。

"国策不会有变吧？"刘娥问。

"吊慰使曹利用回来说，耶律隆绪亲政，誓言两家和好，不敢背盟。"赵恒道。

"那就好，那就好！"刘娥拍了拍胸口说，继续迈步往前走。

"契丹兴宗死的时候，耶律隆绪才十二岁，全靠萧太后摄政，也把契丹带向强盛了。"赵恒感慨道。

刘娥驻足，声音低沉地问："官家，倘若十二岁的耶律隆绪不是萧太后亲子，该会怎样？"

赵恒愣住了，一阵寒风吹过，他打了个寒战。

刘娥伸手拉住他的胳膊，边继续向前走，边道："自泰山封禅，上天感天哥虔诚，有求必应。契丹、党项都被镇服了；这不，又赐给天哥一个哥儿，天神会一直护佑天哥的。"

赵恒诚惶诚恐道："天意不可违，一定要虔诚敬天！"

刘娥一摸发髻，惊叫道："奴的玉钗不知何时掉落了。"

赵恒转过身去，命远远跟在后面的侍女去寻找，他则双手合十，仰脸低声祈祷："若玉钗完好无损，就应生男！"

玉钗取回后，赵恒接过一看，果然完好无损，兴奋地说："月妹，上天赐给的是哥儿，是哥儿！"

刘娥向赵恒靠了靠，神秘地说："天哥，你说奇怪吧？宫女绣儿说，她梦见这个哥儿是赤脚儿，我也做了一个梦，梦见赤脚大仙入我怀中。"

赵恒又是一愣。沉吟片刻，突然一把抓住刘娥的胳膊，求情似的道："月妹，这个哥儿就该是你的，你答应我，一定要将他抚育成人！"

刘娥心里一阵激动，眼圈一红，涌出两行泪花，哽咽道："这或许是天意！上天见你我相知相爱，不忍我不能做天哥儿子的母亲，故托梦赐给此儿。我发誓，一定视若己出，将他抚育成人！"

赵恒也动情地说："月妹，当年是为了和我在一起，你喝了打铁水，失去了做母亲的机会。此儿该是你的，是我补偿你的。再说，托付给你，我才放心。不但活着放心，死了也可安心！"

刘娥抽泣道："天哥，官家！你是史上最好的皇帝，世上最好的男人！我一定要把上天赐给天哥的这个儿子抚育成人，这是我余生最大的心愿！"

说完这句话，刘娥泪流满面。

4

大中祥符三年四月十四日，天还未亮，一匹快马出了皇宫，向刘美的宅邸疾驰。内侍雷允恭奉刘娘娘之命，向刘宅传谕，要刘美之妻钱氏速送分痛馒头入宫。雷允恭并传达刘娘娘的嘱咐：马车自宣佑门入后宫。

按照推算，赤脚儿当在四月十六日诞生。十三日夜，刘娥即以赤脚大仙降临需要安静为由，将闲杂人等一律屏退，只留下两个侍女侍候。与此同时，刘美之妻钱氏物色的稳婆，也于当夜送进了万岁后殿，住进了耳房。她只知是刘娘娘分娩，两名侍女奉刘娥之命，便将绣儿唤为刘娘娘。

十四日不到五更，绣儿就感腹痛。她是生育过的，知道是要生产了，急忙禀报了刘娥。刘娥吩咐将稳婆唤进西阁，把事先预备好的蝉蜕和麝香研成的粉末兑上醋汁，让绣儿喝下，预防难产。两名侍女与稳婆一起忙碌起来。刘娥躺在自己寝阁的床榻上，一边关注着西阁的动静，一边又将细节梳理一遍，看还有什么事情要做，突然想到京城有娘家送分痛馒头的习俗，这才差雷允恭速到刘宅报信。

卯时半，钱氏乘坐的马车驶到宣佑门前。两名小黄门慌忙上前阻拦。钱氏撩开门帘，大声道："为刘娘娘送分痛馒头！"说着亮出了令牌。

早在春二月，一个传言就在宫中流布，说皇上泰山封禅，感动上天，派一赤脚大仙来做大宋天子的皇子，还说赤脚大仙降临宫中自有仪规，凡人一律不得过问。不久，皇城司、入内省接到内旨，为迎接赤脚大仙降临，一应事宜按盖有"坤仪殿之宝"的刘娘娘懿旨办。鉴于五个皇子都夭折了，无论是外廷还是内宫，没有一个人敢对此事提出异议，甚至不敢私下打问，后宫笼罩在神秘诡异的氛围中。

依照惯例，入参的命妇和亲眷皆从后苑进宫，并没有过宣佑门的先例，所以宣佑门的守卫和值守的小黄门见到钱氏的马车驶来，自是吃惊；可见了令牌，也不得不放行。他们害怕坏了赤脚大仙降临的大事，谁人承担得起？

钱氏的马车过了宣佑门，两个小黄门缓过神来，嘀咕道："娘家人来送分痛馒头？这么说赤脚大仙入了刘娘娘的怀中？"既然刘娘娘的娘家嫂嫂已然公开说出来了，此事当不必再保密，两个小黄门急不可待地把此事说了出去。正值上朝时分，刘娘娘的娘家嫂嫂送分痛馒头的消息，一盏茶工夫就在宫内外传开了，侍女忙向刘娥禀报，刘娥笑而不语。这正是她要的效果。赤脚大仙降临的神秘说辞，堵住了所有想探问究竟者的嘴，直到孕妇临盆，除了有限的几个人，内外尚不知孕妇是谁。婴儿即将出世，是揭开谜底的时候了。刘娥要以娘家高调送分痛馒头之举，将这个谜底非正式传布出去。

万岁后殿已秘密戒严，本殿的内侍、宫女都守候在外，没有刘娘娘的吩咐，不许任何人出入。钱氏陪着刘娥在寝阁里焦急地等待着西阁的消息。虽然此前认定绣儿所怀是男婴，可不见到婴儿，终究只是猜测。刘娥紧张得浑身冒汗，抓住坐在床沿的钱氏的手不放。

西阁里，随着一声清脆的啼哭，一个胖乎乎的男婴呱呱坠地。因生产而精疲力竭的绣儿抚摸着他的小脑袋，泪水夺眶而出。

侍女顾不得两手是血，跑到寝阁向刘娥禀报。刘娥仰脸长长呼了口气，吩咐道："快去，命雷允恭向官家奏报！"又对钱氏道，"速将稳婆接走。"

守在殿外的雷允恭一溜小跑，到长春殿报喜。

早朝结束后，赵恒在长春殿召对二府大臣，雷允恭闯了进来，附耳向皇上奏报喜讯。

"众卿，朕得子矣！"赵恒兴奋地宣布。说着，慌慌张张起身就往外走。待他来到万岁后殿时，婴儿已在东阁刘娥的怀抱里。此前，绣儿已被蒙上被子扶进一台小轿，抬到了宝庆殿。钱氏物色的乳娘也已被送到，住进了西阁。

"六哥儿！"赵恒咧嘴笑着，唤了一声。

刘娥惊慌地伸手护住婴儿，不悦地道："官家，他是赤脚大仙，不是六哥儿，不要和那五个排在一起！"

"对对对，赤脚大仙，赤脚大仙！"赵恒并不因为被刘娥抢白而生气，连声附和，拉开襁褓，伸手爱怜地摸了摸婴儿的胖脚丫。

"叫他赤哥儿吧，官家。"刘娥盯着婴儿的小脸，不等赵恒回应就一扬下颌，"赤哥儿，娘的赤哥儿！"

"赤哥儿！"赵恒凑上去，也唤了一声。

"赤哥儿，让你爹爹给你取个大名，快，看着你爹爹！"刘娥动了动赤哥儿的小脑袋，让他脸朝着赵恒。赵恒想了想，刚要出口，忽然记起宫里有规矩，皇子要在出生百天时方赐名。

刘娥不以为然地说："赤哥儿是赤脚大仙呀，怎么按老规矩？你那些老规矩对赤哥儿不适用！"

赵恒"嘿嘿"一笑道："那，就赐名赵受益！"

"好呀！"刘娥逗着赤哥儿，"你这个赤脚大仙，降临人间，让娘受益、爹受益、赵家受益、大宋受益！"

赵恒俯身盯着刘娥怀中的赤哥儿，"嘿嘿"笑着，刘娥伸手点了一下他的脑门，嗔怪道："别只顾傻笑了，传旨，发浴儿包子呀！还有，重重赏赐宰相！"

本朝诞育皇子、公主，以浴儿包子发给二府大臣，包子内装有金银大小钱、金粟、涂金果、犀玉之类。同样是惯例，若生皇子，则对宰相还有密赐。

宫里已经很久没有发浴儿包子了，宰相王旦一直引以为忧。召对未毕，皇上没头没脑地说了句"得子"的话，就兴冲冲地起身回宫了，一听内侍来发浴儿包子，方知果有皇嗣诞生。过了一会儿，内押班罗崇勋抱着一个金盒，进了王旦的朝房："官家密赐！"

"恭喜官家！贺喜官家！"王旦抱拳上举道，接过金盒，恭恭敬敬放置书案，转身以宫里的尊称问罗崇勋道，"御侍，小皇子是哪一宫所诞？"王旦早就为那个赤脚大仙的神秘流言所困惑，又闻刘美人娘家送分痛馒头，越发疑惑难解，便忍不住问。

"刘美人所诞。"罗崇勋道。

"刘美人？"王旦虽有耳闻，但听到正式的消息，还是禁不住吃了一惊。他不敢相信，侍候皇上这么多年并未生育过的刘美人，年过四旬居然会诞下皇子！

"相公，难道会有错吗？"罗崇勋一指金盒，"这可是官家密赐相公的，官家会弄错吗？"这话，是说给王旦的，也是说服他自己的。

王旦用力晃了晃脑袋，想说什么，又忍住了。送走罗崇勋，打开金盒一看，内装黄金一百两，另有犀玉带一条、珍珠瑰宝若干。他苦笑着默念道："这是密赐还是密贿啊！"想起当年皇上以赐酒为名贿赂他的一坛珠宝，王旦哑然失笑，"此地无银三百两啊，真是遇到一个令人啼笑皆非的官家！"

"相公！这究竟怎么回事？"随着一声质问，参知政事赵安仁气鼓鼓地进来了。

王旦忙合上金盒，边请赵安仁落座边道："有了皇嗣，该高兴才对啊，参政为何怒气冲冲？"

"相公相信吗？"赵安仁瞪着眼问。

"信如何，不信又如何？"王旦反问。

"现在看清楚了，什么赤脚大仙降临，神神秘秘的，无非是那个女人为了封后，玩的借腹生子的花招儿！不能眼睁睁看着那个女人欺骗天下人！"赵安仁愤愤然道。

王旦苦笑着问："参政以为，此子为官家血脉否？"

"这个当无疑。"赵安仁道。

"那么参政以为，官家知道此子是谁孕育否？"王旦追问。

赵安仁仰着脖子道："官家自然是知道的！"

王旦手一摊道："那就是了！难道你敢说官家不知道皇子是谁生的？既然此子是官家亲子无疑，我辈就该为官家庆贺！既然官家说此子为刘美人所诞，我辈做臣子的，就无权说三道四！所谓天机不可泄露，纠缠此事不仅徒劳，而且危险，望参政深思。"

赵安仁叹息一声，突然发出几声冷笑："哼哼，她别高兴得太早，如此大费周章，如意算盘不就是封后吗？休想！"

第十九章
攀宗亲受冷遇　查妖案下狠心

1

夜深人静，赵恒独自在延庆殿焦躁地踱步。

终于盼来了皇子，兴奋之余，赵恒压力陡增。皇后之位虚悬已久，既然把皇子说成是刘娥所诞，顺理成章应该册立为后。这也是他多年的夙愿。可是，杨亿的"请三代"之说，显然代表了士大夫的普遍看法。门第，就成为刘娥封后之路上的巨大障碍。不启动册后，势必加深朝野对刘娥是不是赤哥儿生母的怀疑；启动册后，势必引发风波，赵恒进退维谷。

当初为刘娥编造的身世，也是说得过去的；通过与杨亿在迩英阁的一次试探，赵恒方明白，百官对她的这个身世并不认可。重新编造身世是不可能的了，时下的关键在于，如何让百官相信当年为刘娥编造的身世是真的。

次日散朝，赵恒命内押班罗崇勋宣召吏部员外郎刘综，交午时到内东门奏对。

刘综大感意外。他不过一个七品微官，并没有上疏言事，也没有什么奉旨办差，皇上为何召他奏对？刘综越想越纳闷，怀着忐忑的心情，来到内东门偏殿。

赵恒见刘综满脸狐疑，和颜悦色道："卿与刘美人近属，刘美人甚念。"

"这……"刘综如坠雾中，更加迷惑不解，愣在那里，不知作何答奏。

赵恒又道："朕拟重用卿，卿当胸中有数。"

昨夜览奏，赵恒看到审官院所呈拟晋升官员的奏表，其中有一个叫刘综的，身状里写着出身太原刘氏望族。赵恒突然有了灵感。当年为刘娥编造的身世，就说她的祖籍是太原。若能攀上刘综为宗亲，以此证明刘娥委实出自太原刘氏一门，这样一来，刘娥既已生子，太原望族的家世又被刘综背书，即可扫除册立皇后的障碍。为了保证此事一举成功，赵恒决定亲自出面，向刘综发出明确信号。

可是，恰恰是赵恒发出的这个信号提醒了刘综，他恍然大悟，原来皇上是以高官相诱，要他承认与刘美人同宗！他顿时色变，瓮声用秦音道："臣祖籍河中，不曾有亲戚在宫中！"

赵恒脸上的笑容僵住了，良久，方叹息一声，道："怨朕不明内情，你下去吧！"

看着刘综出了殿，赵恒依然呆坐着，始则生气，继之羞愧。臣工如此正直，不为高官厚禄所动，身为皇帝却诱导他弄虚作假，自取其辱也是活该！又一想，封禅泰山的帝王，历史上有几个？那些封禅的帝王，臣子怎敢不敬畏？而他却被一个员外郎所轻，如何咽得下这口气。

"召王旦速来见！"赵恒突然大叫一声。

内押班罗崇勋一溜小跑赶到政事堂，请宰相王旦快赶往内东门。

王旦从罗崇勋的神色里判断出，皇上一定是在气头上；但为何事生气，他一时揣摩不出，小心翼翼地施礼问安。

赵恒沉着脸，口气强硬地说："中宫之位虚悬已久，刘美人诞育皇嗣，当册立为后！"

王旦偷偷擦了把汗，沉默着。

赵恒见王旦以沉默表示反对，口气越发严厉："册后，是皇帝的权力，和卿商量，是尊重宰相而已！"

王旦躬身道："陛下说的是！可皇后母仪天下，当得到臣民衷心拥戴才是。陛下若执意立刘美人为后，臣只有一个请求：先允准臣辞职。"

赵恒一愣。他没想到王旦会以辞职相回应，便欠了欠身，缓和了语气："卿何出此言？"

王旦道："与其届时被举朝所攻，声名狼藉而去，莫如知趣些，主动辞职。"

赵恒倒吸了口凉气，再也没有了适才的威严，转而以讨好的语气道："可刘美人诞育皇嗣，总不能无声无息吧？"

既然皇上不再以势压人，摆出了商量的姿态，王旦也要替皇上着想，他权衡利弊，奏道："陛下，以臣之见，为了消除朝野对刘美人诞育皇子的疑虑，可为其晋品级。以臣揣测，品级也不宜过高，否则引来不必要的非议，恐事与愿违。"

赵恒点点头，道："也不能过低，不然说不过去。"

君臣达成了共识，即召知制诰钱惟演起草敕书。

"呀！"接到晋封修仪的敕书，刘娥吃了一惊。她没有想到赵恒偷偷在做这件事，有些后怕，拍着胸脯道，"好在官家没有提册后的事，不然，我可跳进黄河也洗不清了。"

赵恒一惊，忙问："这是何意？"

刘娥屏退左右，低声道："外间不是有蜚语吗？说为了封后才如何如何。若急不可待地张罗封后之事，不是坐实了这些流言了吗？所以，官家切不可提册后之事。"她突然自嘲地一笑，"哎呀！我把话说满了，官家若想立她人为后，那是另外一回事。"

"我若想立别人，就不这么煞费苦心了。"赵恒委屈地说。

刘娥默然。尽管赵恒并未把攀宗亲受挫、册皇后遇阻的事向她透露，但她从赵恒的眼神中早有察觉。尤其是，突然间接到晋封修仪的敕书，本是给她的一个惊喜，可赵恒却满脸歉疚，没有一丝喜悦。刘娥猜到了，赵恒定然为册后之事费了一番心血，还是未能如愿。此时封后是不是时机另当别论，倘若诞育皇子还是不能得到百官的尊重，还有什么可以为她赢得尊严？刘娥明白了，不管她如何努力，都改变不了被人所轻的现实，因为，她出身卑微！这种屈辱感，在赵恒面前，在任何人面前，刘娥都能忍，深深埋在心里；可在襁褓中的赤哥儿面前，她却忍不住，抱着赤哥儿抽泣道："赤哥儿，人家看不起娘，过去，娘能忍，忍了二十多年，可有了你，娘被人轻视，心都碎了！"

赵恒从杨婕妤那里得知了刘娥的话，当即写手诏，以加封皇子外家的名义，追赠刘娥三代，其中，刘娥之父刘通，追封忠武将军。

接到诏旨，刘娥依例谢过赵恒，慨然道："封三代也好，做皇后也罢，在我心目中，都不如把赤哥儿抚育成人更重要。"

赵恒相信，刘娥的话是发自肺腑的，他庆幸让刘娥做了赤哥儿的母亲。

七月下旬，赤哥儿该过"百岁"了。按照京城习俗，婴儿降生百日，要过"百晬"，寓意长命百岁，故将"百晬"称为"百岁"。此前宫中并无此俗，但刘娥传内旨，要给赤哥儿过"百岁"。一入七月，就有内侍向住在皇宫左近的人家传了话，七月二十四日这天，四邻就接到宫里的散福，也都回赠了百衲衣，以此祈求皇子长命百岁。当天午时，刘娥又陪赵恒前往玉清昭应宫工地，为赤哥儿祈福。

原说要大摆仪仗前去的，可刘娥觉得皇帝仪仗一摆，百姓出行不便，会招致怨恨，反倒对赤哥儿不好，故只用了驾头和少量护卫，轻车简从，出西华门，过天波门，到了玉清昭应宫工地。

修玉清昭应宫使丁谓，早早候在天波门外接驾，骑马引导车驾行至正殿工地前，众目睽睽之下，赵恒偕刘娥下了车，向正殿施礼，祈祷道："神祇显灵，护佑我儿长大成人，长命百岁！"

祈祷毕，抬眼望去，工役个个生龙活虎，干劲儿十足，回到车上，刘娥问："夫役可有怨气？"

丁谓躬身道："回娘娘的话，往者兴土木，都是强征民夫；我大宋富庶，不强征，而是花钱雇用，计时付钱。"

"卿家做得好！"刘娥夸赞了一句，又问，"工程浩大，所费甚巨，天下士庶会不会有非议？"

"回娘娘的话，"丁谓奏道，"虽则工程浩大，役遍天下，但朝廷无穷兵黩武，官家无声色苑囿、严刑峻法之举，故民间乐从，无一违命。"

"嘿嘿嘿！"赵恒得意地笑了一声。

刘娥很高兴，又嘱咐道："记住，千万不可招怨！"她念兹在兹的是，如何不重蹈前五个皇子的覆辙，将赤哥儿抚养长大。除了选用老成勤勉有爱心的侍者日常用心照料外，刘娥想得最多的是，朝政一定要清明，不可招天下百姓诅咒。抛头露面到玉清昭应宫工地来，也是基于这个考量。

"臣谨记！"丁谓恭敬地说，又拱了拱手道，"娘娘，臣有一件私事奏报娘娘：臣有一女，字与钱惟演之子。"

刘娥笑着说："那好呀！本位与卿家也算是亲戚了。"

丁谓忙道："臣荣幸之至！"

"官家，王钦若、丁谓，都是南人，可都是难得的干才。他们做出政绩来，再重用他们，畛域之见就慢慢破除了。"回宫的路上，刘娥感慨着对赵恒道。

赵恒道："嗯，是这话。我想，若王钦若或丁谓做了宰相，他们不会像寇准、王旦那么有成见，月妹册后的事，就不难办成了。"

刘娥侧过脸去，望着窗外，久久没有说话。赵恒时刻想着册立她为皇后，这份深情，历朝历代的皇后们，可曾体验过？她满足了。惟有以全部的心血，抚育赤哥儿，呵护赵恒。

御辇停稳了，刘娥急着要去看赤哥儿，赵恒却坐着不动，刘娥推了推，他还是不动，却屏退左右，假意生气道："你心里只有赤哥儿了。"

"哎呀呀！"刘娥嘲笑道，"跟你儿子争妒呀？"

赵恒却仍然一脸严肃："把赤哥儿交给杨婕好日常照管吧，你还到延庆殿陪我阅看章奏。习惯了，你不在，我心里不踏实。"

刘娥求情道："等赤哥儿长大些再说好不好？"

"不行！"赵恒断然道，"你忘了郭后了吗？整天一心扑在儿子身上，又怎样？"

刘娥惊悚道："官家，求你别说了，不许提过去！"

"那，你务必答应我。"赵恒以近乎要赖的语气道。见刘娥点头了，才露出了笑容。

虽舍不得把赤哥儿交给杨婕好，但又心疼赵恒，刘娥只得狠狠心，向杨婕好交代了一番，把赤哥儿送到了宝庆殿。

2

王钦若因崇道之故，刻意在会真观旁赁屋居住，一有闲暇就到观中去，不是打坐修炼，就是与道长王得一切磋道经。因王得一在太宗朝被授予崇仪副使之职，朝中大小官员，不少与他有私交，王钦若从不与他言及时政。这一天，王得一见王钦若一脸抑郁，便将他引入斋室饮茶，闲谈数语，问他何以闷闷不乐。王钦若叹息一声说，官家欲拜他为右相，被王旦所阻。王旦为人坦荡，将此事说给了王钦若。王钦若自知王旦威望高，又代表着排斥南人的势力，也只能忍气吞声。

"道家讲究不争，公不必为此烦恼。"王得一劝道。

王钦若解释道："弟子常常静坐冥想，人生在世，总要留下些什么。非弟子要争什么权位，实在是朝中一向歧视南人，弟子就是要争口气，开创历史，将来史册上记一笔：南人为相，自王某始！"

王得一闻言，陷入沉思，竟忘记了客人的存在。王钦若见状，悄然离开了。道家已不足以慰藉他当下的心灵，他要以行动实现自己的梦想。在排挤南人的气候下，立足朝廷的惟一希望只能来自皇上的宠信，而要获得皇上的宠信，必须为皇上分忧，让皇上高兴。正是东封泰山的提议让皇上对他心存感激，方有右相之议；他还要鼓动皇上西祀汾阴，若能实施，皇上必有酬报，届时王旦再想阻拦，也就无济于事了。

西祀汾阴，同样是旷世大典。汉武帝当年曾经在汾阴"祭祀后土"，行"西封"大礼。这是太平盛世又一象征，也是帝王少有的殊荣。早在六月，汾阴所在的河中府即上表，说本府一千二百九十人联名上书，恳请圣驾西祀。到了七月，又有三万多人在乾元门外跪请圣驾西祀。皇上虽然没有同意，但王钦若心里清楚，皇上实际上早就动心了。他需要大臣站出来说话，好顺水推舟。

回到家里，王钦若埋头写了一封长长的奏表，力言泰山封禅是祭天，汾阴祀后土乃祭地，只祭天不祭地，有失阴阳对偶之大义，请求皇上俯顺民意，择期西祀。

赵恒接到王钦若的奏表，心中大喜，却也未敢贸然表态，先和刘娥商量。刘娥很纠结。一方面，祀后土大典不亚于封禅，花费不菲，还要劳师动众，担心会招致士庶怨怒；另一方面，若阻止，又怕万一触怒神祇，给赤哥儿降灾。赵恒见她游移不定，只得把王钦若的章奏压下，先摸底、放风。这天散朝，赵恒召二府三司大臣一起到龙图阁观书。三司使丁谓拿出一本《元和国计簿》捧递给皇上看："这是记录唐朝财用的故档汇编。唐时江淮每年漕运米粮到长安，不过四十五万石，而时下运到京城的即达五百万石。我皇宋之富庶，真可谓府库盈而仓廪满啊！"

"民间康乐富有，实在是有赖于天地祖宗降下祥瑞啊！但国家有此储备，丁卿善理财，也功不可没！"赵恒欣喜地说，又问王旦，"既然府库充盈，河中父老又多次恳请，祭祀后土之事，还是办起来吧？"

王钦若忙道："陛下为民祈福，不畏栉风沐雨，圣心一定，已达于神明了！"

赵恒不容大臣插话，接言道："朕惟盼万民能因祭祀祈福而获得大吉大利，为此，朕倒是不怕什么风雨劳顿。卿等就抓紧筹办吧！"

参知政事赵安仁要上章谏阻，王旦劝道："参政看不出来吗？无论是官家还是天下士庶，既珍惜和平，又对不能收复旧疆耿耿于怀；面对来自契丹人的压迫感，既想维系当下承平、富庶的局面，又觉面子受损。总要释放、宣泄吧？东封西祀固然劳民伤财，但借以宣示我大宋是正朔，是中央大国，让国人心理上获得满足，也不能说毫无意义。"

赵安仁被王旦说服，转而积极支持西祀。只有侍读学士孙奭连上三表反对，用语尖刻而激烈，竟有"国之将兴，听于民；国之将亡，听于神"之语。赵恒特意召对向他解释，又亲自撰写《解疑论》长文，与孙奭商榷。

大中祥符四年春，车驾西巡。赤哥儿尚未满周岁，刘娥舍不得离开他，禁不住赵恒一再劝说，还是陪他一道前往，赶在赤哥儿生日前回到了京城。

东封西祀，祭天祀地，两场大典都圆满成功，群情振奋，万民欢呼；赤哥儿蹒跚学步，长得虎头虎脑，赵恒欣喜不已，惟一的缺憾是皇后之位空悬。

这天，召对宰执后，赵恒将王旦单独留下，试探道："世间有乾有坤、有阴有阳，朕东封后再西祀，下为民祈福，上合阴阳对偶之大义。如今中宫空悬四载，岂不令天下笑？朕欲立刘修仪为后，望卿助成。"

王旦猛地咳嗽起来，咳了一阵，刚要开口，又是一阵猛咳。赵恒知他是不愿表态，刻意掩饰，叹息一声，命王旦退下。

当天，王旦即递上一表，称病告假。赵恒欲借王旦请假之机颁布册后制书，刘娥劝道："王旦当场不说话，随即又告假，这是表达变相抗议，不要为此事闹得君臣失和。"

"王旦多病，先把王钦若用为右相再说。"赵恒安慰刘娥道。

刘娥轻叹一声，感慨道："畛域之见或许能够打破，可有些偏见，是永远打不破的！"

"能打破！"赵恒一挺腰杆道，"只要用心，都能打破！"

刘娥突然笑了："以往都是我给官家打气，怎么也轮到官家给我打气了？"

3

一入五月，京城突然出现一个可怕的谣传：初四这天白昼，太白将出现在京城上空之西南方。太白在道教诸神中知名度最高，乃玉皇信使，传达天庭诏命。一旦太白在白昼出现，预示着有大事发生。唐朝玄武门之变前，太史令曾密奏高祖："太白见秦分，秦王当有天下。"此事史册有载，又口口相传，人人信之。是故，京城士庶、朝廷百官，听到太白将于白昼出现在京城上空的传闻，无不毛骨悚然，纷纷四处探听破解消灾之道。会真观法师王得一要在初四扶乩，揭开太白昼现的原因，为京城士庶祈福的消息，顿时吸引了无数信众，在当天前往会真观朝拜。

初四日，交了巳时，醮坛烟雾缭绕，须发尽白的道长王得一，身着法袍，登坛作法。一番招式后，开始扶乩，人们屏息细观，只见沙盘中出现了七个字：偷天换日，女主昌。

"女主昌？这是指朝廷吧？"

"因为偷天换日，所以女主昌？"

"偷天换日是怎么回事？"

"嘘——说不得！"

人群里顿时议论起来。

一个时辰工夫，这个消息就传进了宫里。"女主昌"三字，已经够扎眼的了，居然还有"偷天换日"四字，刘娥震惊万分！

自赤哥儿降生之日，刘娥就一直提心吊胆，生恐他的身世被泄露，一段时间里常做噩梦。杨婕妤曾建言，为保守秘密，当狠狠心让绣儿彻底消失！刘娥饱读史籍，深知对掌权者来说，凡遇威胁到自己的人和事，杀人是最常见的也是最简单的处理方式；但血债，是偿还不起的，一生偿还不起，下辈子也偿还不起，永生永世都偿还不起！绣儿诚信，为她生子，岂可恩将仇报加害于她？刘娥相信一点，人心都是肉长的。所以，她要做的，就是对绣儿好。她让绣儿多次侍寝，希望绣儿再诞子女。前不久，绣儿又诞下一女，刘娥借机提议晋封她为县君，绣儿从宫女身份，摇身成为嫔御中的一员，对刘娥越发感激。所以，两年多过去了，并没有人公开质疑赤哥儿的身世，刘娥紧绷的神经刚松弛下来，不意一个道士，竟以扶乩为名，妄言宫中事，无论是"女主昌"还是"偷天换日"，分明都是对着她的，不仅要剥夺她做母亲的资格，还要把她打入地狱！刘娥恐惧、愤怒，喘着粗气问："官家何在？"

　　"回娘娘的话，官家在迩英阁。"雷允恭答。

　　"快去，请官家来，就说要出人命啦！"刘娥大声命令道。

　　雷允恭一溜小跑来到迩英阁，附耳向正在和杨亿、钱惟演论诗的皇上嘀咕了一句。赵恒吓了一跳，顾不得和众臣说话，忙起身往万岁后殿疾步而去。

　　"官家，有人要杀我！"见赵恒慌慌张张进来，刘娥哭着说。

　　"谁？谁这么大的胆？"赵恒惊问。

　　刘娥屏退左右，把会真观道长王得一扶乩的事说了一遍，也不等赵恒说话，就目露凶光，恨恨然道："只有血才能堵住嘴！谁敢离间我母子，不管他是大臣还是妖道，非杀不可！"

　　一向克己奉人、每每劝他敛杀气的刘娥，突然间动了杀机，让赵恒措手不及。他"嘶"地吸了口气，大声对守候在殿外的内押班罗崇勋道："传朕的口谕，命皇城司逮会真观道长王得一下狱！"

　　刘娥不依不饶："背后恐有主使之人，还要抄了王得一的家！"

　　"抄家，抄家！"赵恒连连点头，吩咐罗崇勋，"你亲自带人去！"

　　罗崇勋带着皇城司大批逻卒赶往会真观，尚未进观，道长王得一得到禀报，忙吩咐随侍道士，速去向翰林学士杨亿禀报。

去年秋天和王钦若一席短暂谈话，让王得一内心受到震动。王钦若一句"人生在世，总要留下些什么"，不仅让王得一当时便陷入沉思，而且久久在脑海萦绕。他年过古稀，来日无多，希望在历史上留下自己的痕迹，却又苦于没有这样的机会。前不久，文坛领袖杨亿突然微服造访，谈起大唐武氏之祸，引出当今宫中发生了借腹生子的惊天阴谋，一旦封后目的得逞，必是武氏第二。王得一由此得出结论，揭穿借腹生子真相，可将女后专政遏制于萌芽，这是为大宋、为赵氏皇室立下的一大功勋，足以名垂青史，遂有借太白昼现扶乩之举。

"绑了！"罗崇勋闯进王得一的静室，一声令下，两名逻卒上前，将王得一绑缚结实，另一批逻卒翻箱倒柜，在室内细细搜查，竟搜出大批书函，罗崇勋随意翻检，多半是朝廷官员写给王得一的，当即命将书函装入布袋中，与王得一一起押出会真观。刚走到首门，却见参知政事赵安仁亲率刑部侦缉逻卒，迎面疾驰而来。

"留步！"赵安仁大声道。他身后的侦缉逻卒已把会真观首门堵得水泄不通。

赵安仁是接到杨亿的紧急禀报，率逻卒赶来的。

"依律，入内省、皇城司无权审勘案件。"赵安仁义形于色道，说着，从袖中掏出一张札帖，"这里有文凭，会真观人犯、赃证，一律交刑部审勘！"

罗崇勋不买账，冷冷一笑道："我等是奉官家口谕行事，要向官家交差！"

"口谕？"赵安仁不屑地说，"官家的诏旨若没有中书副署，尚且没有效力，何况口谕？我料是侍御情急之下没有听清楚官家的意思，官家必是按律行事的，让你们拿到人证，转交刑部审勘。不劳侍御再跑了，某这就把人证领走。如官家怪罪下来，某来承担，不关侍御之事！"

罗崇勋自知再辩无益，一扬下颌，示意逻卒交人。赵安仁拱手相谢，目送罗崇勋带皇城司逻卒出了会真观，又命刑部侦缉逻卒将王得一押往刑部大牢，他则带着查获的物证，驰马回到政事堂，去向王旦禀报。

"相公，深究下去，会牵涉到很多人，是一个大案啊！"赵安仁指着装有书函的布袋，悚然道。

王旦抽出几封看了看，有问吉凶的、有请王得一做法事诅咒他人的、有请王得一在什么人面前说什么话的、有打探消息的、有向王得一透露消息的……大抵是朝廷官员差亲随送去的书札。王旦拣出几封无关紧要的，揣进袖中，唤来堂吏，吩咐道："即刻烧了！"

堂吏刚将布袋拖出，内押班罗崇勋来传旨：官家在长春殿召对。

王旦、赵安仁一进殿，施礼间，偷偷向御座瞥了一眼，见皇上满脸怒容，二人禁不住额头冒汗。

"妖道散播流言，制造恐慌，又妄言宫中事，朕命查抄其所，闻得抄出朝中官员与妖道往来书札甚多，当将此辈官员一律拘提，下御史台勘问！"赵恒黑着脸道。

王旦道："陛下，问写吉凶，人之常情。臣粗略翻阅，言语并未涉及朝廷，不足为罪。"说着，从袖中掏出几封书札呈上。

赵恒一看，果然是问吉凶的。

王旦又道："臣年轻低贱时，不免也做此等事。陛下若要以之为罪，那么臣也当一起下狱。"

赵恒沉吟良久，问："朕欲不深究，可事已揭发，如何收场？"

王旦忙道："陛下仁厚！臣已命将书札全部烧毁，事已平。此事大事化小，最有利，不然闹得沸沸扬扬，对后宫、对百官，皆有损。"

赵恒怕不好向刘娥交代，怒气冲冲道："妖道妄言宫中事，罪不可恕！"

"将妖道驱逐出京城！"王旦试探道，见皇上不语，又道，"刺配岭南！"

赵恒还是不说话。他想接受王旦的建言；但刘娥是动了杀机的，他不知道刘娥能不能接受这个结果，所以不便表态，要和她商议后再定。

"谁触碰这条底线，不是我死，就是他死，没有别的选择！"刘娥一听只是将妖道刺配岭南，怒目圆睁，咬着牙道。

赵恒沉吟着，他能体谅刘娥的心思。对她以四十岁之龄诞育皇子之事，群臣无不存疑，倘若不能以铁血手腕打压第一个试图揭穿真相的人，那么这个秘密就不可能保守得住。一旦揭穿真相，轻者拆散母子，重者治罪下狱，无论哪一种结果，都是刘娥难以承受的。如此看来，只能杀了那个妖道了。

可是，刘娥还是不解气，又道："宫中事，妖道为何知晓？又为何拿此说事？必是朝廷大臣和妖道有勾连。这事，当查清楚，一个也不能饶！"

"这个……我、我让王旦查一查。"赵恒支吾着搪塞道。他知道刘娥对此事极度敏感、震怒，王旦把书札烧掉的事一旦说出来，怕她不依不饶不好收场，先搪塞过去再说。

等了近一个月，赵恒没有再提及此事，刘娥一再追问，赵恒这才把王旦烧书札的事说了出来。

刘娥面色冷峻，道："由此可证，妖道和大臣有勾连，应该有人为此付出代价！"

赵恒叫苦不迭，次日召对宰执，事毕，叹息一声道："宰相不该把书札都烧了，如今想查与妖道勾连的人，也查不出了吧？"

"陛下，还用查吗？"赵安仁接言道，"百官无人不晓，王钦若奉道，与王得一亲密无间！"

赵恒把赵安仁的话转述给刘娥。他知道刘娥是欣赏王钦若的才干的，一旦把王钦若抬出来，刘娥也只能不了了之。

刘娥脱口而出："那就罢黜王钦若！"

赵恒惊得嘴巴张了几张，半天没有说出话来，他没有料到刘娥会这样决绝。

"我也晓得不会是王钦若，但要有人付出代价，就只能委屈他了。"刘娥幽幽地说，"就是要让内外都晓得，即使是王钦若这样受到官家宠信的人，一旦被怀疑触碰底线，也会受到惩罚，让他们都掂量掂量吧！"

"月妹，是这样，"赵恒慌了神儿，忙解释道，"我、我是想让王钦若拜相，接下来办册后的事。"

"快莫说封后的话了！妖言的意思无非是想说，偷天换日的目的就是为了封后。那么，我不要这个皇后好了！"刘娥说着，情绪突然失控，哭出声来，"你该晓得的，赤哥儿就是我的命根子，谁离间我母子，谁就该死！"

第二十章
无奈何内廷封后　有对手南下回朝

1

赤哥儿四岁生日这天，刘美之妻钱氏偕子从德、从仁、从厚和惟一的女儿瑾儿，一起入宫来贺。一应礼仪毕，刘娥带赤哥儿回到万岁后殿，吩咐从德带上弟弟、妹妹并表弟赤哥儿，一起到院中玩耍，她和杨婕妤、钱氏在阁中品茶闲谈，话题都在育儿上。正说话间，沈淑妃在侍女簇拥下进了万岁后殿，一见赤哥儿，叫了声"乖乖儿"，上前把他抱起，在脸颊上亲了又亲。

刘娥"忽"地冲出殿门，冷冷地看着，面色阴沉，就连一向喜欢围在姑母身边的从德和瑾儿，也被刘娥的表情吓了一跳，适才还充溢着欢声笑语的万岁后殿里，陡然间变得寂静，人人都小心翼翼，不敢随便出一语。

沈淑妃对赤哥儿轻柔的一声唤，在刘娥听来，像是一声炸雷，震得她耳鸣目眩。镇静片刻，强颜欢笑把沈淑妃恭恭敬敬请进殿内入了主座，寒暄了几句，就悄然走进寝阁，伏在坐榻上垂泪。

一年前，因为"偷天换日，女主昌"的妖言，刘娥阻止赵恒再提封后之事。她怕别人看出破绽，说她为了封后而抢了别人的儿子；可是，时过境迁，她的担心变了，迟迟不封后，势必让人怀疑赤哥儿到底是不是她亲生，若真是亲生，为何不封后？为了做母亲，为了保守那个惊天秘密，刘娥感到身心俱疲，遍体鳞伤。

杨婕妤见刘娥躲在内室迟迟不出，遮掩说刘姐姐身体有恙，陪着沈淑妃说话，沈淑妃坐了片刻，拿出了给赤哥儿的生日礼物，知趣地告辞了，杨婕妤送出殿外；钱氏则起身进了寝阁，向刘娥辞行。

"嫂嫂，赤哥儿再庆生时，不知咱刘家还能不能来贺生！"刘娥一见钱氏，就语调悲凉地说。

"姑娘何出此言？"钱氏惊诧地问。

刘娥只是拭泪，并不回答。

钱氏一脸茫然，一到家就禀报刘美，刘美也不解其意，吩咐钱氏速回娘家，向兄长钱惟演禀报。钱惟演闻言悚然，向妹妹解释道："这还不明白吗？皇后才是皇子的嫡母，夜长梦多，一旦别人被立为皇后，嫡母的娘家才是皇子的外家，就轮不到刘家了！"

"呀！哥哥，那怎么办？哥哥快想办法呀！"钱氏焦急地说。

钱惟演明白刘娥的意图，是要他想办法的。他当即找到自己的亲家、三司使丁谓，二人商议了一番，决定由丁谓上表，吁请册后。

赵恒接阅丁谓的奏表，头皮发麻。封后之事，他刻意回避又挂在心中，成了心病。好在刘娥体谅他，不仅没有催促，还三番五次劝阻，就这样朦胧过了六年。丁谓的吁请再一次把这件事摆到了桌面，可赵恒并没有看到有什么转机出现。他只得先和宰执商量。朝会后，赵恒在内东门召见王旦、赵安仁。

王旦、赵安仁都看到过丁谓的奏疏，揣摩此番召对，当是商议册后之事。去往内东门的路上，王旦对赵安仁道："官家多次明示要立刘修仪为后；既然承认皇子乃刘修仪所出，要封她为后，似乎也说得过去。"

赵安仁瞪眼道："刘氏何人？以其族则至微，以其艺则至卑，以其姓则至远。扁扁之石履之卑，相公不思耶？"他为阻止刘娥封后，早就特意编排了几句朗朗上口的话以便传布，此时在王旦面前一试，果然说得他哑口无言。

"皇后之位已空悬六年，再不册后，朕恐为番邦所笑。"赵恒不等王旦、赵安仁施礼毕，就开言道，"故朕思维再三，拟立刘修仪为后。卿家表率百僚，当体朕意，群臣有异议，宜代为说服。"

王旦默然。

"臣等说服不了自己，焉能说服他人？"赵安仁辩道，"若陛下照祖宗家法办，谁敢有异议？若陛下不按规矩办，群臣提出异议，臣等又如何说服？"

这不出赵恒所料，他已备好了说辞："卿不闻母以子贵乎？"

赵安仁回敬道："所以，刘氏方有修仪之封，不然，臣恐她得不到这个名分！"

王旦觑了皇上一眼，见他勃然色变，忙清了清嗓子道："陛下，以臣之见，当晋刘修仪为德妃，以酬其保育皇嗣之功。"

赵恒见封后无望，不得不接受王旦的建言，晋封德妃，毕竟位次提高了许多，对刘娥也算是个安慰。

可是，刘娥并不买账。她一眼就看穿了大臣的心机。德妃排在贵妃、淑妃之后，而时下后宫既无皇后又无贵妃，却有一位沈淑妃。以她在后宫的权势，要想排陷沈淑妃将她贬下，易如反掌。但刘娥不想这么做。她痛恨恃强凌弱，也明白责任不该由知书达理、温婉贤淑的沈淑妃承担。要斗的话，就要和那些鄙视她的男人们斗。过去，刘娥相信宽容、忍让的力量；可是，看穿他们的心机后，保住母亲身份的强烈欲望，促使她不再一味忍让；那些天下最优秀的男人对她的一再蔑视，激发出了她的斗志。

过了腊月初一，赵恒四十五岁生日的庆典结束了，刘娥平静地对他道："官家，一年又要过去了，该问问那些个大臣，封后的事，他们有何想法，照他们的意思办就是了，总这么拖下去，令天下士庶笑话，我可承担不起！"

赵恒心里不禁涌上一股悲凉。难道，连她也觉得他这个皇帝太懦弱了吗？历史上，有多少皇帝，为了自己心爱的女人，断然把皇后废掉，怎么他只能眼睁睁看着皇后之位空悬六年之久？过去是刘娥宽慰他，就这么懵懵懂懂拖过来了，一旦刘娥向他施压，赵恒瞬间就有种崩溃的感觉。他一咬牙，当夜就写好了册后的手诏，命王旦立即筹办典礼。可是，天一亮，他又把手诏撕碎了。王旦他们八成会把手诏驳回，岂不更无颜面？他叹了口气，等朝会散了，把丁谓召到偏殿，向他问计。

"陛下，既然赵安仁极力反对立刘德妃为后，何不问问他，到底该立谁为后？"丁谓建言道。

赵恒无奈，只得又把赵安仁召来垂问。

"陛下，皇后乃臣民之母，臣子安得指名谁可为己母者？但既然陛下诚心垂询，臣不敢不答。臣以为，淑妃沈氏，后宫地位最高，又是前朝宰相沈伦之孙女，名门闺秀，足可母仪天下。"赵安仁答道。

沈伦是太祖幕下与赵普齐名的开国功臣，太宗朝曾位居首相。孙女沈氏面容娇美，性情温婉，为赵恒所喜，一再晋升，直至淑妃。自杜贵妃被遣、郭后薨逝，沈淑妃在后宫职位最高。当初王旦、赵安仁提议给刘娥晋封德妃，就是故意让她列于沈淑妃之后，一则是故意挡住刘娥的封后之路，二则是为沈淑妃留下空间。

赵恒从赵安仁这里得到答案，不知如何是好，又找丁谓商量。丁谓正是意料到赵安仁会有此提议，才建言皇上垂问他的。但此刻他却故作惊讶，咂嘴道："啧啧！赵参政人品高尚！"

"卿何意，朕怎么没有听明白？"赵恒一头雾水，疑惑地问。

丁谓肃然道："陛下，据臣所知，赵参政父子两代，曾受故相沈公厚恩，赵参政雍熙二年举进士，即为沈相所荐。沈相故去近三十载了，赵参政时时不忘报答他的恩德，实在令臣钦佩！"

赵恒脸色陡变，面颊的肌肉不停地跳着，仰头闭目，靠在御座后背上镇静了良久，突然发出怪异的冷笑："哼哼，忠臣！忠臣哪！"言毕，蓦地坐直了身子，厉声道："把王旦给我叫来！"

2

皇宫宣佑门西廊次北有一座门，曰内东门。内东门有廊柱，与御厨相通，门内有一座精致的殿阁，俗称小殿子。这里，就是起草制书之所。国朝祖宗传下规矩，凡封后、建储、命相，皇帝要亲御内东门小殿，召翰林学士面谕旨意，随后锁院草制。因此，一听说供张小殿子，必耸动一时，为内外所侧目。

大中祥符五年腊月初九，入内省接到口谕，供张小殿子。都知周怀政率众内侍到了小殿，烧火盆、洒清水，备齐了被褥铺盖、笔墨纸砚、书籍簿册。午后，又备上了茶水、点心、酒菜，内侍、禁卫也都一一就位。

供张小殿子的消息，立即在百官中传开了。整整一个白天，众人的注意力都被小殿子所吸引。薄暮时分，远远望见黄罗伞盖出了延庆殿，向内东门小殿而去。

"圣驾御内东门小殿啦！"尽管已经散班，但由于供张小殿子非同小可，很多官员推迟了回家，议论着，等待着。

立太子？皇子只有四岁，事前也从未听说有立太子的提议。命相？朝廷有左右宰相之例，时下只有王旦一人，因衰病屡屡告假，再任命一人做宰相，倒在情理之中，可命相之事，事先不可能没有一点风声，事实是，没有任何人听到过这类消息。

"封后，一定是封后！"有人笃定地说。

"有可能！"有人附和道，"近来官家屡屡为百官加官晋爵，就是为笼络人心，为封后铺垫的。"

须臾，翰林学士杨亿应召进殿。赵恒心中忐忑，笑脸相迎，吩咐赐座、奉茶，却迟迟未开口授"词头"。

承天节次日刘娥再次变相提出封后的话题，赵恒当即着手推进，遭到赵安仁的强烈抵制，经丁谓提醒，原来赵安仁竟存有私心！大臣反对皇帝的决定，只要出于公心，不失为忠臣，赵恒概不计较；但若为私利，他绝不容忍。所以，他召去王旦，对赵安仁一顿斥责，要求罢黜其参知政事之职，以兵部侍郎同知礼仪院。为了封后，已闹到罢黜执政大臣的程度，倘若半途而废，以后的难度会更大。所以，赵恒决计强行封后。封后的制书，照例由翰林学士起草，赵恒特意点名召杨亿来写。不仅因为他是天下名流，写出的制书必精彩无比，更重要的是，制书出自杨亿之手，预示着刘娥为后，得到了天下读书人的承认。但杨亿曾经明确反对立刘娥为后，尽管奉命起草制书是他的本分，他没有拒绝的理由，但赵恒却不敢大意，赔着笑脸，小心翼翼地说出了立刘德妃为后的话。

杨亿似乎早有准备，恳切陈情道："陛下，皇后母仪天下，不可起自寒微，这是历朝历代的传统。汉代吕氏、窦氏、王氏等等，俱以大族联姻皇室；即使唐之武后，其门第虽未能跻身甲族，但弘农武氏也在世族之列。经唐末五代之乱，世家大族尽灭，我皇宋开国，择后无大族，却也多是名将之后。太祖王皇后乃彰德军节度使王饶之女、宋皇后乃左卫上将军宋偓之女；先帝尹皇后乃保信军节度使尹崇珂之妹、符皇后乃名将符彦卿之女、李皇后乃名将李处耘之女；陛下郭皇后乃宣徽南院使郭守文之女。方今刘德妃者，三代者何？陛下为何要为一刘氏而坏祖宗法？"

赵恒不停地皱眉，待杨亿说完，依然赔笑道："卿不信神祇吗？刘德妃就是上天赐给朕的皇后嘞！"

杨亿摇头道："陛下，此一语何以服众？"

赵恒压低声音，神秘地说："朕这就知会学士：京兆郡君庞氏，忽一日梦见揽月入怀，遂有刘德妃之孕育。学士看，这不是天意吗？"

杨亿以不屑的语气问："揽月入怀之说，何人所知？何人所说？"

"朕说的，不可信吗？"赵恒沉下脸来，不悦道，"起草制书乃内制本分，卿为内制，拿朝廷俸禄，安得不尽职守？"

"臣不敢！"杨亿一拱手道，"陛下仁德，从谏如流。臣记得有先例，内外制若认为官家所举有失，可缴还'词头'。今臣对册刘德妃为后不能仰赞，循缴还'词头'故事，不能草制！"

赵恒没有想到杨亿竟然公然抗旨，拒不履职。他一脸尴尬，端起茶盏以为掩饰，喝了一口，被呛住了，"噗"地喷了出来，随即一阵咳嗽，扭过脸去不看杨亿，向外摆手，示意他退下。

内侍麻利地过来换了茶盏，赵恒呆呆坐着。过了足足一刻钟，才传新晋翰林学士钱惟演来，有气无力地向他交代了几句，起身回到延庆殿。

罗崇勋跟在身后道："陛下，小奴奉命差几个小黄门在外廷搜集舆情，据报，知制诰李迪、王曾等四处串联，言若立德妃为后，届时都告病，拒绝参加嘉礼。"

封后乃国之大典，谓之嘉礼，仪制皆有明定，照例当在文德殿举办，百官朝拜，内外相贺。杨亿的抗旨，令赵恒心有余悸。王旦已然告假了，倘若其他大臣也纷然告假，任命册封正副使、持节使、持册使、持宝使等再遭抗旨，如何收场？不惟天下臣民耻笑，传之外邦，也有损国体。赵恒越想越惶恐，上台阶时一脚踏空，差点摔倒。内侍眼疾手快扶住了，左右搀扶才步履沉重地进了延庆殿。

候在延庆殿的刘娥见状，低头抽泣。

半个时辰前，赵恒到小殿子去了，要召学士起草册后的制书。刘娥在万岁后殿里不停地徘徊，几次差内侍雷允恭去延庆殿查看，却不见赵恒回来。皇帝御小殿子只是仪式，把内制召去交代几句即出，然后锁院，照理是花费不了多少工夫的，而赵恒为何迟迟未归？又听到侦事内侍禀报，百官中流传着德妃"以其族则至微，以其艺则至卑"之类的话；知制诰李迪等人更是暗中串联，煽动百官以缺席嘉礼相抗议，刘娥感到委屈，更担心有意外，急忙赶到延庆殿等候。

"都退下！"赵恒怒气冲冲，屏退了左右，拉住刘娥的手，沮丧地说，"月妹，我这个皇帝做得窝囊！"

刘娥心里一紧。看来，情势比她想象的还要严重，不仅封后遇到了强大阻力，而且赵恒正遭遇着他继位以来最沉重的打击——他已把封后与他的历史定位挂上了钩。他不接受自己是一个懦弱的皇帝的定位，而皇后之位空悬六年仍不能填补的事实，却让他不能不怀疑自己在朝野心目中的形象。一旦看清了这一点，刘娥蓦然变得冷静，她把赵恒扶到坐榻上，语调深沉地道："历史上大有作为之君做的事，官家都做了，泰山封禅，汾阴祀地，足可比肩汉武唐宗！"

赵恒痛苦地摇头，嗫嚅道："汉武敢做立子杀母的事，唐宗敢政变玄武门，可我连册立自己的女人做皇后都做不到，天下人怎么看我？后世子孙怎么看我？"

"谁说做不到？不出十天，这事一定可以办成！"刘娥语气坚定地说。

赵恒"忽"地坐直了身子，惊问："快说，什么办法？"

3

黎明时分，坤仪殿内外人影幢幢，一片忙碌。教坊司在宫阶下摆好了韶乐，仪卫司摆陈了銮驾。正殿内，内侍抬来一张节案，正中南向；又设册案于左，西向；玉案于右，东向；殿内摆上了两把御座，又设皇后拜位于香案前。

刘美夫妇、皇室宗亲、嫔妃宫人列于殿门，内侍立于殿外。正列班间，突然，内押班罗崇勋惊叫一声："哎呀快看！"众人随着罗崇勋的手指方向，抬头一看，东方天际，红日冉冉升起，而西南方，一轮明月还挂在空中。

"日月同辉！日月同辉！"人群里响起议论声。

"胡说！"端王赵元俨厉声呵斥。自因府邸失火而被降后，他一直未敢露面，今日还是第一次应召入宫，看着这不伦不类的场景，心中恼怒又不敢发泄，闻听"日月同辉"之语，终于找到了机会。

众人如梦方醒，方知"日月同辉"是犯忌的，急忙住了嘴，回过身继续列班。

刻漏房报了晨时，鼓乐齐鸣，鞭声响起，内赞引导身着吉服的皇上升面南御座；两名宫女引导着刘德妃升殿内面北御座。

八天前，因杨亿拒绝起草册后制书、王旦告假、李迪等人声言不出席嘉礼，封后之事陷入僵局，赵恒深受打击。刘娥断然决定，抛开正规的封后嘉礼，只在内廷举办简略的册后仪式，前提是请宗室到场观礼。她相信，只要宗室承认她，外廷大臣就不得不接受。好在皇族宗室没有激烈反对，赵恒也就同意了。此事瞒着百官，在宫内悄悄筹备，皇后册、宝，也让钱惟演以亲戚身份私下撰写。所有筹办典礼事，外廷大臣不得与闻，皆由刘娥亲自指挥内侍、宫女操办。今日，国朝历史上从未有过的内廷册后典礼，在坤仪殿登场。

走进坤仪殿的瞬间，刘娥有些恍惚，仿佛回到了二十八年前。二十八年前的那个傍晚，一辆马车接她悄然去往韩王府，坐在车中生出的伤感，在皇宫大内庄严的封后典礼上，不期然又冒了出来。一个是衣食无着的歌女，即将踏入豪门；一个是大宋半个当家人的后宫主人，即将走上人生巅峰，可内心的伤感，却是那样相似，恍惚间时光重叠在一起了。这一切，都是因为卑微的出身。想到自己自幼自立勤勉，克己奉人，可是，在女人的人生里本应是最辉煌的节骨眼儿上，却总是偷偷摸摸，掩人耳目，使得幸福时刻黯淡无光，刘娥内心感到阵阵悲凉。二十八年了，经历的一幕幕，不断在眼前浮现。当年安然接受的，现在回头一看，乃是莫大的屈辱。二十八年来经受了多少屈辱？这屈辱，刹那间就像滔滔汴河水，在刘娥脑海里奔腾，她难以自已，潸然泪下。

内赞官的吟唱声，打断了刘娥的思绪。在赞礼官引导下，刘娥落座，韶乐戛然而止。内舍人手捧没有宰相副署的制书，站在皇上御座旁，高声吟诵：

皇后之尊，与帝齐体，供奉天地，祗承宗庙，母仪天下。朕闻王者始风，本乎后德，天下内治，模厥人伦。中官旷位，当择邦媛之良。德妃刘氏……

读毕，刘娥拜道："臣妾谢皇帝陛下盛恩！"

持节使、相王赵元偓，捧玺绶缓缓步走到刘娥面前，授玺绶；刘娥起身接过，手捧玺绶，移步置于香案，焚香合手祈祷。继之，再授皇后册、宝，行礼如仪。授册、宝毕，内侍将面北御座移于皇上御座右侧，刘娥祈祷毕，升座。

这时，众人才看清了刘娥的装扮。但见她头戴九龙冠，镂空雕刻着龙凤，镶嵌着珍珠、宝石；冠子两边还戴着博鬓；身穿绣有翟鸟花纹的暗红色翟衣，领口缀上了一圈珍珠，领子、衣襟、袖口、下摆等处皆镶着一圈云龙纹；脸颊酒窝处各点上一个红点，额头、鼻子、下巴三处用白粉涂成白色。两名身穿圆领缺胯袍、腰系玉带、头戴"一年景"花冠的宫女，一个捧长巾，一个捧渣斗，立于两侧。

刘娥坐定，观礼众人拜呼："皇帝陛下万岁，万万岁！皇后陛下千岁，千千岁！"

皇上"哈哈"笑了几声，起身拉着皇后的手，并排而行，往寝阁而去。二人进得寝阁，坐在坐榻上，刘娥深情地看着赵恒，鬓角上的几丝华发格外扎眼。她伸手轻轻抚摸着，感慨道："天哥，你有华发了。"

"是啊，"赵恒也慨然道，"二十八年了，终于等到了这一天，不易啊！"说罢，仰天长长地舒了口气。

刘娥握住赵恒的手，哽咽道："这些年，难为天哥了！天哥是重情重义的好男人！我何德何能，得享此旷世殊荣？这都是托赤哥儿的福。不是为了赤哥儿，我也不必非要这个名分。"她也畅出了口气，慨然道，"好了，大事都办完了，以后，天哥可以安心朝政了，我也可以安心抚养赤哥儿了。"

赵恒叹了口气,不合时宜地说:"只怕安心不了。"

4

宰相王旦已经很久不敢抬头挺胸走路了。他害怕那些鄙夷的、嘲讽的目光,他想以灰溜溜的形象表示自己的愧疚,求得宽谅。内廷册后带来的震惊,起自寒微的歌女成为大宋国母带来的羞辱,让朝堂里失去了安宁,百官把满腔怨怒发泄到宰相身上,王旦承受着巨大的压力。

"相公,走路还埋头思谋国政,真是亘古未有的贤相啊!"

王旦抬头一看,高大威猛的监察御史张士逊拦住了他的去路。张士逊是经杨亿举荐,刚从秘书丞改任御史的。他公然拦道,不会有好话,王旦勉强挤出一丝苦笑,向他拱拱手,急于脱身。

张士逊冷笑道:"李文靖公真乃圣相,当年他说的话,都一一应验了!不过,这还要拜王相公所赐,若非王相公当国,神道设教、内廷册后这类的壮举,怎么可能轮番上演?"

襄助神道设教、未能阻止刘娥封后,这正是王旦内心的痛点,在散朝时刻,大庭广众之下,张士逊直捣软肋,以此相讥,王旦惊愕、羞愧之余,也悟出了背后的动机,回到直房,便提笔写就了辞表,差堂吏到内东门拜表处呈递。

接到王旦的辞表,赵恒呆坐良久。这些年来,内有刘娥,外有王旦,他才可以安心东封西祀,国家不仅没有失序,反而治理得井井有条。这个格局,赵恒不想打破。突然想到当年为封禅偷偷贿赂王旦一坛珠宝的事,他不禁露出了笑容。次日,便在内东门召见王旦,不提辞表之事,而是笑容满面地问:"朕闻卿住宅狭小,首门坏了,只能以廊下所开侧门出入,又因侧门狭窄,卿只能趴在马鞍上方能通过。有这么回事吧?"

王旦似乎猜到了皇上的心机,肃然道:"陛下,臣的住所乃父祖所遗,不敢弃!"

"堂堂宰相,怎么能住如此狭小的地方呢?"赵恒嗔怪道,"朕这就赏卿一笔款子,卿可速购新宅!"

"谢陛下盛恩!"王旦淡然道,"国家的钱要花在当花处。"

"呵呵,"赵恒笑道,"卿不必辞,不用国家的钱,朕的私房钱。"

王旦正色道:"购屋造宅,是为子孙埋祸根!子孙应各念自立,田亩宅邸,只能让他们为争夺财产而为不义之举!"

赵恒轻叹一声道:"朕离不开卿,卿不可辞。"

这在王旦意料之中,他已想好了对策,便道:"陛下不允臣辞,可臣衰病,恐误国事,当调寇准回朝,臣方可安心供职。"

赵恒沉吟不语。起用寇准的动议到底还是浮出了水面,这让赵恒感到痛苦。内廷册后,外间的种种议论,经由侦事内侍不断密报,他都听到了。从杨亿拒绝起草制书之时起,赵恒就意识到了,内廷册后势必引起百官非议、朝堂风波。有人向王旦发难,项庄舞剑,意在沛公。杨亿那些人不愿接受现实,似乎更担心未来,甚至暗中打出了防范吕武之祸重演的旗号,不想善罢甘休。让刘娥成为皇后,这是赵恒多年的愿望,为此,他不惜以内廷册后的方式达到目的。他本以为,这是改变懦弱形象的勇敢之举,又是践行诺言的信用之举,万万没有想到,当刘娥真的成为皇后之日,一片非议声中,竟有将他比作同样为开国后第三位皇帝的唐高宗李治,因能力不足不得不仰仗武后的窝囊皇帝!按照那些人的逻辑,要避免武后之祸重现于今日,只有请寇准回朝予以牵制。这些说法深深刺痛了赵恒的心。他不相信刘娥会成为武后第二,更想尽快摆脱这种噩梦般的预言,基于此,最不该做的,就是让寇准回朝。不惟如此,还要反其道而行之,任用王钦若和丁谓。他要让群臣看看,他们的皇帝不是任人摆布的君主!主意已定,赵恒瓮声道:"朕不允卿辞,但中枢需充实力量。《册府元龟》皇皇千卷编修完竣,有功不酬,非盛世之象。王钦若当复任枢相;丁谓乃举朝公认的干才,可补参知政事。"

王钦若一旦复任枢相,杨亿等人立刻就会将矛头掉转过去,正可替王旦减轻压力,所以,王旦便默认了。

赵恒没有想到事情如此顺利,特意在乾元楼宴请群臣,庆贺《册府元龟》完竣。宴毕,君臣站在城楼,遥望京城一片繁华,赵恒百感交集,感慨道:"京城繁华富丽,皆卿等辅弼之功!"

"哼!"知制诰李迪突然发出冷笑声,"陛下哪里知道,王钦若下令把乞丐、衣衫褴褛的人都赶走了，陛下看到的，自然都是一片富丽景象咯！"

赵恒默然。他同情王钦若，侧过脸对他道："卿这几年受委屈了。"

王钦若感动得眼圈泛红，奏道："陛下，臣蛰伏于修书馆，埋头编书，有暇即奉道，奉道足以排遣心中的寂寥。"顿了顿，又道，"臣闻亳州地方三千士庶欲进京请愿，恳请御驾幸亳州祭祀老子。老子乃道家鼻祖，陛下宜幸亳州祭祀。"

赵恒顿时来了精神。自内廷册后，朝堂没有消停过，他感到厌倦又无能为力，早就想逃避了。次日，即传旨政事堂，命筹办祭祀老子事宜。既然东封西祀没有阻止，又有何理由阻止祭祀老子？王旦、丁谓都没有提出异议。按照东封西祀时的惯例，事先要差朝廷大臣出任所巡幸地方的长官，丁谓提议，差知制诰李迪知亳州。王旦自然明白丁谓的意思，排挤赵安仁也好，李迪也罢，无非是把上蹿下跳抵制中宫的大臣赶走。但他也厌倦了李迪的闹腾，正好让他到地方历练，也就同意了。

一旦投入神道设教的事，赵恒的烦恼就烟消云散了。三个多月一直沉迷其中，一切都显得那么庄严、那么虔诚。

可是，圣驾从亳州祭祀老子尚未回到京城，忽接镇守西北的缘边巡检使曹玮奏报，吐蕃首领李立遵有叛意，请求朝廷增兵备战。

赵恒深感震惊！

吐蕃诸部散落于青藏高原，为大宋藩属，接受册封，按时上贡，奉命惟谨，一直助朝廷牵制党项人，如今突然纠集兵马攻秦州，意欲以武力谋独立，岂不打破西北平衡格局？更为重要的是，赵恒虔诚地认为，神道设教起到了镇服四海的效果，怎么一向驯顺的吐蕃反而起了叛心？这让他心里蒙上了一层阴影。

回到京城，赵恒即在长春殿召见二府大臣。

王钦若见皇上神色凝重，开导道："陛下，自封禅以来，外则契丹、党项履约惟谨，内则南北风调雨顺，神道设教效果彰显。一小小的吐蕃首领，闭目塞听，未闻教化，遣使向其宣教，足可震慑。"

"吐蕃一酋而已，陛下不必忧心。"丁谓也附和道。

赵恒听得顺耳，可心里却还是打鼓。这么多年了，二府大臣中总有喜欢唱反调的人，听不到反调，他反而不踏实了，问王旦道："宰相以为如何？"

王旦身体衰弱，但心病更重。他本来就背负着襄助神道设教和不能阻止内廷册后的罪过，如今又见王钦若深受帝宠，南人拜相箭在弦上，惟一的补救就是请寇准回朝。所以，他故意咳嗽了一阵，才有气无力地说："陛下，以臣之见，当做两手准备：一则遣使宣抚，二则调兵选将。为此，臣恳请陛下，召寇准回朝。"

遣使宣抚，和王钦若、丁谓的建言一致，赵恒传旨物色人选，择日启程；但请寇准回朝，他却踌躇难决。西北准备用兵，以前不愿召寇准回朝的顾虑倒是可以消除，只是担心刘娥未必同意，故未置可否，出了长春殿，径直去万岁后殿找刘娥商量。

"好呀，让寇准回来吧！不过，到时你可别找我诉苦，我可管不了，我怕他！"刘娥夸张地缩了缩身子，做躲闪状。

赵恒眨巴眨巴眼睛，一时拿不定主意。忽见内押班罗崇勋在外探头探脑，便招招手让他进殿。

"陛下，枢密院里打起来了！"罗崇勋上前几步，躬身奏道。

赵恒惊诧道："什么？打架？枢密院里？"

王钦若就任枢相后，僚属故意给他使绊。副使马知节是武将，和寇准一样看不起来自南方下国的王钦若。因岭南赏军一事与之争执不下，迟迟不能定案，受赏军队拿不到赏赐，以为朝廷故意不赏，哗然抗议，皇上催办几次，马知节索性甩开王钦若，自己签发了公文，王钦若得知后责问马知节，马知节大骂王钦若是奸臣，以笏板追打。

赵恒大怒，当即写下罢黜马知节的手诏，要罗崇勋送到政事堂。

"只罢了马知节，恐怕收不了场，还会引起反弹。不如把王钦若外放吧，给寇准腾位置，让他回来做枢相。"刘娥从旁提醒说。

对内廷册后的种种议论，刘娥听到不少，把寇准请回以牵制她，是那些人的既定方略，不达目的不会罢休。既然这样，如果她阻止寇准回朝，反倒坐实了那些人的揣测，似乎她真的为做武后第二才极力排斥寇准，如此一来，不仅不能平息事态，还会让赵恒生疑，不如主动提议将寇准请回。

"只是委屈了王钦若。"赵恒叹息说。

"寇准一日不回,一日不会消停;寇准一回,王钦若的苦头就更多了,不如让他暂避,也正好腾出枢相的位置来。"刘娥解释道,她又一笑,"不过,寇准一回,还是不能消停。"

"我也有此担心。"赵恒蹙眉道,"以月妹看,谁可制约寇准?"

刘娥一笑道:"没有谁能制约寇准,只有寇准能制约寇准。"

"嘶——"赵恒吸了口气,"嘿嘿"一笑,"这话费思量!"但他还是为刘娥主动提议调回寇准而感到欣慰。这个举动本身,就是给那些以恶意揣摩皇后的人的一记耳光,也有助于消弭内廷册后引发的风波,赵恒不再踌躇,当天就传旨翰林学士杨亿,起草制书。

十多天后,从知陕州调为知天雄军的寇准就接到了出任枢相的制书。他当即扔下手里的公牒,回到廨舍,感慨地对侍妾蒨桃道:"八年了,八年了,官家终于醒悟过来了,明白朝廷到底离不开我老寇!备酒,好好喝一场!"

蒨桃一撇嘴道:"别忘了,寇公只是枢相,不是宰相呀!"

"哈哈哈!"寇准大笑,"我老寇做宰相,宰相权力最大;我老寇做参政,参政权力最大;我老寇做枢相,自然就是枢相权力最大喽!"言毕,叫来两名侍从,吩咐道,"尔等带上我的札谕打前站,沿途备足好酒好菜,这一路要好吃好喝,慢慢往京城走,别让人觉得我老寇多在乎那个枢相!"

在天雄军一番宴请,盘桓了六七天,寇准才启程。一路上宴饮不断,动辄夜以继日,几次大醉,又耽搁了几天,七天的行程,走了半个月还没有到。杨亿望穿秋水,天天问寇准的女婿王曙,王曙只是苦笑。对岳父好饮,他内心反感却不敢置喙。终于,两位随从先期到了京城,禀报王曙,寇公六月初四傍晚到京。

当日,刚交寅时,杨亿就和御史张士逊、知制诰王曾、龙图阁直学士王曙,一起到了陈桥门内早已包下的万隆酒家,备上好酒好菜,为寇准接风洗尘。

寇准下了马,与杨亿等见过礼,一起进了酒家,照例先在院中赏花,店家也照例在每人头上插了一朵鲜花,插花间,寇准向杨亿头上瞥了一眼，吃惊道："大年，你看你看，怎么刚满四十头发都花白了？"

杨亿叹息一声："东封西祀，内廷册后，乌烟瘴气，目不忍睹！"

寇准"哼"了一声，激愤道："孟子云：逢君之恶其罪大。王子明身为首相，不能阻止内廷册后，还有脸表率百僚？"

杨亿忙道："寇公再起，王相之力为多，望留口德。"

"你说我老寇还要王子明提携？"寇准瞪眼道，"笑话！"

王曾打圆场道："酒菜上来了，喝酒，给寇公洗尘！"

刚喝了盏酒，菜也未吃，杨亿就说开了："寇公荣归，别的事一概不必提，当集中火力，对准那个来路不明的女人！万方有罪，罪在此女！"

众人都沉默了。似乎在想计策，又仿佛无计可施，只好低头不语。

第二十章 无奈何内廷封后 有对手南下回朝

第二十一章
谨遵谶语赤脚求存　打破常例裹头出阁

1

窗外偶尔响起的短暂的蝉鸣声，让坐在枢密院直房里的寇准烦躁不安。入秋大半个月了，天气还很炎热，他一会儿让侍从快去把蝉轰走，一会儿又命堂吏一遍又一遍往屋里的地上洒水。即便如此，寇准还是满头冒汗，他一把夺过侍从手里的蒲扇，边"呼呼"地扇着，边骂骂咧咧道："都滚出去吧，老子一个人待着倒凉爽些！"

侍从、堂吏都退出了，寇准仰倚在座椅后背上，长叹一声。军机的事，对他来说，就像喝酒一样简单。应对吐蕃之策，根本就不必调兵，只把李迪调任知永兴军，以关中的禁军作为后备即可。难的是如何压制中宫。曾几何时，寇准自信满满，根本就没有把那个来路不明的女人放在眼里，可这八年间，他落得个灰头土脸，而那个女人却戴上了皇后的凤冠！如今，他虽又回朝堂，却已年过半百。本想入朝后第一步先取代王旦，做了首相再说对付那个女人的事；可他一入朝，就感觉到气氛不对，出身卑微的歌女居然母仪天下的耻辱感让百官积愤难平，都把反制那个女人的希望寄托在他的身上，似乎他这次复出，惟一的使命就是对付那个女人的，如果不能有所施展，必失众望。但是，如何反制中宫，寇准却束手无策。直坐到一抹夕阳洒进院中，寇准才忽地起身，叫上两个侍从，往御道东边的中书省走去，他想找王旦探探虚实。

来到王旦直房，二人屏退左右，隔几而坐，抵头交谈。说到内廷册后，朝中哗然，皆盼有反制之策，寇准问王旦道："子明，官家有无此意？"

"圣心难测，我不敢说有，但也不能说没有。"王旦精神萎靡，声音低沉。

这不是耍滑头吗？寇准面露愠色，抱怨道："子明，官家仁厚，素来尊重宰相，怎么就能搞出一个内廷册后的把戏？"

王旦缓缓道："刘氏人老珠黄，官家宠信不衰，为何？皆因刘氏聪慧，通晓史事，谙熟故实，官家离不开她。平心而论，刘氏也没有什么过错，无非出身卑微而已。可官家不在乎，做臣子的却一再阻挠，情理上到底是说不过去的。以往是刘氏固辞，也就拖下来了；可有了皇子以后，刘氏大抵怕夜长梦多吧，突然急于封后了，而外廷又反对甚力，官家夹在中间委实难受，遂出此下策。"

寇准忽然眼前一亮，顿时有了主意，拱手告辞。回到家中，边独自饮酒，边想着心事。既然那个女人是因为有了皇子才急于封后的，那么，皇子就是她的软肋，要让皇子脱离她的掌控。只是，皇子年幼，圣躬康健，立太子之议，有些说不出口。不过，目下没有更好的办法，也只能一试。

次日，寇准就递上了请对的禀帖。

对于像寇准这样的朝廷重臣、杨亿这样的儒臣，赵恒素来不在长春殿单独召对，而是安排在内东门偏殿。这个地方，照例可赐茶赐座，有优礼。寇准在内东门偏殿坐定，慢悠悠喝了一盏茶，像讲书说史一样，先从大宋开国说起，讲到太祖皇帝不立太子，惹得至今对太宗皇帝继统还有种种揣测；再说起太宗皇帝为了理顺大宋皇统心力交瘁；转到当今皇帝已然被立为太子，又差一点被李皇后废掉。

赵恒沉吟不语。

看到皇上额头上冒出冷汗，寇准这才点出了正题："陛下试思之，大宋开国至今，皇位可曾顺利交接过？何故？未早立太子也！太祖未立太子，太宗无奈不能早立太子。今陛下立太子已无顾虑，故当早立太子，以固皇统。人言臣能断大事，此国之一等一的大事，臣为陛下断之，望陛下俯纳！"

赵恒支吾道："寇卿，兹事体大，容朕……"

第二十一章　谨遵谶语赤脚求存　打破常例裹头出阁

"陛下!"寇准打断皇上,"当年先帝从青州将臣召回,商议立储事,臣即向先帝进言,此事万不可听后宫、内官之言。若先帝听了后宫、内官之言,岂有今日之陛下?"

赵恒悚然。忽闻立太子之言,他感到错愕,若不是出自寇准之口,赵恒必发雷霆之怒。可听完他的一番话,又觉所言不无道理。但皇子毕竟才五岁,立太子未免突兀,而且照寇准的说法,此事不可与皇后商量,赵恒无论如何难下决断。

此后的几天里,晚上在延庆殿阅看章奏,赵恒每每走神,有时索性起身在殿内捻须踱步。刘娥看出他有心事,以为赵恒会向她诉说,就忍着不问,心里却生出些许惆怅。遥想当年,有什么心事,冒着风险也要设法见面;可是,现在,人就在他身旁,却好像隔了千山万水,怎不叫人心寒?!

过了三四天,赵恒还是没有说,刘娥也依然不问。这天晚上,刘娥先去看了赤哥儿,一路上回味着他稚嫩天真的话语,脸上洋溢着笑意,走进延庆殿。赵恒一看刘娥高兴,忙屏退左右,支吾道:"月妹,有件事,我想和你商量。我想,为了汲取祖宗朝教训,不妨、不妨早、早立太子!"

刘娥手里拿了把团扇,正在轻轻扇着,赵恒话一出口,她先是一愣,随即"啪"的一声,把团扇往地上一摔,怒声质问:"这是谁出的坏主意?!"

赵恒从来没有见刘娥发过这么大的火,吓了一跳,忙扶她坐下,赔笑道:"月妹,是、是我暗自琢磨的。"

"羞辱我也就罢了,我忍,可为何要诅咒官家,夺我赤哥儿?!他们相逼何急,用心何狠,非要赶尽杀绝啊——"说着,放声痛哭。

"月妹、月妹言重了吧?我只是随口一说。"赵恒心虚地劝慰道。

刘娥拭去泪水,蓦地仰起脸,直视赵恒道:"官家,你春秋正盛,龙体康健,赤哥儿又那么小,他们要你立太子,是何居心?要政变吗?"说着又哭了起来,边哭边道,"可怜我儿年幼,要被他们当刀使,杀了他的娘,架空他的爹,赤哥儿啊,你快快长大吧!"

赵恒没想到刘娥的反应如此激烈,更被她的一番话所震惊。难道寇准动机不纯？抑或是刘娥大惊小怪？但无论如何，他们是在争夺对皇子的控制权，这一点已然可以看清楚了。惟一存活的皇子还只有五岁，就成了棋子，让赵恒感到痛心，顿时一阵晕眩，他踉跄了两步，一手扶住御案，一手捂住胸口，大口喘息。

"呀！"刘娥惊慌地唤了一声，一边上前扶住赵恒，一边向外喊，"传太医！"

须臾，太医赶到，赵恒已躺在卧榻上。太医把了脉，耳贴胸口细细听了良久，又看了看舌苔，道："陛下红苔薄黄，脉弦细，胸胁胀满，乃肝阳上亢所致，当清热泻火。"

待众人退下，刘娥坐在卧榻边，抚摸着赵恒的胸口，轻声道："你要好好的。赤哥儿还小，做爹娘的，要看着他长大成人。不管什么事，只要是你想好了，要做，我不会拦你，只会设法帮你促成。"

"月妹！"赵恒唤了一声，抓住刘娥的手，"那件事，不提了。"

刘娥并不接话，拉住赵恒的手轻轻摆动了一下，笑着说："官家的手这么厚，有福。赤哥儿的小手也是这么厚墩墩的，将来也和你一样有福。"

两人静静地说着话，直到太医端来了汤药，刘娥喂赵恒喝下，又嘱咐了一番，这才起身道："官家，赤哥儿还等着我去给他洗脚呢！"

望着刘娥的背影，赵恒呆呆地想心事：月妹心地善良，对赤哥儿又那么好，岂可把她和武后比呢？武氏为争夺皇后之位，亲手杀了自己的女儿；为了称帝，杀戮、摧残自己的亲子，月妹做得出来吗？可是，赤哥儿毕竟不是她的亲子，她会不会也把赤哥儿做棋子？

2

一轮圆月挂在空中，月光洒在甬道上，踩上去像软软的柳絮。通往宝庆殿的这条路，刘娥早已走过不知多少趟，每一块砖、每一粒石子，她都熟悉了。每当走在这条路上，她内心就会充满温情，那个襁褓中的赤子，正在一天天长大，五年来，从会转动脑袋，到咿呀学语，再到蹒跚走路，一幕幕，油然在眼前闪现。

起初的一两年里，刘娥一直在提心吊胆中度过，担心绣儿反悔，担心她不小心说漏嘴；担心朝臣会刨根问底揭穿真相……四年过去了，除了妖道王得一企图以扶乩妄言宫中事，没有再发生她不想看到的事，渐渐地，宫里宫外，都默认了她就是赤哥儿的生母，甚至连她自己，也常常这么认为了。那个胖墩墩可爱的娃娃，就是她的亲生子！虽然没有十月怀胎，也没有遭受分娩之苦，可从赤哥儿落地之日起，育儿的辛苦，刘娥都品尝到了。

突然听到立太子之说，刘娥感到震惊、愤怒！她知道这绝非出于赵恒的本意，也相信谁也不能把赤哥儿从她身边夺走。女人柔弱，但母亲刚强。母亲是女人，但更是保护儿女的盔甲。刘娥没有恐惧，并且很快就说服自己平静下来，就像什么事也没有发生一样，她不想让赤哥儿和杨婕好感觉到与以往有什么变化。

快五年了，每晚为赤哥儿洗脚，是刘娥的专务。她要求赤哥儿早睡早起，为此，她在用罢晚膳去延庆殿陪赵恒之前，都会准时来到宝庆殿，陪赤哥儿玩耍，然后为他洗脚。开始，赤哥儿年幼不懂，每见洗脚盆端来，就会哭闹，刘娥一边为他洗脚，一边吟唱小曲，一遍一遍吟唱，赤哥儿不哭了，慢慢地，每当到了该睡觉的时候，赤哥儿就闹着要洗脚，刘娥陪赵恒出巡时，赤哥儿就不洗脚，吵着要大娘娘来唱曲方可。

今日是中元节，在去延庆殿之前，刘娥照例先到了宝庆殿，本来要给赤哥儿洗了脚打发他睡下再去延庆殿的；可杨婕好一再求情，说入内省都知周怀政在外候着，要带赤哥儿去后苑烧盂兰盆的，赤哥儿也眼泪汪汪地看着大娘娘，刘娥心一软，也就答应他了。

这会儿快交亥时了，赤哥儿必是还等着她洗脚呢，刘娥加快了步伐。

"周家哥哥，你明天还带我去玩好不好？"尚未进宝庆殿的院子，刘娥就听到赤哥儿在院中说话的声音。

"周怀政，这么晚了，还玩耍?!"刘娥大步走进首门，一进门就呵斥道。

周怀政躬身施礼，不敢出声，赤哥儿急忙扔下抱在怀里的鞠球，迟疑着往刘娥跟前走。刘娥上前拉住赤哥儿的手，也不再理会周怀政，边向殿内走，边弯身对赤哥儿道："有空多读书、写字，你爹爹就最喜读书，飞白也写得好；你何时见你爹爹蹴鞠过？”

“大娘娘的话，儿记住了。”赤哥儿乖顺地说。

殿内宫女听到皇后的声音，即把洗脚水备好了，待刘娥母子进得殿来，安置赤哥儿坐下，便为他脱鞋。刘娥正要蹲身，忽见赤哥儿穿着袜子，眼前一黑，“腾”地一下坐到了地上。两名侍女忙上前搀扶，刘娥双臂往两边一甩，把侍女推了个趔趄，又伸手将宫女手中脱下的袜子夺过，边往地上摔，边厉声质问：“谁让穿的？谁要害赤哥儿？”

宫女浑身战栗，低头不敢说话。杨婕好神色慌张地从内室跑过来，边搀扶刘娥，边嗫嚅道：“圣人，姐姐，赤哥儿总说不穿袜子脚上出汗，奴看他鞋里也总潮乎乎的，就……”

“糊涂，没见识！”刘娥大声斥责道，说着，上前拉住赤哥儿的手，“我这就把赤哥儿接走！”

赤哥儿的五个哥哥都夭折的事实，像一块大石头，悬在刘娥的头顶。自赤哥儿落地，对他躬亲调护，就成了刘娥的日课。暂时离开左右，必差人询问，随时了解赤哥儿的一切情形。乳母、保姆、小臣，都是刘娥亲自挑选，让那些为人端谨、富有经验还要有爱心者来做。即便如此，刘娥还是怕出意外。赤哥儿常患风痰之症，刘娥到处探查偏方，让他照方服药，偏方禁忌虾蟹海鲜，偏偏赤哥儿喜欢吃这些食物，杨婕好偷偷让人做了给他吃，刘娥得知后，呵斥杨婕好良久。杨婕好求情，说不该这样对待孩童，刘娥却寸步不让，已经坚持两年了，赤哥儿的病情见好。她曾向赵恒发誓，要将赤哥儿抚育成人，越是这样越是提心吊胆，生恐出现闪失。每年除夕，除照例为赵恒缝制迎年佩外，也给赤哥儿缝制一个。只是平常的消灾驱邪，还不足以让刘娥安心。既然当初说赤哥儿是赤脚大仙，那就要照这个谶语做。夏天，不许给赤哥儿穿鞋袜；冬天，只能穿靴子，不能穿袜子，以显示赤哥儿就是上天所赐的“赤脚大仙”。所以，见到赤哥儿脚上穿了袜子，刘娥才惊恐不已，勃然大怒。

杨婕好跪地抱住刘娥的腿，恳求道：“皇后，圣人，姐姐，奴知错了，不能接赤哥儿走啊，姐姐——”

赤哥儿早被吓得小脸煞白，又见小娘娘跪地抽泣，“哇”的一声大哭起来，赤着脚从坐墩上下来，要去拉杨婕好。刘娥一把将他抱在怀里。

赤哥儿想从怀中挣出，杨婕好起身抱过他，放到坐墩上，抚摸着小脑袋道："赤哥儿，莫怕，大娘娘疼你！"

刘娥见吓着了赤哥儿，顿感后悔，换了笑脸，又摸了摸赤哥儿的脸蛋，蹲下身去握住他的脚，轻轻放进盆里，又轻声吟唱：

> 梳头浴脚长生事，临睡之时小太平。

洗完了脚，安置赤哥儿睡下，听到他发出轻微的鼾声，在他脸上亲了亲，刘娥这才起身出了寝阁。

杨婕好候在寝阁外，一见刘娥出来，拉住她进了梳妆室，吩咐侍女退下，两人挤到一个不长的条榻上，刘娥环视室内，见烛台上一排蜡烛火苗争跳，起身拿起长托，将蜡烛灭了大半，笑道："说悄悄话还要这么亮，看着心疼。"

"做了皇后还这么节省，传出去让人笑话。"杨婕好嗔怪道，待刘娥坐下，她侧过脸去小声道，"姐姐，内官对姐姐有怨言哩。那天周怀政对奴说，皇宫大内也有过不少位皇后了，可没有一位像当今皇后这么严明的，内官都战战兢兢呢！"

"汉唐宦官之祸酷烈，大宋不能再重演，务必约束内官！"刘娥语气坚定地说，"过去名不正言不顺，我不好管，现在我就是要好好管一管。"做了皇后，刘娥立即制定了《后宫规约》，其中不少内容是限制内官的，又要求节俭到了苛刻的程度。她知道这样做会得罪内官，却还是坚持着做了。

杨婕好好奇而又关切地问："姐姐，那个李用和，找到了吗?"

刘娥摇摇头，起身在屋内踱步，仰脸慨叹道："这世间，我不欠谁的了，独独欠绣儿的，欠太多，心里常感不安。"

杨婕好也站起身，跟在刘娥身后，安慰道："姐姐不是一直在补偿吗？像姐姐这样对绣儿的，史上也找不到第二人了呀，姐姐大可不必歉疚。"

绣儿成为嫔御后，搬到清景殿居住。五年来，绣儿严守承诺，没有向任何人泄露一丝秘密，也没有到宝庆殿看过赤哥儿，刘娥心存感激，总想补偿她。可晋封太快怕引起猜疑，不晋封又觉得无以补偿她，常常为此苦恼。当初曾答应为绣儿寻找胞弟李用和，刘娥将此事托付给了刘美，拿出自己的脂粉钱，差人到杭州去找，可找了四五年，还是没有一点消息。

刘娥停下脚步，转身对杨婕好道："妹妹找机会转告绣儿，就说我一直在安排寻找李用和。我向她保证，只要李用和还活在人世，我一定要找到他！"

3

赵恒卧病十来天，才出来视朝。无论是朝会、召对，只字不提立太子之事。寇准判断必是为后宫所阻，除了暗骂"来路不明的女人"几句，一时也无计可施。他怨自己名不正言不顺，想尽快做宰相，以便掌握全局后再展开布局。他接连给皇上呈了几封密启，指责王旦的过失，可是，皇上不为所动，并没有打算更换王旦。

熬到了冬十月，共有建筑二千六百余间的玉清昭应宫，因丁谓督理有方，比预计的时间提前八年落成。赵恒偕文武百官参谒，并举行天书安放仪式。或许是兴奋加劳累之故，赵恒又病倒了，过了半个月才恢复视朝。群臣惊讶地发现，皇上面色通红，时常以手扶额，似是被晕眩所困。寇准见状，心里越发着急。

这天，寇准把翰林学士杨亿、知制诰王曾叫到家里，经过一番商议，终于想出了一个对策。按照寇准的吩咐，杨亿、王曾分别向皇上呈报了密启。

赵恒身体不适，阅看章奏的事，就由刘娥代劳。看到杨亿、王曾所上密启，刘娥呆坐御案前，足足半个时辰，一动不动。

杨亿、王曾建言：皇子裹头出阁。

依照古制，皇子十二岁行冠礼，即为皇子的成人礼。时下皇子只有五岁，还不能行冠礼；不能行冠礼就不能出阁。为了让皇子脱离中宫的掌控，杨亿、王曾提议皇子裹头出阁。

刘娥心里一阵酸楚。这些人立太子之计不成，又生了一计，总之是要把赤哥儿夺过去。上次，她怒不可遏，又哭又闹，大为失态；此刻她冷静了许多。对于内廷册后，朝臣耿耿于怀，举朝敌视，寇准、杨亿、李迪、王曾这些大臣，无非是公开表达出来罢了。基于此，要做的应该是设法化解而不是加深这种对立。更为关键的是，她意识到了赵恒心态的微妙变化，武则天篡唐的悲剧距今不过三百年，朝臣三言两语就能让赵恒摇摆，如果再强硬拒绝裹头出阁的提议，势必加深赵恒的疑虑。何况，赵恒年近半百，身体每况愈下，常常晕眩，刘娥忧心忡忡。让赤哥儿出阁，接受帝德皇范的教育，也不能完全归结于阴谋。出阁和立太子毕竟不同，一旦立太子，大臣即能以太子监国的名义夺取朝廷大权，而皇子出阁，只是接受教育，不能监国，不必担心大臣打着皇子的旗号夺权。既如此，不如索性同意他们的提议，争取主动。这样想着，刘娥起身走到御榻前，把杨亿、王曾的密启展开，给赵恒读了一遍。不等他回应，便建言道："那些个大臣，也是一片忠心，我看不妨准了他们。"

赵恒注视刘娥良久，想从她的眼神中捕捉到她内心的真实想法，却也看不出个所以然，心有余悸地说："赤哥儿的事，我听你的。"

"赤哥儿还小，出阁不开府，不就外第，不与朝会，还住在宫里，只不过每天出去讲学就是了。宣佑门内东廊次北有块空地，在那里建个说书所，建成了就叫赤哥儿搬到那里读书。还有，出阁的事先筹备着，待明年他过六岁生日再行冠礼。"刘娥轻声细语，把她适才看到密启后的一番考虑都说与赵恒。

赵恒道："月妹考虑周全，就按你说的批出去。"

过了几天，宣赞舍人在朝会上宣读制书，皇子赵受益封庆国公，明年生日后出阁，讲学于祥符观南资善堂，有司筹办出阁典礼。

"臣以为不妥！"御史中丞张知白奏道，"自上古起，皇子十二始冠，这是规矩。自汉以还，间有年幼皇子为即天子位而冠者，那是出于不得已。我皇宋开国，太祖太宗二圣，从未为皇子行冠礼，皇子也从未有十五岁以下出阁者。臣窃谓兹事体大，陛下春秋未高，伏望陛下调顺气剂，存真纳和，不必过计。综上之故，臣敢请陛下俯纳臣言，收回成命。"

寇准咬牙暗骂：这个呆子，认死理，讨嫌！待张知白说完，急忙出列道："陛下，臣以为皇子裹头出阁，无非出于使皇子殿下早习经典之意，张知白却胡扯什么陛下春秋未高，大不敬！"

"建言裹头出阁者，才是大不敬！"张知白回敬道。

"卿等不必争了！"赵恒制止道，"此事已定了。"

"好！她敢内廷册后，咱就来个裹头出阁！"

"皇子尚幼，裹头出阁，是好事吗？"

"什么叫出阁？出就外第、开府置属、出班外廷，相当于外朝臣子，与宫内相隔，与群臣同列。而今这算什么出阁？"

"喔呀呀，皇子，幼童也，怎么可能像成年皇子一样？即使成年皇子，出阁不开府就第的事也有嘛！谁不知先帝钟爱八皇子，期以年二十始出宫就第，宫中呼为二十八太保。说明官家有权决定皇子是不是留在宫中，何况今皇子年幼呢？就别挑剔啦！"

散朝后，百官私下议论着、争论着。

"寇公，你给我扣上大不敬之罪，要官家杀我吗？"张知白追上寇准，拱手问，"我说的哪句话错了？"

寇准"哼"了一声，道："我老寇也认为你说得对。可你知其然不知其所以然！"

张知白又一拱手，梗着脖子道："我不管什么然不然，我只认一个'理'字！"

寇准冷笑道："那我老寇给你说个理：天下都是公鸡打鸣，有母鸡打鸣的吗？这个理，你认还是不认？"

张知白张了张嘴，想说什么，又咽回去了。

杨亿走过来，凑到寇准身边，低声道："和她，打了个平手。"

"略占上风，略占上风！"寇准掸了掸手道。

就在群臣对皇子裹头出阁议论纷纭时，内押班罗崇勋奉旨到宝庆殿降麻。赤哥儿听得懵懵懂懂，眨巴着眼睛看着小娘娘杨婕好。虽然事先刘娥已然告知了此事，可听宣时，杨婕好还是禁不住珠泪涟涟。待罗崇勋一走，杨婕好便一把抱住赤哥儿，仿佛有人要和她争抢。赤哥儿伸出小手，替杨婕好擦泪："小娘娘，儿封了官，小娘娘为何流泪呢？"

"乖儿，你还小，你还不懂。"杨婕好说着，泪水越发止不住了。

赤哥儿边替杨婕好拭泪，边道："儿懂，小娘娘哭了，那就不是好事。"

"我的儿——"杨婕好心疼不已，抱住赤哥儿大哭。

刘娥闻报，并不去劝慰。她向外一摆手，让左右退出，起身走到镜前，指着头上的凤冠道："别看你头戴凤冠，看似风光无限，可你心里晓得的，比当年在嘉州的日子，又好过多少？那时候，你只要卖力，还能博得欢笑；如今呢？你越是能干，越是卖力，就越是引起猜忌，越是被敌意包围。"她慢慢摘下凤冠，继续对着镜中的自己默念着，"放下吧，什么也别问，什么也别管，做一个平平常常的女人。"这时，她仿佛听到另一个声音在说，"不能，你不能！你的天哥需要你，你的赤哥儿需要你！"她蓦地站起身，内心坚定地说，"保护丈夫，保护幼子，这是女人的天性啊！天性，是不可战胜的！"

4

文德殿位于刚由大庆殿更名为天安殿皇宫正殿的西侧，是仅次于天安殿的大殿，重大典礼，除在天安殿举行者外，余则多行之于文德殿。

大中祥符八年四月十六日，是太史局择定的皇子裹头出阁的吉日。此前的四月十四日，是皇子的六岁生辰，宰臣以下列班文德殿称贺，赵恒命内侍取内库黄金、珠宝，包成"浴儿包子"样，赐给二府大臣。颁诏任命太常卿为掌冠官、阁门使为赞冠官，又遣官奏告天地、宗庙、社稷、宫观。昨日，皇子赵受益在礼官陪同下，诣景灵宫奏告天地、祖宗。今日辰时，文武百官依序列班，礼直官、通事舍人、太常博士引掌冠官、赞冠官就位。皇子赵受益依古礼"三进"：一进折上巾，二进七梁冠，三进九旒冕。"三进"之后，皇子到大殿旁的东房换上朝服就位，礼直官引掌冠者至皇子位，为他戴上特制的冠冕，百官称贺，教坊韶乐、钧容直军乐，奏乐欢庆。

礼毕，皇子赵受益即乘轿到祥符观南的资善堂。资善堂原本叫继照堂，是当今皇上尹开封时的射堂，去岁决定皇子出阁时，选此为说书所，更名资善堂。皇子到达资善堂首门，经过挑选、任命的翊善、记室、侍讲等和侍卫官列班相迎，至正殿行礼毕，即正式开始讲学。

裹头出阁是非常之举，向朝野发出了一个不祥的信号，不是皇上健康不佳，就是权力争夺白热化。无论是哪种情形，都令人担忧。赵恒也意识到了，几天来，一直情绪欠佳。今日行冠礼，刘娥怕他难过，和杨婕好一起来陪他。

"赤哥儿乖顺，善解人意，晓得皇后姐姐不让他多接触内官，一天写飞白，写了'周家哥哥斩斩'几个字。"杨婕好一开口，话题还是说到了赤哥儿。

刘娥面无表情道："打小就晓得内官不好，没有坏处。"

"赤哥儿像皇后姐姐，这么小就晓得节俭，一说换新衣裳，就不高兴，非要穿旧的。"杨婕好又道，在赵恒面前，既夸了赤哥儿，又夸了刘娥。

赵恒默默地坐着。冠礼的乐声传来，他起身走到御案前，提笔书着什么。刘娥走过去一看，正在写《元良述》，是写给赤哥儿的，上写着："欲全其德，在修其身；欲修其身，在勤于学。"

"官家，那些出主意要赤哥儿裹头出阁的人，真的是为赤哥儿进学着想吗？"刘娥提醒道。

赵恒不语。他当然明白，裹头出阁是寇准反制中宫的一个对策。他能够看出来，刘娥不可能看不透。但她接受了，虽是迫不得已，但也是为他和赤哥儿考虑的，为的是确保刚理顺的皇统能够稳固。可他不能眼睁睁看着六岁的幼子成为寇准手中的棋子。不用说，刘娥那句提醒的话，所表达的也正是这个意思。实际上，从同意赤哥儿裹头出阁之日起，赵恒就萌生出将寇准逐出朝廷的念头。如今赤哥儿已然裹头出阁，赶走寇准之事不可再拖。让赵恒烦闷的是，他一时找不出合适的借口。

正沉默间，阁门使呈来禀帖：枢相寇准请对。依照先例，枢相请对，因涉军机，皇上不能拒绝，也不能延宕。赵恒虽不情愿，却也不得不在内东门偏殿召对。

寇准施礼毕，从袖中拿出一份中书省的札子，呈皇上御览。

赵恒扫了一眼，只是中书致枢府的来往札子，不解地问："寇卿，这等札子，何以呈朕看？"

"陛下看出来了吗？此札格式有误。"寇准解说道，"按制，中书的札子，先书年月日，然后是宰相署名，可这道札子，年月日竟书在署名之后。"

堂堂枢相请对，居然是拿如此琐细之事告宰相的状！赵恒气得双手颤抖，却忍而不发，沉默以对。

寇准端坐在机凳上，一脸自得的神情。在皇上正值壮年且龙体康健的情形下，六岁皇子襄头出阁，这样史无前例的事居然运作成功，标志着他掌控全局的时机已然成熟。自周代实行嫡长子继承制，先王去世，嫡长子无论长幼均当继位，但若嫡长子未成年，则不能行冠礼，未行冠礼，就不能亲政。周成王幼年继位，周公旦摄政直至其成年；秦嬴政十三岁继位，吕不韦为相，实摄其政，直到嬴政二十二岁行冠礼后方亲政。但寇准、杨亿、王曾等人却商议出一个反向操作的计策，皇子六岁行冠礼，襄头出阁。这预示着，一旦皇上有何不测，皇子即可在大臣辅佐下亲政。寇准希望自己能够成为大宋的周公，大展鸿猷。如今，襄头出阁已然实现，接下来就是取代王旦成为宰相。可是，王旦深得皇上信任，寇准虽然常常在皇上面前挑剔他的过失，可并没有抓住他什么把柄。忽见公牍有此失误，寇准决计抓住机会，一举取王旦而代之。

"叫王旦来！"赵恒突然厉声道。

王旦进殿，赵恒"哗"地把文牍扔过去，吼道："政府行事如此，施之四方，奚所取则？"

"陛下，这委实是臣的失误，请陛下息怒。"王旦谢罪道。

赵恒转过脸去，以厌恶的口气道："都下去吧！"

王旦看了寇准一眼，躬身道："多谢枢相提醒。"

寇准尴尬一笑，低头不语。

中书、枢府日有相干，以往文牍格式或文字有误，照例是返回去让曹房改易，没有向皇上告状的事发生。忽然发生因文牍格式失误而使宰相谢罪的事，百官议论四起。就连枢密院的堂吏也看不下去，一怒之下，故意在致中书的札子格式上做了手脚，并转告中书堂吏，可以此报复寇准。中书堂吏接到文牍，兴冲冲禀报王旦，王旦却令堂吏送回枢密院改正后再报来。经此一事，寇准威信大跌。

赵恒虽拿王旦撒气，却是对着寇准的，这股气尚未撒完，一气之下，命三司使林特复职。

林特是福建路顺昌人，年近古稀，精敏吏事，身体羸弱，却未曾一日告假，伏案终日不倦，因而深得皇上信任。因是南人，又是丁谓所荐，寇准一回朝，就率先对林特动手，迫使皇上罢黜了他。但赵恒只是为了给寇准面子，对林特的信任并没有减少，为了发泄对寇准的不满，赵恒下诏让林特归班视事。

寇准颜面尽失，却又不甘心。他亲自动手，梳理三司的失误，只找出河北诸军置装费发放一事，勉强可拿来做文章。这天朝会，寇准率先奏道："眼看已入五月，可河北各军的秋冬置装费尚未发放，三司以为目今天下无事，对军旅事向来不放在心上，将士早有烦言，不罢黜三司使林特，臣恐激起将士哗变。"

"陛下，臣等正在筹措，置装费必能按期发放。"林特辩解道。

寇准高声道："早发是发，晚发也是发，为何非要等到最后期限再发？分明是目无三军，将士因此而心寒！"他知道这些年因东封西祀，加之建造玉清昭应宫，耗资巨大，国库捉襟见肘，筹措经费令三司煞费苦心，但寇准故意逼迫林特，想让他说出东封西祀把国库掏空之类的话，以激怒皇上，没想到，林特并没有按他的套路出牌。

"够了！"皇上突然怒吼道，"都这样故意挑事，朝廷永无宁日！"说完，不顾朝仪，拂袖而去。

众臣面面相觑，正不知所措之际，殿班内侍走到王旦面前，低声道："官家在偏殿召对相公。"

王旦吩咐卷班，步履沉重地进了偏殿。一眼看去，皇上满脸怒容，显然在生寇准的气，忙开导道："寇准情系将士，护军心切，行事虽有不当，还望陛下不必与之计较，更不可为此生气。"

赵恒不屑道："卿虽称其美，彼专谈卿恶。"

"陛下，这不足为怪。"王旦解释道，"臣在相位久，政事缺失必多；寇准对陛下无所隐，益见其忠直。这也是臣推重寇准的原因。"

"算了吧！"皇上冷笑道，"寇准年高，屡起屡扑，朕原以为他必能痛改前非，今观所为，竟更过于往昔！"

王旦叹息一声："寇准喜欢施惠一些人，以便对他感恩戴德；又想让人都惧怕他的威严。这恰恰都是大臣所当规避的，而寇准却乐此不疲，这是他的短处。非至仁之主，孰能全之?!"

　　赵恒揉了揉额头，断然道:"卿这就给寇准找一个知州位置!"

第二十二章
雪夜密访献计策　薄暮飞蝗伤圣怀

1

一连下了几场大雪，天气异常寒冷，圣躬违和，宰相衰病，上元节君臣在乾元楼赏灯的仪式只好取消了。

已交了亥时，风雪交加中，赏灯的人群也散去了。信陵坊讲堂巷王旦府邸的拦马栅前，一匹快马停了下来，从马上下来一个身材高大的中年人，径直走到首门前，用力跺了跺脚，把沾在靴上的雪震落下去，这才叩响了门环，递给门公一张门状。

王旦正斜躺在卧榻上看书，见家院来递门状，甚是不悦，刚要责备，又忍住了。他一向不在私宅见官，文武皆知。风雪之夜有门状递来，倒不可随意拒绝。接过一看，门状上书：陕西路转运使李迪兼起居谨祗候。

看到李迪的名字，王旦大吃一惊。去年夏，寇准外贬，鉴于吐蕃不稳，王旦便提议寇准知永兴军，将知永兴军的李迪调为陕西路转运使。没有听说朝廷召李迪回京，怎么他突然出现在京城？王旦又看了一遍门状，"谨祗候"三字表明，李迪就等在外面。王旦吩咐传请，翻身下床，穿上一件长袍，顶帽系勒帛，进了书房。

李迪进门，带着一股寒气，施礼道："学生代寇公问候相公！"

王旦边还礼边暗忖：这么说，李迪是衔寇准之命偷偷回京的？去年夏，寇准被罢枢相，托杨亿拜见王旦，希望得到使相的职衔。开国以来，宰相去位获使相衔的，只有赵普一人，而寇准还只是枢相。王旦请杨亿转告寇准，使相职衔，不能是自己请求，而他也从来不接受私人请托。

寇准闻言，恨王旦入骨。可不久寇准的任命下达，以中书门下平章事知永兴军，正是使相。寇准陛辞时痛哭流涕，言非陛下知臣何以有此，感戴皇恩浩荡，皇上却知会他，是王旦提议加他使相的。寇准惭愧不已，逢人便赞美王旦的气度。对此，王旦早已知晓；他也知道李迪受寇准一力提携，两人情同父子。但王旦反对朋党，对寇准的做法内心很不认同，所以对李迪上来就以寇准的使者自居不免厌恶，沉默以对。

"相公！"李迪情绪激动地说，"圣躬违和，朝廷大权眼看就要落入中宫之手，而外则有王钦若、丁谓、林特这些南方下国之人占据要津，而中原直臣纷纷被摒弃在外，正人君子，谁不寒心？寇公忧心国是，特遣学生以假日省亲为名返回京城，拜见相公，与相公谋应对之策。"

在排斥南方下国之人、遏制皇后这两点上，王旦与寇准是一致的。寇准外放后，皇上又让王钦若复任枢相，并且几次和王旦商议要命王钦若为右相，都被王旦顶回去了。抵制王钦若当宰相，已让王旦心力交瘁，如何遏制皇后更是一筹莫展。尽管他对寇准和李迪的做法甚反感，但送上门来的援手，王旦也不愿推开。

"堂堂正正之事，勿搞阴谋！"王旦不冷不热地说。他既想与李迪共谋，又对密室策划甚抵触。在他看来，南方下国之人多轻巧而善迎合，可目为小人，君子排除小人，不必遮遮掩掩；后宫干政，也不是皇后以阴谋手段谋取，而是皇上对她须臾难离，大臣若以阴谋手段谋之，同样有欠光明。

李迪面露尴尬之色，忙端盏饮茶以为掩饰。放下茶盏，清了清嗓子，又道："相公，皇子襄头出阁，意在让皇子脱离后宫掌控；可目下并无得力之人在身边。去岁皇子晋封寿春郡王，学生以为，当置郡王友，择德才兼备者为之。比如知制诰王曾、龙图阁直学士王曙、御史张士逊，还有，寇公的想法，学生也忝列其间。"

王旦沉吟着。他从李迪的话中听出了三层含义：其一，为了掌控皇子，设置王友。皇子出阁，例设官属，但官属地位低，不足以掌控皇子，若设王友，就成了皇子的辅导者，具有掌控皇子的能力。其二，李迪提到的王友人选，王曙是寇准的女婿，王曾、李迪对寇准执弟子礼，张士逊是寇准的同道杨亿所举荐，摆明了是寇准要以此掌控皇子。其三，要调李迪回朝，并给他升职。寇准的这个布局，可谓深谋远虑，但以君子眼光衡之，则不无朋党之嫌。

李迪见王旦不语，从袖中掏出几张纸笺，捧递在王旦面前："相公，这是寇公所作《醉题》诗，请相公雅正。"

王旦接过，细细研读。

> 大抵天真有高趣，
> 腾腾须入醉乡了，
> 自古名高众毁归，
> 又应身退是知机。

王旦读出，寇准仕宦受挫，深受打击，只能以醉酒来排遣，像是看破名利，要退隐山林了，可是，再一看，竟是：

> 魂梦不知关塞外，
> 有时犹得到金銮。

王旦顿时明白了，寇准是以此向他表明，希望他向皇上举荐，令其再回朝堂。王旦阅罢，缓缓地把诗稿放下，举起茶盏，却并不饮茶。李迪一看，只得告辞。

"转运使可不必急着回去。"身后传来王旦的声音。

李迪暗喜。

过了两天，忽有内侍到李迪宅第宣诏，皇上要在内东门召对。李迪想，这必是王旦刻意安排的，以便为他回朝铺路。

就在上元节前夕，枢密院接到秦州急报，吐蕃宗哥城首领李立遵纠集三万多兵马，意欲入侵，边帅曹玮疏请增兵固防。皇上怪罪曹帅胆小怕事，不敢担当，传旨枢密院找人替换他。王旦即以李迪假日省亲正在京城，可听取他的意见为由，请皇上召对。这番召对，就是为抵御吐蕃一事。李迪力陈曹玮有勇有谋，是忠臣良将，疏请增兵，正说明他对局势认识清醒，有精准判断力，他日定能边关奏捷。听了李迪的一番话，皇上这才放心，打消了换帅的想法。

王旦见皇上高兴，借机提出设王友的建议，赵恒没有当场表态，而是回去和刘娥商量："宰相建言宜设王友，并荐李迪等三人。李迪状元出身，耿介直臣；王曙，方严简重，有大臣体；张士逊，资历深，久历州县，不知月妹以为妥否？"

刘娥沉默着。这几个人，都是反对她做皇后最力者，一旦做了皇子宾友，不但眼下有能力操纵皇子，而且今后就是赤哥儿的辅弼大臣。外廷建言设王友，又举荐这几个人来做，分明是对着她的。扪心自问，她不愿看到这几个人成为赤哥儿的左膀右臂。但她自参与朝政起，就告诫过自己，只是出于帮助、保护赵恒的目的，凡事站在赵恒的角度考虑，不能给他造成心理压力和精神负担。这也是赵恒对她须臾难离，外人也很难离间的原因。所以，刘娥没有提出异议，而是从另外一个角度提出建言："官家，如今科举，南人登第已超过中原，怎么这里面没有一个南人？神童晏殊，做事谨慎严密，给他授馆阁职，也做赤哥儿的王友，好不好？"

"晏殊是不错！"赵恒笑着说，"我向他询问事情，用方寸小字把所问内容写在小纸片上给他，晏殊把答复写好后，连同那个小纸片都装在一起呈来，谨慎严密如此，难得。"

和刘娥议定，赵恒又召王旦相商。既然皇上对他提议的人选照单全收，皇上提出增补晏殊，王旦也不便反对。他又提议为王曾、吕夷简升职。这两个人都是后起之秀，又都曾反对东封西祀和建造玉清昭应宫。赵恒也接受了王旦的提议。

君臣达成共识后，赵恒连颁谕旨：调李迪回朝，晋翰林学士；晋知制诰王曾为翰林学士；知制诰吕夷简晋龙图阁直学士；晋寿春郡王记室参军晏殊为知制诰；晋御史张士逊为龙图阁直学士；任李迪、王曙、张士逊、晏殊为郡王友。

陛见时，赵恒写诗联赐王友：

该明圣曲通古今，
发启冲年晓典籍。

李迪想不到冒险跑回京城一趟，斩获如此之大。他设宴请杨亿、王曾、王曙、张士逊到家中畅饮。

"知道今番何以如此顺利吗？"李迪得意地问，不等众人回应，就一敲桌子道，"是人都有软肋，直击软肋，战无不胜！"他"吱儿"的一声，自饮了一盏酒，抹嘴道，"王相的软肋是怕不好向历史交代，所以不管是不是心甘情愿，都得乖乖听我调遣！"

"复古！"杨亿叫着李迪的字说，"不要得意太早，废了那个歌女才是胜利！"

"废后？"王曾惊讶地说，"杨公，废后非同小可啊，也未闻中宫有大恶，我辈只是反对女人参决朝政的嘛！"

"无大恶？还什么中宫！"杨亿瞪眼道，"歌女可母仪天下？羞辱我士大夫，莫此为甚！"

"是啊！"李迪附和道，"我辈公开抗争，竟不能阻止，谁咽得下这口气?!皇帝当与我辈士大夫共治天下，天下大事，岂可容女流之辈置喙？"

王曙不紧不慢地说："激愤于事无补。"

"晦叔有妙策？"李迪叫着王曙的字问。

"喝酒，喝酒！"王曙举盏提议道，对李迪所问避而不答。

2

深秋的傍晚令人伤感，赵恒独自坐在延庆殿便殿中御晚膳，不时驻箸思忖：今秋，不少府、州、军有蝗灾奏报，这些年不辞劳苦东封西祀，为天下黎民祈福，上天为何还降蝗灾？

正低头想着，忽听左右神色慌张向外张望，不时嘀咕道："哎呀，不好了，蝗虫飞过来啦！"话音未落，一阵沉闷的"嗡嗡"声倾泻下来，仿佛要把殿阁摧垮。赵恒丢下饭碗，疾步出了殿门，临轩仰视，只见蝗虫遮天蔽日飞过，看不到头尾。他浑身战栗，面色通红，踉踉跄跄进了殿，瘫坐椅上，口中喃喃："一切都是虚幻！虚……"话未说完，急促喘息着，脑袋一歪，从座椅上滑落下来。

内侍刚受飞蝗惊吓，又见皇上出了意外，都慌了手脚，入内省都知周怀政跑过去，坐在地上，把皇上的脑袋置于他的怀里，吩咐传请太医，宫女秋水不等周怀政吩咐，一溜小跑去万岁后殿禀报皇后。

刘娥赶到时，太医正在为皇上诊治。但见赵恒嘴歪眼斜，还在昏迷中。太医禀报道："皇后娘娘，官家因情志不遂、操劳过度，致肝阳上亢，血淤堵塞引起晕厥。"

"都怪我，都怪我！"刘娥自责道，又吩咐太医，"有什么法子都使出来，上紧把官家治好了。"

"针刺？"太医以征询的语气道，"如此可快速疏通经络，恢复意识。"

"治病的事，你们太医说了算。总之要让官家快些好起来。"刘娥不假思索道。太医得了懿旨，心里踏实下来，几个人动手，小心翼翼将皇上挪上担架，抬回寝阁实施针刺。

刘娥守在赵恒身旁，一夜未眠。五更时分，宰相王旦、知枢密院事王钦若进殿问起居。刚要告退，刘娥道："卿家，官家是因蝗灾受到刺激，救灾的事，当抓紧。"

王旦一拱手，答道："此乃臣等职守，中宫娘娘就不必费心了。"

刘娥略一思忖，回敬道："本宫心里，只有官家和皇子，对官家和皇子有益的事，本宫不能不费心。"

王旦无言以对，怏怏告退。刘娥屏退左右，坐在床榻边，拉住赵恒的手，轻声道："官家，赤哥儿还小啊，你不能有闪失，快点好起来吧！"

赵恒喉咙里发出咕噜咕噜的声音，像是在说话，可听不清他在说些什么。四五天后，赵恒才慢慢能吐出几个词句。刘娥一则以喜，毕竟赵恒恢复了知觉；一则以忧，担心他从此不能完整表达。她吩咐罗崇勋到街上四处寻求偏方，找来了几个，刘娥和太医商量后，采用了北芪炖南蛇肉一方，让赵恒服用。针灸、服汤剂外加偏方，赵恒的病情慢慢好起来了。过了半个月，终于可以用语言表达自己的意思了。但他只是偶尔和刘娥说一两句话，大臣来问起居，赵恒还是闭目不语。

以天书、祥瑞、封禅营造的太平盛世幻境，被遮天蔽日的蝗虫无情地撞毁了。沉醉其中的赵恒这才明白，所谓上天垂佑，所谓不世伟业，多半会成为后世的笑料。他被一种莫名的无力感所折磨，心理几近崩溃。

刘娥猜透了赵恒的心机。她知道，赵恒太想做一位好皇帝了，一直幻想着成为名垂青史的有为明君；他又保持着纯真，以为以虔敬之心神道设教，可得到上天眷顾，保正朔而镇四夷，可铺天盖地的蝗虫从京城飞过，让他突然发现，上天并未眷顾，依然降下了灾害！倾注全部心血、寄予无限希望的信仰被无情击破，这个打击足以使人陷入绝望。病痛的折磨还在其次，对世事心灰意冷才更令人痛苦。刘娥曾担心赵恒对神道设教的痴迷，现在，她反倒希望赵恒还能保持对神祇的虔诚，因为，只要心中还有一股信念，就有活下去的勇气，就有战胜困苦的力量。

可是，赵恒找不到寄托、看不到希望。他乘刘娥不在之机，召王旦到延庆殿，语调悲凉地说："朕、朕拟立太子，令太子监国，朕即在西林园休养，卿以为如何？"

王旦反问道："臣敢问陛下，太子在冲龄，如何监国？"

赵恒道："皇后素贤明，临事平允，深可付托。况还有卿在，朕可放心。"

王旦后脊发凉。果如此，岂不是吕后、武后重现于今日？但他不能说出口，而是一掀自己雪白的长须道："陛下，臣衰病，只是勉力支撑罢了。太子年幼，陛下春秋未高，为大宋江山社稷计，臣恳请陛下万毋有高蹈之念！"

赵恒长长地叹了口气，不再说话。

3

正是酷暑时节，一顶肩舆径直抬到内东门偏殿前，宰相王旦被内侍换扶着，颤颤巍巍下了肩舆，步履艰难地进了殿。

一场蝗灾，打破了祥符营造出的幻境，使用了九年的大中祥符年号，改元天禧。赵恒退位的想法虽为王旦劝阻，却也意兴阑珊，朝政委于刘娥。不久，王旦病重，提出辞职，赵恒不允，特颁诏许他五日一上朝，并赐肩舆出入宫门。百官自宰执到执事，都是骑马出入，今破例诏许王旦以肩舆至内东门，特恩如此，王旦也不便再辞。可入夏以来，他已卧床不起，缠绵病榻一个多月了，还没有好转的迹象，太医回来奏报说，宰相来日无多了。赵恒自去年秋天一场大病，卧床月余才勉强断断续续视朝，不能到王旦宅第临问，便传旨召王旦到内东门一见。一见王旦骨瘦如柴，已然脱相，赵恒不觉大惊道："喔呀！朕正要以大事委托卿，不料卿的病如此严重！"

王旦在内侍的扶持下才能坐稳，低头喘息良久，方道："臣病如此，恳求陛下允臣辞职。"

赵恒看王旦委实不能再辅政，只得点头道："也罢，这样卿可在家静养，延年益寿。"顿了顿，问道，"卿万一有个三长两短，让朕把天下事交付给何人？"

王旦答："知臣莫若君，论相，当出宸断。"

"卿不妨为朕进一言。"赵恒以诚恳的语气道。

王旦颤抖着举起朝笏道："以臣愚见，不如用寇准。"他自知寇准回朝，必是鸡犬不宁，非皇上所愿，所以迟迟没有说出口。但时局令王旦不能不硬着头皮，在最后关头举荐寇准。

去年深秋，皇上在病中，几次提到用王钦若为相，以丁谓为知枢密院事，都被王旦封驳了；他举荐李迪、王曾为参知政事，为皇上所接受。可一旦他退出朝廷，王钦若、丁谓势必上位，到那时，朝廷大权岂不落入南方下国之人手中？若皇上再起退隐之意，把皇权托付于皇后，唐高宗时代岂不重现于今日？能够扭转局面的，也只有寇准了。

听到寇准的名字，赵恒皱眉道："寇准不能用，卿再举他人。"见王旦良久不语，赵恒只得问，"王钦若如何？"

不久前，王钦若将他在被罢职期间整理的新道藏《宝文统录》呈上，赵恒每日研读，获得莫大安慰，对王钦若越发信任，甚至充满感激。明知王旦过去一直反对王钦若拜相，却仍不甘心，还是提到了他。

王旦沉默以对。

赵恒无奈，又问："丁谓如何？"

王旦答："陛下，臣只知寇准可用，他人臣不知，故不敢言。"

赵恒早有准备，拿出一份密启，递给王旦。王旦一看，是陕西路走马承受密告寇准的：寇准奢靡无度，无日不宴饮，宴饮必跳舞，还专门驯养二十余名歌伎，整日为他跳拓枝舞，长安绅民送他诨号"拓枝颠"。寇准过生日，竟仿照皇家规制，不仅造山棚设大宴，服饰用度僭越奢侈，还穿黄袍招摇过市！

"寇准奢靡无度，御史屡有弹章，朕每优容，"赵恒说着，提高了声调，"如今，寇准竟每件事都要效仿朕，往重里说，他黄袍加身，有谋反之嫌；往轻里说，至少也是僭越之罪！"

王旦摇摇头，叹息一声，缓缓道："寇准贤能，但也有些呆。对他的呆，又有什么办法呢？"

赵恒知王旦是袒护寇准，也就不愿再究，一笑道："姑且认为寇准是呆吧！但这样的人怎可再掌政府？"

王旦喘息不止，已无力多言，他突然滑动一下身子，匍匐在地，哽咽道："臣为疾病所困，不能再侍奉陛下了……"

赵恒眼窝一热，他预感到这是君臣的诀别，一时却也不知说什么好，想起身搀扶王旦，自己也不良于行了。老了，忽倏间二十年过去了，从那时一直陪伴过来的大臣已经不多了，自己也老了。赵恒顿觉伤感，两行热泪扑簌簌流了下来。他急忙转过脸去，用袍袖擦拭。九五之尊，是不能当众流泪的。

送走了王旦，赵恒总觉得胸口堵得慌，回到延庆殿又躺下了。刘娥闻报，以为赵恒又病了，急忙赶了过来。

"月妹，你来得正好。"赵恒向刘娥招招手，示意她坐到自己身旁，"适才见了王旦，他已是油尽灯枯，只能允准他辞职。宰相，让王钦若来做，丁谓掌枢密院，你看如何？"

刘娥摇头。自去年受蝗灾打击，赵恒已不再愿意处理朝政，多半托付给她，这已经引起了百官的不安。倘若再让王钦若、丁谓分掌二府，所谓的南方下国之人执掌朝政的非议势必甚嚣尘上。为了赵恒的健康，也为了减少对后宫干政的敌意，刘娥时刻提醒自己，必须全面统筹，而不能凭个人好恶行事。李迪、王曾是她的反对者，可她并没有阻止这二人联袂登政府；王钦若、丁谓是维护她的，但是刘娥却要阻止让他们分掌二府。在此微妙时期，她要确保恭顺、奉道的王钦若上位，这对赵恒的身心有益；为此，宁可让与她沾亲带故的丁谓做出牺牲。

随着王旦的离去，已经没有人能够阻止王钦若拜相。参知政事丁谓、李迪、王曾，提前接到宫里传来的话，要他们为皇上健康着想，不要提出异议，王钦若拜相得以顺利实现。枢相的遗缺，旋即出人意料地以曹利用补上。

对丁谓如何安置，则颇让刘娥费了一番心思。赵恒赏识丁谓的才干，无故外放他，于心不忍，最后，还是刘娥想出一个两全其美的办法：让丁谓以参知政事领两浙路平江军节度使，衣锦归里；赵恒又特赐御诗七言四韵和五言十韵。士论认为，皇上授丁谓本镇旌钺，以宠其行，又赐御制诗相送，尤为盛事，丁谓也就愉快赴苏州上任了。

刚将中枢人事调整好，就传来王旦去世的消息。赵恒哀伤不已，命入内省都知周怀政携重礼前去吊慰，又传旨从优抚恤王旦家属，为王旦早定谥号。

周怀政从王旦宅邸吊问回来，找了个皇后不在延庆殿的间歇，进殿向皇上奏报："陛下哀伤王旦，可王旦对陛下并非忠心耿耿。小奴听说，王旦死前对家人说，'十年来，凡天书礼文、宫观典册、祭祀巡幸、祥瑞颂声之事，老夫无一不预，心知得罪于清议，故以削发僧服以殓'。陛下看，他这不是非议陛下吗？"

"这是真的吗？"赵恒吃惊地问。

"千真万确！"周怀政一拍胸脯道，"小奴问过了，王旦确是欲削发僧服入殓的，被翰林学士杨亿劝阻了。"见皇上两眼发直，嘴唇微微颤抖，周怀政又道，"知人知面不知心，谁像我辈内官，一生一世一心一意只知忠于陛下！以小奴看，外廷里，也就王曙、李迪是真忠臣，尚可信用。"

"你下去吧！"赵恒迟缓地扬了扬手，以微弱、低沉的声音道。

周怀政出了延庆殿，刚下台阶，忽见刘娥走过来，躲闪不及，只得赔笑施礼。刘娥一言不发，死死地盯着他，看得周怀政额头直冒虚汗。过了良久，刘娥方厉声道："周怀政，内官有内官的本分，不可妄言朝政；还要记住，时下不同从前了，内藏库，单人不得出入！"

前不久，有御史弹劾周怀政"中外帑库皆得专取，因多入其家"。赵恒因他这些年襄助神道设教卖力，不忍罢黜，刘娥便提议让兄长刘美改任南作坊使、同勾当皇城司，与周怀政联职，以为牵制。

"小奴谨遵皇后娘娘懿旨！"周怀政躬身低头道，眼皮却不时向上一翻，偷觑刘娥一眼，心里七上八下。他知道皇后看他一百个不顺眼，还特意让她的兄长刘美与他联职，因此对皇后惧恨交加，一见她就会战战兢兢，后背发凉。

　　刘娥刚想再训诫他几句，内侍神色慌张地跑出来，惊恐道："不好了，官家、官家……"

第二十三章

各怀心思立太子　一意谋位结宦官

1

京城西北四五里处，有一个北高南低的沙丘，祥符县民称其为邓公原。初秋的一天，邓公原上白幡飘舞，人头攒动，《虞殡》哀曲低回，像是在举办一场葬礼。东方刚发白，从京城固子门驶出庞大的仪仗队，是卤簿鼓吹的阵势。多年来，卤簿鼓吹，也只有皇上行南郊礼时方可见到，今日突然出了京城西北门，令人诧异。

卤簿刚出城，一副完整的銮驾队又鱼贯而出，黄伞盖熠熠生辉，旌旗斧钺光彩夺目。打头的旌旗上挂着的白幡，表明卤簿鼓吹和銮驾都是为参加葬礼而设。

早起的人们见此阵仗，惊得目瞪口呆。京城百姓经历过太祖、太宗皇帝的出殡大礼，也目睹过太后、皇后、亲王的丧仪，相比之下，今日的威仪，超过皇后、亲王，直逼皇帝的规格。人们纷纷猜测着，可无论如何也猜不出，除了皇帝以外，何人能享受如此待遇。

不要说京城的百姓，即使是朝廷百官，也万万想不到，这场场面宏大的葬礼，是为距京城数千里之外、去世几十年的一对夫妇举办的。

去年秋，入内省都知周怀政向皇上奏报，故相王旦以助成神道设教必为清议所不容为由，欲削发僧服入殓，赵恒大受刺激。蝗虫飞过皇宫，已然让他对神道设教的效果产生怀疑，心理几近崩溃；周怀政带来的消息，把他的精神彻底打垮了，晕厥了两天一夜才慢慢苏醒过来，又缠绵病榻达数月之久。病中的赵恒突然发现一个令他恐惧的秘密：古老庞大的帝国的体制，是建立在一个可怕的假设之上的。那就是，假设皇帝永远有能力处理朝政；而吊诡的是，皇帝又是世袭的、终身制的。哪怕是一个襁褓中的赤子，依血缘也能承袭帝位；而不管皇帝如何老迈衰病，只要还有一口气，就依然是皇帝。帝国庞大体制的运转需要皇宫大内发出指令，当幼主、衰君无能为力或力不从心时，不得不有所倚寄，这就难怪汉代宦官之祸酷烈，而唐代仍不免重蹈其覆辙了。赵恒庆幸他有一个贤内助刘娥。通过调整中枢，尤其是外放丁谓一事，赵恒不仅见识了刘娥驾驭局势的能力，而且明白了她的良苦用心。她没有培植自己的势力，反而将有可能成为个人势力的关键人物排除在朝堂之外；她所有的考虑都是为了他和赤哥儿。如果她要走武后的路，断断不会这样做。但是，赵恒很清楚，百官对刘娥一直持轻视乃至敌视态度，以她的卑微身世为耻。一个不受尊重的人是不会有权威的；而没有权威的人做出的决定是得不到有效执行的。病榻上，赵恒权衡再三，瞒着刘娥，召见了王钦若，突然发出两道谕旨：一道追赠刘娥三代，其中父刘通赠太师、尚书令，谥武懿；母庞氏赠徐国太夫人。一道命南作坊使、勾当皇城司事刘美为迁葬使，前往益州，迁葬故太师刘通与徐国太夫人庞氏于祥符县邓公原。

经两个多月往返，刘娥父母的灵柩运到了邓公原。赵恒不顾病体，亲笔撰写御制祭文一篇，命入内省都知周怀政捧往灵前，又特遣皇子王友张士逊具卤簿鼓吹，率东宫官属前往祭奠。刘娥则摆銮驾前往邓公原安葬父母。

到得墓地，刘娥下辇，见御制祭文置灵右，刘美夫妇率子女着重孝跪于灵前，悲喜交加，不顾威仪，抚柩痛哭。

她想到当年的潘妃、郭妃，都是因为享受了父母之荫，方得以成为韩王府的女主人；一个被逐出王府的孤女，今日却让父母因她之故获得封赠，直至太师、国夫人。刘娥为此感到自豪！但是，想到这些年来卑微的出身招致的屈辱，心中的苦楚无处诉说，难抑悲怆，方不顾威仪放声痛哭。

侍女秋水上前劝道："娘娘，太师葬礼，有仪规。待会儿二府三司、馆阁台谏的大臣都要来致祭，娘娘还是起驾回宫吧！"

刘娥这才止住哭声，施礼而去。

这场出人意料的超常规的迁葬礼，让翰林学士杨亿深感震惊。当夜，他便到参知政事李迪的私宅拜谒，一见面就道："这是公然启后宫干政之祸，为武后第二铺路啊！眼看大宋要葬送在一个歌女之手，我辈何以自处，何以自处?!"他越说越激动，越说越悲伤，禁不住失声痛哭。

李迪也不劝慰，转身望着窗外，自言自语道："看来，那件事，拖不得了！"

杨亿明白李迪所指，止住哭声道："不能再瞻前顾后了！"

经杨亿联络，半个月内，参知政事李迪、王曾，御史中丞张知白，翰林学士杨亿，各上密启，请立太子。

皇子年幼，立太子之举传达出的是不祥的信号，刘娥内心极端抗拒。她不愿面对赵恒有一天会突然撒手人寰的现实。三十多年了，彼此陪伴，已然成为她人生的支柱。她不敢想象，支柱一旦断裂，她该如何面对。更何况，那些人急于立太子的动机并不单纯。可是，李迪密启中"早立太子以固皇统而绝觊觎之心"这句话，却让刘娥不能不正视。正旦节，宗室来贺岁，八王赵元俨的眼神飘忽不定；大哥元佐的长子、幼年为明德太后抚育在宫中的允升，也是一副心事重重的样子。国有长君，社稷之福，这是史家的共识；太祖也正是因后周君王年幼而夺了后周江山，这都让人对大宋出现幼主的局面忧心忡忡。刘娥对此是了然于胸的。倘若赵恒突发意外，太子未立，赤哥儿即使能够继位，也会有一番波折，这是刘娥无论如何不愿意看到的。

还有一道魔咒，也在折磨着刘娥。赤哥儿九岁了，而赵恒的前五子，活得最长的就是九岁，这是一道坎儿。一进入天禧二年，刘娥就格外小心，看着赤哥儿嚼了迎年佩里的木香、人参，大年初一一整天都不让赤哥儿穿鞋，以凸显他赤脚大仙的身份。可这并不能消除刘娥内心的恐惧，如何迈过这道坎儿，一直是她的心病。或许，立太子不失为一个破除魔咒的办法？

经过反复斟酌，刘娥做出了决断，同意立太子。

病重的赵恒，不仅对自己，也对这个世界失去了信心。这个世界是虚幻的，不值得倾注心血。他每日以让侍读学士冯元为他讲读《易经》

打发时光。一听刘娥同意立太子，赵恒当即传谕，次日午时，在长春殿召见二府大臣。

召对大臣，只为一件事，宣布立太子：立寿春郡王赵受益为皇太子，改名赵祯；命王钦若为立太子大典使，筹办立太子大典。说完立太子之事，赵恒向内侍递了个眼色，两名内侍走到王钦若、李迪等人面前，展示一帧条幅，是皇上御笔亲书的飞白，上书：内廷有皇后辅佐宣行，庶无忧也。

李迪等人建言立九岁的皇子为太子，与当年襁头出阁一样，他们的考量，都是为了反制中宫，以太子为棋子。赵恒要以这种方式告诫李迪等人，太子不是棋子，不要意图挟太子以制中宫。

皇上此举，大大出乎李迪的意料。这不是公然宣布朝政委托皇后吗？他一举朝笏，正色道："陛下，后宫不能干政，大唐之殷鉴不远……"

不容李迪说完，赵恒打断他："皇后贤明，卿不必多言！"说罢，示意内押班罗崇勋搀扶他离殿。

"册立太子，国之大事，务必筹办好。"王钦若念叨了一句，带众人卷班。

快到政事堂时，李迪向王曾使了个眼色，王曾会意，跟着李迪进了他的直房。

"武氏第二呼之欲出，怎么办？"李迪手一摊道。

王曾蹙眉道："记得上次在贵府，王晦叔似乎话中有话，想必他已成竹在胸？"

李迪起身走到门口，吩咐堂吏："叫龙图阁直学士王曙来见。"

2

王钦若步履沉重地进了延庆殿。自他拜相以来，李迪、杨亿等人公开与他作对，王曾等人也暗中使绊，王钦若推进政务十分吃力，只好遇事请旨，不时请对。

赵恒身体时好时坏，记忆力又严重衰退，只有刘娥在侧，他心里才踏实。这样一来，王钦若请对，就常常在延庆殿进行了。

第二十三章　各怀心思立太子　一意谋位结宦官

"陛下，近来京城流传一首《劝学诗》，假托陛下御制诗，李迪等建言，请陛下传旨查办。"隔着帷帐，王钦若躬身奏道。说着，从袖中掏出一张纸笺，递给内侍，内侍转呈皇上。

刘娥就坐在御榻旁，赵恒拿在手里，向刘娥这边侧了侧身，二人一同阅看，只见上写：

> 富家不用买良田，书中自有千钟粟。
>
> 安居不用架高堂，书中自有黄金屋。
>
> 出门莫恨无人随，书中车马多如簇。
>
> 娶妻莫恨无良媒，书中自有颜如玉。
>
> 男儿若遂平生志，五经勤向窗前读。

赵恒一笑："朕的诗会这么差吗？"

"陛下的诗作，在历代的帝王中，堪称上品。"王钦若奉承了一句，"这首诗作，冒用陛下之名，李迪提议要追查，臣以为……"他不再说下去了，想听听皇上和皇后的反应再说，以免被动。

刘娥道："官家，这样的诗虽不算高尚，但写诗者也是一片苦心，不知多少苦寒子弟读了这首诗会安心向学呢，就不必追究了吧？"

"也有道理。"赵恒赞同道，又转向王钦若，"也罢，朕就背了这口锅吧！"

"陛下圣明！为励学不计毁誉。"王钦若又奉承了一句，施礼告退。

回到政事堂，王钦若即把皇上的口谕传达给同僚，众人皆不语。

次日朝会，参知政事李迪出奏："读书乃为忠君报国，而伪作《劝学诗》教出来的，定然是骄奢淫逸之徒，哪里会有忠君报国之志?!"

赵恒不悦地问："李卿，宰相没有和你说起朕的话吗？"

李迪答："启奏陛下，臣知王钦若每次奏事，总要预备几套方案揣入袖中，察言观色后再决定拿出哪套方案。这样的人，臣不敢信。"

王钦若原以为伪作之事已经不了了之，不意李迪又在朝会上突然发难，而且不留情面地诋毁他，顿时脸色煞白，出列刚要辩驳，赵恒烦躁地说："不要争了！朕今日当着众卿面说清楚：那首诗不是朕写的，但也不必追究了!"

李迪不再说话。他明知皇上无意追究伪作一事,却故意发难,就是要给王钦若难堪,让皇上知道,王钦若乏人望,做宰相一日,朝廷就一日不得消停。

驱逐王钦若,是李迪、王曾、王曙一起商议的牵制刘娥的计划的第一个步骤。那天看到皇上展示"内廷有皇后辅佐宣行,庶无忧也"的条幅,李迪感到事态严重,把寇准的女婿王曙召到直房,听取他的计策。王曙道:"目今的朝廷,官家对皇后须臾难离,已然与唐高宗之于武后不相上下了。之所以冒风险吁请立太子,为的是把皇权从中宫手中夺回。立太子目的达成后,下一步就是谋划太子监国。太子年幼,所谓太子监国,实则是宰相摄政。但这个宰相不能是王钦若,只能是寇公。只有寇公回朝,方有牵制中宫的可能。"可是,寇准傲视群臣,为满朝文武所惧,也为皇上所不喜,回朝之路阻力重重,绝非易事。当李迪问王曙如何请寇准回朝时,王曙却欲言又止,只说驱逐王钦若后,请寇准回朝的事他来办。所以,立太子大典一结束,李迪就着手驱逐王钦若。拿伪诗做文章,只是开始。紧接着,御史的弹章就呈达御前。李迪他们知道,刘娥出身寒微,一向省吃俭用,最反感贪墨,所以弹章里攻讦王钦若是当今第一大贪。

接到弹劾王钦若的奏表,刘娥一点也不感到意外。惟一让她不解的是,王钦若没有子嗣,得到的俸禄、赏赐,足够他锦衣玉食,弹章却指控王钦若贪墨,言各地为兴建道观,向他行贿。刘娥一时判别不出此事是真是假,但她能够准确地判断出,驱逐王钦若的势力十分强大,维护王钦若只能使事态越来越恶化。她轻叹一声,伸手拿过案上的簿册,翻看了一会儿,侧脸看了看倚在卧榻上专心致志研读《易经》的赵恒,移步走上前,把弹章递给他。赵恒阅罢,皱了皱眉,抬眼看着刘娥。

"让王钦若离开吧! 祖宗成例,宰相罢职,或西京留守,或知河南府,就让王钦若知河南府吧!"刘娥有些伤感地说。

"王钦若真会贪墨吗?"赵恒问,面有不舍之色。

"快刀能斩乱麻,但斩不断木头。成见,就像又粗又硬的木头,要破开,需要拉锯。"刘娥幽幽地说,又道,"这些年,承平日久,朝政宽大,是要严防出现贪墨之势。不管王钦若是不是真的贪墨，罢黜他，就是给朝野看看，朝廷对贪墨绝不容忍！"

赵恒接受了刘娥的提议，只是对王钦若颇感愧疚。当王钦若听到御史弹劾的消息递帖求见时，恍恍惚惚中的赵恒也就同意了。

刘娥处理完后宫事务回到延庆殿，王钦若已在殿外候着。她担心赵恒一见王钦若会改变主意，即使不改变主意，也免不得伤感，便狠狠心，命内侍传口谕，不允王钦若进殿。

王钦若闻言大惊，伏地痛哭道："陛下，臣冤枉啊！陛下差御史去查，查出臣有贪墨，甘受显戮！"

刘娥疾步走到殿门，对王钦若道："卿家，李沆、王旦时，可有台谏参他们贪墨的？卿家知贡举时，就有受贿之嫌，今为宰相，又有贪墨之议。宰相若有这般嫌疑，如何表率百僚？"

"皇后娘娘，臣冤枉啊！"王钦若哽咽道，"臣……"

"不必再辩！"刘娥厉声打断他，旋即缓和了语气，"卿家忠诚，本宫晓得；圣躬违和，需要安静，卿家也是晓得的。忠诚，就要能受委屈，受不得委屈，算不得真忠诚！"

王钦若听罢，叩头道："臣生江南，得皇上不世之遇，正不知如何报答，今为皇上龙体计，臣甘愿受屈，请皇后娘娘放心，一旦降旨，臣即离京，不会片刻缓！"说着，重重叩了三个响头，起身辞去。

望着王钦若的背影，刘娥忍不住想掉泪。她能够理解王钦若心中的悲凉，因为那些人反对王钦若，是基于不能让南方下国之人坐政事堂的成见；反对她做皇后，是基于她出身卑微的成见；如今极力排斥她参决朝政，又是基于她是女人的成见。破除成见不易，蒙受委屈难免，受不得委屈，就破不了成见。王钦若第一个打破了南人不得拜相的旧例，而她则是大宋开国后第一个打破规矩参决朝政的女人。所以，刘娥对王钦若的境况心有戚戚。但此刻，她又有些羡慕王钦若，他有了委屈，还有皇帝、皇后体谅他，让他躲避一时；而她自己呢，又如何躲避？

既然不能躲避，就只能面对。刘娥清醒地意识到，随着她越来越多地介入朝政，更激烈的抗争还在后面。和那些天下最优秀的男人一较高低的时刻即将来临。

3

一个小黄门鬼鬼祟祟，远远地跟在刘娥身后，见她的步辇往后苑而去，便转身一溜小跑去禀报入内省都知周怀政。周怀政闻报，大步流星赶到了延庆殿。

"陛下，有好消息！"一到赵恒病榻前，周怀政就以惊喜的语调道，"永兴军乾佑山多日祥光缭绕，异象纷呈，巡检朱能奉知永兴军寇准之命进山查看，发现有一通神祇所降天书！"

蝗虫飞过皇宫这件事，已让赵恒对神道设教产生怀疑，他更明白所谓天书，根本就是伪造的。寇准此时伪造天书，意欲何为？

见皇上不说话，周怀政又道："陛下，王旦欲削发僧服入殓那件事都传开了，好多人对神道设教生出疑心了呢！寇准是什么人？都知道他这人最刚正，倘若他站出来献天书，那是不是天下就没有人再怀疑天书的真伪了？神道设教是不是就立住了？"

"噢？"赵恒发出一声感叹，但他似乎不相信寇准会做献天书的事，张了张嘴，又闭上了。

赵恒不知道的是，这正是寇准的一个曲线救国之策。

寇准治下的永兴军，有一个叫朱能的武人，早年浪迹开封，偶遇宦官周怀政，投入他的门下，周怀政荐他入伍，又卖力为他说项，直至提拔到巡检的职位。此人善迎合，而寇准喜附己，故朱能深得知永兴军的寇准的信任，常常陪他饮酒打猎。朱能知道寇准日夜盼着回到京城，掌握大权，便与周怀政联络，为寇准复出助一臂之力。寇准得知他和大内总管周怀政相善，特意差他晋京转圜。朱能和寇准的女婿王曙一起，与周怀政一番密议，想出了用献天书的方式让寇准回朝的计策。一则事涉勾结宦官，二则献天书之举为清议所鄙视，所以，无论李迪等人如何追问，王曙始终没有将此事说出口。王钦若被外放的消息一传出，朱能就差人进京，请周怀政将乾佑山发现天书一事，密报皇上。

"陛下，小奴听说，京城目下流传一句顺口溜，说'欲得天下宁，当拔眼中钉；欲得天下好，莫如召寇老'。看来百姓都希望寇准能够回朝。"

周怀政早就预备好了说辞，好不容易抓住机会，便步步递进。

提议外放王钦若时，刘娥心中已有布局。此时做宰相者，需要恭顺的人。对赵恒委托她代行皇权不能抵触，不然对赵恒的身体不利，也不利于顺利推进朝政；万一赵恒不测，为确保太子顺利继位，这个人必须与她一心，做到内外配合。这个人，只能是丁谓。丁谓虽是南人，但他祖籍中原，他的才干，早年通过修缮皇宫一事被包括寇准在内的朝廷大佬普遍认可，对他，远不像对王钦若那样排斥。所以，罢黜王钦若的制书和丁谓以参知政事归班的制书，一同颁发。因丁谓任参知政事最早，在政事堂排位第一，相当于代理宰相。李迪、杨亿等人看穿了刘娥的心机，立即编排了"当拔眼中钉"的顺口溜，四处传布。

可是，周怀政当面说出这个顺口溜，却让赵恒起了疑心。寇准献天书是假，想回朝是真！怎么可以拿如此神圣的事博取个人权位？想到这里，赵恒脸上现出不悦的表情。

周怀政见状，蓦地跪地，叩头道："小奴侍奉陛下几十年，深知陛下是仁德之君，有几句话，愿披肝沥胆，冒死进言！"

赵恒心一软，道："什么话，你说就是了。"

"陛下，目今据五代十国并不远，那些为了皇位而自相残杀的历史想必陛下是很清楚的！"周怀政以焦急的、忧虑的语调道，"天下士绅都担心，万一陛下有个三长两短，太子年幼，大宋会不会重蹈五代十国的覆辙！"他喘了口气，咽下一口唾沫，继续道，"太祖的几个孙子早已成年；秦王皇叔的儿孙也都长大了；八王爷有人望，他会不会以国有长君社稷之福为由争夺皇位？还有，"周怀政抬起头，放慢了语速，"朝野最担心的是，大唐武氏之祸会不会重现于今日？常言道，最毒女人心，女人真狠起来，比男人更可怕！也只有小奴这般不知有自身只知有陛下的人，方敢出此肺腑之言，小奴冒死进言，恳求陛下纳之！"

周怀政的一番话，听得赵恒毛骨悚然，浑身冒汗，差点又晕厥过去。他不敢再听下去了，摆摆手，让周怀政退下。

"大唐武氏之祸会不会重现于今日？"周怀政的这句话，一直在赵恒耳边萦绕，挥之不去。或许，适当做些防范，也不是多余的。他烦躁地翻过身去，强迫自己不再想下去。

"官家，成功了！"刘娥兴冲冲从后苑回来，一进殿，就兴奋地对躺在病榻上的赵恒道。

赵恒抱病，刘娥参决政事，很想拿出些政绩来。这两年江南连续大旱，水稻几近绝收，年初，暹罗使臣进贡占城稻，说此稻耐旱，收成也比本地稻要高。丁谓一到任，刘娥就嘱咐他只管埋头做事，不可与人争意气，要把引进占城稻的事办好。为此，刘娥又命在后苑观稼殿前试种占城稻。适才她前去查看，见禾苗长势甚好，抑制不住内心的兴奋，向赵恒报喜。

赵恒茫然地转动眼珠，似乎不认识眼前的刘娥；又仿佛要在她身上观察出什么秘密。

"官家，你这是……"刘娥不解地问。

"没、没什么，困倦了。"赵恒支吾了一句，侧过身去。

刘娥虽满腹狐疑，却也不便再问，回身坐到御案前，阅看章奏。

赵恒恍恍惚惚睡着了。蒙蒙眬眬中，看到太祖和四叔廷美提着刀来找他，要索回皇帝的御玺；他向刘娥求救，却见武则天突然跑出来，挡住了他的去路，再一看，武氏手里也有一把寒光闪闪的钢刀，突然奔向了赤哥儿，赤哥儿大呼"爹爹救我，爹爹救我"，赵恒发出"啊——"的一声惊叫。

刘娥急忙跑过去，抱住赵恒的脑袋问："官家，怎么了？"

赵恒摆摆手道："做了一个噩梦，没事了，没事了。"说完，从刘娥怀里挣脱出来，闭上眼睛，不再说话。

这个似梦非梦的幻觉，赵恒不能和刘娥说。他自己却一直在反复回味着那个可怕的梦境。万一自己有不测，赤哥儿年幼，太祖、四叔两支，大哥、八弟两家，若要争夺皇位，也各有理由，只有刘娥才能保护赤哥儿。可刘娥能够保护得了赤哥儿吗？万一她也有异志呢？武则天就是第三个皇帝的皇后，也曾陪夫君到泰山封禅，也是很早就介入朝政……惟一的不同是，太子是武则天亲生，而赤哥儿并非刘娥所出。武则天为了权力，不惜杀死、流放自己的亲骨肉，何况赤哥儿不是刘娥的亲骨肉？他又嘲笑自己多心，居然把刘娥与武则天相比。可权力是会改变人的，没有人生来就是恶人。赵恒被这些不断冒出的念头折磨得头痛欲裂，不禁发出"哎哟"的呻吟声。

刘娥坐在榻边，轻轻替他按摩太阳穴，却什么也不问。她觉察到了赵恒的异样。过了一刻钟，赵恒又转过身去了。刘娥起身走出寝阁，召内侍到正殿查问。内供奉官雷允恭禀报说，都知周怀政来过了。再追问，却没有人知晓他向皇上说了些什么。刘娥大怒，厉声道："都给我记住，以后没有本宫的吩咐，不许周怀政单独见官家！"

过了几天，知永兴军寇准的奏表到了，言天书降于乾佑山，恳请护送天书晋京。刘娥不觉一惊，难道，周怀政面君，和此事有关？她又摇摇头，寇准一向刚直，不会和宦官勾结吧？转念一想，在王旦临终前以襄助神道设教为耻的情形下，寇准却还要献天书，这样的事他都愿意做，那么，勾结宦官的事，未必不敢做。看来，寇准并不像传说的那样刚直，为了权力，真是什么事都敢做！若寇准真的回来，必是一番折腾，对皇上龙体不利。可从赵恒近来的怪异神情看，似乎对她产生了疑心。寇准敢冒天下之大不韪献天书，说不定与赵恒有某种默契。

三十年来，所有的心血，都倾注到了他身上，怕他辛苦、怕他孤独、怕他烦闷、怕他委屈，到头来，竟让他起了戒心！外廷的大臣轻视她、敌视她，她都可以忍受，甚至可以理解。作为后宫的女人，她越是替皇帝分忧，替皇帝承担，越会遭到干政的质疑，做得越多、越用心，质疑声越大。为了赵恒，她无怨无悔。惟一不能忍受的是，赵恒对她起戒备之心。刘娥哭了，但又压抑住哭声，怕赵恒听到。

自己如此委屈，可心里到底还是只想着他。是啊！没有他，哪里有你刘娥的今日啊！刘娥默念了一句，像是一阵劲风，瞬间驱散了笼罩在心头的阴云，她又冷静地思考起了如何应对寇准提出的献天书一事。所有的应对，只能基于一点：如何对赵恒的健康有利。表面上看，似乎应该驳回寇准的请求，以保持朝堂的宁静；可是，这必加重赵恒的疑心，如果他的这个心结不尽快打开，对他身心的损伤是致命的。所以，刘娥很快做出了决断。她把寇准的奏表递给赵恒，默默地观察着他的反应。赵恒浏览着，表情平静，不像是刚知晓乾佑山降天书一事，当即确认了周怀政偷偷摸摸面君的目的所在了。

"你看该如何？"赵恒问，似乎在试探。

"请寇准护送天书回朝，做宰相!"刘娥铿锵道。未等赵恒反应过来，又向殿外吩咐道："雷允恭，你这就去政事堂，知会丁谓，让他上表，吁请寇准回朝!"

赵恒张着嘴巴，觑了刘娥一眼，想判断出她是不是在赌气。刘娥伸手在他鼻子上刮了一下，笑道："老男孩!"

第二十四章
左右开弓频出招　挥刀自残再离间

1

每年的立秋日，宫里照例有"观秋来"的仪式。天禧三年的"观秋来"仪式却比任何一年都要隆重。刚交了午时，太子并亲王、二府三司大臣、六部尚书、外邦使节、馆阁学士共百余人，已列班后苑太清楼前。

宰相寇准昂然站在队列首位，兴奋之情溢于言表。这是他"三宴遏中宫"计划中的第一场宴会，事前已进行了精心准备。

皇上的步辇一到，即举行"观秋来"仪式。按照习俗，太史局已在后苑移栽好了一棵梧桐，赵恒的步辇就停在离梧桐十步处。知太史局事躬身上前，奏报道："秋来！"说罢，回身一指梧桐树，众人抬眼望去，梧桐树上几片叶子缓缓飘落下来，象征着秋天到了。

礼仪毕，鼓乐齐鸣中，众人笑着，随着皇上的步辇，依序往太清楼走去。进了大殿，众人在两排东西相对的长条桌前站定，皇上被内侍搀扶着，在坐北向南的御座坐下，皇太子继之在坐南向北的座位上落座，众人在唱赞舍人的吟唱声中入席，乐声停止。

宴会开场，按习俗饮秋水，每人喝了一盏用赤小豆加糖熬制的红豆汤，这才正式进入宴饮。十岁的太子赵祯起身，先为皇上斟酒，再亲手倒满两壶酒，两名内侍接过，为百名宾客一一斟上。

赵恒已久不视朝，红彤彤的面庞有些浮肿，因体力不支，只能勉力支撑着，委托皇太子代为主持酒宴。太子的首席老师、参知政事李迪，事先已带太子排练过，赵祯虽年幼，却也一副轻车熟路的样子，声音虽带着稚气，却也洪亮有力，举止端方，礼貌周全，赢得众人赞誉，赵恒也不时露出欣慰的笑容。

宴毕，太子宾客李迪提议："皇太子殿下学业有成，善飞白，不妨当场挥毫！"内侍端来笔墨纸砚，铺陈好，赵祯提笔写下"统治秘籍"四字，李迪小心翼翼举起，展示于众人，众人一片喝彩。

寇准又道："皇帝陛下向皇太子殿下赐书籍！"话音刚落，几名内侍端出《国史》《实录》及太宗和当今皇帝的文集，太子跪地捧受。

"这是象征大宋皇统代代相传啊！"众人见此场景，低声议论道。

仅仅过了四天，寇准又安排太子在资善堂宴请宰执大臣。赵祯举止言谈彬彬有礼，稳重庄严又平易近人，没有丝毫任性放纵的表现，宰执大臣无拘无束，宴会充满欢声笑语。

两场酒宴下来，"少年天子"呼之欲出，让百官明显感到了局势的变化。宰相寇准不禁发出得意的大笑。

初夏，根据参知政事丁谓的奏请，赵恒任命知永兴军寇准为天书奉迎使，护送乾佑山天书到京。一些门生故旧劝阻，以入京为下策。寇准大不以为然。皇帝衰病，太子年幼，大权落入后宫之手，当此紧要关头，扭乾转坤，非他莫属，他要效法大唐名相狄仁杰！是故，接旨后即日夜兼程赶到京城，庄严地上演了一出敬献天书的闹剧。不久，寇准就接到了拜相的制书。这道制书让寇准感到格外沉重。这不是一次普通的拜相，是要他做大宋周公的授权书！他和李迪、杨亿反复商讨，制定了"三宴遏中宫"计划。前面的两场酒宴，目的是先把皇太子推到前台，做出铺垫。

两场酒宴下来，预期目的已达，寇准随即发出邀帖，请参知政事丁谓、李迪、王曾，枢密使曹利用、副使张旻、曹玮，到他的私宅宴饮，并请翰林学士杨亿、门婿王曙作陪。这场宴会的目的，是正式端出他挽救时局、夺取皇后裁决朝政之权的画策，试探宰执大臣的反应。倘若顺利，即可立即转入实施阶段。

此番回京，寇准接受了女婿王曙的建言，一改往日的奢靡，赁下一座狭小的住宅居住。

翰林学士杨亿第一个到。寇准领着他边在花圃赏菊，边叫着他的字问:"大年,益州的事,妥了吗?"

杨亿低声道:"御史章频按察益州,我已向他交代好。"

寇准满意地点点头,命侍妾蒨桃摘好菊花,待宾客来时,每人戴上一朵,不必再花工夫到花圃采摘。

须臾,宾客前后脚到齐了,众人入座。寇准担心酒后误事,只饮了一盏,就进入了正题:"诸公皆朝廷大臣,想必读过《周易·家人》,内云:女正位乎内,男正位乎外。男女正,天地之大义也。维护天地大义,乃我辈之责!"说着,他顾自饮了盏酒,又说:"官家不豫,当请皇太子总军国事!"

"理应如此!"李迪附和道,又补充理由道,"若不以太子监国,恐诱发后宫干政之祸!"

丁谓吸了口气,以商讨的语气道:"寇公,官家春秋未高,若龙体康复,该如何善后?"

李迪辩驳道:"丁公,皇上不豫,以太子监国,是古制嘛!不然,若出现后宫干政,谁负其责?"

"不敢!"丁谓欠身道,又一皱眉头问,"太子在冲龄,如何总军国事?"

谁也不敢说出官家康复不了的话,因此,也就无法把丁谓驳倒,宴席上一时陷入沉默。

寇准烦躁地一扬手:"上羹来!"仆从应声端来了寇准最喜欢的食物——蔬菜羹,他一举汤勺道:"来来来,喝羹,喝羹!"

杨亿舀了一勺,边吹气边道:"寇公身为宰相,居此陋室,可谓'有官居鼎鼐,无地起楼台'啊!"

寇准正在喝羹,闻言大笑,羹汤撒在了胡须上。丁谓起身,伸出袍袖将寇准胡须上的汤羹擦掉。

"参政,你也是朝廷大臣,安得为长官溜须?"寇准推了丁谓一把,揶揄道。

丁谓满脸通红,低头喝羹。

"哈哈哈!"杨亿笑道,"这溜须一词,倒是和拍马对偶!"

"那岂不联成'溜须拍马'一语?"李迪起哄道。

丁谓埋头喝羹，不出一语。

"来来来，喝酒！"寇准放下汤勺，举盏劝道。一盏饮尽，又连干了两盏，他睥睨了曹利用一眼，见他比画了几次，一盏酒还剩半盏，叫着他的字，不悦道，"用之，怎么，我老寇的酒有毒？"

曹利用不善饮酒，举盏沾了沾唇，又放下了。

寇准沉下脸，夺过侍者的酒壶，为自己斟满，举盏道："来，太尉，我老寇再陪你一盏！"

曹利用连连摆手道："寇公，利用不胜酒力，不敢奉陪！"

寇准把酒盏往桌子上一撤，瞪眼道："太尉，今日倨傲如此？记得澶渊之盟时，你还是不入流的右班殿直，寇某是何官？宰相！当年和契丹人谈判，若不是寇某硬压着说不得超过三十万，还不知岁币会是多少！你是不是觉得你为国家立了功？这功是你的？别忘了，靠我老寇，方有你今日！"

曹利用脸色陡变："寇公，曹某有今日，乃官家提携。"

寇准一撤嘴，指着曹利用的酒盏，以命令的语气道："喝了！"

曹利用举起，竟不濡唇，又放下了。

寇准大怒："寇某劝太尉酒，何故不饮？你不过一武夫尔，敢如此对寇某？"

曹利用脖子一梗，辩驳道："官家提携曹某为枢相，而寇公蔑称为一武夫，明日当到官家面前辩之，让官家评评理！"说完，一甩袍袖，起身而去。

"嚯嚯！算你小子有种！"寇准对着曹利用的背影冷笑了两声，又一扬手，"来来来，别让竖子败了兴，喝酒！"

丁谓想不到这场酒竟是谋划太子监国的，他不敢再留，告辞而去。枢密副使张旻、曹玮见状，也起身告退。

寇准坐着不动，大口大口捯气，胡须被吹得在胸前乱飘，他烦躁地举肘胡乱一压，懊恼地说："不该先和这些小人说。前功尽弃，前功尽弃！"

李迪一看，剩下的都是自己人，以试探的口气道："要不，把借腹生子的惊天秘密捅破？"

王曙道："我听周怀政言，有一个李氏，曾是刘氏侍女，她为何接连晋升，由县君到才人，时下已是婕妤，她就是太子生母。"

王曾摇头道："即使李氏真是太子生母，她若不承认，照样没有办法。且莫忘了，当年扶乩的王得一，是砍了脑袋的，那是杀一儆百！"

寇准瞪眼道："揭穿借腹生子？不厚道嘛！"

杨亿一直沉吟不语，良久，凑到寇准身边，附耳向他嘀咕了几句。

寇准眼珠骨碌了几下，道："嗯，也罢，待我明日请对！"

次日，寇准递帖请对。赵恒为了显示他没有和寇准暗中有什么谋划，故意让寇准到延庆殿奏对，以便刘娥在侧旁听。

"陛下，皇太子天赋仁厚，庄严稳健，复禀圣训，勤道力学，实乃国家之幸！臣以为，为保养圣躬，不妨委托皇太子在资善堂处理朝廷常事，重大事项请旨施行。"寇准朗声道。这是昨日杨亿附耳给他出的主意。

赵恒侧脸看了看旁边的刘娥，刘娥低头思忖着。昨日，丁谓已将寇准谋划太子监国的事转报于她，今日寇准的这个提议，与太子监国似乎略有不同，并未完全剥夺皇帝的权力，重大事宜还要请旨，她一时也找不到辩驳的理由，也就沉默以对。

"试试看也好。"赵恒只得含含糊糊回应道。

寇准暗喜，又道："陛下，掌枢密院者多用二人，时下只有曹利用一人，而曹利用乃武夫，当再选一位文臣出任，臣以为可让丁谓以知枢密院事，位列曹利用之上。"

"也好。"赵恒答道。

刘娥嘴角挂着一丝冷笑。这是要把丁谓排挤出政事堂，去压曹利用一头，好让他二人在枢密院内斗。

两件事都得到允准，寇准正要辞出，帷帐里传出女人的声音："寇卿，张师德晋升的事，缓一缓吧！"

张师德是大中祥符五年状元，其父张去华则是大宋开科后的第二位状元，父子状元，一时传为佳话。王旦做宰相时，吏部拟升张师德馆阁之职，因他两次到王旦私宅求见，王旦认为其人贪图进用，偏偏不能晋升。因此之故，张师德中状元八年，却只做了负责催欠税款的三司司员，他知寇准喜附己，多次拜谒他，请求晋他为知制诰。正好有一位叫李谘的知制诰，因是王钦若的同乡，被寇准赶走了，寇准便将晋升张师德为知制诰的奏表呈上，想不到竟被驳回。女人岂可对大臣指手画脚？寇准不禁怒火中烧，以质问的口气道："张师德状元出身，做知制诰有何不可？"

刘娥淡然道："李沆、王旦当国，抑浮华而尚质实，奖恬退而黜奔竞，朝政因此清明，希望这个传统不要坏了。做大臣的，倘若让人怀惠畏威，是不是把官家的威福夺去了？寇卿看，这样的大臣，可称纯臣吗？"

寇准面红耳赤，无言以对，鼻孔中发出"哼"声，拱手向帷帐内一晃："陛下，臣告退！"说罢，故意把袍袖用力一甩，转身而去。

2

侍卫马军都虞候刘美一进家门，女婿马季良垂头丧气地迎上去施礼，嗫嚅道："大人，出事了！"

刘美只有一个女儿刘瑾儿，长相娇媚可爱，深受姑母刘娥的宠爱。对儿女的婚姻，以皇后娘家的门第，是有资格和官宦之家结亲的，可刘美怕引起外戚结党的嫌疑，长子从德、次子从仁，娶的都是平民之女。惟一的女儿则嫁给了益州茶商之子马季良。前年追封刘娥三代，刘美得荫一子，便将这个名额配于女婿，马季良补越州上虞尉，旋改秘书省校书郎。从德、从仁、从厚不喜读书，只有马季良虽出身商人之家，却自幼被课以举业，无论是刘美还是刘娥，都对他寄予厚望。

"出了什么事？不会影响到你姑母吧？"刘美惊恐地问。他最怕的是给刘娥添麻烦。自被刘娥认为兄长，刘美依荫官之制补三班奉职，不久迁右侍禁，再升阁门祗候，再改内殿崇班，因办事有方，晋洛苑副使。为牵制入内省都知周怀政，又晋南作坊使、勾当皇城司事。去年，经枢密副使张旻举荐，晋刘美侍卫马军都虞候。刘美虽为皇后惟一亲属，但从不敢稍有骄娇之气，而是兢兢业业，把职守之内的事做好，就像当年打制银器一样专注。赵恒先后四次要委刘美以军帅，刘娥为避嫌，都劝阻了。这么多年来，刘美一直为刘娥担惊受怕，想帮她却又无能为力，惟一可以帮忙的，是寻找一个叫李用和的人，可找了这么多年却还是没有结果，倒是把刘娥的脂粉钱快花光了，刘美很是内疚。既然不能帮忙，就不要给她添乱。刘美一直这样要求自己，叮嘱儿女。所以，一听女婿说出事了，先就问会不会影响到刘娥。

几个月前，与马家有通家之好的益州盐商王蒙正，因在自贡与人争夺盐井，双方诉争至官府，为了得到盐井，王蒙正差人到京城找到马季良，马季良带他面见了岳父刘美，恳请他向益州官员说项，恰好御史章频按察益州，刘美就拜托他关照。

刘美不知道的是，章频是杨亿的弟子，杨亿暗中嘱托他，此番寇准差他按察益州，惟一的使命是细心搜集皇后亲属有无不法情形。章频接到刘美请托，不动声色，一到成都即将王蒙正之弟与诉争方拘提审勘，王蒙正之弟供述了其兄向皇后娘家请托情节，章频如获至宝，立即拿着画押的供词返回京城。

马季良接到王蒙正书函，告知他章频不惟没有袒护王家，反而将其弟抓进了监牢，来者不善；适才又听说章频回到朝廷，要拘提涉案之人，马季良急忙赶到岳父家，向刘美求救。

刘美闻言，气血上冲，当场晕厥。

拘提刘美的人马已然备齐，寇准也签发了札帖。堂吏拿着札帖刚要走，寇准又拦下了。毕竟要去抓捕的是皇后之兄、皇帝的妻舅、御前武将，而并没有证据表明刘美收受了请托者的贿赂。寇准恐孟浪行事会激怒皇上，不好收场，临时改变了主意。他的目的并非是拿下刘美，而是要在皇上和百官面前揭露中宫纵容外戚为恶的事实，只要奏报上去，差不多就可以达成目的了。

第二天午时，皇上在长春殿召对二府大臣，寇准将签好的拘提刘美的札帖揣入袖中，迈着方步，昂首挺胸，往长春殿而去。

赵恒的病时好时坏，有了刘娥这个依靠，他乐得轻松，所以病痛减轻时也常常称病。虽然日常政务由太子在资善堂处理，但重大事项仍然要请旨定夺。就像名义上是太子听政，实则一切由寇准决定一样，所谓请旨定夺，实则是请皇后刘娥裁决。如此一来，隐然形成了宰相寇准请示皇后刘娥的局面，这让寇准心中窝火。尤其是在延庆殿受到刘娥一番挪揄告诫，寇准耿耿于怀，当即上表，建言皇上不可在延庆殿召对大臣。为的是尽最大可能把皇后与皇上隔开，更重要的是，寇准想以此传达出这样的信号：既然皇上不愿交权，那就请出而视朝；倘若不能视朝，那就交权，让太子监国。寇准咄咄逼人，赵恒无奈，只得不时出来视朝。

二府大臣奏对毕，袖手倚坐在御榻上的赵恒突然道："朕今日有话说与众卿：最呵护太子者，莫过于皇后。太子纯孝之德，亦由天赋，母子之间，非常情所及焉。皇后所行，最有分寸，从不违规矩，朕无忧也！"自刘娥主动提议召寇准回朝，赵恒对她的戒备心理已消除大半。可寇准回朝后的一招一式，咄咄逼人，都是对着皇后的，赵恒看不下去了，特意表明自己的态度，以期对寇准有所遏制。

寇准一撇嘴，心里说：女人介入朝政，就是最大的违规。任你如何袒护，我非把这个隐患除掉不可！他不理会皇上的话，从袖中掏出文稿，举笏奏道："陛下，中宫宗人横于蜀川，夺民盐井，事连刘马军，臣请付台勘！"

"皇后在蜀地有宗人？"赵恒惊问。

寇准答道："侍卫马军都虞候刘美儿女亲家马氏，本籍成都，故旧甚多，因夺井诉争，请托到刘马军，刘马军又请托到章御史，身为外戚，如此干预司法，当拘提御史台勘问明白！"

"说甚?!"皇上勃然色变，"刘马军御前管军，管军有送台勘的先例吗？要送，卿自可去送！"他越说越气，突然伸出手臂，指着寇准道，"去，你即刻就去送！"说罢，大声喘息不止。

"臣不敢！"寇准躬身道。李迪扯了扯他的袍袖，示意他先退下，寇准没想到皇上如此光火，如不避风头，不知还会说出什么话来，只得惶恐而退。

曹利用扭头瞟了寇准一眼，奏道："陛下，时下京城四周旱情严重，更不可起冤狱，中伤无辜。请陛下传旨，撤销此案。"

"罢，便罢！"赵恒喘着粗气道。

丁谓忙吩咐殿班内侍道："去御史台传官家的口谕，刘马军的案子，撤了！"

李迪刚要争辩，却见皇上歪倒在御榻一侧的扶手上，一串长长的涎水从口中流出。内押班罗崇勋也看到了，二人不约而同大呼："传太医！"

太医就在偏殿守候，闻听传召，急忙跑来为皇上就地诊治。过了小半个时辰，皇上渐渐苏醒过来，太医指挥着几名内侍，小心翼翼地用软轿将他抬回了延庆殿。

刘娥正守在延庆殿里，忽见软轿抬来，又急又气，迎过来呵斥跟在其后的丁谓等人道："安的什么心？太子年幼，你们折腾他；圣躬违和，你们折腾他。你们到底想要什么?！"

"皇后娘娘息怒，臣等有罪！"丁谓战战兢兢道。

"退下吧，官家需要静养！"刘娥瞪了李迪一眼，向外一摆手道。

赵恒已被太医安置到卧榻上，刘娥走过去，摸了摸他的额头，低声问："官家，发生了什么事？"

"嗯?"赵恒茫然地看着刘娥，嘴唇嚅动了几下，轻轻摇了摇头。

刘娥扭脸盯着罗崇勋问："你说，怎么回事？"

"皇后娘娘，是……"罗崇勋支吾着，把适才长春殿里发生的一幕奏报了一遍。

"真是费尽心机！"刘娥叹息道，又吩咐罗崇勋，"去，这就把马季良叫来！"

须臾，秘阁校书郎马季良进了延庆殿。刘娥从寝阁出来，瞪着马季良，不发一语。马季良浑身筛糠似的站立不稳，"嗵"地跪下，唤了声："姑母——"

刘娥呵斥道："谁给你的胆子？"又向马季良一指，"到底有无不法情状，你如实说，不许隐瞒！"

马季良叩头道："儿知错了，请姑母息怒！"他一伸脖子，咽了口涎水，把王家因争诉盐井请托的事，约略说了一遍，最后指天发誓道："儿和岳父未收一文钱，错在多管闲事。"

刘娥舒了口气："回去跟你岳丈说，要想保住刘氏一族性命，就别惹是生非！"

"儿晓得了！"马季良以颤抖的声音道。

刘娥缓和了语气："可知姑母这些年里，时时如履薄冰，生恐做错了一件事，即便如此，人家尚且不容，何况做不法的事？记住，谁家都可以犯错，刘家不能！"

3

二月初二是挑菜节，宫中要在后苑举办挑菜宴。天禧四年的二月二，是个大晴天，风和日丽，赵恒不顾病体，坚持要参加挑菜宴。自正旦节前在长春殿发病，他已卧床一个多月了，病势见好，刘娥也就没有阻止，命内侍在太清楼平台上安放了御座，赵恒御此，可俯视众人挖菜场景。

这是宫中最欢快的节日了。所有人的脸上，都挂着欢快的微笑，只有入内省都知周怀政，神情紧张，目光游移，不时向苑东门悄悄张望。他的几个心腹小黄门行动诡秘，在苑东门内外徘徊着。

内侍、宫女已在太清楼大殿外放置了几排数百个绘着红花绿叶的花斛，花斛里盛着喧腾腾的湿土。红绸剪成的布条上写着马齿苋、生菜等各种菜名，卷成小卷，再系上红丝，压在花斛之下。一切准备停当，交了巳时，皇上、皇后、太子、公主、嫔妃及入内省有品级的内官，就在后苑太清楼前领取挑菜器。当年，纳土归宋的吴越王钱俶贡黄金挑菜器、银挑菜器、金银错刀四十八件，每年挑菜节，即以此分发皇上、皇后、皇子、公主、婕妤以上嫔妃，其余则用铜铁挑菜器不等，领到挑菜器后，众人即争先恐后到后苑各处挖菜，挖出的菜按菜名各插入花斛中。待花斛插满，由皇上监视，皇子、公主、后妃、内官，各自手持金筷，把菜从花斛中挑出，然后唱名，与事先写好的菜名对照，说对了得一红字，说错了得一黑字。皇子、公主、婕妤以上嫔妃及入内省都知，有赏无罚，余则根据红、黑字多少行赏罚。赏分上中下三等，上则珍珠、玉杯、金器等；中则御扇、冠镯、缎帛之类；下则笔墨、官窑之类；罚则舞唱、吟诗、饮冰水、吃生姜等。

赵恒入座后，周怀政安排的两名内侍随侍左右，御前器械赳赳而立，太子、公主、后妃、内侍则各自领了挑菜器，说笑着向苑内菜地跑去。赤哥儿跟在已晋升淑妃的小娘娘身后，刚走出几步，大娘娘向他招手，唤道："赤哥儿，来来，跟大娘娘走！"

赤哥儿站住脚，抬眼看着杨淑妃，杨淑妃道："跟大娘娘去吧，听大

第二十四章 左右开弓频出招 挥刀自残再离间

娘娘的话。"

刘娥已走到赤哥儿身旁，拉住他的手，径直到了观稼殿前试种占城稻的田亩，边细细查看，边道："赤哥儿，你是太子了，又在资善堂听政，不能有玩心。这占城稻是从外国引进来的，后苑为何试种？因为老百姓不信新稻种，后苑试种出效果来，才好推广。"

赤哥儿点头道："儿记住了，大娘娘。"

刘娥起身，继续沿着田埂走，对跟在身后的赤哥儿道："儿在资善堂听政，不要任人摆布，不然大臣会轻看你。大臣奏报事情，你先让在场的人都说说看法，最后再让宰相说。如果你认为宰相的话不对，不要当场表态，就说你要再考虑考虑，回来和娘商量。若是急事，你就让大臣请旨或请对，不要误了。"

赤哥儿专注地听着。

远处，周怀政紧紧盯着皇后和太子，见他们聚精会神的样子，一摆手，对一个小黄门道："快！"

一个身影从苑东门一闪而出，正是宰相寇准。在两个小黄门的引导下，躲避着众人的目光，一溜小跑往太清楼而去，袍服发出"嚓嚓"的声响。

寇准本想以刘氏宗人横于蜀来打击刘娥，反倒被皇上一顿奚落，他终于明白了，皇上对中宫感情甚笃，依靠皇上剥夺中宫权力的可能性已不存在。越是这样，寇准越是焦急。如不采取断然措施，一旦皇上不测，必将皇权托付中宫，女主君临天下的局面势必出现。女主临朝，牝鸡司晨，这是对满朝文武、天下读书人的莫大侮辱，也让皇皇大宋江山社稷蒙羞，寇准无论如何不能接受！他召集李迪、杨亿密议，皇上已然糊涂，应请他禅位于太子，由他和李迪、杨亿三人作为辅政大臣，掌握朝廷大权，夹辅太子十年。寇准的这个想法一出口，就让杨亿大惊失色。这是政变啊！李迪却极力赞成，他以寇准在澶渊之盟时曾经左右皇帝为例，说明能断大事的寇准在此紧要关头理应挺身而出，再一次左右皇帝，实现皇权的非正常交接，以免落入女人之手。

可是，皇上病重，刘娥不离左右，寇准找不到机会。即使刘娥短暂离开，按照朝廷规矩，大臣面君，须有起居舍人在场，默默记录君臣的对话，寇准不想留下把柄，他要寻找时机，单独面君。为此，不得不求助大内总管周怀政。

其实，周怀政的处境并不妙。不要说安排寇准单独面君，连他自己也已失去了这个资格。御史弹劾他中外帑库皆得专取以后，皇后就对他防备甚严；那次偷偷溜到延庆殿危言耸听恐吓皇上，促使他召寇准回朝，事后被皇后察知，不准他擅自面君。周怀政恨惧交加。为了脸面，也为了让自己继续保持对入内省众多内官的威权，他常常让心腹小黄门自禁中出，诈称皇上宣他进去，他则假装进内，到别殿干坐良久，再大摇大摆地走出来，让人误以为他仍然受到宠信。可是，为了铲除共同的敌人——皇后刘娥，周怀政仍然答应了寇准的请求，睁大双眼、绞尽脑汁，随时捕捉时机。皇上要亲临挑菜宴的消息，让他兴奋得一夜未眠。挑菜宴由入内省筹办，他还是入内省的都知，皇后也不便把他排除在外，天赐良机，不可错过，他差心腹知会寇准，巳时一刻在苑东门候着。周怀政一看皇后和太子聚精会神谈论着什么，急忙命小黄门引寇准入内。

寇准在小黄门的引导下到了太清楼，径直走到平台，皇上正手搭凉棚向四处眺望，忽见寇准站在面前，吃了一惊。

"陛下，臣有机密事，关涉我大宋江山社稷，陈于陛下！"寇准说着，一撩袍，索性跪了下来，一则跪下不显眼，二则表达忠诚姿态。

赵恒感到扫兴，不悦地问："卿有何事？"说话时，目光却还在四处飘移着。

寇准叩头道："陛下，皇太子人望所属，望陛下思社稷之重，传以神器，以固万世基本。"

"哦，这件事啊！"赵恒漫不经心道，正看到一个宫女为抢挖野菜紧跑了两步，一不小心绊倒了，他"呵呵"笑了起来。

寇准哭笑不得，又道："丁谓，佞人也，不可以辅少主，望陛下择方正大臣为羽翼。"

赵恒"嗯"了一声，继续眺望着。

寇准起身，郑重问："陛下，臣这就回去起草制书？"

赵恒点点头。

寇准喜忧参半。喜的是，皇上痛痛快快就答应了；忧的也正是皇上答应得如此痛快，未经深思熟虑，心不在焉就答应的事，随时可能变卦。

"相公，如何？"守在殿口的周怀政一看寇准出来，迎上去问。

寇准不知作何回答，向内一摆脑袋道："都知不妨再去进言，以坚官家之心。"

周怀政一拱手，大步走到平台，跪地道："陛下，小奴为我皇宋江山社稷担忧，夜不能寐！"

赵恒脸一沉道："你一个内官，轮得着你担忧江山社稷？"

"陛下，局势危在旦夕啊！"周怀政流涕道，"小奴怕将来这金水河要被鲜血染红啊！小奴冒死说一句：陛下必是读过《后汉书》的，那里有一句话：'自古虽主幼时艰，王家多衅，必委成冢宰，简求忠贤，未有专任妇人，割断重器。'汉武帝、北魏太祖，为何要立子杀母？陛下想过吗？自古帝王家，最亲的人才最该防范！"这是他在和王曙多次密议时学来的，以备关键时刻陈于赵恒。说这话，等于断定赵恒不久于人世，寇准、李迪终归不敢说出口，周怀政情急之下说了出来。说完，"嗖"的一声，从怀中掏出了挑菜器。

赵恒大惊失色："你、欲何为？"

两名御前器械快步向周怀政扑来，周怀政眼疾手快，撸起袖子，"噗"的一声，在胳膊上扎了一个口子，鲜血直淌。御前器械已将周怀政扑倒，他挣扎着道："陛下，小奴要挖出心来，让陛下看看，是不是一颗耿耿忠心！"

赵恒受到惊吓，浑身颤抖着，说不出话来，正要吩咐拿下周怀政，可他要挖心的话一出口，赵恒心软了，便吃力地摆摆手，示意御前器械放了他。周怀政叩了一个头，捂着滴血的胳膊，匆匆追赶寇准而去。

内侍要传太医，赵恒摇头，抚了抚胸口，慢慢镇静了下来，口中道："皇后何在，朕怎么没有看到？"

刘娥还在和赤哥儿说话："赤哥儿，你爹爹身体不好，你每晚都要去给爹爹请安。请安的时候，不要说烦心的事，说些高兴的事；白天资善堂里办了什么事，你不必和爹爹说，给娘说，晓得吧？"

"嗯，儿记住了，大娘娘。"赤哥儿照例乖顺地答。

刘娥又道："那些个大臣，哪个没有私心？儿要多留个心眼儿，万毋听他们挑拨。这世上，最疼你的，还是你的爹娘！"她爱怜地看着赤哥儿，突然哽咽起来，"你爹爹多病，不晓得能不能等到你长大成人，儿要争气！"说着，扭过脸去拭泪，镇静片刻，又道，"放心不下你爹爹，你挖菜去吧，娘回去看看。"

回到太清楼，见赵恒面色通红，额头上冒出汗珠，刘娥急忙伸手去摸，有些发烧，再一看地上，有几滴血，惊叫道："天哪天哪！这怎么回事？"

内侍只得禀报，适才寇准和周怀政来过，周怀政扎了自己一刀。

"天哪天哪！"刘娥又是一声惊叫，问，"他们意欲何为？"又弯下身去问赵恒，"官家，寇准来做什么？"

"喔哦？"赵恒拃了拃耳垂，蹙眉回忆着，支吾道，"只顾看挖菜，忘记他嘀咕些什么话了。"

"周怀政为何自残？"刘娥急切地问。

赵恒又拃了拃耳垂："他？他好像是说不信任他了，要挖出心来让我看。"

刘娥眯起眼睛，看着赵恒，想从他的神情中观察出那些话是敷衍她还是发自内心。赵恒的双眼虽已浑浊，但还是一如既往地散发出纯真的光，刘娥不再怀疑。但赵恒一时清醒一时糊涂，他忘记了，不等于寇准、周怀政没有说什么。如此诡秘，偷偷跑到后苑来觐见，又不惜自残，绝非什么光明正大之事。她心里一沉，对赵恒道："官家面色不对，额头发烫，不宜在此久留，让太子主持挑菜宴吧！"

赵恒点头。刘娥忙吩咐内侍搀扶他坐进步辇，两名太医紧跟在步辇两侧，往延庆殿而去。

回到延庆殿，借太医为赵恒诊治之机，刘娥走到正殿，传来已晋升入内省东内头供奉官的雷允恭，吩咐道："你去知会丁谓，恐有大事发生，要格外小心！"

333

第二十四章　左右开弓频出招　挥刀自残再离间